AF397591

ANGELIKA KING

A Brown örökség

novum pro

© 2021 novum publishing

ISBN 978-3-99107-882-1
Lektor: Sósné Karácsonyi Mária
Borítóképek: Vryabinina, Lekcej, Clairects29 | Dreamstime.com
Borító, tördelés & nyomda: novum publishing

www.novumpublishing.hu

1. FEJEZET

– Anya! Anya! – viharzott át a nappalin, egyenesen szülei hálószobájába a lány. Ott hirtelen megtorpant, de mikor megpillantotta a nyitott fürdőszobaajtót, határozott léptekkel rontott be rajta. – Anya, már egy negyedórája kereslek! – háborgott.

– Akkor most megtaláltál. Mi az a nagyon fontos dolog, ami miatt fellármáztad utánam az egész szállodát? – kérdezte nyugodtan, cseppet sem izgatva magát lánya ingerültsége miatt a nő.

– Robert! – vágta csípőre kezeit a lány, és szemeit édesanyja tükörképére villantotta. – Megint és mindig Robert! – hőbörgött, mint mindig, ha korlátozva érezte magát.

Olyan volt ilyenkor, mint az édesapja. Le sem tagadhatta volna, hogy Mark Brown lánya. Ugyanolyan makacs, heves és akaratos. Leona az elmúlt évek során számtalanszor szembesült a hasonlósággal apa és lánya között, és ahogy teltek az évek, ez a hasonlóság egyre erősebb lett és egyre inkább megmutatkozott.

– Mi van vele? – kérdezte közömbösen édesanyja annak ellenére, hogy pontosan tudta lányának mi a problémája az említett férfival kapcsolatosan, mégis igyekezet úgy tenni, mintha ez nem így lenne, és folytatta szemei kifestését.

Már rég nem izgatta magát lánya dühkitörései miatt. Hozzászokott az elmúlt évek alatt, hogy mindig lázad valami vagy valaki ellen. Kislányként is ilyen volt, a kamaszkor pedig egyáltalán nem javított az amúgy is nehéz természetén. Most pedig, hogy nagykorú lett, úgy vélte, semmi nem szab neki gátat, és a világ a lábai előtt hever az általa viselt név és vagyon birtokában.

– Folyton a nyomomban van. Mindig mindent tudni akar: hova megyek, kivel, meddig maradok – sorolta háborogva a lány.

– Ez a dolga – mondta édesanyja tárgyilagos nyugodt hangon.

– De már nagykorú vagyok, nem kell nekem dada. Tudok magamra vigyázni – jelentette ki határozottan a lány.

– Na ne mondd! – fordult felé az édesanyja, és rászegezte azt a tekintetét, amitől a lányt mindig kirázta a hideg. Leona tisztában volt ezzel, és ennek tudatában továbbra is nyugodt, hűvös hangon folytatva tette fel kérdését. – Akkor megmagyaráznád nekem, hogy hogyan történhetett meg az, ami miatt jelenleg is szobafogságban vagy?

– Az nem az én hibám volt – vágta rá a lány hevesen.

– Nem? – kérdezte emelt hangon Leona. – Ha Robert és David nincsenek ott, a barátaidat laposra verik, téged pedig a rendőrségről szedhettünk volna össze, jobbik esetben – közölte dühösen.

– Bárkivel megtörténhet hasonló. Azok a huligánok belénk kötöttek. Rosszkor voltunk rossz helyen – magyarázta érzelmektől fűtött hangon a lány.

– Én egy kicsit másképp ismerem a történteket. A részeg barátaid hangoskodtak és a pénzükkel hencegtek. Mindenkinek beszóltak, azoknak az embereknek is, akik nektek mentek.

– Csak buliztunk, anya! – csattant fel a lány.

– Érdekes, hogy a ti értelmezésetekben a randalírozás, a lerészegedés jelenti a bulizást – mondta Leona és nagyot sóhajtott. – Vannak szabályok, Elisabeth, amelyeket te nem tartottál be, pedig elfogadtad azokat. Nem álltunk soha az utadba. Ha el szerettél volna menni valahova, elengedtünk. Egyetlenegy feltétele volt mindennek, az pedig Robert. Neki mindenhol ott kell lennie veled. – Mielőtt a lány közbevághatott volna, édesanyja kezével csendre intette, majd folytatta. Esze ágában sem volt most abbahagyni. – A nagykorúság velejárója a felelősségvállalás. Vállald a felelősséget a tetteidért! Ha azt hiszed, a szabályokat felrúgni felnőttes dolog, akkor nagyon tévedsz. A szabályokat betartani és vállalni a tetteinket, az felnőtt emberhez méltó viselkedés – mondta szigorúan, közbeszólást nem tűrően a lánynak. – Most pedig ideje utánanézni a tanulmányaidnak – fordult vissza a tükör felé. – Érettségi előtt állsz. Jó lenne eldönteni, mihez akarsz kezdeni az életeddel, ha már nem jelentkeztél egyetlen főiskolára sem. Ami pedig Robert dolgát illeti, melletted marad. Ebből nem engedek.

– Miért mindig az van, amit te akarsz? – háborgott a lány.

– Mert én vagyok az anyád – hangzott a válasz.

– Mi van, ha nem akarok továbbtanulni? – szegezte hirtelen a kérdést édesanyjának, makacs fejtartás kíséretében, akinek feléje sem kellett fordulni, a tükörben is jól látta dacos, lázadó tekintetét. De ha nem látta volna, akkor is pontosan tudta volna, milyen arcot vág most, miközben próbál ellenszegülni.

Leona higgadt hangon válaszolt. – Nem gond. Dolgozhatsz is. A szobalányoknak mindig sok dolguk van, jól jön a segítség – közölte, és gyors léptekkel elindult kifelé a fürdőszobából.

Lánya utánairamodott, és próbált vele lépést tartani.

– Majd pont szobalány leszek! – háborodott fel Elisabeth.

– Miért? – fordult hirtelen felé édesanyja, és ettől a lány megtorpant. Szemtől szembe álltak egymással. Lehetősége sem volt másfelé nézni, tekintete fogva tartotta. – Mit gondoltál, hova kerülnél? Csak egy érettségid van, illetve még az sem. Se gyakorlat, se tapasztalat. Mi szeretnél lenni? Szállodaigazgató? Legyen. De akkor tanulj tovább – mondta, és továbbindult.

A lány se tétovázott, a nyomába szegődött. – A miénk ez az egész kóceráj és még jó néhány – mutatott körbe színpadiasan. – Ha nem csinálnék soha semmit egész hátralévő életemben, akkor is jól ellennék.

Édesanya most már kezdte elveszíteni türelmét. Gyors mozdulattal ismét felé fordult. Összeszűkült szemekkel nézett rá. Elisabeth testén végigfutott a remegés, de nem hátrált. Makacsul állta édesanyja dühös tekintetét. Jól ismerte ezt a nézést; túlfeszítette a húrt, és most viselnie kell annak következményeit.

– Ugye magad sem hiszed, hogy ez az egész magától működik? Szerinted mi csak szórakozunk itt egész nap?

– Nem, nem hiszem. De ti élvezitek ezt! – vágott vissza a lány. – Látnátok, milyenek vagytok, amikor belevetitek magatokat a munkába. Kastélyszálló itt, kastélyszálló ott, na meg a Holdfény. Mintha ez az egész valami torta lenne habbal, és élvezettel beleharaptok.

– Akkor találj ki végre te is olyan dolgot magadnak, amit élveznél, és harapj bele! A vagyon, amiről beszélsz, azért van, hogy támogasson téged azon az úton, amit választasz magadnak, hogy megvalósíthasd az álmaidat. Találj ki magadnak valamit! Legyél orvos, űrhajós, lélekbúvár, vagy Isten tudja, mi. De arra ne is számíts, hogy támogatom a semmittevést. Ha velünk szeretnél dolgozni, legyen, de azért tanulnod kell, keményen, hogy átvehesd tőlünk az irányítást.

– Na, kösz! – húzta el a száját a lány. – Azt már nem, hogy folyton minden lépésemet ellenőrizzétek. Ha apa élne, minden egészen más lenne! Ő megértene engem.

– Ha édesapád élne, ugyanezt mondaná, amit én. Tanulj!

Elisabeth nem tudta mit feleljen; bármit is mond, nem nyerhet. Vesztésre áll. Ismét alul maradt édesanyjával szemben. Tehetetlen dühében dobálni kezdte a hatalmas franciaágyon sorakozó párnákat, amelyek sorra, egymás után landoltak a parkettán.

– Ez szemétség! – kiabálta, miközben egy párnakupac halmozódott fel a földön.

– Azt hiszem, most már elég lesz, Brown kisasszony! – szólt rá erőteljesen egy férfihang.

Elisabeth egy pillanatra megtorpant, majd gyors léptekkel a férfi előtt termett. – Clive, kérlek! Beszélj vele! – mondta, és közben gyilkos tekintettel édesanyjára nézett, mintha a férfi e nélkül nem tudná, kiről is beszél.

– Jó lenne, ha előbb lenyugodnál! – szólította fel a férfi, és mellőzve a lányt feleségéhez sétált, hogy átölelhesse, és üdvözlő csókot adhasson neki, aztán szigorúan a lányra nézett. – Pakold vissza szépen a párnákat a helyükre! Aztán kérj bocsánatot az édesanyádtól azért a hangnemért, amit vele szemben használtál!

Elisabeth durcásan engedelmeskedett a férfinak. Tisztában volt vele, hogy nem tehet mást. Telve méreggel visszapakolta az imént földre dobált párnákat a helyükre, majd karba font kézzel Clive-ra nézett, aki várakozásteljes pillantással várta a továbbiakat. – Bocsánat – morogta halkan a lány.

– Nem hallottuk! – szólította fel a férfi határozottan.

– Bocsánat – ismételte hangosan a lány. – De ez akkor sem igazság! Senki nem ért meg engem – háborgott tovább. – Legalább te mellettem lehetnél, Clive! Te nemcsak az apám, hanem a bátyám is vagy. Te vérbeli Brown vagy.

– Éppen azért tudom, hogy mi a jó neked, Elisabeth – lépett a lány elé, és megsimogatta annak arcát. – Valamit kezdened kell az életeddel és kordában kell tartani az indulataidat. Ezek a mindennapos veszekedések megnehezítik az életünket. Foglald le magad valamivel. Eddig még mindig mindent abbahagytál. A zongorázást, a színjátszást, a táncot.

A lány dacosan az előtte magasodó férfira nézett. – Mi van, ha énekelni akarok, mint te?

– Akkor énekelj! Keresünk neked egy jó énektanárt – válaszolta higgadtan a férfi.

– Minek? – csattant fel a lány. – Te énekes vagy, te is taníthatsz engem. Nálad jobban senki nem tudja, hogyan kell csinálni.

– Nagyon szívesen segítek neked. De te is tudod, hogy a szállodavezetésből én is kiveszem a részem. Mellette ott vannak a fellépések. Ha énekelni akarsz, komolyan fogod csinálni. Iskolában, bizonyítvánnyal, vizsgákkal. Én nem vagyok énektanár.

– Mi a csudának nekem sztárapa, ha nem élvezhetem az előnyeit? Ki taníthatna nekem többet nálad? A semmiből kezdtél, és most a legismertebb előadóművész vagy az országban. Kell ennél több?

– Neked ezerszer többet kell bizonyítanod, mint azoknak, akik átlagos családból származnak. Bármit teszel, mindenki figyelni fogja és hozzánk fog hasonlítani. Azt mondják majd, könnyű neked, mert Brown vagy.

– Bárhová megyek, ezt kapom! – csattant fel ismét a lány. – Az édesapám Mark Brown, a Brown szállodalánc megalapítója. A mostohaapám, aki a bátyám is, Clive Brown, az ország elismert énekese, számos aranylemez és platinalemez tulajdonosa, mellesleg a Brown szállodalánc örököse és egyik igazgatója. Az anyám Leona Brown, aki szintén a Brown szállodák igazgatója és a Holdfény Rendezvényközpont létrehozója.

– Na, szívem, te tényleg nagyon sanyarú sorsú vagy – paskolta meg gyengéden Clive a lány arcát. – A név kötelez. Brownnak születtél. Ez van. Ideje belenyugodni.

– Ja! De az előnyeit csak korlátozottan élvezhetem – morogta Elisabeth. – Magam takarítom a szobámat, a fürdőszobámat, bár tele vagyunk alkalmazottal.

– Képzeld, én is magam takarítom a szobánkat, sőt a nappalit, a dolgozót, a konyhát, az étkezőt és a fürdőt is. Mellette vezetem a birodalmat, ahogyan te nevezed a szállodákat – sorolta az édesanyja –, és mindezek mellett próbálok eleget tenni anyai feladataimnak, és még a te panaszáradatodat is hallgatom sanyarú sorsodról.

– Mert el vagyok nyomva! – kiabálta a lány.

– Már megint Elisabeth Brown-est van? – dugta be fejét az ajtón a fiú, és érdeklődve nézett szét. Jól ismerte már ezt a helyzetet, aminek most is szemtanúja lett. Elisabeth folyton lázong vagy a testőrök, vagy az iskola, vagy éppen valami más miatt, ami nem úgy van, ahogy azt ő akarja. Bulik, haverok, újabb menő holmik, de azonnal.

– Fogd be! – rivallt rá a lány.

– Elisabeth! Hogy beszélsz a testvéreddel? – szólt rá Clive.

– Ahogy megérdemli Mr. Tökéletes – felelte gúnyosan, és a fiúra grimaszolt. – Mindenbe beleüti az orrát az eminenske.

– Úgy látom, nővérkém, megint rajtad van a hiszti – jegyezte meg Mark a tőle megszokott higgadtsággal. Mindig nyugodtan, reálisan szemlélte a dolgokat, nem kereste a vitákat sem a bajt. A tőle elvárt szinten tanult és eleget tett mindennek, ami a Brown névvel járt. – Mi van, elhagyott a pasid?

– Fogd be! – sziszegte a lány és leszegett fejjel figyelte, szülei hogyan reagálnak a friss információra. Már bánta, hogy idáig feszítette a húrt, jobb lett volna elkerülni ezt a témát. Még!

– Pasi? Milyen pasi? – érdeklődött édesanyja, és választ várva nézett lányára. De az nem felelt. Eddig nem igazán volt terítéken ez a téma, mert a lány körül zsongó fiúk az osztálytársakból álltak, s mivel egyedül sehova nem engedték, így fel sem merült egy szerelem lehetősége olyasvalakivel, akit ők nem ismertek volna.

Elisabeth nem felelt, így helyette testvére válaszolt a feltett kérdésre: – Valami idős pasi csapja neki a szelet, már mindenki erről beszél a suliban. Folyton hívogatja őt, és órákat sutyorog vele.

– Fogd már be azt a lepcses szád, Mark Brown! – kiabált az öccsére a lány, és hozzávágta a keze ügyébe kerülő első párnát.

Mark ügyesen kitért a felé repülő párna útjából. Az ettől az ajtófélfának ütközött, majd a földre esett.

– Ne fogja be! – mondta Clive. – Érdekel a dolog. Milyen pasi, és mennyire idős az illető?

– Mark csak világol. Be akar mártani – próbált valami magyarázattal kibújni a számára kényes téma alól a lány.

– Hát hogyne! – vigyorgott a fiú, és miközben távozott, egy nevet mondott kéjesen. – Adam. Ó, Adam!

– Adam? – kérdezte Clive. – Milyen Adam?

– Adam – mondta Elisabeth kurtán, remélve, hogy csoda történik és megúszhatja, és nem kell elmondania a dolgot, bár tudta, ez a csoda itt nem fog megtörténni.

– Elisabeth, kérdeztem valamit! – szólt emelt hangon Clive. – Milyen Adamnak hívják a fiút vagy férfit?

A lány lehajtott fejjel a csuklóján lévő ékszert forgatta. Tudta, most már biztos kitör a botrány, ha a szülei megtudják, kiről is van szó.

– Adam Haddon – adta meg a választ a kérdésre halkan.

– Ez a Adam Haddon az a Haddon, akire gondolok? – kérdezte élesen Clive.

Elisabeth összerezzent. – Az ingatlankereskedő – hebegte.

– Kereskedő! – nevetett fel Clive, majd hirtelen komoly hangnemre váltott. – Már bekebelezte az összes ingatlanost közel s távol. Akit nem, azt majd még most teszi tönkre.

A férfi idegesen kezdett fel s alá járkálni a szobában. Egyáltalán nem tetszett neki az udvarló személye. A semmiből bukkant fel, és szinte pillanatok alatt lett az egyik leggazdagabb üzletember a környéken. Mindenki azt találgatta, vajon hogyan csinálta – és miből. Mostanában elég gyakori beszédtéma volt a köreikben a fiatalember személye, és ezekből a beszélgetésekből nem alakult ki kellemes kép róla.

Leona – látva, hogy Clive nagyon dühös – jobbnak gondolta, ha ő folytatja ezt a beszélgetést.

– Elisabeth, az a férfi jóval idősebb, mint te – mondta olyan higgadtan, ahogy csak a helyzethez képest tudta. – Hány éves is pontosan?

– Csak… – próbálta volna szépíteni a valóságot Elisabeth, de aztán mégis meggondolta magát. Szülei úgyis megtudják az igazságot, így nem hazudott. – Most lesz harminc.

– Remek! – csattant fel Clive.

– Az apánk több mint húsz évvel volt idősebb anyánál – támadt neki a férfinak ösztönösen a lány.

– De én akkor már nem voltam tizennyolc éves, és már régen nem – vágta rá az édesanyja. – Az sem elhanyagolható tény, hogy saját házam volt, munkám, külön életem. Az a helyzet egészen más volt, mint most a tiéd. Össze sem lehet hasonlítani a kettőt. Neked tetemes örökséged van, nem elhanyagolható vagyoni háttérrel és névvel.

– Adamnak is van háza és vagyona is!

– No, hiszen pont ez a vagyon az, ami aggaszt engem – húzta el a száját Clive. – Nem beszélve a megszerzésének módjáról.

– Becsületesen megdolgozott érte – vette védelmébe a lány a férfit.

– Nem kell reklámoznod a pasit, Elisabeth, pontosan tudjuk, hogy milyen módszereket alkalmaz – villantotta szemeit a lányra vészjóslóan Clive. – Másról sem beszélnek a városban, csak a csodás meggazdagodásáról és tisztességtelen módszereiről. Túl gyakori beszédtéma lett a szóban forgó fiatalember.

– Nem is ismeritek őt, és már el is ítélitek – kiabálta a lány.

– Az meglehet, hogy nem ismerjük, de nem is szándékoztunk megismerni őt, szívem. Szemtelenül magabiztos, és nem tisztel senkit és semmit – mondta Clive indulatosan.

Elege volt a vitából. Nem éppen ez volt az, amire most készült.

– Tudtam, hogy ez lesz – pufogott a lány. – Tudtam! Tudtam! Tudtam! – harsogta.

– Mára már elég lesz Adamból, és minden egyéb más témát is napolnék holnapra – figyelmeztette a lányt Clive. – Ha kicsit önmagadon túl is látnál, tudnád, hogy ma milyen nap van és látnád, hogy szeretnék indulni édesanyáddal. Nyugodtan – nyomta meg az utolsó szót a férfi, és ezzel befejezetnek tekintette az Adam Haddon-témát. Legalábbis mára.

– Csak tudnám, mit tudtok csinálni minden évfordulón a Holdfényben – morogta a lány. – Dögunalom – indult kifelé a szobából dühős léptekkel.

– Ha tudnád, nem neveznéd unalmasnak! – vigyorodott el Clive, és átölelte feleségét.

– Jézusom! – hallották távolból a lány hangját. – Micsoda perverzek a szüleim még ennyi idősen is – mormogta, de igazából örült, hogy elterelődött a téma Adamról és leléphetett.

– Ez leöregezett minket? – kérdezte Clive csodálkozó tekintettel feleségétől.

– Nagy valószínűséggel.

– Na, mindegy, induljunk, mert már szeretnék kettesben lenni veled.

– Csak előbb lenyugszom kicsit. Lassan kezdek kételkedni benne, hogy kordában tudjuk tartani őt – mondta Leona, miközben magára fújt egy kis parfümöt. – Elisabeth napról napra kezelhetetlenebb. Fogalmam sincs, mi lesz, ha az érettségi a kezében lesz. Naphosszat nem járkálhat a barátnőivel, na meg ezzel az Adam fickóval, ki tudja merre. Ha most nem találunk ki neki valamit, teljesen kicsúszik a kezünkből és két kézzel fogja szórni a pénzt, mert már nem gyámkodhatunk felette és a vagyona felett. Felnőtt nő.

– Majd lenyugszik, ne izgasd magad miatta! Az örökségéhez pedig amúgy sem juthat hozzá huszonegy éves koráig. Apa jól tudta, hogy egy Brown-lányt kordában kell tartani és korlátok közé szorítani. De ennek az Adamnak kitekerem a nyakát – sziszegte a férfi erélyesen. – Ha csak rágondolok, elönt a méreg. Egyáltalán hol találkozhattak? – morgolódott egyre ingerültebben Clive.

– És még én vagyok ideges – mosolyodott el férje hevességén Leona.

Clive elnevette magát. – Gyere! – szorította magához. – Igazad van – nézett rá csillogó szemekkel. – Lenyugszunk. Most csak mi ketten vagyunk fontosak – szorította még jobban magához a nőt, és boldogan mosolyogva a fülébe súgta: – Boldog házassági évfordulót, Leona Brown.

2. FEJEZET

Az este csodálatos volt, mint mindig ezen a napon. Leona és Clive még egyetlen évet sem hagyott ki, hogy az évfordulójukon a Holdfényben ünnepeljenek. Ilyenkor mindent ugyanúgy csináltak, mint akkor, az első együtt töltött, lopott órában. Gyertyafény, virágszirmok, és Leona irodája. Csak a helyzet volt más. Most nem kellett titokban együtt lenniük, mint akkor. Eltöltöttek néhány órát együtt, egymásba felejtkezve és nem törődve semmi mással. Ilyenkor mintha csak időutazásban vettek volna részt. Felelevenítették emlékeiket, és egyúttal megerősítették szerelmüket, minden év ugyanazon napján.

– Min nevetsz? – kérdezte Clive Leonától az autóban, mikor már hazafelé tartottak a Holdfényből.

– Imádom ezeket a hajnali hazameneteleket. Olyan, mintha haza kellene lopódznunk, hogy meg ne lássanak minket együtt. Mintha titkolnánk, ami kettőnk között történt.

– Vágysz az izgalomra?

– Köszönöm, de az életem elég izgalmas melletted. Vigyáznom kell, nehogy lecsapjon a kezemről egy elszánt rajongó. Túl sokan vannak, és némelyikük túlzottan gátlástalan.

– Féltékeny vagy?

– Óvatos! – pontosított Leona. – Rengeteg munkám fekszik benned.

– Igazán? – kiáltott fel a férfi, és elnevette magát. – Nekem úgy rémlik, hogy nekem fekszik sok munkám a megszerzésedben. Reménytelen helyzetből lettem kitartó munkával én a befutó. Nem beszélve életem kockáztatásáról. Egyetlen férfi sem kapott nemet annyiszor egy nőtől, mint ahányszor azt te nekem mondtad.

– Igaz, de jó okkal tettem – suttogta Leona, majd elcsendesedett. Emlékek rohanták meg, melyek súlya alól nem tudott szabadulni. Férje tudta, mi rejtőzik hallgatása mögött.

– Apára gondolsz? – kérdezte halkan.

– Gyakran gondolok rá mostanában – felelte elmerengve. – Valószínűleg Elisabeth dühkitörései miatt. Azt kérdezem magamtól, vajon ő mit tenne a helyemben, hogyan fogná vissza a lányát? Talán ő tudná, hogyan kezeljük őt.

– Talán – értett egyet vele a férfi nem túl meggyőzően. – Elisabethnek olyan a természete, mint apának volt. Heves, makacs, szereti, ha a dolgok a kedve szerint alakulnak, és ha akadály gördül elé, minden eszközt bevetve próbálja azt eltávolítani és nem retten vissza semmitől. Szerinted ez jó párosítás lett volna? Mi van, ha mind a ketten máshogy képzelték volna a dolgokat? Összecsaptak volna. Aztán, apám elkényeztette volna őt születésétől kezdve, és ezzel sem könnyítette volna meg a helyzetet. Továbbá, ha apa még élne, nem valószínű, hogy mi férj és feleség lennénk. Te nem hagytad volna el őt, én pedig nem vettelek volna el tőle. Nem tudom, boldogok lettünk volna-e úgy.

Leona nagyot sóhajtott. Mark halála fájdalmas emlék volt számára. Tudta, amíg él, mindig elevenen fog benne élni annak a végzetes napnak minden egyes szava és pillanata. Minden érzésre emlékezett arról a napról, arról a végzetes napról, amikor Mark meghalt, és ő megszülte Elisabeth-et.

– Olyan kegyetlen az élet! – sóhajtott az emlékek súlya alatt. – Volt egy döntési helyzet, amiben nem tudtam, mi lenne a helyes lépés. Az élet megoldotta a problémát. Elvette Markot, így nekünk nem kellett tovább titkolnunk egymás iránti érzéseinket, nekem pedig nem kellett döntenem. Gyáva voltam.

– Akkor nem döntöttél, és utána is nehezen tetted meg, és nem gyávaságból, te is jól tudod. Egy évig nem merted nyíltan felvállalni az érzéseidet irányomba, ki kellett erőszakolnom, hogy megtedd végre. Tizennyolc év telt el, de te a mai napig gyötröd magad a történtek miatt. Pedig jól tudod, hogy egyikünk sem volt hibás és mindig jól döntöttünk, és egyikünk sem tudta volna megakadályozni az akkor történteket.

– Tudom, de nem tehetek róla. Így érzek. Talán azért is jut mostanában többször eszembe a múlt, mert Elisabeth napról napra jobban hasonlít Markra. Talán csak túl öreg vagyok, hogy megértsem őt.

– Öreg! – nevetett fel Clive. – Kicsim, az öregek nem úgy néznek ki, mint te. Azt hiszed, nem látom, hogyan legeltetik rajtad a férfiak a szemüket, amikor körbeudvarolnak egy fogadás vagy üzleti megbeszélés kapcsán? Csak úgy teszek, mintha nem venném észre semmit és hidd el, nem egyszerű így tennem.

– Clive Brown féltékeny! – jegyezte meg Leona, és elégedetten mosolygott.

Tetszett neki ez a helyzet. Vigyorogva fészkelődött a helyén.

– Örülsz?

– Kimondhatatlanul. Nagy elégtétel ez nekem, mert elviselem az olykor nem éppen illemtudó, önmagukból kivetkőzve sikoltozó, tapintatlan rajongókat, akik a férjemért epedeznek. Eltűröm, hogy megpróbálnak közénk furakodni a rendezvényeken, engem pedig levegőnek néznek. Az sem zavarja őket, hogy magánemberként vagyunk jelen egy eseményen, mint férj és feleség. Együtt – nyomta meg a szót nyomatékosító jelleggel. – Furakodnak, tolakodnak. Aztán ott vannak még a levelek, amikben felajánlkoznak neked, és ne felejtkezzünk el az olykor nem túl szemérmes ajándékokról sem, amiket a kastélyszállóba küldözgetnek. Nem is értem, mire gondolnak, mikor ilyen dolgokat tesznek. Megtetszik egy bugyi, és felkeresed a tulajdonosát?

– Vannak ilyen emberek, de nem tudom ezeket a dolgokat elkerülni. Nem tudhatjuk, ki mit gondol vagy ki mit fog cselekedni. Mint ahogy az üzleti életben sem tudhatod, mikor mi fog történni, és ki hogyan fog lépni egy adott helyzetben.

– Ezért vagyok kénytelen folyton valami meglepetésen törni a fejem, nehogy az egyik ajánlat elnyerje tetszésedet, vagy az egyik fehérnemű nehogy túlzottan beindítsa a fantáziád.

Clive hangosan felnevetett, mikor eszébe jutott a legutóbbi eset a Holdfényben, mikor Leona meglepte őt.

– Meg kell adni, fantáziadús vagy, kicsim. Majdnem szívrohamot kaptam a legutóbb is, amikor az öltözőben, a sötétben letámadtál.

– Hogy megnyugtassalak, elmondom neked, hogy nem csak te kaptál frászt, hanem az alkalmazottak is, amikor közöltem velük, hogy egy szót sem szólhatnak senkinek arról, hogy ott vagyok. Főleg neked nem, mert különben ki vannak rúgva! Azt gondolták, valami véres családi dráma következik.

– Azért került engem mindenki úgy, mint egy leprást!

Leonából kipukkadt a nevetés, mikor gondolatban felelevenítette az említett estén történteket. Férje rémült arca villant fel előtte, amikor váratlanul a sötét öltözőben nekinyomta őt az ajtónak.

– Mókás volt! – vigyorgott Leona.

– Jól van, nem kell kinevetni. Beismerem, kissé megrémültem. Azt hittem, valamelyik őrült rajongó jött be az öltözőmbe, és ki tudja, mit akar tőlem.

– Csak visszakaptad. Amikor te velem ugyanezt tetted, majdnem lebuktunk és nem eresztettél, hiába kértem – elevenítette fel újabb emlékeit Leona.

Clive a Holdfényben lépett fel és többszöri elutasítás ellenére sem fogadta el, hogy nem lehet köztük semmi. Így amikor Leona bement hozzá az öltözőbe, letámadta csókjaival és ő csapdába került, nem tudott neki ellenállni és szabadulni a csókjaitól. Mark váratlan megjelenése vetett véget a szorult helyzetnek, és kis híján lebuktak előtte.

– Kénytelen voltam némi erőszakhoz folyamodni, mert önszántadból, nem jöttél volna be hozzám az öltözőbe, és én őrülten vágytam a közelségedre.

– Mi a fene! – csattant fel Leona a következő pillanatban, és ameddig csak tudott, előrehajolt az autóban, hogy jobban lássa, mi történik a kastélyszálló bejárata előtt. Mikor Clive is felmérte, mi is háborította fel a feleségét, rosszat sejtett.

– Ne húzd fel magad! – próbálta nyugtatni, bár jól tudta, az jogosan fog dühöngeni, ha kiszállnak az autóból. Mikor megálltak, csak ennyit mondott neki: – Légy könyörületes!

De Leona ezt már meg sem hallotta. Pillanatok alatt kiugrott a kocsiból, és a bejáratnál vitatkozó két ember mellett termet.

– Mi folyik itt? – nézett dühös tekintettel rájuk. – Hajnali öt óra van. Mit keresel itt ilyenkor Elisabeth teljes pompában? Tudtommal szobafogságban vagy.

– Én nem szándékoztam itt veszekedni, de Robert nem hagy békén.

– Vajon miért nem? – nézett szúrós tekintettel a lányára Leona. – Hol jártál? Mert nem aludtál kisestélyiben, az biztos – mérte végig lánya öltözékét. A ruha cseppet sem hasonlított egy hálóingre, sokkal inkább egy divatos butik darabjára, amit lánya a közelmúltban szerzett be magának.

– Elnézést, Leona asszony, de Elisabeth a tudtom nélkül hagyta el a szállodát – magyarázta a férfi a történteket. – Kijátszotta a portást, és amikor felmentem a lakosztályba, hogy megnézzem, minden rendben van-e, csak Mark volt otthon. Tűvé tettük Elisabethért az egész kastélyt.

– Most már elég lesz a panaszkodásból, gorilla! – mordult a testőrre a lány.

– Elisabeth! – szólt rá erélyesen Clive. – Gondold meg, mit mondasz!

Leona a *gorilla* elnevezésre elnémult. Ő is így hívta annak idején Mark testőreit, akiket a védelmére küldött. Neki sem tetszett, hogy állandóan a nyomában loholnak és ellenőrzik őt. Megértette lánya ellenérzését ezzel kapcsolatban, de tudta, hogy nem engedheti, hogy védelem nélkül közlekedjen. A múlt történései és a jelen eseményei sem teszik lehetővé.

– Rendben, Robert! – szedte össze magát Leona. – Menjen, feküdjön le! Elisabethet bízza csak ránk. – A férfi kissé tétovázott, majd távozott. – Indulás! – mutatott előre lányának Leona.

Elisabeth mérges tekintettel indult el előttük dühös léptekkel, majd nekiiramodott és futva ment az emeletre, miközben szülei lifttel mentek utána.

Miután becsukódott a felvonó ajtaja, Leona férjéhez bújt és gondterhelten sóhajtott.

– Mikor lesz már ennek vége? Vajon hol lehetett, és kivel?

– Azon ne törd a fejed, hogy kivel. Abban biztos lehetsz, hogy Adam Haddon keze van a dologban. Kinyírom, ha egy ujjal is hozzáért – sziszegte Clive dühösen.

– Akkor kezdheted, de ne az ujjait vágd le! Magad sem hiszed, hogy nézegette egész este, mint egy képeskönyvet.

– Ne fesd az ördögöt a falra, Leona! Éppen elég ideges vagyok így is.

Amikor a lift ajtaja kinyílt, látták, hogy a lakosztályuk ajtaja nyitva van. Elisabeth már előttük beviharzott rajta. Mikor beléptek a nappaliba, keresztbe fűzött kézzel, duzzogva ült a pamlagon, várva, mi lesz most. Szülei úgy tettek, mintha ott sem lenne. Jöttek-mentek, pakolgattak. Elisabethnek pattanásig feszültek az idegei az időhúzástól. Jól tudta, ez csak pszichológiai hadviselés ellene. Direkt csinálják, ez már a büntetés része. Egy ideig kitartott, aztán egy idő után már nem bírta tovább. Mérgesen felpattant.

– Meddig kínoztok még? Kezdjetek bele! – kiabált.

– Lassan a testtel, kishölgy! – intette csendre őt Clive. – Ülj vissza, ne ugrálj! Nem vagy abban a helyzetben!

– Hol voltál, és kivel? – vágott közbe Leona, és karba tett kezekkel állt lánya elé.

– Látod, nem? – felelte pimaszul Elisabeth, miközben végigmutatott öltözékén.

– Na, most már elég legyen! – kiabálta mély hangon Clive, amitől a lány összerezzent. Úgy hatalmasodott felé, hogy az úgy érezte, összetörpül tőle. Ritkán lehetett a férfit kihozni a sodrából, de ha igen, nem volt pardon. Leona ilyenkor úgy érezte, Mark elevenedik meg előtte. Ahogyan Clive ilyen alkalmakkor mozgott, beszélt és viselkedett, minden olyan volt, mint ahogyan Mark tette, amikor mérges volt, vagy nyomatékosítani akarta valakiben, hogy nem tetszenek neki a dolgok. Clive napról napra jobban hasonlított az apjára, és látni ezt nagyon megdöbbentő volt. Elisabeth láthatóan megtorpant. Tudta, messzire ment, de már megtette és nem menekülhet. Ha az a minden lében kanál Robert nem buzgólkodik, szülei nem tudnak meg semmit. Visszaült a kanapéra és várta az elkerülhetetlent.

– Táncolni – hangzott a válasz.

– Kivel?

– A barátnőimmel.

– És még? – faggatta tovább az édesanyja, de mivel látta, lánya habozik válaszolni és látszólag valami számukra elfogadható válaszon töri a fejét, ami nem fedi majd a valóságot. Jobbnak látta figyelmeztetni őt, mielőtt ismét egy hazugság hagyná el a száját. – Jól gondold meg, mit válaszolsz!

Elisabeth gyorsan elvetette az újabb hazugság ötletét, így az igazat mondta.

– Adam is ott volt – felelte. – De nem csináltunk semmit, csak táncoltunk – fűzte hozzá gyorsan.

– Ajánlom neki! – mordult fel fenyegetően Clive.

– Képes vagy e miatt a férfi miatt kijátszani minket és hazudni nekünk? – kérdezte Leona aggodalmasan.

– Szeretem! – fakadt sírva a lány, nem bírva tovább a szülői nyomást. – Szeretem akkor is, ha tiltjátok! Nem tudom nem szeretni – nézett könnyes szemekkel a szüleire.

Leona és Clive egymásra nézett. Nagyobb a baj, mint gondolták. A lányuk szerelmes. Felesleges minden szó.

– Mióta ismered? – kérdezte Leona. – Egyáltalán hol ismerkedtetek meg?

– Két hónapja – szipogta a lány. – Azon a bulin, amit Jázmin szülei tartottak.

Leona Elisabeth mellé ült a kanapéra. Emlékezett a partira. Jázmin szülei ügyvédek, és egy estélyt tartottak. Ő és Clive nem tudtak elmenni, de mivel Elisabeth és Jázmin évek óta jó barátnők és gyakran aludtak egymásnál, megengedték neki, hogy elmenjen. De álmukban sem gondolták, hogy pont ekkor fog megismerni valakit, akibe szerelmes lesz.

– Meddig akartad titkolni? – vette át a szót Clive.

– Nem tudom.

– Ő miért nem áll elénk? – folytatta kérdései sorát a férfi.

– Mert én nem akartam, mert tudtam, hogy nem fog nektek tetszeni a dolog.

– Hát ezt jól látod – mondta Clive, és a lány másik oldalára ült. – Elisabeth, az a férfi harmincéves. Érett, tapasztalt. Tudod, hány nőt ráncigált már az ágyába? Te tapasztalatlan vagy. Mi lesz, ha csak kihasznál és továbbáll? Honnan tudod, hogy mik a valódi szándékai?

– Adam jó ember! – fakadt ki kétségbeesetten a lány.

– Mondja ezt a rózsaszín felhőn ülő lány – jegyezte meg Clive
és tisztában volt vele, hogy reménytelen eset lebeszélni a férfi-
ról. Teljesen a hatása alatt van.

– Nem feküdtem le vele! – mondta Elisabeth anélkül, hogy
bárki is kérdezte volna tőle.

– Még szerencse! – csattant fel Clive. – Két hónapja ismered!

– Jennifer egy hónap után feküdt le a pasijával és azt mond-
ta, hogy az érettebb férfiak sokkal jobb...

– Na, ezt nem hallgatom tovább – ugrott fel Clive idegesen,
és járkálni kezdett a nappaliban.

– Most mi van? Téged körülrajonganak a nők, jól tudod, hogy
az ágyukba akarnak rángatni még a fiatal csajok is a suliban. Ha
hallanád, hogy miket mondanak rólad. Ódákat zengenek arról,
hogy milyen állati a tested és hogy milyen szívdöglesztő pasi vagy.

– Hogy ki mit akar és mit mond, az engem nem érdekel. Én
szeretem az édesanyádat. Őt, és senki mást. Nem rángatok más
nőket az ágyamba.

– Ítélkeztek Adam felett, holott ti sem vagytok szentek. Cli-
ve a bátyám, és ő lett az apám is, az öcsém édesapja. Adam azt
mondja, hogy az édesapám is kemény üzletember volt és nem
kímélt senkit, ha meg akart szerezni magának valamit. Ez pe-
dig a nőknél sem volt másképp.

– Jól informált ez a te Adam barátod a mi családunkkal kap-
csolatban. Ugyan mit tud még? – sziszegte Clive mérgesen, és
a lányra meredt.

Elisabeth hirtelen megtorpant. – Hogy anya apa védelme alatt
állt, és senki nem mert vele ujjat húzni – folytatta bátortalanul.

– Jobb lesz, ha most mész és lefekszel! – mondta Clive ösz-
szeszűkült szemekkel. – Majd holnap eldöntjük édesanyáddal,
hogy mi legyen a büntetésed.

A lány szót fogadott; jobbnak látta ezt tenni. Lógó orral in-
dult a szobájába, majd eltűnt az ajtaja mögött.

Clive mérgesen töltött magának egy italt, és egy húzásra le-
hörpintette azt.

– Nyugodj meg! – lépett a háta mögé Leona és átölelte a dere-
kát. – Azt hiszem, eljött az ideje annak, hogy megtudja az igazat

a múltról. Tudnia kell, hogyan is lettél valójában az apja, hogy mi is történt annak idején. El kell mondanunk neki, mielőtt még más teszi azt meg, és a saját verziója szerint.

Clive felesége felé fordult és szorosan magához ölelte.

– Nagyon szeretlek, ugye tudod? Soha nem volt senki más, és nem is gondoltam senki másra. Te és a gyerekek vagytok nekem a legfontosabbak.

– Tudom, Clive, én is nagyon szeretlek – mondta Leona, majd a következő pillanatban fürkésző tekintettel kutatta a férfit. – De miért mondod most ezt?

– Holnap akartam elmondani. Nem akartam a mai napot elrontani ezzel.

– Na, most már kezdek aggódni – mondta Leona, és gyomra görcsbe rándult. – Valami baj van?

– Nincs semmi baj, csak Rex nagykoncertet szervez. Igazából a megkérdezésem nélkül megszervezte és kész tények elé állított. Említettem, hogy szeretnék egy igazi, nagy koncertet, de azt nem gondoltam, hogy ő bele is vág a dolgokba. Azt mondta, nem akart addig szólni róla, míg nem látja tisztán a dolgokat.

– Ez jó, nem? Szerettél volna egy ilyet. Évek óta tervezed, de mindig közbejött valami. Most itt a lehetőség, nem szabad elszalasztanod – mosolygott Leona biztatóan.

– Igen, tudom, csak az ezzel járó több hónapos próba sok időmet leköti majd, és még kevesebbet tudok veletek lenni, mint eddig. Így is rengeteg munkát veszel le a vállamról a szállodákkal kapcsolatosan. Most meg még többet terhelnék rád ezzel a koncerttel.

– Túlleszünk ezen is. Vágj bele! – biztatta.

– Istenem! – szorította erősen magához feleségét Clive. –Te mindig támogatsz engem.

– Mert ez a helyes. Támogatnunk kell egymást. Tehát, foglaljuk össze: az elkövetkező hetekben ritkán foglak látni, és akkor is fáradt leszel.

– Ha vége a koncertnek, elmegyünk valahová csak mi ketten.

– Szép ígéret! – vigyorodott el Leona. – Hidd el, szavadon foglak!

– Mi lenne, ha megpróbálkoznánk újra egy babával?

Leona döbbenten nézett férjére. Hogy jutott most ez az eszébe? Mióta Mark megszületett és több éves próbálkozás után sem jött össze a harmadik baba, elfelejtődött a téma.

– Egy újabb gyerek?

– Te nem akarod?

– Nem erről van szó, Clive. Tudod, meddig próbálkoztunk Mark után, és nem jött össze. Most pedig már majdnem ötven vagyok. Nem hiszem, hogy szerencsés lenne most gyereket vállalni, ha egyáltalán ennyi idősen sikerülne a dolog.

– Bob is bőven ötven felett lett apa és remekül van. Gina pedig már tizenhat éves.

– Ez igaz. De nem Bob szülte a gyereket. Barbara nagyon fiatal volt akkoriban, rólam ez pedig már nem mondható el. Maradjunk abban, hogy átgondolom a dolgot.

– Rendben – adott csókot Clive felesége ajkára. – Maradjunk ebben, és később térjünk vissza a témára. Most menjünk, feküdjünk le, még alhatunk néhány órát addig, amíg Elisabeth új erőre kap és támadásba lendül, hogy megvédje azt az alakot – mondta Clive fintorogva, és egymást átölelve átsétáltak a szobájukba.

3. FEJEZET

– Anya! Apa! Reggeli! – kiabálta Mark éles hangon.

Leona álmos szemekkel nézett a mellette fekvő férfira.

– Jól hallottam vagy csak álmodom, hogy a gyerekeink reggelit készítettek? – kérdezte a hatalmasat nyújtózkodó férjétől.

– Így akar Elisabeth vezekelni. De Mark vajon mit követett el? – kérdezte Clive, miközben magához húzta feleségét.

Leona elmosolyodott. – Biztosan egy nála idősebb nőbe szerelmes, mert sokkal tapasztaltabb, mint egy vele egykorú. A nő pedig közölte vele, hogy terhes.

– Na jó! – pattant ki az ágyból Clive. – Elég lesz a ma reggeli horrorból, jól indul a napom, köszi!

– Szívesen, drágám! – mosolygott Leona, és ő is felkelt az ágyból. – Amúgy ne aggódj annyira. A fiunk tényleg szerelmes, de Ginába. Azt még nem tudom, hogy ők ketten tudják-e, de számomra egyértelmű.

– Neked is feltűnt? Vajon Barbara és Bob tudnak róla?

– Barbara igen, mert beszéltünk róla a minap. De Gina neki még nem mondott semmit, mint ahogy nekem sem Mark.

– Anya! Apa! Kihűl a reggeli, akkor pedig kár volt vele ennyit vacakolni! – kiabált be a szobába ismét szüleinek türelmetlenül Mark.

– Na, menjünk! Nézzük, mit alkottak. Lehet, hogy Elisabeth egy kis ciánt is tett bele, Adam tanácsára – mondta Clive, és megszorította köntösének övét a derekán. Leona hozzábújt, és vékony ruháján át is érezte a férfi testének jóleső melegét, ami mindig megnyugtatta és erőt adott neki.

– Szeretném, ha én mondhatnám el Elisabethnek, hogy mi történt annak idején. Nem halogathatjuk tovább.

– Rendben, de a pikáns részleteket hagyd ki – vigyorgott a férfi, és bátorítóan megszorította felesége vállát.

– Ígérem, kerülöm a témát – mosolyodott el Leona, majd ismét elkomolyodott. – Azt hiszem, a tiltás sem lenne megfelelő módszer az Adam-ügyben.

– Ha jól gondolom, attól félsz, hogy akkor anya és apa szerelmi tragédiája megismétlődne.

– Ez motoszkál a fejemben. Inkább csalódjon, minthogy belehaljon.

– Igaz. Nem védhetjük meg mindentől. Az ember a saját hibáiból tanul. De azért figyelünk, és idejében kitekerem a nyakát ennek az Adamnek – mondta Clive komolyan. – Menjünk, mert éhen halok!

Egymást átölelve mentek ki a szobájukból a nappalin át az étkezőasztalig.

Miután összeházasodtak, átalakították és bővítették is a lakosztályt. Hozzákapcsoltak két szomszédos szobát, amelyekhez tartozott egy-egy fürdőszoba is. A hatalmas nappaliból kialakítottak egy kis konyhát és ebédlőt is. A dolgozót, a hálószobát és a vendégszobát a hozzájuk tartozó fürdőszobával változatlanul hagyták. Így már alkalmasabb lett a lakosztály egy négy fős család számára.

– Jó reggelt! – köszöntötte gyerekeiket Clive. – Na, halljuk, mi a vétketek a már ismerteken felül – nézett végig az ízlésesen terített asztalon. Láthatóan nagy gondot fordítottak minden apró részletre, a terítésre, az ételekre.

– Semmi! – vágta rá Mark. – Az évfordulótokra szántuk, meglepetésként.

– A meglepetés sikerült, köszönjük – mondta Leona, és puszit nyomot a fia arcára, majd a lányáéra is. Mindannyian az asztalhoz ültek. – Jó étvágyat, mindenkinek! Nézzük, mit alkottatok.

– Volt, amit a szálloda konyhájából szereztünk be – vallotta be töredelmesen Mark, mivel az asztalon feltálalt falatokból ez egyértelműen kiderült, kár lett volna tagadni a dolgot. Csendben nekikezdtek a reggelinek, amit néhány falat után Leona megtört.

– Sok mindent kell a mai napon megbeszélnünk – kezdte a mondandóját. – Az első és a legfontosabb, hogy Clive nagykoncertre készül. Így kevesebbet lesz itthon a próbák miatt.

– Pontosan még nem tudom, hogyan fognak alakulni a napjaim és mikor kezdődnek a próbák – vette át a szót a férfi –, de igyekszem a lehető legtöbb időt itthon lenni. Szeretném, ha többet segítenétek édesanyátoknak az itthoni dolgokban. Tudjátok, hogy a nyári időszak nagyon kemény a szállodákban.

– Rendben – vágta rá Mark, de Elisabeth nem felelt. Csak némán turkált a tányérján lévő ételben.

– Elisabeth? – szólította meg választ várva Clive a lányt.

– Mit mondjak? – húzta meg a vállát.

– Talán azt, hogy „jól van", és „nem fogom idegesíteni anyát".

– Ezt nem ígérhetem meg – mondta szárazon a lány.

– Legalább most őszinte vagy – szögezte le a férfi. – A jövő héten szóbelizel, most erre kell koncentrálnod. A próbák kezdetéig megszervezünk mindent, a szabályokat is, amelyek Adamre is vonatkoznak majd.

Elisabeth nem felelt; tudta, felesleges, mert bármit is mond, a szülei fenntartással kezelik majd a történtek miatt. Eljátszotta a bizalmukat, talán örökre. Aztán meg, ha csendben marad, hamarabb szabadul. De ebben nagyon tévedett. Fogalma sem volt, hogy ez még csak mindennek a kezdete.

– Mark, nem lenne kedved focizni egy kicsit? – érdeklődött fiától Clive. – Most, reggeli után. Jót tenne egy kis testmozgás.

– De igen! – vágta rá a fiú, annál is inkább, mert sejtette, hogy nővére az esti kiruccanás után még koránt sincs túl a büntetésen. Hallotta hajnalban a vitatkozást. Most valószínűleg az édesanyjuk kettesben akar beszélni a nővére fejével, és ezért kell elmenniük itthonról. Bár abban is biztos volt, hogy őt meg édesapja fogja faggatni, mit is tud erről a pasiról. Igazából nem sokat, bár hallgatott arról, hogy van. De ha elmondja, beárulta volna a nővérét. Bár a mostani helyzetet ismerve már nem biztos, hogy jó döntés volt hallgatni. Botrány lett belőle. Talán még nagyobb, mintha elmondta volna az elején, mit is tud. Akkor is, ha ezért a nővére megharagszik rá.

Clive jó étvággyal falatozott, de Leona egyetlen morzsát sem tudott legyűrni a torkán. Ideges volt az előtte álló beszélgetéstől. Elisabeth ezidáig csak annyit tudott a múltról, amennyit feltétlenül fontos volt elmondani róla. Az édesapja halála után történtekről mindent elmeséltek neki, de az előzményekről nem.

Leona úgy gondolta, túlságosan bonyolult a múlt és nehezen értené meg egy gyerek, hogy mi miért történt.

– Elisabeth, mi főzhetnénk kettesben, amíg a fiúk elmennek.

– Felőlem – egyezett bele a lány, tudva, úgy sincs más választása.

Gyerekkora óta segített édesanyjának a konyhában. Igazából élvezte is, de most ez a mai nap nem éppen felhőtlen. Tisztában volt vele, hogy szülei mindent előre elterveztek és most egy olyan anya-lánya beszélgetés következik, amire egyáltalán nem vágyott. Ezért megy el Clive és Mark.

– Remek! – pattant fel Leona az asztaltól. – Ha mindenki befejezte a reggelit, le is szedhetünk.

El kellett foglalnia magát, hogy idegessége kissé alább hagyjon. Próbálta leplezni azt családja előtt, de Clive tudta, hogy mi játszódik le benne, és aggódva figyelte őt. Tudta, hogy a mai napig nehezen beszél a történtekről. A múlt felidézése mindig fájó sebeket szaggatott fel benne. Mikor tekintetük összetalálkozott, Leona halványan elmosolyodott. Mintha csak meg akarta volna győzni vele férjét és önmagát is, hogy nincs baj, menni fog a dolog.

– Szükségetek van még ránk? – kérdezte Clive a két nőtől.

– Nem, drágám, menjetek csak! Jó szórakozást!

A két férfi eltűnt a szobáikban és pár perc múlva készen állva a nagy meccsre, elmentek otthonról. Így anya és lánya kettesben maradt.

Leona gyorsan magára kapott egy kényelmes ruhát és kisietett a konyhába. Lánya már a mosogatógépbe pakolta be a reggeli tányérokat. Csendben tettek-vettek egymás mellett. A feszültség szinte tapintható volt kettejük között, így Leona elérkezettnek látta az időt fellebbenteni a múlt titkainak fátylát.

– Beszélhetnénk úgy egymással, mint két felnőtt ember? – kérdezte a lányát és gyengéden nézett rá, és miközben a válaszára várt, ismét szembesülnie kellett vele, hogy felnőtté vált. Pedig csak nemrég volt, hogy megszületett és megtette az első lépéseket, kimondta az első szavakat. Leonának összeszorult a szíve, ha arra a napra gondolt, amikor kimondta a *mama* szót, és nem sokkal később az éppen hazaérkező Clive-hoz futott és azt mondta neki: *apa*. Fogalma sem volt, honnan tanulta a lány, hisz' ő soha nem hívta így a férfit.

– Szeretnék neked elmondani valamit. Az igazat arról, hogy hogyan ismerkedtem meg édesapáddal, és hogyan lettem Clive felesége.

Elisabeth meglepetten nézett az édesanyjára. Mindig is érdekelte ezt a történet, de soha nem mert rákérdezni – úgy érezte, valami titok lengi körül. Remélte, hogy majd valamikor elmondják a titkot, de hogy pont most, arra nem számított. Leszidást várt, helyette pedig kap egy őszinte beszélgetést.

– Biztos, hogy akarsz beszélni róla?

– Igen, itt az ideje. Az édesapád előtt már volt egy férjem – vágott a közepébe mondandójának Leona.

Elisabeth szemei tágra nyíltak a meglepetéstől.

– Te már férjnél voltál, mielőtt apa felesége lettél volna?

– Igen. Clive a harmadik férjem, az édesapád pedig a második volt. Húszévesen mentem hozzá az első férjemhez. Igazából kötelességtudatból, nem szerelemből. Egy balesetben meghaltak a szülei, akik a szüleim barátai voltak. Nagyon jóban voltak, sokat jártunk össze, és a fiuk és én sokat játszottunk együtt. Így a barátaik halála után, mivel nem volt rokonuk, a te nagyszüleid nevelték őt. Együtt nőttünk fel és valahogy természetes volt, hogy a felesége legyek. Nagyot hibáztam ezzel. Fiatal voltam, tapasztalatlan. Hamar rájöttem, hogy boldogtalan vagyok, de nem akartam magára hagyni, mert rajtam kívül nem volt senkije. Megcsalt, megalázott, lenézett, kinevetett, élősködött rajtam és kihasznált. Mégis vele maradtam, és ennyi év távlatából azt mondhatom, hogy hálás vagyok neki mindenért, amit velem tett.

– Tessék? Azt a férfit le kellene csapni! – háborodott fel a lány.

– Megtanultam a saját lábamra állni, egyedül is felállni bármikor, bármilyen helyzetben a padlóról. Megtanultam, hogy csak magamra számíthatok, és csak én irányíthatom az életemet. Amikor meghaltak a szüleim, a házasságunk már évek óta egy lakótársi kapcsolathoz hasonlított. Egymás mellett éltünk. Amikor az örökségemet be akartam fektetni, teljesen kiakadt. De nem érdekelt. Ekkor pályáztam meg a Holdfény épületét. Itt találkoztam édesapáddal. Először nem én nyertem meg a pályázatot – mosolyodott el Leona, mikor gondolatban leperegtek előtte a múlt eseményei. Látta magát, ahogy lecsapja a kezében lévő pályázati anyagot a padra és dühöng. – Szegény Mark, odajött hozzám és megkérdezte, mi a baj. Én meg rázúdítottam minden mérgemet. Az sem tudtam, kicsoda, de nem is érdekelt. Csak mondtam a magamét és dühöngtem. Aztán elrohantam. Másnap felhívtak és közölték velem, hogy enyém az épület. Azt hittem, átverés, de nem volt az, és azt is tudtam, kinek köszönhetem.

De Mark tagadta, hogy ő lett volna. Én pedig biztos voltam benne, hogy csak ő lehetett. Az édesapád egy nagyon jóképű férfi volt. Elegáns, intelligens, kedves, sármos, és később megtudtam, hogy nagyon gazdag is. Mindenki rettegett üzletemberként tartotta számon. A nők terén sem volt jó híre, de meg kell mondjam, nem volt igaz minden, amit mondtak róla. Nagyon sokat segített nekem anélkül, hogy kértem volna. Imponált nekem, hogy felkeltettem az érdeklődését egy nálam idősebb, befolyásos, sármos férfinak. Bár mindenki óva intett tőle. Főleg Sarah. Szegény, gyakran játszottam az idegein és a frászt hoztam rá – nevetett fel Leona.

– De bármennyire is nem szívelte Markot, mindig mellettem állt. Elfogadta az érveimet, amik miatt belementem a kapcsolatba az édesapáddal. Pedig házasságról szó sem volt az elején, csak egy viszonyról. Legalábbis én ezt gondoltam. Mark megrögzött agglegény volt, miért pont én kellettem volna neki feleségnek? Harminc éves voltam, és még nem is éltem. A házasságom romokban hevert, úgy gondoltam itt az ideje váltani. Voltak kétségeim, és rettentően féltem Marktól és attól az erőtől, ami hozzá húzott. De a Holdfény megnyitójának hajnalán minden más megvilágításba került. Amikor aznap este hazamentem, a férjemet egy idegen nővel találtam az ágyunkban, a saját házamban. Már nem volt, ami visszatartson, és benne tartson abban a házasságban.

– Jézusom! – háborodott fel a lány. – Remélem, jól megverted azt a pasit.

– Nem. Kirohantam a házból, azt sem tudtam, hogy hova futok. Az édesapád állított meg, és elhozott ide engem. Akkor jártam itt először, és ő úriember módjára viselkedett velem a híre ellenére. Édesapád segítségével gyors és sima válásom volt. Aztán nagyon felgyorsultak az események. Tudtam, hogy Mark mit szeretne tőlem, és én is azt szerettem volna, amit ő. Legalábbis azt hittem, hogy egy éjszakát akar, esetleg többet, de semmi esetre sem tartós kapcsolatot. De ez nem így volt. Szinte napok leforgása alatt azon kaptam magam, hogy a menyasszonya vagyok, és az esküvőnkre készülünk.

– Aztán hozzámentél, és amikor meghalt, beleszerettél Clive-ba, és az ő felesége lettél – folytatta a történetet Elisabeth.

– Hát… nem egészen. A helyzet egy kissé bonyolultabb volt. Amikor édesapád menyasszonya voltam, támogattam egy alapítványt, amely felkért nagykövetnek.

– Ez az éhező gyerekeket segítő, Anna-féle alapítvány?

– Igen, ez az. Jelenleg is mi vagyunk a nagykövetei, mint tudod. Itt találkoztam egy velem egyidős, őrjítően jóképű és szívdöglesztő énekessel, akinek a dalai állandó jelleggel szóltak az autómban. Akibe, ha bevallom, ha nem, első látásra beleszerettem.

– Na, most elveszítettem fonalat. Ki volt ez a férfi? Clive?

– Igen, Clive.

– Clive? De hogyan? Clive apa fia.

– Édesapád nem tudta, hogy van egy fia. Akkor még nem.

– Mi van? – értetlenkedett a lány. – Ez meg hogy lehetett?

– Amikor édesapád még egyetemista volt, szerelmes lett egy lányba, akit Elisabethnek hívtak.

– Ezért kaptam én is ezt a nevet?

– Igen. A lányt a szülei, tiltották Marktól, mert akkor még semmije sem volt. A lány édesapja nem tartotta megfelelő férjnek a lányának, mert ők nagyon gazdagok voltak. Mivel minden tiltás ellenére találkoztak, a lányt hozzákényszerítették egy másik férfihoz. Az édesapád teljesen összetört. Ekkor megfogadta, hogy soha nem fog szeretni senkit, és szegény fiúból tehetős és

befolyásos emberré válik. Ez, amint látod, sikerült is. Évekkel
később, miután férjhez ment, Elisabeth felbukkant Marknál.
Nem tudta tovább titkolni, hogy a gyermek, akit szült, Mark fia.
De sajnos elmondani már nem tudta, mert édesapáddal balese-
tet szenvedtek. Egy autó letaszította Mark autóját abba a sza-
kadékba, amit te is ismersz, az idefelé vezető úton.

– Elisabeth meghalt?

– Igen, de édesapád csodával határos módon túlélte. Ettől a
naptól még keményebb és ridegebb emberré vált. Aztán jöttem
én, sok-sok év múlva. Clive a nagymamájával élt, ő nevelte fel
külföldön. Egész gyerekkorát úgy élte, hogy az apja gyűlölte, és
ő nem tudta, miért. Amikor a nagymamája meghalt, megtudta,
hogy az a férfi, akit az apjának hisz, nem az. Az igazi apja Mark
Brown. Mivel a karrierje itthon is beindult, úgy döntött, haza-
jön. Eleinte úgy gondolta, nem foglalkozik a múlttal. A család
Markot tette meg az anyja halálának okozójának, így nem lehet
csodálkozni azon, hogy nem rajongott érte. A véletlen hozott
minket össze akkor az alapítványnál. Ő nem tudta, ki vagyok
én, és én sem tudtam, hogy ő ki, és Mark sem. De amikor talál-
koztak, Clive pontosan tudta, kivel áll szemben, de nem szólt.
Fájdalmat akart neki okozni és úgy gondolta, hogyha engem el-
szeret tőle, az pont megfelelő elégtétel lesz neki. De a tervébe
hiba csúszott, mert belém szeretett, én pedig – bármit is érez-
tem iránta – nem akartam megcsalni Markot. Pedig lett volna
rá alkalom, amikor bent ragadtunk a romok alatt és Isten lássa
lelkem, nagy önuralomra volt szükségünk, hogy ne tegyük meg.

– Milyen rom?

– Meg akartak ölni. Kétszer is, de szerencsére nem sikerült.
Én is gorillának hívtam a testőröket, akiket édesapád rendelt
mellém, hogy vigyázzanak rám. Engem is idegesítettek, és én is
próbáltam őket kijátszani. Hiba volt. Majdnem az életembe ke-
rült. Egyszer a szakadéknál akartak autóval lelökni úgy, mint
édesapádékat évekkel korábban. Aztán ránk robbantották az
egyik rendezvényhelyszín öltözőjét. Clive-val a romok alatt ra-
gadtunk. Mark mentett meg minket.

– De mégis, ki csinálta? – hüledezett a lány.

– A volt férjem, James.

– Bosszúból?

– Igen, de nem igazán csak miattam. Mint kiderült, a te édesapádat okolta a szülei haláláért.

– Mi van? Mi köze volt apának az ő szüleihez?

– James édesapja felrobbantotta a házat, amiben éltek, mert nem látott kiutat a helyzetből, amibe kerültek. Pedig volt, csak túl büszke volt ahhoz, hogy elfogadja a segítséget, amit Mark többször is felajánlott neki. De hiába. Csak azt hajtogatta, hogy Mark a hibás a kialakult helyzetért. Pedig nem ő volt. Az adósságba ő maga hajtotta a családot, Mark csak meg akarta vásárolni a házat és a meglévő üzletet, így pedig megmenekülhettek volna a teljes csődtől. Amikor elhagytam Jamest, akkor kezdett Mark után nyomozni, hogy ki is ő.

– De akkor miért nem őt bántotta? Miért téged?

– Mert fájdalmat akart okozni neki, és én sem voltam a kedvence, hisz' elváltam tőle. Ő volt az a férfi is, aki lelőtte az édesapádat.

A lány a döbbenettől szóhoz sem jutott. Most már értette, miért nem beszéltek eddig szülei a múltról. Túlságosan bonyolult és szövevényes volt. De értette már azt is, hogy miért ragaszkodnak hozzá, hogy Robert mellette legyen.

– Hogyan halt meg apa?

– Édesapád az elé a golyó elé ugrott, amit James Clive-nak szánt. A fiát mentette. Mark Clive karjaiban halt meg.

– Istenem! – fakadt ki a lány. – De te ekkor már apa felesége voltál. Miért mentél hozzá, ha Clive volt az, akibe szerelmes voltál?

– Az édesapád őrülten féltékeny volt Clive-ra. Megpróbálta eltávolítani tőlem, amikor még nem tudta, hogy a fia. De nem sikerült. Aztán drasztikusabb eszközökhöz nyúlt, de szerencsére Clive-nak nem lett komolyabb baja. Mikor én erre rájöttem, kérdőre vontam az apádat. Túl sokat ivott azon az estén. Olyasmivel vádolt, amit nem tettem meg. Nem voltam Clive-val, de ő teljesen belelovalta magát és olyat tett, amit józanon soha nem tett volna.

– Mit csinált? Megütött?

– Nem, azt nem, csak összetört bennem valamit, amivel egyenesen Clive karjaiba lökött. Egyszer és utoljára érezni akartam őt, tudni, milyen az. Mind a ketten tudtuk, hogy ennyi, és nem lehet több. Egyetlen alkalom. Miután együtt voltunk, Clive elment a Holdfényből és nem mondta el még ekkor sem, hogy ki is ő. Megjött Mark és esdekelve bocsánatot kért mindenért. Én pedig megbocsájtottam neki, mert szerettem. Nem voltam belé szerelmes, de szerettem és tudtam, hogy hálás vagyok neki és én vagyok az egyetlen esélye, hogy boldog lehessen. Mikor megbeszéltük, hogy az eredeti tervek szerint a hétvégén a felesége leszek, megjelent Clive. El akarta nekem mondani az igazat. Mikor meglátta, hogy az édesapja is ott van, úgy döntött, neki is hallani kell, amit mondani akar. Mark nagyon megdöbbent. Gondolhatod, ott állt előtte a fia, akiről semmit sem tudott, és ő meg akarta ölni. Továbbá mind a ketten ugyanazt a nőt szeretik. Én pedig lefeküdtem a leendő férjem fiával. A hír hallatán elájultam, és mikor magamhoz tértem, már itt voltam a szállóban. Mark pedig leírhatatlanul boldog volt. Hirtelen lett két gyereke.

– Két gyereke?

– Igen. Amikor elájultam, orvost hívott hozzám, és az megállapította, hogy babát várok. Téged, Elisabeth. Nem volt hát kérdés, melyik férfi mellett kell maradnom. Clive-ot ellöktem magamtól. Haragudtam rá, amiért hazudott nekem. Bár a történtek ellenére is szerettem, de Mark mellett volt a helyem. Apád szerette volna maga mellett tudni a fiát, így Clive is ideköltözött. Egy idő után pedig megtanultunk egymás mellett élni. Aztán jött az a szörnyű éjszaka. A volt férjem azzal fenyegetőzött, hogy felrobbantja a Holdfényt. Clive ott lépett fel akkor este. Minden újság tele volt azzal, hogy ő Mark Brown fia. Persze, hogy James is megtudta. Mark odarohant, de nekem nem engedte, mert te bármikor megszülethettél. Persze nem volt bomba, de az épületet kiürítették. Aztán megjelent James, és lőtt. Őt pedig Bob lőtte le. Sajnos elkésett; már csak Clive-ot tudta megmenteni. Nálam az idegesség miatt beindult a szülés, miközben a telefonon hallgattam végig, ahogy az édesapád haldoklik. Clive őrült tempóban tette meg idáig az utat, hogy mellettem lehessen, mikor te a világra jössz, és azóta is mellettünk van.

– A felesége lettél.

– Igen, de édesapád halála miatt egy évig távol tartottam magamtól őt. Szegény – mosolyodott el Leona. – Gondolhatod, mit élt át. Egy fedél alatt velem és én elutasítóan viselkedtem vele szemben, pedig szeretett és én is szerettem. Lelkiismeret-furdalásom volt a történtek miatt. Aztán nem bírta tovább és ultimátumot adott nekem. Vagy felvállalom, amit érzek, vagy elhagy minket. Ezt pedig nem akartam, mert szerettem és a mai napig szeretem őt, csakis őt. Aztán összeházasodtunk, és megszületett az öcséd. A többit már ismered. Mióta megszülettél ő nevel téged apaként. Te pedig, bár senki nem mondta neked, hogy így szólítsd, mindig apának hívtad őt.

– Tehát, ha jól értem, azért nem akarod tiltani nekem Adamet, mert félsz, hogy valami butaságot csinálok.

– Ez így van.

– Roberthez pedig azért ragaszkodsz, mert félsz, hogy valaki bántani akar engem, csak azért, mert a ti lányotok vagyok.

– Igen. Valójában ez a lényeg.

Elisabeth elgondolkozott. – Nem lehetne, hogy Adam is kapjon egy esélyt, mint ahogy apa is kapott tőled annak idején? Hisz' – ha jól értettem – mindenki óva intett apától, de te nem foglalkoztál vele. A felesége lettél.

– Így van. Szerencsém volt. Mark jó ember volt, csak az élet tette keménnyé. Nagyon szeretett engem. Úgy, ahogy én szeretem Clive-ot.

– Akkor megpróbálhatnánk, én és Adam? Nagyon szeretem őt, és szeretném, ha nem kellene bujdosnom és titkolóznom előttetek.

Leona gyengéden nézett esdeklő lányára. – Hívd meg ide hozzánk ebédre a jövő hétvégére. Ha komolyak a szándékai, eljön és felvállalja azokat.

– Ez komoly? – ugrott fel a lány örömében. – Tényleg idejöhet?

– Igen! – mosolygott Leona lánya örömét látva.

– Akkor most, szólhatok neki?

– Igen, hívd csak fel!

A lány gyors puszit nyomott édesanyja arcára és elviharzott. Leona olyan fáradtnak érezte magát, mint még soha. Mintha az elmúlt évek ólomként nehezedtek volna rá. De a lelkét könnyűnek érezte, mintha megszabadult volna egy tehertől, ami évek óta nyomasztotta őt. Végre Elisabeth mindent tud. Az igazat, úgy, ahogy történt. Rettegett, hogy a lány el fogja őt ítélni mindazért, amit tett, mert végül is megcsalta az édesapját. De nem így történt, és ez végtelen nyugalommal töltötte el. Leona lassan felemelkedett a székről és kinézett az ablakon. Tekintete a távolba meredt. Mark végakaratában meghagyta, hogy hamvait a Csillagfény Kastélyszálló erkélyéről szórják szét. Innen, az általa oly imádott helyről, ahol olyan boldog volt velük. Leona úgy tett, ahogy azt a férfi kérte, de úgy érezte, kell egy hely, ahova elmehet és emlékezhet férjére. Ezért készíttetett egy emlékművet a kastély parkjában egy nyugodt helyen Marknak, a Brown szállodalánc megalapítójának, a férjnek, az édesapának, a hű barátnak. Nagyon régen járt már ott. Túlságosan régen.

– Minden rendben? – szólt halkan egy ismerős hang, és átölelte egy ismerős kar.

– Minden, most már minden rendben. Hamar visszajöttetek.

– Mert aggódtam, hogy mi a helyzet itthon.

– Meghívtam Adam Haddont a jövő hétvégére, ebédre.

– „Az ellenfelet meg kell ismerni”-taktikát választottad?

– Jobb, ha szem előtt van.

– Egyetértek veled, kicsim. Jobb, ha szem előtt van. De te tényleg jól vagy? – kérdezte aggódva a férfi.

– Ha velem vagy, igen. Kérlek, maradjunk így egy kicsit. Most erre van a legnagyobb szükségem. Arra, hogy így magadhoz ölelj.

– Ahogy akarod – szorította még erősebben magához feleségét Clive, aki megnyugodva elpihent az ölelő karok biztonságában.

4. FEJEZET

– Leona! Zavarhatom? – kukkantott be Bob a dolgozószoba félig nyitott ajtaján.

– Jöjjön! Már vártam! – sietett elé Leona, és megölelte a férfit. – Köszönöm, hogy ilyen gyorsan időt tudott rám szakítani.

– Clive mondta, hogy sürgős a dolog és aggódni látszott – ült le a férfi a kanapéra. – Azt kérte, nézek utána Adam Haddonnak.

– Igen, erre szerettük volna megkérni – foglalt helyet Leona is a férfival szemben.

– Üzletelni szeretnének vele? Ingatlant akarnak venni? – érdeklődött Bob.

– Nem. Szó sincs ilyesmiről. Magánjellegű a dolog – mondta Leona. – Az igazság az, hogy ez a férfi udvarol Elisabethnek.

– Értem! – mondta meglepetten és már értette, hogy miért volt olyan furcsa Clive, amikor arra kérte, hogy minden piszkos kis dolgot ásson elő a férfiról. Még a legjelentéktelenebb is érdekli őt. Olyan indulattal tette mindezt a férfi, hogy Bob rosszat sejtet. De ezt Leonának a világért sem említette volna. Clive kísértetiesen hasonlított az apjára, és ahogy idősödött, egyre inkább. Ahogy vezette a szállodákat, és ahogyan beszélt azokkal az alkalmazottakkal, akik megpróbálták kijátszani őt vagy Leonát, olyan volt mintha Mark maga állt volna ott előtte.

– Nem kívánunk vele semmilyen üzletet sem kötni, de ő akarja a lányunkat, és mi mindent tudni akarunk róla.

– Nem mondhatom, hogy ettől megnyugodtam volna – mondta őszintén. – Már a vele való üzletelés is ellenérzéseket váltott ki belőlem. De hogy ő Elisabeth udvarlója, az cseppet sem tetszik. Már ha mondhatok ilyet.

– Mi mindig kíváncsiak vagyunk a véleményére, Bob. Ön nálunk családtag. Tudom, hogy szereti a gyerekeinket – mosolyodott el Leona. – Emlékszem a dugi csokikra és cukrokra, amiket megtaláltam náluk. Leszidtam a séfet, mert azt hittem, ő tömködi a gyerekeket. Aztán derült ki, hogy ön volt az, aki elhalmozta őket.

– Olyan vagyok, mint egy nagypapi. A gyerekeknek szükségük van csokoládéra. Kicsit mindig is furcsa volt, hogy a lányom annyi idős, mint Mark, és ő mégis nagyapaként tekint rám.

– Sok furcsa dolog van a mi életünkben, Bob! – nevetett Leona.

– Az már biztos – mosolyodott el a férfi. – Visszatérve Adam Haddonra: rejtély az a férfi. Illetve éppen azért, mert nem az. Nyitott könyv az élete, akár népmesehős is lehetne, aki szegény család gyermekeként mesés gazdagságra tett szert. Szülei átlagemberek voltak. Tanulmányait kitűnő eredménnyel végezte. Két diplomája van, mellette nyelveket beszél. Az üzleti életet még az egyetemi évek alatt kezdte, amikor az apja súlyos beteg lett és nem tudott dolgozni. Amikor az apja meghalt, annak életbiztosításából vett egy ingatlant, amit felújított és eladott. Aztán vett még egyet és még egyet. A megszerzett pénzt a tőzsdén forgatta. Nagyon jó érzékkel. Aztán a haszonból ingatlanokat vett, majd eladott, aztán ingatlanügynökséget nyitott. Tőzsdézett. Nem tudom, milyen módon lett pár év alatt a legnagyobb név a szakmában, de a rossz nyelvek szerint kipuhatolja mindenki gyenge pontját és kijátssza ellene.

– No lám, ismerős technika – mondta Leona, és Bob pontosan tudta, mire és kire is céloz ezzel.

Mark ugyanígy dolgozott, és így szerzett magának sok-sok pénzt és sok-sok ellenséget. Nem kis fejfájást okozva ezzel Bobnak.

– Tudja, hogy Adam Haddon hány éves? – kérdezte Bob.

– Igen, Elisabeth ezt nagy nehezen bevallotta. A hétvégén kiszökött, hogy vele találkozhasson, amikor mi a Holdfényben voltunk. De lebukott, és a nyomásunkra elárulta, amit tudni szerettünk volna.

– Ajaj! Az apja vére! – húzta el a száját Bob. – Mindig is nagyon heves volt Elisabeth, hajtja a vérre, ahogy az apját is hajtotta annak idején.

– A gond itt az, hogy ő lány, és még csak tizennyolc. Nincs tapasztalata a férfiaknál. De nem akarom tiltani sem, mert nem akarjuk elveszteni őt.

– Akkor engedik, hogy találkozzanak?

– Beengedem ide azt a férfit. Jobb szeretném, ha szem előtt lenne. Minden lépését figyelemmel akarom kísérni. Ha kell, az árnyéka leszek.

Mark most elégedett lenne a művével, futott át Bob agyán a gondolat, miközben Leonát hallgatta. Éppen olyanná vált, mint amilyennek elképzelte őt: kemény, határozott, előrelátó. De ha nem kellett üzletemberekkel találkoznia, vagy olyan valakivel szemben állnia, aki a családjának ártani akart, akkor éppen olyan volt, mint akkor, amikor megismerkedett Mark Brownnal. Bob nem is tudta, melyik arcát szereti jobban a nőnek. Talán mindkettőt, hisz' úgy volt egy egész. Csodálta őt. Csodálta minden arcát. Gondolataiból lassan rázódott vissza a beszélgetésbe, és folytatta, mire jutott az Adam Haddon utáni nyomozása során.

– Jó néhány nővel összehozták már Adam Haddont. Megszereztem néhány újságcikket róla – nyújtotta át a nőnek az említett cikkeket. – A képeken látható, hogy a hölgyek, akikkel mutatkozik, nem éppen szegények – húzta el a száját. – Olyan mintha sportot űzne abból, hogy velük mutatkozik.

Leona sorra nézte az elé tett fotókat és újságcikkeket, és egy cseppet sem tetszett neki, amit azokon látott. Adam Haddon pimaszul jóképű és ennek teljes mértékben a tudatában van, ez sugárzik minden egyes fotóról.

– Ezeket megtarthatom? – kérdezte Bobra pillantva.

– Persze. Tanulmányozza csak őket nyugodtan – felelte Bob. – Ha megenged nekem egy tanácsot, gyűjtsön össze minden információt a férfival kapcsolatosan, ha úgy alakul, legyen a kezében minden anyag, amit csak felhasználhat vele kapcsolatosan. Soha nem tudni, melyik információ szolgálja majd a javunkat.

– Köszönöm, ezt szándékozom tenni. De amit eddig megtudtunk róla, az nagyon kevés. Ezekről a dolgokról Elisabeth mind tud, és nem érdekli. Szerelmes és kész. Nincs józan érv számára. Engem csak az érdekel, mit akar tőle ez a férfi. A pénzét? Van neki is épp elég – válaszolta meg saját kérdését Leona. – Trófeát? Csak erre tudok gondolni. Elisabeth egy Brown. Mindig is tartottak a családunktól, és igyekeztünk megtartani egy titokzatos távolságot a külvilággal szemben. Minél kevesebb embert engedünk be magunk közé, annál kevésbé vagyunk sérülékenyek. Most meg címlapokon hozzák majd, hogy a Brown-örökössel van Casanova. Ha szeret módos nők társaságában mutatkozni, Elisabeth a legnagyobb fogás az összes közül – elmélkedett tovább Leona. – De a lányomat ez nem érdekelné. Jelenleg most csak arra tudok gondolni, hogy a Brown név miatt van Adam Haddon a lányommal, és nekem figyelnem kell minden egyes lépését.

– Én ismerek egy hölgyet, akit szintén nem érdekelt semmilyen jó tanács az akkori Casanovával kapcsolatban.

Leona elmosolyodott. – Az más volt. Én már nem voltam tizennyolc, és gazdag sem. Semmit nem veszíthettem. Kit érdekelt volna, ha Mark csak kihasznál engem és utána odébbáll? Ez jó néhány ember számára lett volna elégtétel. Nem kevesen várták a bukásomat.

– Mark Brown párjának lenni nem volt éppen életbiztosítás.

– Ez így van. De nem róhatom fel a lányomnak, hogy egy nála idősebb férfiba szerelmes. Nem róhatom fel azt sem, hogy nőcsábász a férfi, hisz' én ugyanilyen emberbe voltam beleszédülve. Mi van, ha tényleg szerelmes Adam Elisabethbe? Lehet, hogy ez lesz a nagy, sírig tartó szerelem, én meg megfosztom tőle?

– Reménykedjünk benne, hogy Adam szerelmes, mert ha nem és bántja Elisabethet, Clive kinyírja.

Leona nagyot sóhajtott: – Ettől félek én is. Kísérteties, mennyire hasonlóan látja és kezeli a dolgokat, mint az apja.

– Ez így van. Mindketten jól ismertük Mark természetét és Clive olyan, mint ő, csak annyi különbséggel, hogy ő elegánsan intézi a problémás dolgokat. De ön, Leona, pont ezért szeretett bele. Minden, ami megvolt és szeretett Markban, Clive-ban is megtalálta, sőt többet. Ezért lett ez szerelem, és már tizenhét éve tartó házasság.

Leona gyengéden nézett az előtte ülő, megöregedett férfira.

– Nélküle nem csinálnám ezt az egészet, és ön nélkül sem, Bob.

– Ó, édes Leona, öreg vagyok én már, és nem sok hasznomat veszi.

– Ez nem igaz – jelentette ki Leona határozottan. – Nem öreg, és igenis sok hasznát veszem. A tanácsai, a segítségei vezettek el idáig, és mai napig számítok bölcs meglátásaira.

– Ez igazán kedves öntől, Leona – mondta Bob, miközben próbálta a beszélgetés témáját visszaterelni Adam felé. Zavarban volt, ha Leona vele kapcsolatos érzelmeit hozta szóba. Nem tudta, hogyan is kezelje azokat, így hát kerülte az ilyesfajta beszélgetéseket. – Visszatérve Adamhez. Utólagos engedelmével ráállítottam valakit, hogy nézzen utána, hogyan telnek a napjai, kivel találkozik. Talán így többet tudunk meg, mint az újságcikkekből, és nagy valószínűséggel nekünk fontosabb az, amit a jelenben csinál, mert a múlton már úgysem változtathatunk.

– Ezt nagyon köszönöm, remek ötlet – mondta őszintén Leona egy kedves mosoly kíséretében.

A férfit már ettől a kis gesztustól is mindig forróság öntötte el. Megtanulta évek hosszú sora alatt, hogy Leonával kapcsolatos érzelmeit hogyan tartsa kordában, de nem tehetett úgy, mintha nem léteztek volna. Barbarával kötött házassága ezen sokat segített. Szerette a feleségét, de Leona, talán azért, mert elérhetetlen volt számára, mindig is szerelem marad. Egy plátói szerelem. Mark halálával az ő támogatására szorult és ő meg is adott neki mindent, amit csak tudott. Figyelte, ahogyan igazi, vérbeli üzletasszonnyá válik, anyává és olyan feleséggé, amilyet Mark mindig is akart magának. A sors fintora, hogy Mark magának akart és a fiának adott egy feleséget. Leona és Clive volt a tökéletes páros és Bob mindig tudta, hogy ez így van jól. Ő csak titokban rajongott érte, és ezt soha senkinek nem vallotta be. Nem vallhatta be.

Bob hirtelen szédülni kezdett. Meg kellett kapaszkodnia az asztal szélében. Érezte, ahogy arcából kifut a vér, és ez semmi jót nem jelentett. Már hozzászokott ezekhez a rosszullétekhez az elmúlt időben, próbált azokon úrrá lenni, ami nem mindig sikerült. Az egyik kezével a zsebében kutatott. Biztos volt benne, hogy oda tette a gyógyszert, de sehogy sem találta.

– Bob! Jól van? – nézett Leona aggódva a holtsápadt férfira.

– Igen! – mondta az nehezen lélegezve.

– Bob! – sietett mellé Leona. – Mit keress? – nézett zsebeiben kutató kezeire.

– A gyógyszerem – suttogta.

Leona egy határozott mozdulattal benyúlt a férfi zsebébe és előhúzott egy kis üvegcsét. Látott már ilyet, jól tudta, mire való. A nyelv alá kell fújni, rosszullét esetén. Szívbetegek használják. Bobnak baj van a szívével? – kérdezte magától, miközben segített a férfinak. Leona a férfi előtt guggolt és fogta a kezét. Bob halálsápadt színe kezdett ismét rózsaszínre váltani, és egy kis idő múlva jobban lett. Ettől Leona is megnyugodott. Nagyon megijedt, mikor látta, ahogy egyre sápadtábbá válik, mellkasát szorongatja és levegőért kapkod. Miért nem beszélt a betegségéről Bob?

– Mióta beteg? – tette fel a kérdést a férfinak, mikor az már szemlátomást jobban volt.

– Már egy éve tudom – mondta kissé fellélegezve, miután mellkasában csökkent a szorítás.

– Miért nem szólt?

– Éppen azért, ami most történt. Nem szeretném, ha ilyen kétségbeesetten nézne rám.

– Bob, ne butáskodjon! – csattant fel mérgesen Leona. – Barbara tudja?

– Nem, és nem is akarom, hogy tudjon róla.

– De hát miért?

– Mert nem akarom, hogy azon aggódjon, mikor dobom fel a talpam. Épp elég az neki, hogy egy öregember a férje.

– Bob, ez nem így van – jelentette ki határozottan a nő.

– De igen – vetette ellen Bob dacosan, akár egy gyerek –, és Mark is az lenne, egy öregember. Ha élne, utálná ezt, mert ön még mindig gyönyörű és fiatal. Féltékeny lenne minden élő és mozgó férfira, aki csak ön körül mozog. Én is utálom ezt, de nem tudok mit tenni ellene. Ráadásul Mark sem él, akivel megoszthatnám ezt, és akkor talán könnyebb lenne elviselni.

– Talán kevesebbet kellene dolgoznia.

– Hogy még haszontalanabbnak érezzem magam?

– Nem, szó sincs ilyesmiről. De csak annyit vállaljon, ami jólesik, és ne erőltesse túl magát. – Leona elgondolkozott. – Mi lenne, ha felvennénk maga mellé valakit? – állt elő az ötlettel, aminek kedvezőtlen fogadtatásában egészen biztos volt és felkészült az ellenállásra.

– Szükségtelen – ellenkezett a férfi.

– De szükséges, és ragaszkodom hozzá – jelentette ki Leona határozottan, és felemelkedett a férfi mellől. – Kössünk egy egyezséget, Bob. Én felveszek valakit maga mellé, de ön választhatja ki, hogy ki legyen az. Cserébe én nem mondom el Barbarának, mi történt itt most – szegezte rá makacs tekintetét.

– Ez zsarolás.

– Ez az – ismerte el Leona. – De másképp nem hagyja, hogy felvegyek valakit, hogy segítsen önnek.

A férfi elgondolkodott. Ha nem változtat az életmódján, az orvos is megmondta, nem fog sokáig élni. Ő pedig még látni akarja a lányát férjhez menni. Vissza kell vennie a tempóból, ezt ő is jól tudta. Továbbá Leona makacs és kitart amellett, amit eltervezett, és nem fogja hagyni, hogy útjába álljon, kár lenne minden ellenállás. Így vagy úgy, de eléri a módját annak, hogy felvegyen mellé valakit.

– Ez egy újabb kiadás, egy újabb alkalmazott – próbált ellenérveket felsorakoztatni Bob, bár tudta, Leonával szemben hasztalan.

– Ne azzal foglalkozzon, Bob, hanem az egészségével! Szükségünk van magára. Tehát, megegyeztünk?

– Van más választásom?

Leona úgy tett mintha gondolkodna, majd elvigyorodott. – Azt hiszem, nincs. Én vagyok a főnök. Tehát ma meghirdetem az állást.

– Rendben, engedek a nyomásnak – mondta megadóan a férfi. – Leona, ön tényleg egy kis boszorkány. Már Mark is megmondta. Úgy csavarja a szót, hogy a végén mindig maga nyer.

– Akkor ehhez tartsa magát, Bob! – mosolyodott el Leona, és ez a férfi arcára is mosolyt csalt. – Megegyeztünk – mondta elégedetten.

5. FEJEZET

– Üdvözlöm nálunk, Adam! – köszöntötte Leona a megérkező férfit egy lehengerlő mosoly kíséretében, miközben szemeivel velejéig hatoló pillantást küldött felé.

– Örülök, hogy személyesen is megismerhetem önt, Brown asszony – mondta, és egy könnyed csókot nyomot a felé nyújtott kézre, miközben le sem vette tekintetét a nőről és bájosan mosolyogva állta annak tekintetét.

Biztosan így bűvölte el Elisabethet is, futott át Leona agyán a férfi ellenállhatatlannak szánt mosolyát látva. De nála ez nem fog beválni. Túl sokan próbáltak már közel férkőzni hozzá ily módon. Jól tudta, mi mindenre képesek az emberek, ha a kegyeibe akartak férkőzni, és ez a férfi ma ezzel a szándékkal jött ide, ezt a bolond is tudta.

– A férjem, Clive Brown – mutatta be Leona a mellette álló férfit, és Adam kezet fogott vele.

– Érezze otthon magát nálunk. Jöjjön, üljünk le – invitálta beljebb a férfit Clive a nappaliba. – Mivel kínálhatom meg? – kérdezte jó vendéglátóhoz híven.

– Nem iszom alkoholt – felelte Adam, és szorosan Elisabeth mellé ült a kanapéra.

A válasz meglepő volt, és egy pillanatra Leona és Clive összenézett. Egy másodpercre sem hitték el, amit mondott.

Leona alaposan szemügyre vette a férfit, majd mellette ülő lányát. Jól mutattak együtt. De ez az, amit senki sem kifogásol. Adam jóképű, sármos férfi. Igazán vonzó. Ezzel nincs is baj. Elisabeth gyönyörű, ki ne akarna vele lenni?

– Egy üdítőt elfogad? – folytatta Clive, miközben éles tekintettel tovább vizslatta a fiatal férfit.

Adam nem jött zavarba az őt valllató tekintetektől. Készült rá. Tisztában volt vele, mi célból hívta meg őt a Brown család ebédre. Kíváncsian várta, hogy alakulnak a dolgok.

– Gyönyörű az otthonuk – folytatta Adam.

Nagyon fontos, hogy jó benyomást keltsen vendéglátóiban, mert akkor nyerhet csak bebocsájtást az életükbe. Ő pedig az életük részese akar lenni.

– Köszönjük! – mondta Leona, csontig hatoló pillantások kíséretében. Képtelen volt máshogy nézni a férfira. Gondolatban azt latolgatta, vajon akkor is így nézne rá, ha Elisabethtel egyidős lenne, és egy általa ismert család sarjaként udvarolna a lányának.

– Nem hittem volna, hogy lehetséges egy szállodában otthont kialakítani – folytatta Adam a társalgást a már megkezdett vonalon.

– Nekünk sikerült. A lényeg a szeretet és a családi összetartozás. Mi úgy élünk itt, mint mások is az otthonaikban. Nekünk ez az otthonunk. Itt nem vagyunk más, csak férj és feleség, apa és anya, gyerekek – mondta Leona. – Ön hol él, Adam?

– Egy lakóparkban van egy házam kis kerttel. Mikor megvettem, úgy gondoltam, legyen olyan, ami egy család számára is megfelelő. De azt hiszem, önök pontosan tudnak mindent rólam, azt is, hol élek – villantotta szemeit vendéglátóira. – Nincs szükség arra, hogy felvázoljam azt, hisz' az életem egy nyitott könyv.

– Ez így igaz – vette át a szót Clive. – Nincsenek éppen hízelgő információink önről. Gyorsan meggazdagodott, és a nőknél sem tétlenkedett az elmúlt időben. Ez visszás érzelmeket kelt bennünk – közölte szárazon, megunva a bájolgást.

Adam elmosolyodott, és egy cseppet sem zavarta az, amiket mondtak neki.

– Ha valaki gazdag lesz, mindenki irigykedve nézi őt. Ezt önök pontosan tudják. Bár közel sem vagyok olyan gazdag, mint önök, nem panaszkodom. Irigyeim is szép számmal akadnak, és igaz, voltak hölgyek az életemben, de közel sem annyi, mint amennyiről beszélnek. Nem is lett volna rá időm, mert akkor nem tudtam volna pénzt keresni. Az is igaz, hogy sok nő a pénzem miatt akart velem lenni. Nehéz kifürkészni az emberek igazi szándékait.

– Ez már igaz – értett egyet Clive az elhangzottakkal. – Ön is szeret módos emberek társaságában mutatkozni. Ezért én most egyenesen megkérdezem öntől, ami érdekel, ahelyett, hogy találgatnék. Mik a szándékai a lányunkkal?

Adam komoly arccal válaszolt.

– Szeretem a lányukat, és komolyan gondolom ezt a kapcsolatot vele. Tisztában vagyok azzal, hogy Elisabeth fiatal és még tanulnia kell. Támogatom őt ebben. De nem hiszem, hogy a tanulmányai akadályt jelentenének a kapcsolatunkban és abban, hogy elvegyem őt feleségül.

– Feleségül? – kérdezte Leona döbbenten. – Hisz' még nem is ismerik egymást.

Adam határozottan és elszántan nézett Leonára.

– Pont eléggé ismerem ahhoz, hogy tudjam, ő az igazi. Vele akarok családot alapítani. Tudom, hogy most ez nagyon meglepte önöket, de én úgy gondolom, hogy az a helyes, ha elmondom, mit is szeretnénk. Úgy gondolom, ezért hívtak ma ide engem – nézett rájuk rezzenéstelen arccal.

– Nagyon értékeljük az őszinteségét, de nézze el nekünk, hogy ezt egy kicsit gyorsnak gondoljuk – mondta Clive.

– Remélem, egy év múlva, mire eljön az esküvő ideje, már megbizonyosodnak arról, hogy szeretem a lányukat.

Leona férjére nézett, aki egy szót sem szólt, de látta rajta, hogy egyáltalán nem tetszik neki az, amit Adam mond. Tartva a belőle féktelenül kiáradó feszültségtől, jobbnak látta, ha átveszi a beszélgetés irányítását.

– Kedves Adam! – kezdte Leona óvatosan, minden egyes szót átgondolva. – Mi nem számítottunk a dolgok ilyesfajta alakulására. Szeretnénk, ha először megismernék egymást. Elisabeth még csak most végezte el a középiskolát. Azt tervezi, ősztől egy zeneművészeti iskolában tanul majd. Egy évet kapott tőlünk, hogy rájöjjön, mit is akar kezdeni az életével. De azt nem gondoltuk, hogy egy év múlva az út végén egy házasság áll. Mi megértjük, hogy ön már szeretne családot, gyerekeket, de Elisabeth még nagyon fiatal. Még nagyon sok mindent meg kell ismernie, főleg az életet.

– Tisztában vagyok vele, hogy én jóval idősebb vagyok Elisabethnél, de ha jól emlékszem, ön is fiatalabb volt, mint Elisabeth édesapja – szállt szembe Adam Leonával, egy pillanatra sem véve le róla a tekintetét.

Nem fogja hagyni magát. Esze ágában sincs a cél előtt meghátrálni. Tudta, mi vár rá itt, és már várta is azt. Ódákat zengtek Leona Brownról, a szépségéről, a keménységéről. Ő pedig meg akarta ismerni mindezt közelről. Egészen közelről.

– Ez így van – értett egyet Leona azzal, amit a férfi mondott –, de én nem voltam tizennyolc, és önálló életet éltem. Adam, őszinte leszek. Mi nem szeretnénk elhamarkodni semmit. Időre van szükségünk, hogy megismerjük önt. Szeretnénk, ha Elisabeth jól érezné magát ebben a kapcsolatban, és nem hamarkodna el semmit.

Miközben Leona magában vívódott, hogy hogyan is tálalja a dolgokat anélkül, hogy megbántana bárkit is, Elisabeth úgy nézett Adamre, mint egy félistenre. Egyértelmű volt, hogy imádja őt. Ezt le sem tudta volna tagadni. De vajon nem csak imponál neki, hogy egy idősebb, tapasztalt férfi csapja neki a szelet, aki ráadásul a legkapósabb agglegény közel s távol és látva, hogy nekik nincs kedvükre a férfi személye, dacolhat is velük? Adam Haddon pont őt akarja annyi nő közül, és feleségnek. Minél többet gondolkodott Leona a dolgokon, annál rosszabb lett a helyzet. Szörnyűbbnél szörnyűbb variációk jutottak az eszébe. Talán túlaggódja az egészet, és a látszat ellenére Adam tényleg jó választás Elisabeth számára. De ha nem ad a férfinak esélyt, hogyan tudja ezt meg? Ha esélyt ad és csak kihasználja Elisabethet, fájdalmat okoz neki. Jobbik esetben. Mi lenne hát a jó lépés, tette fel magának a kérdést, miközben Adam megszólalt.

– Nem kérek mást, csak esélyt, hogy bebizonyítsam, hogy szeretem a lányukat és komolyak a szándékaim.

Leona összenézett férjével. Valamit mondani kell.

– Akkor hallja a feltételeinket – kezdte Leona. – Elisabeth elsősorban a tanulmányaival kell, hogy foglalkozzon. Bárhova is mennek, Robert önökkel megy. Tudni akarjuk, mikor, hol és kikkel vannak, meddig maradnak. Nincs szándékunkban önt ellenőrizni, Adam, de a lányunkat igen. Ennek okát ő pontosan tudja.

– Elfogadom a feltételeiket – egyezett bele a férfi minden ellenvetés nélkül a felsoroltakba.

– Rendben! – mondta Leona. – Akkor, ha mindent megbeszéltünk, ebédelhetünk – állt fel, és asztalhoz invitálta a jelenlévőket.

Közben Mark is megérkezett. Semmi kedve sem volt jelen lenni a nagy találkozó kezdetén, így megvárta, míg az egyeztetések véget érnek. Jól tudta, szülei szigorú feltételeket fognak támasztani Elisabeth és Adam kapcsolata elé. Ő pedig nem akart ebbe az egészbe belekeveredni.

Mindenki próbált felszabadultan viselkedni, bár a feszültség tapintható volt. Mit nem adott volna, ha beleláthatott volna a fejekbe! Bár elég jól ismerte a családját ahhoz, hogy sejtése legyen, ki mire gondol ezekben a pillanatokban. Ha a szüleire nézett, egyértelműen leolvasható volt az arcukról, hogy nem tetszik nekik Adam. Elisabeth nincs könnyű helyzetben és látszott rajta, hogy már nagyon szabadulna innen. Ott áll középen és meg kell hajolnia szülei akarata előtt, ha továbbra is találkozni akar a férfival. Nővére taktikája a belegyezés mindenbe, mert másképp búcsút mondhat Adam Haddonnak. Jól ismerte őt. Azokra a tervekre lett volna kíváncsi, amik szülei fejében járnak. Biztos volt benne, hogy valamit ki fognak találni, hogy korlátozzák a szerelmesek együttléteinek számát. Még soha nem volt ilyen feszült a légkör e körül az asztal körül, mint most. Mindenki némán evett, és ez egyre elviselhetetlenebb volt. Vajon meddig tart? Vajon mi lesz ennek az egésznek a vége?

* * *

– Szia, kicsim, még nem alszol? – nyomott csókot az ágyban fekvő Leona arcára az éppen hazatérő Clive.

– Nem tudok – fészkelődött az ágyban és férjét figyelte. – Hogy sikerült a fellépés?

– A szokásos módon. Lassítanom kellene egy kicsit. Azt hiszem, öregszem – vette le magáról a ruháit.

Leona elmosolyodott. – Te, öregember! Hány nőnek törted ma össze a szívét?

– Minden viccet félretéve, talán lassítani kellene – mondta a férfi, de látta, hogy Leona tekintete a semmibe réved és gondolatban egész máshol jár.

Leült mellé az ágyra és aggódva kérdezte: – Aggaszt valami? Adam? Meddig maradt még ebéd után?

– Miután te elmentél, még néhány órát Elisabeth szobájában. De nem csak ő aggaszt, hanem Bob is – mondta Leona, és kezeit gyengéden végighúzta férje karján.

– Bob?

– Bob beteg. Véleményem szerint betegebb, mint ahogy azt bevallotta nekem.

– Sejtettem, hogy valamit titkol, mert nagyon furcsán viselkedik az utóbbi időben.

– Barbara nem tud róla és én megígértem Bobnak, hogy nem is mondom el neki.

– Ez buta ígéret volt. Barbara a felesége, joga van tudni.

– De másképp nem egyezett volna bele, hogy felvegyek mellé valakit, akit betaníthat és segíthet neki.

– Volt orvosnál?

– Már egy éve, és rendszeresen gyógyszert szed. Clive! Bobnak nagyon gyenge a szíve – mondta aggódva Leona. – Nagyon rosszul lett az irodámban és én nagyon megijedtem. Rettentően elsápadt, azt hittem, ott hal meg.

– Bob erős!

– Igen, erős volt, de mostanában már olyan erőtlennek tűnik. Ő sem fiatal már, túl van a hetvenen. Lassítania kell.

Clive végigsimított felesége arcán. Tudta, mi jár annak fejében.

– Ugye apára gondolsz? Arra, hogy ha még ma is élne, annyi idős lenne, mint most Bob, és ki tudja, milyen lenne az egészsége.

– Bob azt mondta, azért nem szeretné Barbara tudtára hozni a dolgot, mert nem akarja, hogy folyton azt nézze, él-e még. Utálja ezt a helyzetet, és hogy Mark is utálná, ha élne, mert én fiatal vagyok, ő pedig már egy vénember. Azóta folyton ez jár az eszemben, hogy ha apád még mindig élne, rettegnék, mikor történik vele valami. Bobnak pedig igaza van. Mark gyűlölné ezt az állapotot és megőrjítene a féltékenykedésével.

– Ne törd ezen a fejed! Felesleges.

– Gondoskodnunk kell Barbaráról és Gináról.

– De hisz' ezt tettük. Ők Bob örökösei, és mi minden szállodából adtunk Bobnak, ő is résztulajdonos. Ugyanúgy, ahogy apa idején. Apa halála után úgy tettünk, ahogy kért minket. Bob minden üzletünkben résztulajdonos. Barbarának és Ginának ez az otthona, és ez is marad – nyugtatta Clive a feleségét.

– Tudom, de Istenem, már teljesen szét vagyok esve. Adam, Elisabeth, Bob, szétmegy a fejem. Most értem csak, Sarah mitől óvott engem, mikor nem támogatta a Markkal való kapcsolatomat. A kora miatt, a híre miatt – sorolta.

– Ezen már kár rágódnod, ez a történet véget ért.

– De most itt egy újabb! Elisabeth és Adam, és Bob.

– Nyugodj meg végre! Ezt is megoldjuk. Sarahnak sok mindenben igaza volt, de főleg abban, hogy úgy gondolta, én vagyok a neked való férj.

– Idiótának is nézett, amikor elmeséltem neki, hogy a romok alatt visszautasítottalak téged.

– Hát! – nyögött fel az emlékek súlya alatt a férfi vigyorogva. – Én is nagyon nehezen viseltem a visszautasítást – mondta tettetett szenvedéssel az arcán.

Leona belecsípett férje oldalába. – Meg kell szenvedni bizonyos dolgokért.

– Na, mesélj! – vigyorgott a férfi és feleségére feküdt úgy, hogy az mozdulni sem tudott.

– Kedves uram, ön visszaél a testi fölényével – mondta Leona tárgyilagosan.

– Kedves hölgyem, ön meg a testi adottságaival él vissza, de nagyon! – mondta, és rávetette magát.

Úgy tett, mintha meg akarná harapni őt. Leona próbálta kivédeni a támadásokat. Egy kisebb, játékos harc után azonban megadta magát és odaadóan viszonozta férje csókját. Percekig tartott, mire el tudtak szakadni egymástól. Clive megsimogatta felesége száját, és mosolyogva nézte a számára oly kedves arcot.

– Gondolkoztál a gyereken?

– Ne haragudj, de az elmúlt napokban a meglévő gyerekeink pont elég gondolkozni valót adtak nekem.

– Tudom, és nem akarlak sürgetni ezzel a dologgal kapcsolatosan.

– Tudom, de érts meg! Adam nagyszülőkké akar tenni minket, te pedig saját gyereket akarsz.

– Adam tervei kissé eltúlzottak, és ha rajtam múlik, nem lesz belőle semmi. Nem hinném, hogy a gyereklányunknak egy gyerek lenne az, amire szüksége lenne, vagy egy házasság. De mára már elegem van Adam Haddonból, és a terveiből is. Jelenleg inkább a legszexisebb és legvonzóbb nővel szeretnék foglalkozni, akit valaha is láttam.

– Ó, jaj! A művész úr igen rám startolt ma éjjel. Forró lehetett a hangulat azon a ma esti fellépésen – hunyorított férjére Leona.

– Tényleg nagyon jól sikerült – vigyorgott a férfi elégedetten –, de a koronát még csak most szándékozom feltenni a sikerre.

– Szép ígéret! Lássuk, mit valósítasz meg belőle!

– Te most kóstolgatsz engem? – nézett kérdőn Leonára a férje.

– Igen! – vigyorgott rá, és magához húzta őt egy hosszú, forró csókra.

6. FEJEZET

– Szia! Bejöhetek? – dugta be a fejét a dolgozószoba ajtaján Sarah.

– Jézusom! – kiáltott fel örömében Leona barátnője láttán. – De örülök neked! Gyere! – pattant fel székéből és hozzásietett, hogy átölelje őt.

– Ha Mohamed nem megy a hegyhez… – húzta el a száját tettetett rosszallással Sarah.

– Tudom, ne haragudj! Elhanyagollak – mondta esdeklően Leona. – De annyi minden történt, hogy nem volt időm elmenni hozzád.

– Amióta Leona Brown lettél, nálad mindig annyi minden történik.

Igaza van, értett egyet vele Leona. Mióta Mark felesége lett, minden megváltozott. A Holdfény vezetését átadta Sarahnak, és ő Markkal kezdett dolgozni. A férfi halála után pedig teljes egészében ő és Clive irányított mindent.

– Ne haragudj, hogy elhanyagollak, de hidd el, ki sem látszom a munkából. Mesélj! Hogy vannak a fiúk?

A kis Mark születése után nem sokkal született Sarah fia, Lui. Nehéz időszak volt ez, hisz' Sarah sem tudott részt venni a munkában úgy, ahogy szükségeltetett volna, és Leona idejének nagy részét is a gyerekek kötötték le. De a férjeik és az alkalmazottak segítségével megoldották a problémákat.

– Ősztől majd elválik, hogyan is vesszük a gimnázium akadályait.

– Majd Mark segít Luinak, ő már ismeri ott a dolgokat. Nem lesz semmi gond.

– A másik fiúval kapcsolatosan, míg el nem felejtem, odaadom az autód kulcsát – mosolygott Sarah. – Azt üzeni a férjecském, hogy minden rendben.

– Köszönöm – vette át a kulcsot Leona. – Már nagy szükségem volt rá. Valahogy jobb szeretem a saját autómat használni. Kérsz valamit inni? Gyümölcslét vagy teát?

– Egy teát elfogadok. Köszönöm. Na, mesélj, most éppen milyen vészhelyzet van Brown-földön? – Leona nagyot sóhajtva nyújtotta át barátnőjének a csésze teát és helyet foglalt vele szemben. – Ajaj, úgy látom, tényleg nyomaszt valami, a szokásosnál is jobban.

– Ez így van. Nem is egy dolog. Elisabeth szerelmes – ült le Leona.

– Nahát, ez nagyszerű!

– Nagyszerű lenne, ha az illető nem lenne harminc.

– Hoppá! – kiáltott fel a meglepetéstől Sarah.

– És ha ez nem lenne elég ok az aggodalomra, akkor van még más is. Az illető Adam Haddon.

– Ó – mondta Sarah kurtán a döbbenettől. – Ez az Adam Haddon az, akire gondolok? Az a szívdöglesztő újgazdag?

– Igen ő az. Látod, te is így reagáltál rá. Nem elég, hogy idősebb több mint tíz évvel a lányomtól, még kétes módon tett szert hatalmas vagyonra. Nincs jó híre a nőknél sem. De azt el kell ismernem, őrülten jól néz ki, van benne valami óriási vonzerő és ezért nem is csodálkozom Elisabethen.

– Nem is tudom, mintha már hallottam volna ilyesmiről. Nem rémlik neked egy Mark Brown nevű illető, aki kétes ügyletekkel tett szert hatalmas vagyonra és nem volt jó híre a nőknél? – Leona nem válaszolt, csak csendben mosolygott és hagyta, hogy barátnője mondja azt, amit csak akar. – Úgy emlékszem, egy nála húsz évvel fiatalabb nőtt vett el feleségül és a nőt sem érdekelte, hogy mindenki óva intette tőle. Még gyereket is szült neki.

– Jobban érzed magad? – kérdezte Leona Sarahtól, mikor az befejezte a mondandóját.

– Igen, határozottan jobban – vigyorgott Sarah, majd komoly ábrázatot vágott. – Te most nemtetszésedet fejezed ki azzal kapcsolatban, amit évekkel ezelőtt te is csináltál.

– Azért a helyzet ott egészen más volt.

– Amennyiben?

– Amennyiben én akkor nem voltam tizennyolc és dolgoztam.

– Ez igaz, de Elisabeth gazdag. Nagyon gazdag. Nem igazán szorul rá a munkára.

- Ez a probléma első forrása.

- Ennek az Adamnek is van pénze. Ha igazak a pletykák, nem is kevés. Nem szorul rá Elisabeth vagyonára.

- Ez a másik probléma. Túl fiatal ahhoz, hogy ennyi pénze legyen.

- Miért lenne baj, ha van neki? Így nincs szüksége Elisabeth pénzére. – Sarah elgondolkodott. – Voltaképpen mi a bajod? Lehet, hogy ez a sírig tartó nagy szerelem Elisabeth életében.

- Talán.

Sarah egy pillanatra ismét elmerengett. – Nem az itt a probléma, hogy attól félsz, hogy az Adammel kapcsolatos fenntartásaid miatt elveszíted a lányod? Ha tiltod a kapcsolatukat, esetleg az lesz a vége, ami Mark és Elisabeth között?

- De igen, ez is az egyik oka az aggódásaimnak. Aztán Elisabeth túl fiatal, fogalma sincs, mit kezdjen az életével, és tudod, milyen forrófejű, makacs. Ez a férfi meg már ki tudja, hányadik nőt ráncigálja az ágyába. Elisabeth még csak most kezd élni, Adam pedig már kiélte magát. Mi van, ha csak ki akarja használni a lányomat, mert Mark Brown lánya? Nem tudom, Sarah, de valami zavar ebben a férfiban. Nem tudom, mi az, de zavar. Nem tetszik, hogy jóval idősebb Elisabethtől, de legyen, nem kötekszem. Nem tetszik, hogy nem tudom, hogyan szerezte igazából a vagyonát, csak azt tudom, amit mindenki, és az nem tetszik. De oké, lehet, hogy nagyon ügyes. De ha ezeket leszámítom, ott vannak a nők. Lehet, hogy túlzás, amit róla állítanak, van ilyen, hajdani férjem sem volt egy szent, de akkor is zavar valami ebben a férfiban és kész. Tudnom kell, mi az, mert amíg nem tudom, nem tudok nyugodni.

- Akkor ismerd meg!

- Erre készülök. Idehívtam a kastélyba és elbeszélgetünk vele.

- Gondolom, le is nyomoztad.

- Így van.

- Szép! – húzta el a száját Sarah. – Úgy látszik, Mark jól kinevelt téged, Isten nyugosztalja – vetett gyors keresztet magára. – Nyomozol, megfigyelsz, akárcsak ő.

– Ez a Brown-örökség – vigyorodott el Leona. – Gyanakszom, nyomoztatok. A hatalom árnyéka, ami a színfalak mögött van, cseppet sem olyan fényes, mint amiket látnak belőle.

– Te szegény – mondta tettetett sajnálkozással Sarah.

– Bob beteg – váltott témát hirtelen Leona.

– Sajnálom.

– A szíve rendetlenkedik.

– Barbara hogyan viseli a dolgot?

– Nem tudja. Vagyis, Bob szerint nem tud róla. Bár nekem fogalmam sincs, hogyan tudja titkolni előtte, hisz' vele él. Nálam is rosszul lett az irodában.

– Biztos nem akarja, hogy Barbara aggódjon. Bár úgy gondolom, fel van készülve ezekre a dolgokra. Tisztában volt vele, mit jelent, ha egy nála idősebb férfihoz megy hozzá. Mennyi is most Barbara? Negyvenkettő?

Leona bólintott, és tekintete a távolba meredt. Sarah mintha olvasott volna a gondolataiban. Pontosan tudta, minek köszönhető ez az elmélázás.

– Mark már nem él, felesleges azon rágódnod mi lett volna, ha...

– Folyton az jár az eszemben, hogy ha élne, ki tudja, milyen egészségi állapotban lenne.

– Mark? Ne félj, karbantartotta volna magát. A féltékenysége jó doppingoló erő lett volna számára – mondta Sarah és mind a ketten tudták, hogy ez így van. – Mark tizennyolc éve halott. Egyedül maradtál egy újszülöttel, és a nyakadba szakadt egy hatalmas üzlet irányítása. De megoldottad – és kiválóan. A Brown szállodalánc él és virágzik. Sőt terjeszkedtettek az évek alatt, nemcsak itthon, hanem a határon túl is. Mark büszke lenne rád.

– Clive, Bob és te segítettetek nekem, hogy elérjük ezeket a dolgokat.

– Nahát, éppen itt a lényeg. Ti majd segítetek Barbarának, hogy talpra álljon, ha bekövetkezik az elkerülhetetlen. Ő sem egy elveszett nő, hisz' évek óta veletek dolgozik, tudja, mi a dörgés és keményen dolgozik, hogy minden haladjon a maga útján. Tudja, hogy túl fogja élni a férjét; mindig is tudta, és szerintem lélekben fel is van erre készülve.

– Ez igaz, de húszéves kora óta ismeri őt, mellette vált nővé, és egyszer csak nem lesz ott.

– Jaj, már úgy beszélsz, mintha Bob haldokolna. Kemény az öregfiú. Egész megkedveltem az elmúlt évek alatt. A morci pofijával együtt, ahogyan te nevezted. Még jó néhány évig nézhetjük azt, légy nyugodt.

Leona elnevette magát, mikor eszébe jutott a férfi rezzenéstelen arca, ahányszor csak a közelébe került. Soha egyetlen mosoly sem jelent meg rajta. Eleinte el sem bírta képzelni, hogy valaha is ennyire szeretni fogja, és apaként fog rá tekinteni.

– Én is nagyon megszerettem – jelentette ki, majd elmélázott. – Egyre többet jut eszembe a múlt.

– Mi van, nosztalgiázol?

– Talán csak öregszem.

– Szép kis vénasszony.

– Clive gyereket akar – vetette oda barátnőjének szinte mellékesen a hírt.

– Tessék?! – csattant fel annak hallatán Sarah.

– Azt kérdezte, mit szólnék hozzá, ha lenne még egy gyerekünk. Sarah elmerengett. – Végül is...

– Végül is? – csattant fel Leona. – Sarah! Majdnem ötven vagyok. Mark születése óta nem jött össze az újabb baba, majd pont most fog?

– Tudom, hány éves vagy, nem kell mondogatnod, én sem vagyok kevesebb, de a mai világban ez már nem nagy szám. Clive nem tud róla, hogy attól kezdve nem védekezel?

– Nem. Igazából évek múltával nem került szóba a dolog. Én sem foglalkoztam vele. Aztán már azt gondoltam, nem eshetek teherbe, ha eddig nem sikerült, pedig a feltételek adottak voltak. De most? Fogalmam sincs, hogy jutott ez az eszébe. Lehet, hogy ez valami kapuzárási pánik nála.

– Az hát! A te kapuzárási pánikos férjedért odavannak a nők. Jó néhányszor láttam, hogyan epekednek utána. De ő kedvesen leszereli őket, és siet haza hozzád.

– Remélem is! Főleg most, mert nagykoncertre készül.

– Régóta tervezgeti már.

– Igen, de most meg is valósul. Jönnek a próbák, én meg várok rá.

– De hozzád tér haza, és ez a lényeg. A gyerek meg jön, ha jönnie kell. Megint babázunk! – vigyorgott Sarah.

– Ki babázik? – lépett be Clive váratlanul a szobába, és kíváncsian nézett az ott lévő két nőre.

– Hát én! – vágta rá Sarah. – A ti gyereketekkel.

– Szóval kibeszéltek a hölgyek – ölelte át feleségét a férfi.

– Igen – mondta mosolyogva Leona, és megcsókolta férjét. – Most érkeztél?

– Igen, még beugrottam Bobhoz, hogy megnézzem, kik jelentkeztek az állásra. Már rangsorolja a pályázatokat – mondta, és közben üdvözlő puszit nyomott Sarah arcára.

– Nagyszerű, akkor hamarosan be is hívhatjuk a legalkalmasabbakat az interjúra.

– Igen, ezt holnapra tervezi. Hamar elintézte az egész történetet.

– Alakulnak a dolgok – mondta elégedetten Leona. – Nem hittem, hogy ilyen simán megy majd. Számítottam egy kis állóháborúra Bobbal.

– Szerintem belátta, hogy igazad van, és amúgy sem ért el volna semmit nálad az ellenállásával. Jól ismer. Megspórolta magának a felesleges hadakozást – mondta a férfi és Sarah felé fordult. – Hogy van az én Jack barátom? – kérdezte Clive őszinte érdeklődéssel.

– Köszönöm, jól. Csak hiányol.

– Tényleg rég tudtunk összejönni egy jó kis beszélgetésre. De ígérem, ha vége a nagykoncertnek, szakítok rá időt.

– Ígéretből van jó néhány – felelte Leona, a neki megígért kettesben töltendő hétvégére célozva.

– Ne felejtem azt sem – mondta a férfi, tudva, mire is gondol felesége.

– Na jó. Én most megyek – állt fel Sarah. – Vár a munka. A főnököm még kirúg a végén.

Leona elvigyorodott. – Nagyon vicces. A főnököd nem tudná, mihez kezdjen nélküled.

– Ezt megjegyzem! Na, megyek, ti csak turbékoljatok, sziasztok! – nyomott gyors búcsúpuszit Leona és Clive arcára, majd elviharzott.

Hirtelen csend telepedett a szobára, és Leona élvezte ezt Clive ölelő karjaiban.

– Jól vagy? – kérdezte tőle a férfi.

– Most már igen, mert itt vagy. Mész még ma valahova?

– Nem, ma már nem. Mit szólnál hozzá, ha a nap hátralevő részét kettesben töltenénk? Egy késői közös ebéd, aztán egy séta a parkban, majd este vacsora.

– Remekül hangzik.

– Akkor mire várunk? – kérdezte a férfi, és Leona kimondhatatlanul boldog volt.

7. FEJEZET

A nap beragyogta a szálloda előterét. A mennyezetről lelógó kristálycsillárokon vidáman játszott a fénye. Nagyon szép nap ígérkezett. Leona lelkét ez mindig felpezsdítette és jó kedve lett tőle, feltöltődött energiával. Még a rá váró sok teendő sem tudta elvenni a kedvét ilyen szép időben. Teltházuk volt, és rengeteg munka az összes szállodában. De nem bánta, szerette ezt csinálni. Szerencsére mindegyik szállodájuk élére sikerült a legmegfelelőbb embert megtalálni. Bár így sem kerülhette el a folyamatos utazgatást a szállodák között, de nagyban megkönynyítette a munkáját.

– Kicsim! – kapta el felesége karját Clive, miközben az átvágott a recepción.

Leona összerezzent a váratlan érintéstől: – Jézusom! A szívbajt hozod rám! Neked nem úton kellene már lenned a L'amourba?

– Éppen ezért kereslek. Nem tudok odamenni. Rex telefonált, hogy találkoznunk kell a koncerttel kapcsolatosan.

– Miért nem jutott ez hamarabb eszébe?

– Mert elfelejtette, hogy mára egyeztette le a megbeszélést a helyszínnel.

– Gratulálok neki, most akkor mi lesz?

– Neked kell odamenned. Nem akarom, hogy Bob menjen oda.

– Nem, ő semmiképp nem mehet – mondta Leona elmerengve.

– Az ügyfél ragaszkodik a mi személyes jelenlétünkhöz.

– Micsoda igények. Ki az illető?

– Az alapítvány, amelynek nem vállaltuk el a nagyköveti posztját, arra hivatkozva, hogy évek óta Anna gyermekétkeztetési alapítványát segítjük. De ennek az alapítványnak is minden évben utalunk egy elég jelentős összeget.

– Emlékszem. De most miért ragaszkodik hozzá, hogy személyesen találkozzunk? Évek óta nem igényelte ezt. Megelégedett a pénzükkel.

– Biztos szeretne végre bemutatkozni nekünk. A lényeg az, hogy oda kell menned, mert ez az alapítványi rendezvény a legfőbb adakozóknak lesz megtartva. Azok pedig potenciális ügyfelek.

– Tudom, de két óra oda az út. Nem terveztem ilyesmit mára. Bobbal akartam átnézni az állásra jelentkezők önéletrajzát.

– Kicsim, kérlek! – könyörgött a férfi. – Ígérem, este kárpótollak mindenért.

– Igen kecsegtető ajánlat! – nézett kihívóan Leona a férjére. – De előre figyelmeztetlek, nagyon megkérem az árát a szolgálataimnak.

Clive elnevette magát. – Boszorkány – nézett rá gyengéden. – Az én gyönyörű boszorkám – ölelte át.

– Na jó! – sóhajtott nagyot Leona. – Egy perc és indulok. Gyorsan összekapom magam és megyek. De este ne késs, mert kamatot számolok fel. Rexnek meg vegyél egy noteszt, ha már a feje kissé szenilis.

– Igyekszem! – mosolygott a férfi, és egy csókot nyomott felesége szájára. – Szeretlek!

– Én is szeretlek. Vigyázz magadra!

– Te is!

Leona megsimogatta férje arcát és elsietett. Gyorsan magához vette táskáját és indult, hogy időben odaérjen a megbeszélésre. Egy félórája lehetett úton, amikor az autója furcsán kezdett viselkedni. Mi lehet vele? Hisz' most volt átvizsgálva. Egyre nyugtalanítóbb volt a helyzet, így a legközelebbi parkolóban megállt. Leállította az autót, majd újraindította, de az meg sem mozdult. Kiszállt és felnyitotta a motorháztetőt, de semmi különöset nem látott benne.

Felhívta Jacket, Sarah férjét, hogy tanácsot kérjen tőle, mi lehet a baj hátterében, de ki volt kapcsolva. Így Saraht hívta.

– Szia! Jack ki van kapcsolva, hogyan tudnék beszélni vele?

– Mi a baj?

– Az autóm megadta magát. Az autópálya egyik parkolójában vagyok, és sürgősen oda kellene érnem egy találkozóra, de ahogy most áll a helyzet, nem sok reményem van rá.

– Hogy lehet annak az autónak baja? Jack mindent átnézett rajta.

– Lehet, hogy csak én vagyok béna, de nem indul. Furcsán viselkedett és kész, megadta magát.

– Várj! Most jön Jack, átadom neki a telefont.

Sarah így is tett, és Leona nemsokára már a férfival beszélgetett.

– Annak a kocsinak semmi baja sem volt. Én néztem át személyesen. Fiatal autó, folyamatos karbantartás alatt – közölte a férfi határozottan.

– Jack, tudom, félre ne értsd, nem hibáztatlak, csak az a gondom, hogy itt vagyok egy parkolóban és mennem kell egy találkozóra és fogalmam sincs, hogy fogok oda eljutni és azt hittem, telefonon keresztül tudsz nekem mondani valami okosságot, amit megtehetnék, hogy beindítsam.

– Majd én elviszem – szólt egy férfihang.

Leona pislogva nézett a szemébe sütő naptól, hogy lássa, ki is a megmentő.

– Várj egy kicsit, Jack, visszahívlak – mondta a telefonba és az előtte álló férfira nézett. – Adam Haddon – ejtette ki kimérten a férfi nevét.

– Üzleti találkozóm lesz – magyarázta ottléte okát Adam. – Megálltam egy kávéra és meghallottam, hogy miről beszél a telefonba. Nem akartam hallgatózni. De szívesen elviszem, Brown asszony.

Leonának semmi kedve nem volt ettől a férfitól szívességet kérni, de nem igazán volt más lehetősége a jelenlegi helyzetben. Ha most még elindul, időben odaér a találkozóra.

– Köszönöm, Adam. Úgy vélem, nincs sok választásom.

A férfi elvigyorodott, és Leona legszívesebben letörölte volna ezt az arcáról egy jól irányzott csapással. Hogy került ide pont akkor, amikor az ő autója lerobban? Hogyan robbanhatott le egyáltalán, hisz' most volt szerelőnél és Jack sosem hibázna. Itt áll a baj közepében és hirtelen megjelenik ez a férfi, mint egy mentőangyal. Felajánlja segítségét, gyermekded arckifejezéssel körítve. Már csak a glória hiányzik a fejéről és szárny az oldalairól, és bármelyik freskón eldíszelegne, morgott magában Leona. Még a végén szentté válik ezzel az ártatlan arcával és a nagy segítőkészségével. De bárhogy is viaskodott magában, tudta, hogy nincs más választása. Akár tetszik neki, akár nem, el kell fogadnia Adam Haddon ajánlatát. Gyorsan visszahívta Jacket, elmondta neki, hol találja az autóját, és hogy kérje el a kocsi pótkulcsait Marktól, hogy elvihesse innen. Aztán magához vette táskáját, és beült Adam Haddon mellé az autóba.

– Indulhatunk? – kérdezte a férfi.

– Meg sem kérdezi, hova megyek?

– Mivel ezen az autópályán kell menni a L'amour-ba, gondolom, oda készült – mondta tárgyilagosan.

– Jól gondolja. A L'amour Kastélyszálló az úticél – helyeselt Leona szárazon, és cseppet sem tetszett neki a férfi magabiztossága.

Adam szótlanul indított és nem úgy tűnt, hogy Leona beszélgetést óhajtana kezdeményezni, így jó néhány méter után megszólalt: – Úgy látom, nem örül annak, hogy velem kellett jönnie. Nem szeret senkinek a lekötelezettje lenni.

Leona legszívesebben minden kertelés nélkül odamondta volna neki, hogy így igaz, de uralkodott magán és kimérten, tárgyilagosan válaszolt: – Nézze, Adam! A mai napom többszörösen nem úgy alakult, ahogy azt terveztem. Ettől nem vagyok túl lelkes.

– Megértem, de azt leszögezhetjük, hogy nem bízik bennem – kötötte az ebet a karóhoz a férfi.

– Senkiben nem bízom, aki idegen számomra. Nézze el nekem! A bizalmat nálam ki kell érdemelni.

– Túl rossz a hírem.

– Nem szeretnék előítéletes lenni. Mint arra ön is rávilágított, Marknál sem voltam előítéletes. Így önnek is kijár az esély, a lehetőség arra, hogy megbizonyosodjam arról, hogy a lányom biztonságban van ön mellett.

– Minden anya ezt tenné az ön helyében.

– Örülök, hogy megért engem.

– Akkor mi lenne, ha elkezdenénk az ismerkedést? Gondolom, nagyon érdekli, milyen módon tettem szert a vagyonomra. Mert ez az egyik dolog, amire kíváncsi. Bár, ha jól sejtem, Bob Hopkins már utánanézett ennek. – Leona nem válaszolt. Mit mondhatott volna: hogy így igaz? Azzal csak lovat adna a férfi alá, hogy igaza volt, jól tudta, nyomoznak utána. Így a férfi folytatta.

– A szüleim átlagemberek voltak. Sosem volt vagyonuk. Mindig azt hallottam tőlük, hogy tanuljak, hogy nekem jobb életem legyen. De hamar rájöttem, hogy ez nem így van. Nem mindig arányos a fizetés az elvégzett munka értékével. Mikor gimnáziumba jártam, osztályelső voltam. Ösztöndíjat kaptam az egyetemre, így nyílt meg számomra az út oda. Emlékszik, ki alapította a díjat és ki adta azt át? – tette fel a kérdést, és meg is válaszolta. – Ön és a férje, Clive Brown. Ez volt az első Mark Brown-tehetségdíj.

Leona emlékei közt gyorsan rátalált az említett eseményre. Az ő fejében született meg az ötlet, hogy Mark emlékére hozzanak létre egy olyan alapítványt, ami segít tehetséges, de nem eléggé tehetős gyermeknek tanulmányaik folytatásában. Minden évben egy kitűnő tanulmányi eredménnyel rendelkező, de hátrányos helyzetű diákot tüntettek ki vele. Aki ezt megkapta, annak a Brown szállodalánc fizette felsőfokú tanulmányait. Emlékezett egy kamaszra, aki nagyon meg volt illetődve és kissé szégyenlősen lépett oda hozzájuk, mikor a díjat átadták neki. Még biztatta is, hogy ne legyen ennyire megszeppenve. A férfi által elmondottak szerint ő lehetet az a kamasz. A látszat szerint már nyoma sem volt megszeppenésnek és bizonytalanságnak. Ellenkezőleg. Adam Haddon túlságosan is magabiztos volt. De hát ilyennek kellett lennie, ha el akart érni valamit abban, amit, csinál. És meg kell adni, jól csinálja, hisz' tehetős fiatalember lett belőle pár év leforgása alatt. De Bob miért nem említette ezt neki, miután lenyomozta a férfi múltját?

– A példa szerint ön jó befektetés volt. Hisz' a Brown vállalat segítségével elvégezte az egyetemet. Elértük a célunkat.

– Ezért hálás vagyok, de szorgalmam, kitartásom és ügyességem nélkül ez nem sokat ért volna.

– Ez így van. Mi csak egy lehetőséget adunk. Azt már mindenki maga dönti el, hogyan él vele. Lehetőséget kapott a sikerek elérésére. A siker pedig magabiztossá tette.

– Ön mégis elbizonytalanít engem, Leona.

– Nem tettem semmit, amiért így kellene éreznie.

– A puszta lénye az, ami elbizonytalanít. Ön nagyon sikeres, és gyönyörű.

– Adam, nekem nem kell udvarolnia. Elég, ha ezt csak a lányomnak teszi.

– Én nem udvarolok, hanem a tényeket sorolom. Ön egy hatalmas birodalom élén áll. Mióta a férje meghalt, tovább terjeszkedtek. Mindenki odafigyel a szavára. Hatalma van és befolyása.

Leona elgondolkodott. Igaza van. Olyan hatalom van a kezében, amiről soha nem is álmodott. Akik a bukását várták, most a véleményét kérik. Ha befektetni szeretne, mindenki tárt karokkal várja. Volt idő, amikor mindenét lesöpörték az asztalról. Mit tesz a név! Pedig ő most is ugyanaz a nő, aki Mark Brown előtt volt. Csak most ő is Brown, és ami egykor Mark tulajdona volt, most mind Clive és az ő tulajdona.

– A birodalom, ahogyan ön nevezi a szállodaláncot, nem csak az enyém. Nem én hoztam létre, hanem a néhai férjem. Én csak örököltem azt, és kötelességem legjobb tudásom szerint működtetni. Rengeteg embernek adunk munkát és nagyon sok ember piheni ki nálunk a fáradalmait. Aztán, ez a gyerekeink öröksége is. Felelős vagyok érte.

– A Holdfényt a semmiből hozta létre.

– Ez így igaz, de Mark segítsége nélkül nem ment volna.

– Ön pedig hozzáment.

– Nem azért mentem hozzá, mert a pénzét és a hatalmát szerettem volna. Én az embert szerettem, és hálás vagyok neki. Olyat kaptam tőle, ami pénzben nem kifejezhető.

– Jóval idősebb volt önnél.

– Így igaz, de én sem voltam már kamasz. Ha arra akar kilyukadni, hogy ön csak tizenkét évvel idősebb a lányomnál, szemben az én néhai férjem és köztem lévő huszonkét évvel, akkor közlöm önnel, tudatában vagyok ennek. Ha azt szeretné nyomatékosítani bennem, hogy ismeri a múltam, nem okoz számomra gondot. Mindenki ismeri azt. Elisabeth is. Adam, ön egy nagyon jóképű, agilis fiatalember – nézett a férfira. – Semmi kifogásom ön ellen. Kissé aggaszt az önök között lévő nagy korkülönbség, de emiatt nem fogok akadályt gördíteni a kapcsolatuk elé. De! – nyomta meg a szót, hogy kellően előkészítse azt, amit mondani készül. – Ha megtudom, hogy kihasználja vagy megbántja a lányom, garantálom, hogy a magabiztossága örökké a múlté lesz és bánni fogja a napot is, amikor megismert engem.

– Azt hiszem, világosan beszélt – mondta mindenfajta megrettenés nélkül Adam.

– Nagyon remélem. Azon nem csodálkozom, hogy a lányom rajong magáért. Engem az érdekel, miért pont ő kell magának. Azért, mert fiatal és tapasztalatlan, vagy mert Brown, vagy tényleg szerelmes belé?

– Ugye nehezen tudja elfogadni azt az eshetőséget, hogy szeretem a lányát?

– Nézze, én nehezen tudtam azt is elhinni, hogy Mark Brown szerelmes belém, hát még azt, hogy el is akar venni feleségül.

– Én szeretem Elisabethet. Nincs szükségem a pénzére.

– Ez mind megnyugtató. – Leona sóhajtott, és folytatta, pedig nem volt kedve hozzá, de tisztáznia kellett a férfival a játékszabályokat. – Adam, nem kell folyton szóban bizonygatnia nekem, hogy tisztességesek a szándékai. Majd az idő és a tettei ön helyett beszélnek. Aztán majd én eldöntöm, hogy szeretném vagy sem a lányom mellett látni.

– A lehető legjobbat szeretném neki nyújtani.

– Akkor a céljaink azonosak. Elisabeth még keresi önmagát. Meg kell találnia az útját.

– Ebben támogatom. Feleségként és anyaként is megvalósíthatja álmait.

Leona nagyot nyelt. – Nem hinném, hogy egy gyerek az, amire most Elisabethnek szüksége lenne.

– Egy pár évig még ráér a dolog – mondta Adam és Leona nem akart belemenni a témába, így nem kontrázott rá a szavaira. Már úgyis megérkeztek, és ő végre kiszállhat az autóból, Adam pedig mehet a dolgára. A segítségét majd feljegyzi a jótéteményei közé.

A férfi a szálloda parkolójába hajtott és megállt. Leona gyorsan kiszállt és remélte, gyors búcsút vehet tőle, de tévedett.

Adam követte őt egészen be a szállodába. – Ön is ide jön?

– Igen, itt lesz egy találkozóm.

Leona nem kérdezett többet. Nem érdekli, kivel és miért találkozik a férfi, csak hagyja végre békén őt és olyan távol legyen tőle, amilyen távol csak lehet. Határozott léptekkel indult a recepcióhoz, ahol az egyik fiatal hordárfiú üdvözölte őt.

– Brown asszony! Örülök, hogy újra látom – mondta őszinte mosollyal az arcán.

– Üdvözlöm, Tom! Hogy van?

– Minden a legnagyobb rendben.

– Leona! – sietett felé a szállodavezető, egy vele egykorú férfi, és üdvözölte.

Még Mark idején kezdett itt dolgozni mint pályakezdő, és Leona később őt tette meg a szálloda vezetésének az élére. Vakmerő lépésnek tűnt egy még fiatal, kevés tapasztalattal rendelkező embert a szálloda élére állítani, de az idő beigazolta választásának helyességét és a férfi nem okozott neki csalódást.

– Richard! Minden rendben?

– A legnagyobb rendben. Haddon úr – fordult a Leona mellett álló férfihoz. – Örülök, hogy ön is megérkezett. Látom, már megismerkedett Brown asszonnyal. – Leona kérdőn nézett Adamre, de nem tette szóvá, hogy fogalma sincs, mi folyik itt. – Szükségesnek tartják a jelenlétemet a megbeszélés alatt? – nézett hol Leonára, hol pedig Adamre a szállodaigazgató.

Leona kezdte érteni mi történik. Adammal lesz ma itt találkozója. – Azt hiszem, elboldogulok Haddon úrral – villantotta rá vészjóslóan zöld szemeit. – A részletekről majd tájékoztatlak, Richard. Nyugodtan intézd a dolgaidat.

– Rendben! Az irodám rendelkezésedre áll.

– Köszönöm, de a rendezvényterem megfelel a megbeszélésre. Ha végeztünk, bemegyek hozzád.

– Akkor átadom a kulcsokat – vette el a recepcióról a már említett helyiség kulcsát és távozott.

Leona szigorú tekintettel nézett a mellette álló férfira. Magyarázatot várt.

– Rendben van, okkal mérges, meg kellett volna említenem, hogy velem van ma itt találkozója. De nem kérdezte, és másról beszélgettünk – magyarázkodott a férfi. –Mentségemre legyen mondva, amikor ezt a találkozót kértem, még nem ismertem személyesen önöket. Gondoltam, ez jó alkalom bemutatkozni, de ön megelőzött azzal, hogy meghívott az otthonukba.

– Ahol szintén elfelejtette megemlíteni ezt az apróságot. Hány ilyen apróság van még? – szegte fel szigorúan az állát Leona, miközben válaszra várt és elindult a rendezvényterem felé. Adam szorosan követte őt.

– Az igazság az, hogy van még valami. – Leona megtorpant és türelmetlenül várta, mivel rukkol elő a férfi. Adam egyenesen a szemébe nézett. – Én vagyok az alapítvány létrehozója, és én is működtettem azt. Van két munkatársam, akik felkutatják azokat a gyerekeket és családokat, akik segítségre szorulnak. A rendezvényt azért szervezem, hogy megköszönjük a támogatók évek óta tartó segítségét. Igyekszem a háttérben maradni, kivéve ezt a rendezvényt. Úgy gondoltam, itt az idő köszönetet mondani mindenkinek a támogatásért. Természetesen saját pénzemből fizetem az estét.

Leona nem tudta, mit szóljon. Teljesen összezavarta ez a férfi. Vajon tényleg olyan jó és nemes, mint ahogy beállítja magát? Jótékonykodik, dolgozik. Talán tényleg túlzásba viszi a gyanakvást? Nem túl szép ez az egész ahhoz, hogy igaz legyen? Leona már rég nem hitt a mesékben. De talán Adam Haddon az a fehérparipás, gáláns lovag, akit Elisabethnek rendelt az ég? Ez még a jövő zenéje. Jelenleg Leona fenntartással kezel mindent, ami a férfival kapcsolatos.

– A segítő kéz! – mondta ki hangosan gondolatait, és folytatta útját a rendezvényterembe. Sarah így nevezte Markot, amikor olyan sokat segített neki, látszólag önzetlenül. Bár az önzetlen nem éppen helytálló kifejezés, mert mint a történések mutatják, nem egészen volt ez így. Talán most is ez a helyzet és a háttérben egészen más indokok lapulnak, mint azt Adam Haddon állítja. De vajon mik lehetnek azok?

– Ön nem bízik bennem! – állapította meg a tényt ismét a férfi a nő hallgatásából.

– Jól látja, a helyzet változatlan – felelte Leona, és letette a kezében lévő táskát a rendezvényterem egyik asztalára. – De most térjünk talán a lényegre. Előzetes információim szerint ötven főre kell számítanunk a megbeszélésen, de mivel mindenki kísérővel érkezik, ezért a szállás és az étkezés szempontjából száz fő a teljes létszám. A rendezvény reggel kilenc órakor kezdődik. Egy svédasztalos reggelivel indul a nap, ebben a helyiségben. Aztán ezt követi egy megbeszélés a konferenciateremben, délig. Ezután a vendégek visszajönnek ide ebédelni. Pár szabad óra következik, és este hét órától egy bál veszi kezdetét. Itt is száz főre számíthatunk, hisz' a jelenlévők partnerei is részt vesznek ezen. A kísérőknek programokat ajánlunk arra az időre, amíg önök tárgyalnak. Rendelkezésükre áll a wellness részlegünk, fodrász, kozmetikus. Ahogy látom a partnerlistát, hölgyek találhatóak túlnyomó részben rajta, ezért hölgyprogramot szerveztünk. Összeállítottunk két verziót, kérem, nézze át és válassza ki az ön számára legmegfelelőbbet. Városnézés, séta, wellnessprogramok – természetesen a reggeli és ebéd közös pont a partnerekkel együtt. A fogadástól egészen a távozásig mindent részletesen megtalál a tervezetben – nyújtotta át Leona a férfinak az említett iratokat.

– Én erre nem is gondoltam. Ez a hölgyprogram igazán jó ötlet.

– Ez egy bevett szokás abban az esetben, ha egy szakmai konferenciára a feleségek is elkísérik férjeiket. Amíg a férjek tárgyalnak, addig ők hasznosan töltik el az időt, nem unatkoznak, megismerkednek egymással, a környékkel.

– Bevett szokás vagy nem bevett szokás, ön mindenre gondolt.

– Mint mondtam, ezt mindig így csináljuk. De felhívnám a figyelmét arra az összegre, amibe ez kerül – mondta Leona, remélve, hogy a férfi kissé lehervad ettől. De nem így volt. Továbbra is lelkesen folytatta a beszélgetést.

– Nagyszerű!

– Az egész napra vonatkozó költségvetést a következő oldalon találja – mondta Leona, és a férfi lapozott.

– Remek! Ez egy elfogadható ár egy egész napos rendezvényért.

– Akkor, ha jól értem, megfelel önnek, amit terveztünk.

– Igen.

– Én azért javasolnám, hogy nézze át tüzetesen, és azután hozza csak meg a végleges döntését. Esetleg ha van valami észrevétele, változtathatunk rajta.

– Minden tökéletes. Fel van sorolva minden a technikai felszereltségtől kezdve a programokig. Minden részletesen, költségvetéssel ellátva. Ez a végösszeg megfelel az elvárásaimnak. Benne van a keretben, amit erre szántam. De van egyvalami, amit még szeretnék kérni.

– Mi lenne az?

– Szeretném kikötni a szerződésben, hogy ön lesz az, aki lebonyolítja ezt az egész napos konferenciát – nézett határozottan a nőre a férfi. – A szerződést ebben az esetben minden ellenvetés nélkül aláírom.

Leonának már nagyon elege volt ebből a férfiból. Mit akarhat ezzel az egész felhajtással, az állandó jelenlétével?

– Biztosíthatom, hogy minden alkalmazottunk érti a dolgát, és profi módon bonyolítja le majd a rendezvényt.

– Ebben nem kételkedem, de nekem az ön személye a biztosíték arra, hogy az általam meghívott illusztris vendégek maximálisan elégedettek lesznek. Jól tudja, kiket várok ide. Mindannyian befolyásos emberek, akik nemcsak nekem fontosak, hanem önöknek is.

Adj nekem, Istenem, türelmet és egy tőrt, hogy leszúrhassam ezt az alakot, fohászkodott magában Leona. *Egyre nehezebben viselem az önelégült vigyorát. Tisztában van vele, hogy nem mondok nemet, mert a szálloda nem engedheti meg magának, hogy elveszítsen egy ügyfelet. Legszívesebben itt helyben megölném, csakhogy ne díszelegjen arcán ez az önelégült, bájos vigyor.*

– A szerződést kiegészítem ezzel a záradékkal. Még valami?

– Nem, nincs. Ez minden. Már előre örülök a közös munkának. – Leona eleresztett egy erőltetett mosolyt és összeszedte a papírokat. – Velem ebédel? – kérdezte Adam váratlanul, miközben figyelemmel kísérte minden egyes mozdulatát.

Pontosan erre vágyom, mormogta gondolatban Leona, de ahelyett, hogy hangosan kimondta volna, egy illedelmes kifogással próbálta leszerelni őt.

– Azt hiszem, nem lesz időm most ebédelni. Még el kell intéznem néhány dolgot.

– Én ráérek, nem sietek, és valahogy haza is kell jutnia innen.

Ez igaz, gondolta Leona, *de inkább megyek gyalog, mint Adam Haddonnal.* Épp elég volt mára belőle. De mit találjon ki, hogy nemet mondhasson? Ha megkéri Clive-ot, hogy jöjjön érte, ki tudja, mikor ér ide. Lehet, hogy csak holnap. Ő pedig ma este a saját ágyában, mellette akar aludni.

– Kedves Adam! Elhiszem, hogy jót akar, de tényleg sok a dolgom és nem akarom feltartani.

– Nem tart fel. A mai napom arra szántam, hogy eljövök ide és felfedezem a szállodát. Gyönyörű a parkja, és a terasza is nagyon impozáns. Csodálatos idő van, és én szeretném megköszönni a fáradozását, hogy eljött ma ide miattam.

– Ez a munkám. Majd megköszöni a fáradozásaimat, ha kifizeti a számlát – vágta oda Leona némi éllel a hangjában a férfinak.

Adam elvigyorodott. Sejtette, hogy Leona Brownt nem lesz könnyű megnyerni magának, de nem tágított. Egyre élvezetesebbé vált a helyzet. Ő pedig imádta a kihívásokat.

– Remélhetem, hogy velem ebédel? – kérdezte ismét olyan ártatlan szemekkel, amitől Leonának el kellett volna lágyulnia, de őt csak még jobban felbosszantotta.

Mérhetetlenül dühös volt. Gyűlölte, ha valaki sarokba akarta szorítani őt, és manipulálni kívánta a szavaival.

– Egy óra múlva a teraszon találkozunk! – mondta és távozott.

A nyavalya essen ebbe az alakba! Miért nem bír hazamenni vagy tönkretenni egy újabb ingatlanost? Addig is legalább nyugta lenne tőle. A bájolgása, a „jó vagyok, csókolom, higgye már el" színjáték kezd terhes lenni. Még csak pár napja ismeri ezt a férfit, de már sok belőle. Ráadásul a veje akar lenni. Na, azt már nem, csak a holttestén át.

– Minden rendben ment Adam úrral? – kérdezte Richard, mikor Leona az irodájába ért.

A nő gondterhelten ült le a fotelba, látszott rajta, hogy kissé fel van dúlva.

– Minden rendben. Ki kell egészíteni a szerződést egy záradékkal.

– Mármint?

– A szerződés csak akkor áll, ha én személyesen vezénylem le a konferenciát.

– Elég egyedi záradék. Mi oka van erre Haddon úrnak?

– Haddon úr a lányom udvarlója, és mivel nem egészen viseltetek irányába jó szívvel, megpróbál bevágódni nálam. Bizonyítani akarja, hogy ő a legalkalmasabb a lányomnak.

– Aha.

– Kérlek, készítsd el így a szerződést és ma alá is íratom vele, mivel kénytelen vagyok vele ebédelni, és vele is kell hazamennem.

– Furcsálltam is, hogy vele érkeztél.

– Hosszú történet! Bocsánat! – mondta Leona, és a táskájában csörgő telefonjáért nyúlt. – Hallgatlak Jack.

– Elhoztam az autódat, és ezt szó szerint értsd. Semmi baja nem volt. Elsőre beindult, és egész úton jól viselkedett. Átnéztem, és semmi.

– De ez hogy lehet? Tényleg nem indult.

– Elhiszem. Számomra is rejtély ez az eset. Ha volt is valami baja, megjavult, de én a csodákban nem hiszek.

– Mondd, lehet olyan károsodást csinálni az autón, ami egy bizonyos kilométer megtétele után okoz csak meghibásodást?

– Lehetséges.

– Ez hamar vissza is állítható?

– Igen, ha szakértő kezekbe kerül. Mégis mire gondolsz?

– Semmire, csak elméleteket gyártok, mert nem hiszem, hogy véletlen az, ami történt. Majd kereslek, és köszönök mindent. Szia, Jack. – Mikor letette a telefont, Richard érdeklő tekintettel nézett rá, és kérdés nélkül is tudta, mi jár annak fejében. – Az autóm elromlott idefelé jövet, és le kellett állnom egy parkolóba. Aztán megjelent Adam Haddon és segített. Lehet, hogy én vagyok túl gyanakvó, de nem hiszem el, hogy minden csak úgy véletlenül történt. Az autómat nemrég hozták vissza teljes átvizsgálásról. Bízom Jackben, de Adam Haddonban nem.

– Nem tudom, mit mondjak, én nem ismerem Adam Haddont. Pár hete bejött ide és elmondta, mit szeretne, és ragaszkodott a ti személyes jelenlétetekhez a megbeszélésen.

– Igazából úgy volt, hogy Clive jön ma ide, de közbejött neki valami. Így az elméletem itt már bukik is, mert Adam nem tudhatta, hogy én jövök. Megmondom őszintén, elegem van mára, de még ebédelnem kell vele, és haza is kell mennem vele. Na, jól van – sóhajtott nagyot Leona, és próbált a munkára koncentrálni. – Van valami, amit alá kell írnom vagy meg kell beszélnünk?

– Van néhány papír, amit aláírhatnál. Aztán itt van még két hónapra előre a foglalások listája a rendezvényteremre. Van néhány esküvőnk is. Volt olyan rendezvény, amit túlterheltség miatt átirányítottunk valamelyik másik Brown szállodába. Szerencsére az ügyfelek rugalmasok voltak, így minden megrendelést sikerült cégen belül tartani. Igaz, felajánlottunk mindig valami kedvezményt.

– Nagyszerű. Az esküvők a kertben vagy bent, a szállodában lesznek megtartva?

– Itt is, ott is. Van, ahol időjárástól tették függővé a dolgot.

– Rendben. Ezek szervezésével hogy álltok?

– Minden kész. Akár holnap is megtarthatnánk őket. Gyorsan megíratom a titkárnővel a záradékot az Adam Haddon-szerződésben. Addig nyugodtan nézd át a papírokat, én mindjárt jövök – mondta a férfi és elsietett.

Leona sorra vette az előtte lévő papírokat, de gondolatban egész máshol járt. Vajon tényleg köze van Adam Haddonnak ahhoz, ami az autójával történt? De ha így van, szüksége volt egy bűntársra, mert ő vele volt az autójában idefelé az autópályán. Nem lehetett alkalma megjavítani az autót. De miért tette volna mindezt? Hisz' itt úgyis találkozott volna ma vele.

– Itt vagyok! – érkezett vissza Richard, kezében a módosított szerződéssel.

– Ez gyors volt! – vette át tőle Leona a papírokat. – Aláíratom vele. Én is aláírtam a papírokat, amiket kellett! – firkantotta alá az utolsóra is a nevét, majd átnyújtotta a férfinak. – A szerződések másolatait magammal viszem.

– Rendben, legalább nem kell átküldenem azokat.

– Most megyek – állt fel Leona –, és megebédelek Haddon úrral. Ha bármiben szükséged lenne rám, csak szólj. Ebéd után indulok haza.

– Menj csak nyugodtan, mi itt elboldogulunk úgy, mint mindig. Add át üdvözletem Clive-nak!

– Átadom – mosolygott Leona, és elindult a szálloda teraszára. Hamar észrevette az ott üldögélő férfit és csatlakozott hozzá. – Remélem, nem várattam meg nagyon – mondta és gyorsan helyet foglalt. Minél hamarabb túl akart lenni ezen az ebéden, és a hazafelé vezető úton is.

– Nem, nagyon élvezem a szálloda parkjának szépségét. Mintha egy darab Éden lenne, bár a Csillagfényt nem tudja felülmúlni.

Leona egyet kellett, hogy értsen a férfival. Mindegyik szállodájuk festői környezetben volt, de mind-mind különbözött egymástól. Ez a szálloda is egy hatalmas park közepén terült el; amerre csak a szem ellátott, mindenhol fák, bokrok, virágok tengere hullámzott. Az épület hasonlított a Csillagfényéhez, csak kisebb volt. Egy régi kastély épülete lett felújítva szállodának, megőrizve a múlt szépségét, kombinálva a jelen minden fényűzésével.

– Itt van a módosított szerződés – nyújtotta át a szóban forgó papírokat a férfinak.

– Köszönöm! – vette át Adam, és szó nélkül aláírta azt.

– Nem kellett volna átolvasnia, mielőtt aláírja?

– Azt mondtam, ha belekerül a záradék, mindent elfogadok úgy, ahogy azt ön tervezte.

Leona nem reagált az elhangzottakra. A szerződés minden szempontban kedvező a szálloda részére. Ha ez a férfi nem olvassa el és aláírja, beleegyezik annak minden egyes pontjába. A melléjük érkező pincér felé fordult.

– Jó napot, Rusty!

– Leona asszony? Mit hozhatok önöknek?

– Nekem egy jéghideg zöld teát. Adam, ön mit szeretne? – fordult a férfi felé.

– Nekem is jó lesz ugyanaz.

– Akkor két jéghideg zöld teát kérünk. Én nem kérem az étlapot, a szokásosat hozza nekem, Rusty.

– Rendben, asszonyom. És az úrnak mit hozhatok? – fordult Adam felé a pincér.

– Megkóstolnám a séf mai ajánlatát.

– Rendben, máris hozom az italaikat – mondta a fiatal fiú és távozott.

– Névről ismeri az összes alkalmazottját?

– Igyekszem. Nagyon sokat köszönhetünk ezeknek az embereknek. Nélkülük, a munkájuk nélkül nem tudnánk létezni. Jár nekik a tisztelet és az, hogy az ember ismerje őket.

– Szeretik is önt.

– Igyekszem mindenkivel úgy bánni, ahogy én is szeretném, hogy bánjanak velem.

– Akkor remélhetem én is, hogy nagylelkű lesz velem?

– Adam, ez a munkám, de ön a családomba akar bekerülni. Ott pedig változnak a szabályok – nézett farkasszemet a férfival.

Szeretett volna a fejébe látni, mit gondol most. Vajon csak színleli, hogy milyen jó, becsületes, lelkiismeretes? Vagy tényleg olyan, mint amilyen képet ki akar magáról alakítani? De hát nem színlelhet folyamatosan. Egyszer el kell, hogy árulja magát, és neki próbálkoznia kell, hogy alkalom nyíljon rá.

– Felhívott Jack és arról tájékoztatott, hogy az autómnak semmi baja – közölte a férfival abban reménykedve, hogy valamilyen módon elárulja magát és bevallja, hogy köze van a történtekhez. De reménye e tekintetben is csak ábránd maradt, mert Adamnak egyetlen arcizma sem mozdult. Igazából nem is számított rá, de kíváncsi volt a reakciójára.

– Érdekes fejlemény – állapította meg a férfi teljes lelki nyugalommal.

– Nekem mondja? Egy hároméves autóról beszélünk, ami folyamatos karbantartás alatt van.

– Úgy gondolja, hogy valaki babrált vele?

– Ön nem ezt gondolná? – kérdezett vissza Leona és tekintetét a férfin tartotta, hogy ne veszítse szem elől arcizmai egyetlen rezdülését sem.

– Vajon mi oka lett volna rá? – Leona nem válaszolt; arra várt, hogy a férfi maga válaszolja meg saját kérdését. – Úgy véli, hogy az én kezem van az egészben, annak érdekében, hogy felajánlhassam önnek, hogy elhozom ide? – Adam elnevette magát. – Nem is tudtam, hogy ön fog ma ide jönni. Jöhetett volna Clive vagy Bob Hopkins is.

– Ez igaz.

– Minek csináltam volna ekkora felhajtást? Hisz' itt úgyis találkoztunk volna.

– Ez csak elterelés.

– Leona, ön tényleg nem bízik bennem. Azt hiszi, én vagyok maga az ördög.

Leona nagyon komoly arcot vágott.

– Ha már kétszer megpróbálták volna megölni önt, kedves Adam, minden furcsa helyzetet óvatosan kezelne.

– Én nem akarom megölni magát – mondta.

Nagyon különös érzés kerítette hatalmába Leonát, ahogy ezt a mondatott a férfi kimondta. Furcsamód most az egyszer úgy érezte, nem kell kételkednie szavaiban.

– Ezt örömmel hallom, bár ne vegyen rá mérget, hogy ez így is marad.

A férfi ismét felnevetett. – Ön tényleg olyan, mint amilyennek mondják.

– Na, meséljen, milyennek mondanak!

– Azt rebesgetik, hogy jobb jóban lenni önnel, mint haragban, mert nem bánik kesztyűs kézzel az ellenségeivel.

– Nincsenek ellenségeim, csak olyan emberek, akik kevésbé kedvelnek. De nem is akarok mindenki kedvence lenni. Nem szeretem, ha át akarnak verni, ki akarnak használni és manipulálnak a hátam mögött. Ön hogyan viselkedne az ilyen emberekkel? Gondolom, minden öntől telhető módon megmutatná nekik, hogy ne szórakozzanak önnel.

– Ez így van.

– Én is ezt teszem.

– Őszinte.

– Igyekszem tiszta lapokkal játszani, és figyelmeztetni, bárki is az, hogy amit tett, következményekkel jár.

– Azt is beszélik, hogy az alkalmazottjaival nagylelkűen bánik, és ahol tud, segít. Rengeteg jótékonysági felajánlást tesz.

– Úgy gondolom, ez a kötelessége az olyan embereknek, akiknek a sors többet adott, mint másoknak. De akkor azt is tudja, hogy mindig utánajárok, hogy a pénz oda került-e, ahova szántam.

– Tudom. A saját bőrömön tapasztaltam. Remélem, meg volt elégedve a jelentésemmel az alapítványi pénzek felhasználását illetőleg.

– Ha nem így lett volna, ez évben egy fillért sem látott volna tőlem – mondta Leona, és kissé hátradőlt székében, hogy a pincér felszolgálhassa az ebédjüket.

– Ez isteninek tűnik – áradozott Adam, megszemlélve az előtte lévő ételt.

– Biztos lehet benne, hogy nemcsak annak tűnik, hanem az is. Mi csak a legjobbakkal dolgozunk.

Leona megpróbált megszabadulni a testében lévő feszültségtől, és ezt a közelben éneklő madarak csivitelése nagyban megkönnyítette. A meleg szellő bele-bele kapott gesztenyebarna hajába, és élvezte annak simogatását az arcán. Megszűnt Adam, megszűnt a szálloda teraszán körülöttük ülő sok ember. Lélekben egészen máshol járt. Nagyon hiányzott neki most Clive. Mindig szívesen ebédeltek itt kettesben. Aztán egy kiadós sétát tettek a szálloda hatalmas parkjában, a robosztus fák hűst adó árnyékában. Vajon mit csinálhat most a férfi? Jó lenne hallani a hangját, erőt meríteni belőle. De nem akarja zavarni. Jól tudta, ha dolgozik, egy másik világba kerül és nem akarta feltartani az őt aggasztó dolgokkal. Majd este mindent elmesél neki védelmező karjaiban.

– Ez az ebéd isteni. Rég ettem ilyen kimondhatatlanul finom ételt – dicsérte Adam a séf munkáját, miközben egy újabb falatot tűzött a villájára.

– Ennek örülök. De ha isteni ételeket szeretne enni és nem akar órákat kocsikázni érte, menjen a Holdfénybe.

– Gyakori vendég vagyok ott is, és elmondhatom, hogy nagyszerű a szakács. De az igazság az, hogy az elmúlt hónapokban sajnos a munkám miatt nem tudtam túl gyakran ott ebédelni. Rengeteget utaztam, és csak bekaptam valahol valamit.

– Helytelen.

– Tudom, az anyám is gyakran korholt miatta – mosolyodott el a férfi.

– A szülei hol élnek?

– Nem élnek.

– Sajnálom.

– Régen történt. Az apám beteg lett, amikor én egyetemista voltam. Miután meghalt, az anyám nem bírta elviselni a hiányát. Mindig is rendetlenkedett a szíve, és apám halála után egy évre ő is meghalt. Nem találta a helyét nélküle... talán most együtt vannak és boldogok.

Leona már tényleg nem tudta, mit gondoljon erről a férfiról. Minél többet tud meg róla, annál ellentmondásosabb a személyisége. Szeretetteljesen beszél a szüleiről, és e néhány szóból is kiérződött, hogy ez nem valami mesterkélt maszlag: imádta őket. Lassan teltek a percek és nehezen birkózott meg a tányérján lévő étellel. Ellentétben a férfival; Adam nagy élvezettel merült el az ízek birodalmában.

– Kérnek még valamit, Brown asszony? – érkezett a pincér ismét az asztalukhoz, miután Adam elégedetten dőlt hátra a székében.

– Én nem. Adam? Egy kávét?

– Köszönöm, az jólesne, és ha lehetne, megkaphatnám a számlát is?

– Számlát, azt nem kap – vetette oda Leona a férfinak. – A ház vendége volt.

– Ezt nem fogadhatom el.

– Idehozott, és haza is visz. Egy ebéd a legkevesebb, amivel viszonozhatom a szívességet.

– Felesleges vitába szállnom?

– Igen. Teljesen felesleges – válaszolta Leona, és ezzel befejezettnek tekintette a témát.

A pincér elsietett, és kis idő múlva egy gőzölgő kávéval a tálcáján tért vissza hozzájuk. Adam gyorsan megitta azt és készen állt az útra. Leona még elköszönt Richardtól és elindultak hazafelé. Az úton Adam rendezvényéről beszélgettek. Leona örült ennek, mert így gyorsabban ment az idő, és nem mellesleg a férfi nem bizonygatta jófiúi arcát. Minden egyes szavából értelem és széles látásmód tükröződött. Kellemes társalgópartner, érdekes személyiség. A tökéletes férfi lenne, ha nem lenne ott az a furcsa, meg nem fogalmazható érzés, ami nem hagyta nyugodni Leonát. Mikor Adam autója begördült a Csillagfény elé, igyekezett gyors búcsút venni tőle és megszabadulni a benne egyre ismétlődő hangtól, ami veszélyre figyelmeztette, de képtelen volt beazonosítani és pontosítani, mi is az.

– Köszönöm a segítségét! – mondta Leona.

– Nem tesz semmit! Örülök, hogy segíthettem. Nagyon tanulságos volt ez a mai nap, és én jól éreztem magam.

Leona nem felelt. Minél hamarabb véget akart venni ennek az egész bájolgásnak. Mára elég volt Adamből és a vele kapcsolatos rossz érzésekből. Semmire sem vágyott, csak hozzábújni a férjéhez a jó puha ágyban. Épp valami illedelmes lezáráson törte a fejét, amikor meglátta lányát kifutni a szálloda ajtaján, egyenesen feléjük.

– Úgy hiszem, üdvözölné őt – mondta Leona.

– Igen, ha szabad – nézett a lány felé Adam is.

Leona nem felelt, csak kiszállt az autóból. Lánya először hozzá sietett, gyorsan adott neki két puszit és Adamhez ment. Boldogan vetette a férfi karjaiba magát és élvezte, ahogy az megcsókolja őt.

Leona lassan elindult befelé a szállodába, ahol férje ölelő karjaiba érkezet.

– Szia, kicsim. Nagyon aggódtam érted. Az imént értem haza és az autód itt állt, de te sehol sem voltál. Mi történt?

– Ez egy hosszú történet. Ha lehetne, inkább fent mesélném el, és vennék egy forró fürdőt is.

– Elisabeth azt mondta, hogy Adam hozott haza.

– Vele mentem, vele voltam, és vele jöttem.

Clive zavartan nézett feleségére, de nem kérdezett többet, csak kézen fogta és felmentek az otthonukba.

– Elkészítem a fürdővized! – ajánlotta fel a férfi.

– Az jó lesz! – dobta le magát Leona a hálószoba hatalmas ágyára és elnyúlt rajta.

Hallotta a víz csobogását és teljesen ellazult tőle. Hosszú volt ez a nap, és sok mindent át kell gondolnia.

– Fáradt vagy? – feküdt mellé a férje úgy, hogy jól láthassa őt.

– Ez egy nagyon fárasztó nap volt. Tele érdekes információval és történéssel. El sem képzelnéd, miket tudtam meg. Tudod, hogy ki van az alapítvány mögött, amiről reggel beszéltél? Adam Haddon.

– Tessék? – lepődött meg a férfi az információ hallatán.

– De van még más is. Ő az a titokzatos megrendelő, aki miatt ma oda kellett utaznom, mert ragaszkodott a személyes találkozóhoz.

– De mi értelme volt ennek az egésznek?

– Azt mondta, akkor, mikor ezt kérte, még nem ismert minket, aztán meg már nem akarta lemondani.

– Na persze, de mi van az autóddal? Jack most vizsgálta át!

– Na, ez egy rejtély. Lerobbant, majd megjavult. Abrakadabra! – tett a kezével varázsló mozdulatot Leona.

– Na persze! De hogy jön ide Adam Haddon?

– Ő volt a megmentő, aki felajánlotta segítségét, hogy el ne késsek a találkozóról. De azt elfelejtette velem közölni, hogy vele van megbeszélésem. Aztán haza is hozott, mivel nem volt autóm, mert azt már közben Jack hazahozta.

– Ha jól, értem ez a nap Adam Haddon promóciós napja volt és a célja, hogy glória kerüljön a feje fölé.

Leona egy lendülettel talpra ugrott. – Vagy szent a drágám, vagy nagyon jól játssza ki a kártyáit – mondta és ledobta a ruháját a földre, majd kihívóan a férje felé lejtett. – De engem most nem érdekel Adam Haddon. Jobban érdekel a fizetségem, amit beígértél nekem a mai napért – vigyorgott, és férjét az ágyra nyomta. – De figyelmeztetlek, Adam Haddon nem szerepelt az eredeti tervben, sem az, hogy vele kell töltenem a napot, úgyhogy emiatt az ár nagymértékben emelkedett.

– Rendben – vigyorgott a férfi. – Elismerem, hogy az eredeti megállapodásban nem szerepelt az említett férfi, így hajlandó vagyok többet fizetni a munkájáért, hölgyem. De azért nem olyan sokkal, hisz' egy fiatal férfival töltötte a mai napot, aki nem a férje.

Leona elhúzta a száját. – Nem is tudod, micsoda élvezet volt. A glóriája fénye a szemembe világított. Nem győztem azt arrébb lökdösni – mondta, majd összeszűkült szemekkel az alatta fekvő férfira nézett. – Te meg kifogásokat keresel? Öregszel, Clive Brown. Meghátrálsz a feladat elől? – csipkedte meg férjét Leona, de mire az ellentámadásba lendülhetett volna, ő gyorsan leugrott róla és befutott a fürdőbe. Clive utánasietett, és önelégült mosollyal az arcán nekidőlt az ajtófélfának, hogy onnan szemlélje feleségét.

– Csapdába esett, kedves hölgyem!

– Na ne mondja, kedves uram, és kitől kellene tartanom?

– Egy felcsigázott férjtől – lépdelt óvatosan Leona felé a férfi, aki ezt látva egészen a falig hátrált, ahonnan már semerre sem tudott menekülni. – Csapdában vagy – mondta Clive, és megcsókolta őt.

8. FEJEZET

Leona gyorsan bevetette az ágyukat és már csak néhány simítás kellett ahhoz, hogy rend legyen a szobában.

Clive sietve kapta magára zakóját és gyors léptekkel mellette termett. Egy csókot nyomott az ajkaira és átölelte.

– Megleszel nélkülem a válogatáson?

– Elboldogulunk. Bob már úgyis csak azokat a jelölteket hívta be mára, akik a legesélyesebbek a posztra. Te csak foglalkozz nyugodtan a koncert előkészületeivel.

Clive, miközben feleségét nézte, azon gondolkozott, megemlítse vagy sem, hogy mit tervez, vagy várjon egy alkalmasabb pillanatra. De végül úgy döntött, elmondja azt, amit egész éjszaka a fejében forgatott.

– Mi lenne, ha Elisabeth részt venne a koncert próbáin, és esetleg fel is lépne azon? Belekóstolhatna ebbe az életbe és eldönthetné, hogy akarja, vagy esetleg a szervezés vagy valami más érdekli.

– Cseppet sem azért szeretnéd ezt, hogy távol tartsd Adam Haddontól! Tudod mi lesz, ha erre Elisabeth rájön?

– Tudom, éppen ezért felajánlom neki a dolgot. Talán szerencsém lesz, és elfogadja az ajánlatomat.

– Próbáld meg! Remélem, belemegy, mert így szem előtt lesz. Aztán megismerkedhet a te világoddal is, amiből jelenleg csak a rózsaszín felhőket látja. Kíváncsi leszek, hogy a fárasztó próbák után mi lesz a véleménye a munkádról. Szerintem kérdezd meg. Talán szerencsénk lesz és belemegy.

– Igyekszem meggyőző lenni – vigyorodott el a férfi, és újból magához ölelte feleségét. – Este találkozunk!

– Én itt leszek! – mosolygott Leona, és csókot nyomott férje szájára.

Miközben Clive távozott, ő azon törte a fejét, hogy vajon sikerülhet-e meggyőzni a lányukat, hogy vegyen részt a próbákon és lépjen fel a koncerten. Ez remek lehetőség és alkalom lenne a lánynak, hogy tapasztalatot szerezzen, és rögtön a mély vízben. Nem utolsósorban kevesebb ideje jut majd Adam Haddonra. Leona az ágy mellett lévő szekrényen álló órára pillantott. Indulnia kell. Bob már biztosan vár rá. Nemsokára kezdődik az interjú, és neki ott kell lennie. Még egy utolsó pillantást vetett a hálószobaszekrény hatalmas tükrében látszódó tükörképére. Elégedetten az elé táruló képtől, magabiztosan indult kifelé a szobából.

Amint kilépett az ajtón, Bobbal találta szembe magát. Valószínűleg hozzá indult.

– Jó reggelt, Leona! – üdvözölte a férfi. – Clive már elment?

– Igen. Ma egyeztetik a részleteket a koncerttel kapcsolatban.

– Nem kis fába vágta a fejszéjét. De már rég erre vágyik, most végre megvalósul az álma. Megérdemli, megdolgozott érte.

– Én is így gondolom. De a mai nap számunkra is fontos; ki kell választanunk azt a személyt, akivel a jövőre nézve együtt kívánunk dolgozni. Ez pedig nem kis feladat.

– Ez igaz. Remélem, jól ítéltem meg a helyzetet és a legmegfelelőbb embereket hívtam ma ide.

– Abban biztos vagyok. Menjünk, kezdjük el! – indult Leona a lifthez és beszálltak. – Bob, vissza tudja nekem keresni a kezdetig az összes, általunk ösztöndíjjal jutalmazott személy nevét?

– Természetesen. Miért? Valami gond van?

– Nincs, de tegnap Adam Haddon megemlítette, hogy ő is a díjazottak között volt, és én és Clive adtuk át neki a díjat.

– Nem emlékszem, hogy Adam Haddon a díjazottak között lett volna, de utánanézek. Jó régen volt már ez.

– Köszönöm előre is a fáradozását.

– Nyugtalanítja ez a férfi – állapította meg Bob.

– Igen. Eléggé. De lehet, hogy csak bizalmatlanságból fakad – mondta, de a következő pillanatban már biztos volt benne, hogy ez nem így van, és ezt ki is mondta. – Nem hiszem. Ez több annál – jelentette ki eltökélten.

– Érdemes a megérzésekre hallgatni. Sokszor nagyon sokat segítenek.

– Akkor majd ma is kamatoztatom a megérzéseimet! – mosolyodott el Leona. – Kik várnak ránk?

– Tízen. Az anyagokat már eljuttattam önhöz.

– Igen, láttam. Ne haragudjon, de a tegnapi napom nem volt egyszerű és csak átfutottam azokat.

– Hallottam a történetet.

– Nem is akarok még emlékezni se rá. Olyan volt, mint egy marketingtúra. A középpontban Adam Haddon-nal.

Bob elmosolyodott. Mindig nagyon élvezte a Leonával folytatott társalgást, nem kevésbé a tárgyalásokat. Úgy csavarta a szavakat és olyan szemléletesen világított rá a problémákra és arra, amit akart, hogy a partnerek ellenérvei elfogytak és minden úgy lett, ahogy azt Leona akarta. Leértek a földszintre és egyenesen a különterembe mentek, ahol már várta őket tíz mindenre elszánt pályázó. Leona szembe állt velük az asztal túlsó végén, és körbejártatta szemét az ott lévőkön. Bob mellette állva várta, hogy elkezdje a szokásos dolgok ismertetését.

– Üdvözlöm önöket! Leona Brown vagyok, a Brown szállodalánc egyik tulajdonosa. Engedjék meg, hogy bemutassam a mellettem lévő urat. Ő Bob Hopkins, a Brown szállodalánc gazdasági igazgatója és résztulajdonosa. Önök, akik ma itt vannak, sikeresen szerepeltek az előzetes válogatáson. Mielőtt azonban belevágnánk az interjúkba, szeretném elmondani, mire is vállalkozik az, aki ma megfelel az elvárásainknak. Kérem, aki úgy érzi, hogy az elmondottaknak nem tud eleget tenni, jelezze felénk. Mindenfajta kötöttség nélkül távozhat, mi pedig megköszönjük, hogy időt szakított ránk. – Leona egy kis szünetet tartott, hogy mindenki felkészülhessen arra, amit mondani fog.

– Aki a Brown szállodalánc alkalmazottja lesz köteles aláírni egy titoktartási szerződést. Ennek egyik oka az, hogy aki megkapja az állást, bele fog látni a szállodalánc pénzügyeibe és nem kell mondanom, hogy sokan szeretnének erről információt kapni. Rugalmas időbeosztást igényel ez a munka: van, hogy éjszakába nyúlik, és utazni is kell nemcsak az országban, hanem az ország határain kívülre is. Amit kínálunk, az kiemelkedő fizetés, karrier, és rengeteg munka. Kérem, gondolják át jól, tudják-e vállalni ezt az egész embert igénylő, fárasztó, stresszes munkát. Most hagyunk egy kis időt gondolkodni önöknek. Aki úgy gondolja, nem szeretne a továbbiakban részt venni a mai állásinterjún, nyugodtan távozhat. Köszönjük a megjelenést, és sok sikert kívánunk mindenkinek. Aki úgy dönt, hogy megméretteti magát, azzal negyedóra múlva itt találkozunk – mondta Leona egy biztató mosoly kíséretében, és Bobbal együtt elhagyta a termet.

A teraszra mentek, és leültek az egyik asztalhoz. A pincér pillanatokon belül mellettük termett és reggelit hozott, amit Bob már korábban megrendelt. Tudta, hogy Leona hajlamos megfeledkezni az étkezésekről, így ha közösen dolgoztak, ő mindig ügyelt erre.

– Mihez kezdenék ön nélkül, Bob? – mondta mosolyogva Leona az asztalon sorakozó friss péksütemények láttán.

– Amióta csak ismerem, mindig valaki rohant ön után, hogy egyen valamit: Mark, a morgós séfünk, Leopold, Clive vagy én – mondta mosolyogva a férfi, és egy pillanatra eltöprengett. – Mark nagyon büszke lenne magára, Leona. Pontosan olyan feleséggé, anyává és üzletasszonnyá vált, mint amilyennek elképzelte önt. Eleinte nem értettem, miért olyan megszállott és miért akarja önt, és csakis önt. De minél jobban megismertem, annál inkább megértettem, Mark mit miért tesz. Az elmúlt évek bebizonyították, hogy milyen tökéletesen választott minden tekintetben.

– Bob, ne hozzon zavarba.

– Csak az igazat mondom.

– Sajnos azt már nem tudhatjuk meg, hogy Mark hogyan vélekedne most rólam.

– Szerintem a dolgok úgy alakultak, ahogy alakulniuk kellett. Látom, mennyire szeretik egymást Clive-val, és igen, én is elgondolkoztam, mi lett volna, ha Mark nem hal meg akkor, és azt kell mondanom, hogy a sors keze jól cselekedett. A Brown szállodalánc sikere önökben, kettőjükben rejlik.

– Minden megvan Clive-ban, amire vágytam. Markban is megvolt, csak valahogy...

– Valahogy az a mindent elsöprő érzés Clive iránt ébredt fel önben. Nem kell magyarázkodnia. Tudom, hogy szerette Markot, minden kis és nagy stiklijét megbocsájtotta neki. Pedig volt néhány, és elég durvák is.

– Voltak nehéz pillanatok – mosolyodott el Leona, és egy kiflidarabot tett a szájába.

– Gyakran gondolok mostanában Markra. Valószínűleg a betegségem miatt. Vajon milyen lenne most, és hogyan viselkedne a helyemben.

– Én is sokat gondolok rá – mondta halkan Leona. – Gyakran teszem fel magamban a kérdést, mit tenne az én helyemben. Hogyan kezelné Elisabeth hisztis rohamait. Hogyan viszonyulna Adam Haddonhoz, és vajon mi lenne Clive-val?

– Kár azon tépelődnie, „mi lenne, ha". A lényeg, hogy azt a problémát kell megoldanunk, ami ma adódik. Ön pedig nyugodt lehet, mert jól neveli a gyermekeit, és amit Haddonnal kapcsolatosan tesz, az is helyes.

– Remélem. Adam Haddon kemény dió. Nem retten meg egy kis kihívástól. A szeme sem rebben, akármilyen kellemetlen kérdést teszek fel neki, válaszol rá. Nem kerülget semmilyen témát, mondja, amit gondol. Nem alakoskodik, és ez figyelemreméltó. Engem az zavar, amit nem mond ki.

– Látszik rajta, hogy tudja, mit akar. Véleményem szerint is mindenre képes, ha el akar érni valamit. Nem válogat az eszközeiben sem, és ez lehet a veszte. De most – vetett egy gyors pillantást a konferenciaterem bejárata felé – mennünk kellene, mert azok ott már teljes extázisban vannak, és nekünk döntenünk kell a sorsukról. Még ma.

Leona mosolyogva állt fel és Bob oldalán elindult vissza a konferenciaterembe, hogy kiválasszák a megfelelő személyt a feladatra. A teremben már csak négyen maradtak. A többiek távoztak. Valószínűleg átgondolták az elhangzottakat és nem merték vállalni azokat.

Egy céget bíztak meg a tesztek összeállításával és ellenőrzésével, amely már az első fordulóban megtörtént, és azok eredményeinek alapján választották ki azt a tíz jelentkezőt, aki ma itt megjelent. Ma ő és Bob a személyes beszélgetésekkel folytatták. Miután mindenkivel elbeszélgettek, egy kis időt kértek, hogy megvitassák, ki is az, akit a csapatukban szeretnének látni. Mindent figyelembe véve és megvitatva egymással egy óra alatt döntésre jutottak az új gazdaságivezető-helyettes személyéről. Leona ettől kissé megnyugodva, magabiztosan állt a jelöltek elé.

– Megszületett a döntés, ami nem volt könnyű, mert önök mindannyian alkalmasak a feladatra. De nekünk a legjobbak közül kell választanunk. Ez most megtörtént, és nem szeretném tovább húzni az időt. A Brown szállodák új gazdaságiigazgató-helyettese Brand Collier. Gratulálunk! A többieknek köszönjük a részvételt és sok sikert kívánunk. További szép napot! – köszönt el azoktól, akik a mai napon nem jártak sikerrel, és az újdonsült kollégájukhoz fordult.

– Collier úr! Kérem, fáradjon ide, és Hopkins úr ismerteti önnel a részleteket.

Leona kérésére az említett fiatalember az asztalukhoz lépet. Magas, jóképű, elegáns, barna hajú, barna szemű fiatalember volt, kedves mosollyal az arcán. Leona rokonszenvesnek találta már a beszélgetés alkalmával is. Harminc évével, fiatalos eleganciájával színt visz majd a gazdasági részlegre. Tapasztalata nem sok volt, hisz' eddig nem ezen a területen tevékenykedett és már huszonöt volt, amikor az egyetemet kezdte. De ők másokkal ellentétben szerették a fiatal pályakezdőket, akik mellé mentort állíthattak, és saját ízlésükre és elvárásaikhoz formálhatták őket. Brand, ha minden a terveik szerint halad, Bob utódja lesz, de addig nagyon sokat kell tanulnia, és rengeteget dolgoznia.

Leona mosolyogva a férfi felé fordult. – Isten hozta köztünk!

– Köszönöm, Brown asszony!

– Ne köszönje! Fogalma sincs mi vár önre. Bizonyítsa be, hogy nem tévedtünk, amikor önt választottuk.

– Igyekszem. A legjobb tudásom szerint fogok dolgozni.

– Az kevés. Még azt is szárnyalja túl – nézett határozottan rá Leona.

Brand már sok mindent hallott Leona Brownról. Jót is, rosszat is, de nem igazán érdekelte. Az köztudott volt, hogy milyen kemény, és nem könnyű a bizalmába férkőzni. Szépségét senki sem vitatta, de a „szép" szó enyhe kifejezés volt az előtte álló nőre, mert aki előtte állt, az gyönyörű volt. Eddig csak újságokban látta, vagy híradásokban, de ott is feltűnt neki a szépsége és kisugárzása. De így szemtől-szembe még gyönyörűbb volt, mint ahogyan elképzelte őt. Ha nem tudta volna, hány éves, még negyvennek sem nézte volna. Azt is beszélik, hogy Clive Brown és a közte lévő szerelem elsöpörhetetlen, és házasságuk robusztus gránit-talapzaton áll. Szerencsés fickó ez a Clive Brown. Még nem volt alkalma találkozni vele, de azt tudta, hogy a nők odavannak érte. De őt csak a felesége érdekli. Brand ezt meg tudta érteni, nagyon is meg tudta érteni.

– Hopkins úr mindent elmond önnek és odaadja a szerződést, remélem, mindent rendben talál majd benne – folytatta Leona. – Kérem, tüzetesen olvassa azt át. Holnap reggel nyolc órakor várjuk. Kívánom önnek, hogy érezze jól magát nálunk. – Leona megpillantotta az ajtón bekukucskáló férjét. – Clive, gyere be! Szeretnélek bemutatni csapatunk új tagjának.

Clive egyik kezét zsebébe dugva lépett hozzájuk, és alaposan szemügyre vette a férfit. Fiatal, pimaszul fiatal és jóképű.

– Clive Brown – nyújtott neki kezet.

– Brand Collier. Örülök, hogy megismerhetem.

– Érezze jól magát nálunk. Bobnál nem is kívánhat jobb szakembert maga mellé.

– Tudom, uram. Köszönöm a lehetőséget.

– Bob, önre hagyjuk Brandet – mondta Leona a férfi felé fordulva.

– Menjenek csak nyugodtan, Leona, mi elvégezzük a formaságokat.

– Köszönöm! – küldött hálás mosolyt a férfi felé, és Clive-val kéz a kézben távoztak.

A folyosóra érve Clive nem bírta megállni szó nélkül.

– Úgy látom, sikeres napod volt. Találtál egy jóképű fiatalembert a posztra.

– Az már igaz. Fiatal és jóképű. Jól mutat majd a megbeszéléseken – helyeselt Leona, ezzel is tovább fokozva férje féltékenységét.

– Jól mutat? Melletted?

– Úgy szeretem, amikor féltékeny vagy – vigyorgott Leona. – Azért jöttél haza ilyen korán, hogy leellenőrizd, milyen az illető? Le fogom cserélni az összes alkalmazottat fiatal, jóképű férfira.

– Ahhoz nekem is lesz egy-két szavam.

– Nocsak! A te táncosaid hány évesek is?

– Az más!

– Na, az más! Miért is?

– Mert más.

– Micsoda indok!

– Mindig is támogattam az ifjú tehetségeket.

– Mit nem mondasz... képzeld, én is.

– Akkor megegyezhetünk egy döntetlenben.

– De gyorsan felajánlottad! Gyanús ez nekem.

Clive kisfiúsan vigyorgott: – Edward leszerződtetett egy fiatal, tehetséges táncosnőt, akinek van egy tánciskolája, tele tehetséges fiatallal. Velük csináljuk végig a koncertet.

– Sejtettem, hogy van valami, azért egyeztél bele a döntetlenbe. Majd megnézem magamnak azt a fiatal tehetséget – húzta el a száját Leona.

– A nyomodba sem érhet.

– Jó duma! – nevette el magát Leona. – Ha megnyugtat, az új fiú sem érhet a te nyomodba.

– Milyen kegyes vagy hozzám – vigyorgott Clive, és felkapta az ölébe. Leona annyira meglepődött, hogy felsikoltott. – Megőrültél? – suttogta. – Mi van, ha valaki meglát minket?

– Na és? Ez a mi szállodánk, és ha nem vetted volna észre, már gyalog felcaflattunk az emeletre. Itt pedig csak mi lakunk, és a Hopkins család. Ők pedig már láttak ilyet.

– Ó, bocsánat! – nézett rájuk Barbara mosolyogva, mikor kilépett a folyosóra. – Bocsánat, hogy megzavartalak benneteket, de szeretnék beszélni veletek, ha tudtok rám egy kis időt szakítani.

– Persze! – mondta Leona és férjére nézett. – Most már letehetnél, mert elég hülyén festhetünk így.

– Szerintem tök jól nézünk ki így, de jó, legyen, most az egyszer – eresztette le feleségét a földre, de a kezét nem engedte el.

Barbara szemén mintha egy halvány könnyfátyol futott volna át, ahogy ezt szemlélte, és Leona ettől nagyon kellemetlenül érezte magát. Ők itt turbékolnak, Bob pedig beteg, és nem kapdoshatja nap mint nap az ölébe feleségét. Már csak a kora miatt sem.

– Gyere, menjünk be! – mutatott a lakosztály felé Leona. – Ott nyugodtan beszélgethetünk.

Előreengedték Barbarát, és ők egy pillanatra összenéztek Clive-val. Mind a ketten sejtették, mit is akar a nő. Tudja, hogy Bob beteg, és azt is, hogy ők is tisztában vannak vele, ezért vettek fel egy új alkalmazottat mellé.

– Nem kerülgetem a témát, hanem rögtön a közepébe vágok. Tudom, hogy tudjátok: Bob beteg. Azt is sejtem, hogy nem volt könnyű rávenni őt, hogy felvegyetek mellé valakit. Szeretném ezt megköszönni nektek.

– Nincs mit köszönnöd. Nekünk nagyon fontos Bob, és szeretnénk, ha vigyázna magára.

– Ő nem tud róla, hogy tudom, illetve biztosan tudja, de nem teszi szóvá. Olyan gyerekesen viselkedik. Azt hiszi, hogy a terhemre lenne. Pedig ez nem igaz, én szeretem őt. Amikor hozzámentem tisztában voltam vele, hogy eljön majd ez az idő és nem lesz könnyű. De reméltem, hogy minél később történik majd meg.

– Minden rendben lesz, ne aggódj! – ölelte át Barbarát Leona. – Nem kell most már utazgatnia, csak itt, a szállodában kell lennie és felügyeli majd a munkát. Brand szépen fokozatosan leveszi a válláról a terheket. Többet tud majd pihenni. Talán elmehetnétek kettesben valahova. Addig Gina velünk lesz.

– Köszönöm, mindent köszönök. De nem akarom, hogy úgy érezze, betegként kezelem, és azért akarom elvinni magammal. Talán majd kicsit később.

– Ahogy gondolod.

Barbara megpróbált egy halvány mosolyt erőltetni az arcára.

– Én most megyek, nem zavarok tovább. Köszönöm a segítségeteket. Sziasztok! – búcsúzott, és pillanatokon belül eltűnt a szobából.

Leona erőtlenül rogyott a nappali kanapéjára.

– Nagyon rossz érzésem van. Bob betegebb, mint gondoltuk.

– Nem szabad kétségbe esni – guggolt mellé Clive.

– Szerintem a helyzet pont olyan, hogy kétségbe kell esni. Csak nézz rá Barbarára!

– Barbara erős.

– Erős? Ez most itt nem segít. Becsapjuk saját magunkat, ha úgy teszünk, mintha minden rendben lenne. Pedig tudjuk, hogy ez nincs így.

– A mi dolgunk az, hogy mentesítsük Bobot a terhek alól és szép fokozatosan ő is be fogja látni, hogy jobb, ha átadja a dolgokat nekünk. Ha kíméli magát, még évekig élhet. Csodát nem tudunk tenni, az emberek megöregszenek és meghalnak. Bob olyan nekem, mintha az apám lenne, én is nagyon aggódom érte és még szeretném sokáig köztünk tudni, és amit ennek érdekében tehetünk, azt meg is fogjuk tenni.

Leona hinni akart abban, amit férje mondott, minden rossz előérzete ellenére is. – Talán igazad van. Remélem, igazad van.

9. FEJEZET

A férfi nagyon boldog volt. Részletesen megtervezett mindent a ma estére. Ünnepelni fog az imádott nővel. Megkapta álmai állását, és valóra válthatja minden álmát. Kopogtak és ő még egy utolsó pillantást vetett a szépen terített asztalra, hogy ellenőrizze, minden a megfelelő helyen van-e, majd az ajtóhoz sietett, és szélesre tárta azt. A nő megdöbbenve állt az elé táruló látványtól. Nagyon titokzatos volt a férfi, mikor találkára hívta, de ilyen fogadtatásra nem számított. Mire készülhet? Reméli, nem kezdi ismét elölről a régi lemezt, hogy menjen hozzá. Úgysem tenné sohasem, de ezt esze ágában sem volt az orrára kötni.

– Ünneplünk valamit? – lépett beljebb a nappaliba, és levette válláról a táskáját.

A férfi jéghideg gyöngyöző pezsgővel teli poharat nyújtott át neki. – Gratulálhatsz! – mosolygott. – Mától én vagyok a Brown szállodalánc gazdaságivezető-helyettese – közölte széles mosollyal az arcán.

– Á! – mondta a nő rezzenéstelen arccal, mindenféle érzelem nélkül.

– Csak ennyit mondasz? – döbbent meg a férfi a nő reakcióján. – Nem hallottad, mit mondtam? Tudod, mit jelent ez?

– Nem tudom. Miért, mit jelent? – kérdezte ridegen.

A férfi fürkészve nézett rá. Mi baja lehet? Rideg és közönyös. Miért nem örül?

– Mi bajod van? – kérdezte idegesen.

– Semmi – felelte egykedvűen a nő, és a poharában lévő pezsgőt az asztalon lévő virágra öntötte. – Ezért hívtál ide, hogy elmondd, annak a cafkának fogsz dolgozni?

– Mi a csuda bajod van? – csapta le a kezében lévő poharat az asztalra a férfi, és nyoma sem volt már a jókedvének. – Miért nem tudsz legalább úgy tenni, mintha örülnél a sikeremnek?

– Örülök! – nézett rá a nő jéghideg szemekkel.

– Azért szét ne vessen a nagy öröm!

– Nem szívelem azt a családot!

– De miért? Végre elmondanád mi a bajod velük? Akárhányszor szóba jön a nevük, te bekattansz. Mikor elmeséltem, hogy behívtak állásinterjúra, őrjöngeni kezdtél.

– Semmi bajom nincs velük, és mégis minden. Nekik mindenük megvan, én meg csak küzdök.

– Tudom, hogy sokat dolgozol, hogy működjön az iskolád, de senki nem tehet arról, hogy neked kevesebb jutott, mint a Brown családnak. Vagyunk így jó néhányan. Vannak olyanok, akiknek még ennyi sincs.

– Az engem nem érdekel – csattant fel a nő. – Csak akkor érdekel engem bárki, ha hasznát látom, ha az nekem jó.

– Miért kell megint így beszélned? Velem is ez a helyzet? Csak azért vagy velem, mert hasznomat látod?

A nő nem válaszolt. Elengedte füle mellett a férfi szavait, és teljesen másról kezdett beszélni.

– Nekem is van egy hírem a számodra – kezdte egykedvűen. – Én és a tánciskolám növendékei fogunk táncolni a Clive Brown-nagykoncerten.

A férfi most már semmit nem értett. Miért viselkedik a nő ellenségesen Leona Brownnal? Azt mondja, gyűlöli az egész családot, aztán közli vele csak úgy mellékesen, hogy Clive Brownnal fog dolgozni. Pedig ez számára kiváló lehetőség, egy vissza nem térő alkalom a kiugrásra. Boldognak kellene lennie.

– De hát ez nagyszerű! – lelkesedett a férfi.

– Igen, az! – felelte szárazon a nő. – Kezdésnek megteszi. De a cél messze még. Addig nem nyugszom, amíg meg nem kapom azt, amit akarok. Kerül, amibe kerül.

– Ilyenkor nagyon rémisztő vagy, mintha nem is te lennél. Egy olyan valaki, aki idegen számomra.

– Mégis engem akarsz! – nézett kihívóan a férfira.

– Igaz, bár néha magam sem értem, hogy miért. Te Clive Brownnal fogsz dolgozni, akkor én miért ne dolgozhatnék Leona Brownnal?

– Az a nő egy vipera – sziszegte.

– Én nem éppen ezeket a jelzőket használnám vele kapcsolatban. Véleményem szerint egy nagyon szép és okos nő. Persze kemény, ha a helyzet megköveteli, de amúgy nagyon kedves.

– Nem kell nyalnod neki, nincs itt – húzta el a száját a nő. – Leona Brown maga az ördög! – kiabálta magából kikelve.

Brand megrökönyödve bámult rá. De mielőtt bármit is mondhatott volna, az hirtelen minden átmenet nélkül visszaváltott a férfi által imádott arcára. Lassan közelebb kúszott hozzá, és mint egy macska, hozzásimult.

– Ha igazán szeretsz engem, segítesz nekem – dorombolta negédesen, jól tudva, milyen hatással van ez a férfira.

– Miben segítsek neked, Christina? – suttogta Brand.

– A földön fekve, mindent elveszítve akarom látni Leona Brownt – mondta gyűlölettel teli hangon, és férfi szegezte tekintetét. – Segíts, hogy ez így legyen, és én örökre a tiéd leszek.

– Miért gyűlölöd ennyire? Mit ártott neked Leona Brown?

– Épp eleget, elhiheted! A puszta jelenléte is irritál. Mindene megvan. Jóképű, sikeres férje van, gyerekei, vagyona, befolyása.

– Neked is van férjed, akit felszarvazol. Velem. Gyereked is van, akivel nem sokat törődsz. Hányszor kértem már tőled, hogy válj el és gyere hozzám. A fiadat úgy szeretem, mintha csak az enyém lenne. Boldoggá tudlak tenni.

– A dolgok nem így működnek.

– Akkor hogy működnek? – kérdezte emelt hangon a férfi. – Folyton hazudsz a férjednek, kijátszod őt, hogy velem lehess. Persze én vagyok a jóságos barát mindenki szemében, közben pedig viszonyunk van. Meddig még?

– Hagyd abba! – kiabálta Christina.

– Nem hagyom abba! Meddig megy még ez a kettős játék? – nézett szúrós tekintettel az előtte álló nőre Brand. – Normális kapcsolatot akarok, családot.

Christina egy ideig hallgatott, majd átgondolva a dolgokat komolyan megszólalt.

– Rendben. Elválok és hozzád megyek. De van egy feltételem. – Brand kíváncsian várta mi lehet az. – Segítesz nekem tönkretenni Leona Brownt, és ha minden jól alakul, a feleséged leszek.

10. FEJEZET

Leona késő délután ért a L'amour Kastélyszállóba. Sietősen ment a recepcióhoz, ahol már nagyon várták a megérkezését. Semmi kedve nem volt ehhez a mai naphoz, de jól tudta, hogy nem kerülheti el.

– Üdvözlöm, Brown asszony! – köszöntötte a recepciós. – Jól utazott?

– Igen, Roy. Adam Haddon megérkezett már?

– Igen, nem sokkal ön előtt. A szobájában van. Kérte, jelezzem neki, ha ön megérkezik.

– Akkor jelezze neki – mondta Leona szárazon, és a remény arra, hogy minél később találkozik majd a férfival, köddé vált. – Valami még?

– A séf kérte, hogy nézzen be hozzá.

– Rendben, de csak kicsit később. Előbb felmennék a szobámba.

– Természetesen, asszonyom! – mondta a férfi, és átnyújtotta a szobái kulcsát.

Ez a szoba csak a Brown családé volt. Ide vendég nem tehette be a lábát. Minden szállodájukban volt egy csak a számukra fenntartott szoba. Látogatásaik során így nem kellett folyton idegen szobában aludniuk. Egy kicsit olyan volt ez, mintha mindenhol lett volna egy kis otthonuk. Miközben a liftben álldogált, azon gondolkodott, miért olyan feszült. Számtalanszor bonyolított le már hasonló rendezvényt, és mindig élvezte is. De most valahogy nem volt kedve az egészhez. Megmagyarázhatatlan rossz érzés bujkált a testében, ám magyarázatot annak okára nem talált. Talán Adam Haddon az, ami aggasztja, de néhány röpke gondolat után úgy döntött, hogy mégsem ő aggasztja. De akkor mi? Túl sokat dolgozott az elmúlt időben és fáradt, vagy csak Clive hiánya okozza ezt az érzést? A férfi későn járt haza a próbák miatt és nagyon fáradt volt. Nem akarta őt azzal zavarni, hogy vágyna egy kis kettesben eltöltött időre, csak úgy sétálni, vagy ülni a tóparton. Majd ha vége a koncertnek, akkor mindent bepótolnak.

A szállodaszoba ablakán beáradt a napfény. Kisétált az erkélyre, hogy a bőrén érezze annak simogató melegét. Ez feltöltötte erővel, és kissé oldotta a lelkében lévő feszültséget. Egy ideig még álldogált, majd elindult, hogy találkozzon Adam Haddonnal. Úgysem kerülheti el, bármennyire szeretné. Jobb túlesni rajta mihamarabb. Remélte, a holnapi rendezvény csendben lezajlik, és elfelejtheti egy időre a férfit. Szerencsére Elisabeth elfogadta Clive ajánlatát a koncerttel kapcsolatban, így nem tudott túl gyakran találkozni Adam Haddonnal. Talán olyannyira örömét leli a munkában, a kihívásban, hogy nem mond meggondolatlanul igent a férfi házassági ajánlatára. A legjobb az lenne, ha megismerne valakit, akinek múltja és jelene kevésbé aggasztó Adam Haddon múltjánál és jelenénél.

A szálloda folyosója csendes volt. A vendégek többsége a medencénél hűsölt vagy kint a parkban sétált. Leona azt tervezte, hogy ha a szálloda elcsendesül, úszni megy. Estére mindig lezárják a medencéket és csak külön kérésre nyitják meg azokat. Remélte, hogy ma estére nem érkezett ilyen kérés, és egyedül élvezheti a hűsítő, nyugtató vizet. De addig még sok munka várja – és Adam Haddon.

A férfi már messziről észrevette a feléje tartó nőt. Széles mosollyal az arcán üdvözölte és egy asztalhoz invitálta.

– Ön gyönyörű, mint mindig – bókolt.

– Mint mondtam, Adam, nekem nem szükséges bókolnia, engem szavakkal nem lehet elvarázsolni. Túl öreg vagyok már ahhoz, hogy ilyesmivel le lehessen venni a lábamról.

– Én csak az igazat mondtam. Elisabeth öntől örökölte a szépségét.

– Még jó! Én vagyok anyja – vágta rá Leona és rátért a lényegre. A lehető legkevesebb időt szeretné eltölteni ennek a férfinak a társaságában, semmivel sem többet. – Látta már a termet?

– Még nem. Önre vártam, hogy együtt nézhessük meg, hogy készen áll-e minden a holnapi napra.

– Rendben, akkor menjünk és nézzük meg.

Leona a recepcióhoz sietett és elkérte a különterem kulcsát, majd egyenesen odamentek. A szálloda túlsó szárnyában ka-

pott helyet a konferenciaterem, és még két különböző méretű
különterem; a Rózsa terem és az Orgona terem. A Rózsa terem-
ben fogják szervírozni Adam meghívott vendégei számára az
ételeket, az Orgona terem a bálnak ad majd helyet.

A konferenciateremben mindent a helyén találtak. A kivetí-
tőt, az Adam által rendelkezésükre bocsájtott mappákat, benne a
konferencia anyagával. Mindenki névjegykártyája a helyén volt,
mellette az üdvözlőajándékok. Az asztalokon poharak, szalvéták.

– Úgy látom, minden a legnagyobb rendben – mondta Adam.

– Valami kérés?

– Nincs.

– Akkor nézünk be a Rózsa terembe. Már készen áll a holnap
reggeli fogadásra. Onnan mennek át a konferenciára az érintet-
tek, a kísérőpartnerek pedig a programokra. Az ön által előze-
tesen leadott névsor alapján csak férfiak vesznek részt a meg-
beszélésen, ezért csak hölgyprogramot szerveztünk, úgy, ahogy
azt már az előző alkalommal megbeszéltünk. Persze akik nem
szeretnének részt venni, maradhatnak a szállodában és igény-
be vehetik szolgáltatásainkat.

– A hölgyek nagyon érdekesnek találták az ön által kínált prog-
ramokat, és mindannyian nagyon szívesen vesznek részt rajta.

– Örülök! – mondta kurtán Leona, miközben átértek a fo-
gadás helyszínére.

Leona szélesre tárta a férfi előtt a Rózsa terem ajtaját.

– Most már értem, miért ez a neve – mondta Adam a falon
díszelgő rózsa-festést csodálva. – Ez nagyon szép. Még soha
nem láttam ilyet.

– Amikor felújítottuk, úgy gondoltam, ne csak számozzuk a
termeket, hanem nevezzük is el. Azt mindenki tudja, melyik az
étterem, melyik a konferenciaterem. De ha azt mondom, a he-
tes vagy hatos, az nem mond semmit. Így mindenkinek köny-
nyebb beazonosítani, miről is beszélünk. Így kerültek a falakra
különböző rózsák, a másik teremben pedig orgonák. A megren-
delő pedig csak annyit mond: „a Rózsa termet szeretném”. Így
nincs félreértés, mert egyértelmű, hogy erről a helyről beszél.

– A többi szállodájukban is van hasonló?

– Igen, de mindenhol más-más nevet kaptak a termek. A külföldi szállodáinkban az ott jellemző virágfajták neveit viselik. – Leona körbefuttatta tekintetét a tökéletesen terített asztalokon. – Minden rendben talált, vagy van valami kérdése, kérése?

– Nem, mindennel maximálisan elégedett vagyok.

– Ennek örülök! Akkor, ha mindent rendben talált és nincs kérdése, én távoznék. Szeretnék beszélni a séfünkkel, hogy egyeztessek vele holnapra.

– Gond lenne, ha én is önnel tartanék? Megvallom, sok olyan ételt volt az önök által összeállított listán, amiről azt sem tudom, hogy micsoda.

– Sok étel neve csak fantázianév. De ha szeretne jönni, nincs akadálya.

Leona bezárta a Rózsa termet, majd a recepcióhoz érve leadta a kulcsokat. Adam rendíthetetlenül lépdelt a nyomában. A konyhában figyelemmel kísérte Leona és a séf minden egyes szavát. Meg kellett állapítania, hogy az alkalmazottak szeretik a nőt, aki mindenkihez intéz egy kedves szót vagy mosolyt. A másnapra előkészített ételek pazarnak mutatkoztak, és rengeteg energiába és időbe telhetett az előkészületük. Az alkalmazottak mindegyike felkészült volt. Pontosan tudták, mi az, amit elvárnak tőlük, és ők meg is feleltek ezeknek az elvárásoknak. Egy negyedórával később, visszatérve a szálloda recepciójához Leona már nagyon szabadult volna a férfitól, így megpróbálta rövidre zárni a beszélgetésüket.

– Remélem, meg van elégedve a látottakkal.

– Igen. Nagyon.

– Remek. Akkor, ha nem veszi rossz néven, nekem még lenne egy kis dolgom.

– Persze, menjen csak nyugodtan. Remélhetem, hogy velem vacsorázik?

Leona egyáltalán nem akart ezzel a férfival ma már találkozni sem, nemhogy vacsorázni.

– Ne haragudjon, de ez ma este lehetetlen. Elég sok papírmunkám van – mondta, és ez igaz is volt. – Szeretném elvégezni még ma, mert holnap sietek haza a családomhoz.

– Megértem. Akkor jó munkát és jó pihenést – mondta elbűvölő mosoly kíséretében a férfi, és távozott.

Leona meglepődött, hogy az milyen hamar belenyugodott a visszautasításba. Szinte az volt érzés, hogy nem is akart vele vacsorázni, és csak illendőségből kérdezte meg a dolgot. De igazából Leonát nem is érdekelte az ok, hogy miért adta fel ilyen könnyen. A lényeg az volt, hogy most felmehet a szobájába és leheveredhet az ágyra. Átnézi a papírokat, aztán ha minden elcsendesedett, úszik egyet.

– Leona! Bocsánat, hogy nem tudtalak fogadni, de a beszállítókkal tárgyaltam – üdvözölte őt a feléje siető Richard.

– Szia! Nem gond. Már én is végeztem Adam Haddonnal és a szobámba indultam. Felvinném magammal a papírokat és átnézném azokat.

– Természetesen. Menjünk az irodámba. Már mindent öszszekészítettem neked.

– Köszönöm, akkor menjünk – indult el Leona Richarddal.

– Clive hogy van? – érdeklődött a férfi.

– Eléggé elfoglaltan, a koncert próbái minden idejét lekötik. Míg el nem felejtem... A koncert plakátjaiból majd küldök néhányat, és szórólapokat is. Kérlek, minden vendégnek adjatok belőle.

– Persze, mint mindig. Most is a nyakadba vetted a koncert reklámját?

– Mint mindig! – nevetett Leona. – Clive úgysem bízná másra. Maradunk mi Sarahval. Mióta én és Clive együtt vagyunk, Sarahval csináljuk ezeket a dolgokat, most miért lenne ez másképp?

– Ez rengeteg munka!

– Az! – értett egyet Leona. – De Clive miatt teszem, és akkor semmi nem számít.

– A gyerekek?

– Elisabeth Clive-val dolgozik, Mark pedig élvezi a szünetet.

– Elisabethnek még mindig udvarol Adam Haddon?

– Igen, elég kitartó. – Leona elgondolkodott. – Szólnál Tomnak, hogy jöjjön fel a szobámba? Megbíznám egy kis kémkedéssel. Figyelhetné nekem Adam Haddont. Nem lenne gond? Tudnád nélkülözni egy kis időre?

– Persze, felküldöm. A fiú amúgy is nagyon hálás neked, hogy
áthelyezted ide a Csillagfényből. Így közelebb van a szüleihez
és többet tud nekik segíteni. Örülni fog, hogy segítségedre le-
het. Ügyes és megbízható.

– Ezért bízom rá ezt a munkát.

Leona egy vaskos mappával a kezében tért vissza a szobájá-
ba, ahol egy kis idő múlva Tom is megjelent.

– A főnök azt mondta, szeretne velem beszélni.

– Igen, Tom. Jöjjön beljebb. – A fiú félszegen lépett be a szo-
bába. Vajon mit akarhat tőle Leona Brown, hogy felhívatja ma-
gához? Ha ki akarná rúgni, nem rendelte volna magához, csak
utasítaná Richardot, hogy küldje el. – Valami rosszat tettem?
– kérdezte tétován.

– Nem, Tom! – mosolyodott el Leona, és biztatóan megérin-
tette a fiú karját. – Kérem, üljön le! – mutatott a kényelmes fo-
telra, és a fiú szót fogadott. – Ugye tudja, ki Adam Haddon?

– Igen, az a szépfiú a hatosból – vágta rá hirtelen, de meg is
bánta. – Elnézést, tudom, a vendégekről nem beszélünk így, de
mióta betette ide a lábát, a személyzet hölgytagjai ájuldoznak tőle.

Leona elnevette magát. – Igen. Adam Haddon a szépfiú a ha-
tosból. Pont emiatt szeretném megkérni önt valamire.

– Hallgatom, asszonyom, tudja, hogy önnek bármit megteszek.

– Nem kell bármit, csak figyelni. Azt szeretném tudni, hogy
mit csinál, amíg itt van, kivel beszélget, és minden pletyka ér-
dekel, amit csak hall róla.

– Bízhat bennem. Amúgy is böki a csőrömet. Hogy lehet va-
lakinek ennyi idősen ennyi pénze?

Leona ismét elnevette magát. – Na, látja, ez engem is nagyon
érdekel, de minden egyéb is. A távozásom után, kérem, jelentse
Richardnak amit megtud, majd ő átadja nekem.

– Rendben, asszonyom. Mindent megteszek.

– Tudom, Tom, tudom. Előre is köszönöm!

– Szívesen, asszonyom! – pattant fel a fiú, és szélsebesen tá-
vozott a szobából.

Leona jót derült a fiú szavain, amikor magában felidézte
azokat. Látszott rajta, hogy tényleg nem lett a szíve csücske a

férfi. Még örült is neki, hogy kémkedhet utána. Leona az ágyon lévő mappára pillantott. Neki kellene látnia a munkának, ha végezni akar vele és még úszni is szeretne az este. Kedvetlenül telepedett le az ágyra, és sorra átnézte a dossziéban lapuló anyagot. Elég későre járt, mire mindegyikkel végzett. A szálloda teraszán már csak egy-két ember üldögélt. Leona elmélázva nézett ki az éjszakába, amikor telefonja dallamos csörgése betöltötte a szobát.

– Szia, kicsim! – üdvözölte őt Clive gyengéd hangon.

– Szia! – örült meg a férfinak. – Olyan jó hallani a hangod!

– Már azt hittem, alszol, és nem is hallod meg a csörgést.

– Nem alszom. Csak most végeztem a munkával.

– Nem kellene ilyenkor is dolgoznod, miért nem pihensz le?

– Még szeretnék úszni.

– Az jó ötlet.

– Szerintem is. Attól majd jól alszom.

– Akkor tedd azt! Jó éjszakát, kicsim!

– Jó éjszakát, Clive. Szeretlek.

– Én is, kicsim, nagyon szeretlek – súgta a férfi, és Leona szíve oly sok együtt töltött év után is hevesen dobogott. Időről időre elcsodálkozott azon, hogy Clive iránt érzett szerelme egy szemernyit sem halványodott. Sőt ugyanúgy, vagy ha lehet, jobban lángolt. Minden vele töltött perc ajándék volt számára.

Lassan levetkőzött, és felvette fekete bikinijét majd köntösét. Lifttel a földszintre ment, majd a recepcióhoz.

– Jó estét, Brown asszony! Úszni készül? – érdeklődött az éjszakai portás kedvesen.

– Jó estét. Igen, azt tervezem. Remélem, nincs senki sem ott.

– Nincs, ma este zárva van, nyugodtan menjen csak.

– Remek – mondta, és indult is.

Csak néhány fényt gyújtott fel a medencénél. A félhomály még nyugodtabbá tette a helyet. Lassan lefejtette testéről a köntösét, ami a földre hullott, majd beleereszkedett a medence vizébe. Egy pillanatra furcsa érzés kerítette hatalmába, mintha nem lenne egyedül, mintha valaki figyelné őt. Óvatosan körbenézett, de senkit sem látott. Már tényleg tiszta paranoiás. Ki lenne itt és minek? Gyorsan elhessegette rossz érzéseit, és hosszú karcsapásokkal szelni kezdte a vizet.

A félhomályban megbújva kutató szempár minden mozdulatát figyelte. Biztos rejtekében mindent jól látott, de ő maga észrevétlen maradt. Az a fiú majdnem észrevette őt, de sikerült kijátszania. Biztos volt benne, hogy figyeli, és arra is mérget mert volna venni, hogy Leona Brown bízta meg vele. Vajon mit szólna a nő, ha most mellette teremne? Mi lenne, ha bemenne a medencébe és... Csendesen nyílott az ajtó és az árnyalak visszább húzódott rejtekébe, onnan kémlelve a váratlan látogatót. A félhomályban nehezen tudta kivenni annak körvonalát. Látta, amint odalép a medence széléhez és az éppen odaérő Leonát egy gyors mozdulattal kiemeli a vízből. A nő a meglepetéstől szóhoz sem tudott jutni, de ha akart volna sem lett volna rá alkalma, mert az idegen szája az övére tapadt. Mikor Leona felismerte az ismerős ajkat, szenvedélyesen hozzásimult a férfi testéhez.

– Clive! – mondta, mikor lélegzetvételhez jutott. – Hogy kerülsz ide? – suttogta.

– Nem bírtam tovább nélküled. A holnap este túl messze van, és én most akarok veled lenni – ölelte még szorosabban magához feleségét a férfi.

– Mire készülsz? – kérdezte kacéran Leona.

– Majd meglátod! – kapta ölbe őt Clive, és a távoli melegvizes medencéhez vitte, vele együtt belesétált és elmerültek a vízben.

– Megőrültél – suttogta mosolyogva Leona, és boldogan élvezte a nyakára áradó csókokat. – Mi lesz, ha meglát valaki?

– Nem mer ide jönni senki sem. Gondoskodtam róla – mondta Clive, és egyre szenvedélyesebben vette birtokba felesége száját.

Leona egy pillanatra kinyitotta szemeit, és mintha egy árnyat látott volna megmozdulni a távolban.

– Clive! Kérlek! Nagyon izgató ez az egész, de én jobb szeretnék felmenni a szobánkba.

– Mi van, kicsim, öregszel? Már nem mered bevállalni a rizikót?

Leona elvigyorodott. – Szívesen bevállalnám, de amióta beléptem ide, úgy érzem, figyelnek, és az előbb is láttam egy árnyat – suttogta.

Clive komolyan nézett feleségére. – Neked már tényleg üldözési mániád van. De oké. Az ágyban az én öreg csontjaimnak is kényelmesebb lesz.

– Te gazember – csípte hasba férjét Leona. – Velem akarod elvitetni a balhét, holott te is jobb szeretnéd ágyban, párnák közt?

– Oké, bevallom – nevetett a férfi. – Bocsánatért esedezem.

– Majd meglátom, hogy megbocsájtok vagy sem – játszotta a sértődöttet Leona, majd megcsókolta a férfit. – Menjünk, mert gyorsan el kell döntenem.

Clive kisegítette őt a medencéből, felsegítette rá a köntösét és ő is magára húzta a sajátját. Kéz a kézben indultak a recepcióhoz.

– Kicsim, vissza kell mennem, a medencénél hagytam a telefonomat – mondta Clive.

– Rendben, itt megvárlak.

A férfi visszasietett a medencékhez. Tom lihegve érkezett meg Leona mellé, és érdeklődve nézett rá.

– Látta azt a férfit?

– Milyen férfit?

– Aki bement ön után a medencékhez.

– A férjemre gondol?

– Nem Brown úr volt az, vele találkoztam. A recepciós nem engedett be, hogy szóljak önnek. Láttam valakit besurranni a medencékhez. De nem láttam jól, ki volt az, de nem Brown úr, az biztos.

Leona egy pillanatig sem gondolkozott, visszaindult. Közben Clive már újra zárni készült az ajtókat.

– Te is itt felejtettél valamit?

– Nem, én nem. Nem láttál bent senkit?

– Kicsim, kit láttam volna bent, egy szellemet?

– Nagyon vicces! Tom látott bejönni ide valakit, és én is úgy éreztem, figyelnek engem.

– Na jó, ha ez megnyugtat, menjünk be, kapcsoljuk fel az összes világítást és keressünk mumust. De ha megtaláljuk, megverhetem? – vigyorgott a férfi.

– Örülök, hogy viccesnek találod a dolgot, én annyira nem élvezem. De az én véleményem szerint az állítólagos mumus húsvér ember – indult be Leona, és elszántan végigkutatta az egész medencét. Jó néhány perc eltelt, mire végeztek, de nem találtak semmit. – Akkor is volt itt valaki – jelentette ki határozottan. – De mikor és hogy jutott ki? – Körbejártatta tekintetét és azon gondolkozott, ő hogyan jutna ki innen. Látszólag az összes ablak zárva volt. Az ablakokhoz ment és sorra meglökte azokat, majd tekintete az egyik sarokba tévedt, ahol hatalmas pálmafák terültek el, kitűnő rejtekhelyet biztosítva annak, aki leskelődni akar. Leona lassú léptekkel haladt a kiszemelt cél felé. A pálmafa egyik ága megtört. Valaki biztosan volt itt. De hogy jutott ki innen? Tekintete a hatalmas ablakra tévedt, és egy határozott mozdulattal kilökte azt. Az esti langymeleg beáradt rajta, felfrissítve a párás helyiség levegőjét.

– Na, most mondd, hogy képzelgek! – fordult férje felé Leona. – Volt itt valaki, és az ablakon keresztül távozott.

– De kicsoda és miért? – lépett mellé Clive.

– Adam Haddon – jelentette ki határozottan Leona. – Csak azt nem tudom, miért. Ez a férfi akar valamit, és nem csak a lányunkat. Túlságosan tökéletes nekem. Van valami, amit nem mond el, valamit titkol. Biztos vagyok benne, hogy mindent előre eltervezett, és mi csak szereplők vagyunk az ő darabjában.

– Most megyek és kitekerem a nyakát! – indult el Clive.

– Várj! – kapta el a karját Leona és visszatartotta. – Ugyan mit mondanál neki? Van bizonyítékod? Adam Haddonnal nem boldogulsz erőszakkal. Én tudom, hogy forr benned a Brown-vér és levernéd a veséjét is, de ez nekünk nem segít. Meg kell találnunk a gyenge pontját, és azt felhasználni ellene.

Clive elgondolkozva nézett feleségére. – Már nem is tudom, melyikünk hasonlít jobban apára: én, a fia, vagy te, aki a felesége voltál. Mindenesetre jól kinevelt minket.

– Csak fölkészített minket a Brown-örökségre. Mert pontosan tudta, mivel jár ez.

* * *

Másnap hajnalban Leona hangos kopogásra ébredt. Clive már nem volt mellette. Valószínűleg nagyon korán indulhatott, és nem akarta őt felébreszteni. A férfi párnáján egy vörös rózsaszál feküdt, és egy kis levél.

– Le ne cserélj! – olvasta fel hangosan Leona és elmosolyodott.

A kopogás csak nem akart abbamaradni, így kénytelen volt felkelni. Köntöse övét szorosan meghúzta dereka körül és kinyitotta az ajtót.

– Richard! – lepődött meg a férfi láttán. – Mi történt?

– Ne haragudj, hogy felébresztettelek, de úgy gondolom, tudnod kell, hogy mi történt.

– Miért, mi történt?

– Talán jobb lesz, ha saját szemeddel látod, mert ha én nem láttam volna saját szememmel, nem hittem volna el.

Leona nem értette, miről beszél a férfi, de mivel arca elég kétségbeesettnek tűnt, nem kérdezősködött.

– Felkapok magamra valamit és jövök.

– Megvárlak.

Leona furcsállta ezt, de nem szólt. Gyorsan öltözködni kezdett. Magára kapta farmerját és egy blúzt, egy kis sminket tett az arcára és kész volt. Mikor kiment az ajtón, a férfi még mindig ott toporgott. – Elárulod végre, hogy mi történt? – kérdezte, mikor már a liftben voltak.

– Azt akarod tudni, ami a konyhában történt, vagy azt, ami a konferenciateremben és a Rózsában?

– Most már aztán tényleg tudni akarom, hogy mi a nyavalya történt! – mondta erélyesen Leona.

A liftajtó kinyílt, és szinte futólépésben tették meg a konyhába vezető utat. Ott Leona belökte maga előtt az ajtót és hinni sem akart a szemének. Amit ott látott, olyan volt, mint egy háború sújtotta övezet. Az alkalmazottak tanácstalanul állták körbe a romokat.

– Mi a csuda ez?

A földön szanaszét dobált ételek terültek el, amelyek a mai napra már elő voltak készítve. Az egyik hűtő teljes tartalma a padlón hevert, és körülötte minden csupa víz volt.

– Hajnalban vette észre az egyik szakácstanoncunk, mikor bejött dolgozni – magyarázta Richard a felfedezés módját. – A konferenciatermet és a Rózsa termet is feldúlták.

– Ki a nyavalya szórakozik itt? Menjünk a konferenciaterembe
– indult Leona, majd hirtelen megtorpant. – Önök kezdjenek hozzá
a takarításhoz – nézett körbe az alkalmazottakon. – Rendeljetek
be mindenkit, Richard. Kezdjetek neki a munkának. Senkinek egy
szót sem az itt történtekről. A szobalányok jöjjenek a konferencia-
terembe, a pincérek a Rózsa terembe. Egy félórán belül mindenkit
itt akarok látni – mondta ellentmondást nem tűrően, és elindult.

A konferenciaterem ajtaja tárva-nyitva volt. A földön szana-
szét hevertek a papírok és a székek. Valaki szántszándékkal csi-
nált hatalmas felfordulást. A Rózsa terem asztalait is feldúlták,
de egyetlen pohár és tányér sem sérült. Azok ott és úgy voltak,
ahogy a pincérek azt tegnap este tették.

– Miért nem törték össze a porcelánt? – kérdezte Richard
eltöprengve.

– Mert az túl zajos lett volna. Ez az egész az én bosszantá-
somra ment ki, és hogy az illető lássa, hogy helyt tudok-e állni.

– Te tudod, ki állhat ennek az egésznek a háta mögött?

– Van egy sejtésem. Hol van Tom?

– Itt vagyok! – lépett a fiú a szobába. – Miben segíthetek?

– Hol van Adam Haddon?

– A szobájában, és ott is volt egész este.

– Tom, menjen és figyelje, szóljon nekem, ha az a férfi elin-
dul a szobájából.

– Úgy lesz, asszonyom! – mondta a fiú és elsietett.

Leona Richardhoz fordult. – Mindent visszacsinálunk úgy,
ahogy volt. Itt ma nem történt semmi. Kérem az összes kamera
felvételét, és az őröket egy félóra múlva az irodádba.

– Minden meglesz! – mondta a férfi és távozott.

Leona magára maradt. Szemei még mindig a földön heverő
tárgyakat pásztázták.

– Ezt nem kellett volna – mondta ki hangosan a gondolata-
it. – Fogalma sincs, kivel kezdett ki az, aki ezt tette. Ha harcot
akar, akkor harcot fog kapni. Kár volt piszkálni engem – szegte
fel dacosan Leona az állát, és nekilátott rendet csinálni.

Nemsokára szobalányok és pincérek érkeztek. Helyre rak-
tak mindent úgy, mintha nem is történt volna semmi. A kony-

hában is helyreállt a rend, és már elkezdték pótolni a tönkre-
tett ételeket is.

Leona is kissé lenyugodott a rend helyreálltával.

– Richard! Részletesen írd össze a károkat, aztán add ide ne-
kem – mondta a férfinak, annak irodájában ülve. – Majd a meg-
felelő időpontban átnyújtom a megfelelő személynek. Most pe-
dig küldd be az őröket!

– Úgy véled, Adam Haddon keze van a dologban?

– Igen.

– De mi oka lenne rá, hisz' be akar vágódni nálad. Miért okoz-
na kárt a saját rendezvényében? Aztán meg egész este a szobájá-
ban volt. Észrevétlenül nem juthatott be egyik helyiségbe sem.
A kulcs a recepción volt.

– Adam Haddon nem hülye, hogy maga végezze el a piszkos
munkát. Előre meg lett tervezve minden egyes lépés. Azt még
nem tudom, mire megy ki a játék, de meg fogom tudni. Való-
színűleg most arra számít, hogy segítségemre lehet és ismét se-
gítő kezet nyújthat nekem. Ezért kértem mindenkitől, hogy tart-
sa a száját. Nem történt semmi. Minden a legnagyobb rendben.
Annak pedig, aki a segítségére volt, Isten irgalmazzon!

Richard pontosan nem tudta, mit jelent ez, de azt igen, hogy
a Brownok nem tűrik az árulást. Hosszú éve dolgozik már ne-
kik, még Mark Brown vette fel egyetemistaként. Volt alkalma
látni, hogyan is intézik el ezeket a dolgokat. Leona pedig ízig-vé-
rig Brownná vált az elmúlt évek alatt.

A biztonságiak egymás után jöttek be az irodába és sor-
falat álltak. Leona a kamerák felvételeit nézte, miközben a
síri csöndben még a lélegzetvételeket is hallani lehetett. Még
soha nem történt itt ilyesmi, és a főnökasszony sem rendelte
be soha őket. Feszülten várták, mi következik. Valaki hibá-
zott – és nagyot.

– Ki volt ma este szolgálatban? – kérdezte a biztonságiaktól
Leona, fel sem nézve a monitorról.

– Én – szólalt meg egy hang, és Leona rászegezte tekintetét.

– Ön volt a kameráknál?

– Igen, és Eric a portán. Ő most is ott van.

– Rendben. Hogy lehet bejutni a feldúlt helyiségekbe úgy, hogy az ne tűnjön fel senkinek?

– Ha az a valaki már eleve bent volt a szállodában, könnyen. De az étterem miatt rengetegen megfordulnak itt naponta. Nem ellenőrizhetünk mindenkit. Az alkalmazottak pedig szabadon járhatnak a szállodában.

– Mégis hogyan juthatott be akárki is a konyhába és a zárt helyiségekbe, ha a portán volt a kulcs?

– Az igaz, hogy a kulcs a portán van és csak a recepciós nyithatja ki ezeket a helyiségeket, de a műszakiaknál mindenből van egy pótkulcs. Aki bejutott oda, az tudta ezt. Előre el kellett terveznie mindent. Hogyan jut a kulcsokhoz, hogy az ne tűnjön fel senkinek, aztán visszajuttatni azokat. Bejutni az épületbe, és csendben feldúlni azt. Ismernie kellett az itteni szokásokat. Szerintem kijuttatták a kulcsokat, lemásolták azokat, és a kellő időben felhasználták.

Igaz, futott át Leona agyán. Miért is nem gondolt erre? De hogyan tudta megszerezni az illető a kulcsokat? Csakis egyféleképpen: ha valaki segített neki, aki bejáratos ide. De ki? Mi van, ha valaki úgy segített, hogy kihasználták őt? Ha Adam Haddon a hunyó, akkor becserkészte az illetőt azzal a bájolgó pofikájával. Mit is mondott Tom? A személyzet női tagjai ájuldoznak Adam Haddontól. De mi van, ha téved, és nem is Adam Haddon van e mögött az egész mögött? Nem vádolhat senkit bizonyítékok nélkül. Pedig a zsigereiben érzi, hogy valami nem stimmel ezzel a férfival, és ő ki is fogja deríteni, mi az.

– Nézzék át a felvételeket és azonosítsanak be mindenkit rajta. Tudni akarom, hogy az elmúlt két napban ki jött be ide és ki ment el innen. Itt ma semmi sem történt. Minden a legnagyobb rendben van. Világos? – emelte fel hangját Leona, hogy kellően nyomatékosítsa a jelenlévőkben a szavait. – Mostantól holnap délig mindenki szolgálatban van. Mindenre figyelnek, még a legyekre is. Nem szeretném, ha probléma adódna. Bármi szokatlant észlelnek, nekem szólnak.

– Igenis, asszonyom! – hangzott kórusban.

– Most mehetnek, és lássanak munkához.

A férfiak távoztak, és Leona még mindig az előtte lévő monitorra meredt. Egy nőt látott rajta, aki olyan furcsán viselkedett, mintha nem akarta volna, hogy bárki is felismerje őt. Hatalmas karimájú kalapja eltakarta az arcát.

– Richard! – szólt az irodába éppen belépő férfinak. – Tudod, ki ez a nő? – mutatott a képernyőre.

A férfi a monitorra nézett. – Nem tudom, de nem is látom az arcát. Olyan, mintha keresne valakit. Leül az egyik asztalhoz a teraszon. Rendel egy kávét a pincértől, megissza, és aztán szélsebesen távozik. Sokan térnek be hozzánk egy kávéra vagy találkozóra. Ez a nő is így tehetett. Nem jött el, akit várt, és távozott.

– Nézd! – mutatott Leona ismét a monitorra.

– Nem látok semmit.

– Figyelj! – Leona gyorsan előretekert a nő megérkezéséig, és újra lejátszotta a felvételt. – Ez a kamera pont a nő közelében volt, valószínűleg nem vette észre.

– Mert aznap reggel szereltük fel. Egyre több vendégünk jön csak ebédre vagy vacsorára, és a jó idő miatt mindig a teraszon ülnek le. Így azt gondoltuk, oda is kellene egy kamera.

– Nézd! – kiáltott Leona. – Hogy került hozzá az a boríték? – kérdezte, de nem várt válaszra. – Érkezésekor nem volt nála, nem is ült le hozzá senki az asztalhoz, és a pincér sem adott át neki semmit.

Leona felpattant a székéből, kiviharzott az irodából és egyenesen a teraszra sietett. Richard alig tudott vele lépést tartani. A kamerán látott asztalhoz ment, és egy mozdulattal felborította azt.

– Mit keresel?

– Valami nyomott – mutatott az asztal lapjának aljára Leona. – Tessék! – kiáltott fel. – Ide volt ragasztva – mutatott a lap alján látszódó csíkra. – Valaki ide ragasztotta a csomagot, benne a kulcsokkal. Még most is látszik a ragasztás helye. Valaki így játszotta a kezére. Kivitte, lemásolta, az embere visszahozta. Így akármikor használhatja azokat, mert már neki is vannak. Cseréljétek le az összes zárat.

– Rendben, lecseréljük, ha így látod jónak. Az látszik, hogy valami ide volt ragasztva az asztal aljára, de semmi nem bizonyítja, hogy a kulcsok voltak a borítékban. Az nem látszik a felvételen, hogy valaki odaragasztja azt. Valószínűleg még a kamera kihelyezése előtt tette oda. De ha minden úgy történt, ahogy azt gondolod...

– Akkor áruló van a csapatban. Szerinted mi lehetet a borítékban, ha nem a kulcs? Ez a felvétel tegnapelőtt készült. A nő megitta a kávéját és távozott. Úgy csinált, mintha várna valakit, és az illető nem jött volna el. Ez csak félrevezetés volt. Csak a borítékért jött ide. Ügyelt arra, hogy senki ne ismerje fel. Ezért kellett a kalap. Bár feltűnő egy darab, de takarja az arcot.

– Rendben, tegyük fel, hogy a kulcsok voltak a borítékban. De ki volt a cinkosa? A tűzbe teszem a kezem a karbantartónkért.

– Túlságosan egyértelmű lenne. Ha vége a munkaidejének, vagy akkor, ha a szálloda valamelyik emeletén javít valamit, bárki bemehet a műhelyébe. Azt hoznak ki onnan és visznek be oda, amit csak akarnak. A pótkulcsokra csak akkor van szükség, ha a recepción lévőkkel történne valami. Nem nézegetik naponta őket. Menjünk és nézzük meg, hogy megvannak-e pótkulcsok a műszakiaknál.

Leona határozott léptekkel indult az alagsorba, ahol egy ötvenes évei vége felé járó férfi egy konyhai gépet javítgatott. Mikor meglátta Leonát, felegyenesedett és illedelmesen köszöntötte őt.

– Üdvözlöm, Brown asszony! Gondolom, arra kíváncsi, hogy megvannak-e a kulcsok.

– Igen, azt szeretném tudni.

– Mindegyik a helyén van. Meg is mutatom. Amikor megtudtam, hogy mi történt, rögtön megnéztem, hogy megvannak-e – mondta, és elővette az említett kulcsokat. – Akárki is vitte el, nagy kockázatot vállalt, és feleslegesen, mert azokat a zárakat kinyitni egy hajcsat is elég. Szerintem kár azon törnie a fejét, hogy hogyan nyitották ki az ajtókat. A kérdés az, hogy ki volt, és miért állt az érdekében feldúlni mindent – mondta a férfi komolyan, és Leonának el kellett ismernie: ez is igaz.

– Leona asszony! – kiabálta Tom, és kifulladva érkezet az alagsori műhelybe. – Haddon úr önt keresi.

– Nocsak! Hol van?

– A recepción.

– Akkor ne várassuk. – Leona a karbantartó felé fordult. – Köszönöm a segítséget, további szép napot önnek – búcsúzott, és elindult szembenézni Adam Haddonnal.

A férfi most is, mint mindig, elegánsan és magabiztosan állt, elbűvölő mosolyt küldve a megérkező nő felé.

– Jó reggelt! – üdvözölte őt. – Csodálatos ez a nap.

– Igen, ez egy tökéletes, szép reggel. Csodálatosan ragyogó nap várható. Kívánja megnézni, hogy minden rendben van-e? – kérdezte mosollyal az arcán és némi éllel a hangjában Leona, ami nem kerülte el Adam figyelmét. Valami történt az elmúlt néhány órában, ami miatt paprikás hangulatban van a nő. A szemei villámokat szórnak, mosolya láttán bárki bevallana mindent bűnt, még azt is, amit el sem követett.

– Szerintem nem szükséges, tegnap is minden rendben volt.

– Ez igaz, és most még inkább rendben van. A hoszteszek már fogadják a vendégeit, nem is tartom fel, kedves Adam – mondta Leona, ellenállhatatlan mosolyát bevetve.

Adam nézte, ahogy a nő eltűnik a konferenciaterem irányába. Minden rendben van, ismételte magában Leona szavait és tudta, hogy ez így is van, bármi is történt itt az elmúlt órákban, ami miatt a szokásosnál is szúrósabb a nő tekintete. De ha Leona azt mondta, hogy minden rendben van, akkor az úgy is van, és neki nincs is más dolga, csak élvezni a tökéletes rendezvényt, és a tökéletes házigazda szerepében tetszelegni. Teljesen mindegy, hogy mi történt, és miért olyan furcsa itt mindenki. Élvezni fogja a nap minden percét, főleg mert Leona Brown itt van vele.

Leona a férfival ellentétben nem mondhatta el, hogy élvezi a nap minden percét. Még soha nem nézett ki úgy a szálloda, mint egy erődítmény. Minden szögletben egy biztonsági ember leste árgus szemekkel az embereket és az eseményeket. Mire eljött az ebédidő, mindenki kellőképpen fáradt volt, és a java még csak most következett. Az esti bál mindenki számára nagy odafigyelést kívánt. A vendégek viszont elégedettek voltak. Ezt Leona leolvasta Adam önelégült arcáról, és néhány vendég személyesen neki is kifejezte elégedettségét. *Remek*, gondolta magában, *legalább valami plusz elégtétel az elszenvedett kellemetlenségekért.* Az elégedett vendég visszajön.

Leona is kezdett ereje végére érni, szüksége volt néhány perc feltöltődésre, hogy ismét teljes erővel koncentrálhasson a munkájára. Ehhez egy kis nyugalomra volt szüksége, így úgy döntött, felmegy a szobájába, remélve, hogy nem tör ki addig egy újabb katasztrófa.

– Leona! – szólította meg egy ismerős hang.

– Liliana, te hogy kerülsz ide? Adam Haddon vendége vagy?

– Igen, vagyis csak egy nagyon kedves barátom helyett jöttem el, hogy kimentsem őt. De Adam nem akar ereszteni.

Leona mindig nagyon kedvelte Lilianát. Már ez akkor is így volt, amikor Mark bemutatta őket egymásnak. Az évek alatt barátok lettek, és ha alkalmuk nyílt rá, összefutottak egy kis beszélgetésre.

– Miért nem szóltál, hogy itt vagy?

– Nagyon elfoglaltnak tűntél, nem akartam zavarni.

– Te sosem zavarsz. Tudod, hogy nagyon szeretlek, és mindig örülök, ha találkozhatunk.

– Én is, drágám, és ezért úgy döntöttem, hogy eleget teszek Haddon kérésének és itt maradok a bálra. Így lesz alkalmunk beszélgetni.

Leona szava egy pillanatra elakadt.

– Adam Haddon azt mondta, hogy itt leszek a bálon?

– Igen, ezt mindenki tudja, sokan ezért maradtak, mert te vagy a bál háziasszonya. A Brown név mindig biztosíték egy jó kis rendezvényre. Sokan szeretnének bejutni egy ilyen eseményre. Vegyük csak az éves vállalkozói bált. Már hónapokkal a rendezvény előtt elfogynak a jegyek. Az, hogy személyesen is jelen vagy, azt jelenti a jelenlévőknek, hogy kiemelten fontosak, és a rendezvény is. Adam Haddon ezt jól tudja. Sokat lendítettél ma a pozícióján – sandított a férfi felé.

Leona szemei összeszűkültek: most jött el a pillanat, hogy kitekerje a férfi nyakát, de azt diszkréten kell megtennie, mert a szálloda hírnevére semmiképpen nem vetülhet árnyék.

– Megbocsátanál nekem egy pillanatra? – kért elnézést barátnőjétől.

Adam Haddon keresésére indult. Mikor megtalálta a férfit, mindenfajta finomkodás nélkül elkapta annak karját, és egy a kíváncsi szemektől félreeső helyre húzta.

Szembeállt a férfival, és dühös tekintettel nekiszegezte a kérdést:

– Miféle játékot űz itt?

A férfi tágra nyílt szemekkel nézet rá. – Nem tudom, miről beszél – jelentette ki ártatlanul.

– Bravó, ha lenne most kedvem, tapsolnék a kiváló színészi alakításhoz, de nincs kedvem – nyomta meg erélyesen Leona az utolsó szavait. – Miért mondja azt mindenkinek, hogy én leszek a bál háziasszonya? Miből gondolta, hogy egyáltalán itt leszek a bálon?

– Mert itt lesz. Így egyeztünk meg.

– A szerződésben a bál nem szerepelt, csak a konferencia.

– De én úgy értettem, hogy a rendezvényem egészére vonatkozik a megállapodásunk, és ezt is mondtam mindenkinek. Kérem, Leona! – vette könyörgőre a dolgot a férfi. – Bocsásson meg, hogy félreértettem a szavait. Hibáztam, bocsánatáért esedezem – mondta. – Kérem, legyen itt a bálon a vendégek kedvéért, és legyen az este háziasszonya.

Leonában gyilkos düh támadt, de semmi esetre sem akarta azt kimutatni. Uralkodnia kellett magán és az indulatain, mert különben olyat tesz, amit később meg fog bánni.

– Majd meglátom! – vetette oda közömbösen, és gyors léptekkel távozott.

Mit képzel magáról ez a férfi? Csak a holttestemen át lesz Elisabeth férje, fortyogott magában, miközben a szobájába sietett. Ott dühében a földhöz vágta az egyik párnát, és az ágyra vetette magát. Mi a nyavalya folyik itt? Az idegeire megy a férfi, meg tudná fojtani. Nem elég ez az idegesítő alak, itt ez a sok a furcsa dolog, ennyi minden nem történhet csak úgy, véletlenül. Át kell gondolnia minden egyes történést, hogy tisztán lásson közöttük. De először is meg kell nyugodnia, mert így nem tud gondolkodni. Pedig most nagy szüksége van minden higgadtságá-

ra. Tisztán kell látnia Adam Haddon felbukkanását, az autója
műszaki problémáját, ami hirtelen megjavult, a titkolt találko-
zót, a ma reggeli felfordulást, és azt a különös nőt és a titokzatos
borítékot. Vajon mi lehetett benne? – tette fel ismét magának a
kérdést, majd mielőtt bármilyen választ talált volna rá, hirte-
len egy gondolat fúrta be magát a fejébe és telefonjáért nyúlt.

– Jó napot, Bob!

– Leona! Minden rendben a L'amour-ban? – szólt bele a tele-
fonba a férfi aggódva. – Nagyon fáradt a hangja.

– Nem igazán vannak rendben a dolgok, de most hosszú len-
ne ezt elmesélni. Nem akarom sürgetni, de utána tudott néz-
ni Adam Haddonnak, hogy kapott-e Brown-ösztöndíjat? Sür-
gősen tudnom kellene.

– Természetesen. A neve nem szerepel a listán.

– Pedig azt állítja, hogy Brown-ösztöndíjas volt, és én is em-
lékszem rá. Bár nagyon fiatal volt még akkor, de mérget vennék
rá, hogy neki adtuk át az ösztöndíjat.

– Ez csak úgy lehetséges, ha valaki helyett kapta meg. Ha az
a valaki lemondott róla vagy meghalt. Így a listán szereplő má-
sodik személy kapja meg automatikusan az ösztöndíjat, és ha
ez a váltás az utolsó pillanatban történt meg, nem valószínű,
hogy módosítva lett a mi iratainkban a dolog.

– Meghalt? – kérdezett vissza Leona és elgondolkozott.
– Tudjuk, hogy Adam Haddon melyik gimnáziumba járt? Szük-
ségem van az osztálya névsorára.

– Megteszem, amit tudok. De mi jár a fejében?

– Csak annyi, hogy Adam Haddon titkol valamit, és én tud-
ni akarom, mi az – mondta elszántan, és letette a telefont. Be-
szélnie kell Clive-val. Estére hazavárja őt, de mégsem tud men-
ni. Mikor erre gondolt, ismét féktelen harag borította el testét.
Gyűlölte, ha valaki sarokba szorította, és Adam Haddon most
ezt tette. Nem mehet el, mert a vendégek találgatnának távol-
léte okáról. Adam Haddon ezt pontosan tudja, és ki is használja.

– Clive! De jó, hogy felvetted! – mondta halkan a telefonba,
amint meghallotta benne férje ismerős hangját. Hirtelen ször-
nyű fáradtnak érezte magát.

– Kicsim, mi a baj? – kérdezte aggódva a férfi. – Nagyon fáradt a hangod.

– Nem tudok hazamenni ma este.

– De miért?

– Hosszú lenne az elejétől elmesélni. A helyzet az, hogy itt nem alakultak olyan egyszerűen a dolgok. Nem mehetek el.

– Kicsim, odamenjek? Adam Haddonnal van baj?

– Vele, de nincs értelme idejönnöd. Ura vagyok a helyzetnek, csak nem hagyhatom itt a dolgokat az ellenőrzésem nélkül. Holnap mindent elmesélek.

– Biztos, hogy nem lesz gond? Nem lenne jobb, ha mégis odamennék?

– Köszönöm, hogy aggódsz értem, de én meg érted aggódom. Tegnap is sokat autóztál ide, és hajnalban vissza. Ma a fárasztó próba. Pihenj! Akkor vagyok nyugodt, ha otthon maradsz és pihensz. Holnap én is otthon leszek.

Clive aggódva sóhajtott. – Rendben, de egyáltalán nem vagyok nyugodt. Az a férfi kezd nagyon zavarni engem. Olyan távol tartom a családunktól, amilyen távol csak tudom – jelentette ki indulatosan.

– Ne mondj Elisabethnek semmit, mert úgysem hiszi el. Itt most nagyon józanul kell cselekednünk és úgy intézni a dolgokat, hogy Adam Haddon ássa meg a saját sírját, de a szerszámot mi adjuk a kezébe.

– Vigyázz magadra, kicsim!

– Te is, és pihenj!

– Igyekszem. Szeretlek, kicsim.

Leona mosolyogva tette le a telefont. Csak néhány szó, pár mondat Clive-tól, és ő máris jobban érzi magát. El sem tudta képzelni az életét nélküle.

Fáradtan tekintett ki a szálloda teraszára. Vissza kellene mennie a vendégekhez, de semmi kedve nem volt hozzá. Szüksége lenne egy ruhára is az esti bálhoz, ha már így alakult. Beszélnie kell Liliánával. A közelben van az egyik üzlete, és hozathatna neki onnan egy ruhát. Ő tudja, milyeneket szeret.

Liliána keresésére indult, és hamar meg is találta őt.

– Azt hittem, már végleg eltűntél. Olyan fáradtnak tűnsz. Valami baj van? – kérdezte az idős nő aggódva.

– Van. Sok baj van. Először is, én ma nem szándékoztam itt maradni a bálon, főleg nem a háziasszony szerepében, de Adam Haddon mindenkinek szétkürtölte ezt – mondta és nagyot sóhajtott. – Így most nem tehetek mást, mint maradok. Liliána, az itteni szalonodból át tudnál küldeni nekem egy ruhát? Nem hoztam magammal erre az alkalomra megfelelő öltözetet. Segítenél?

– Persze! Csak ez a baj?

– Nem igazán. Van itt még sok minden. De a legnagyobb gond az, hogy Adam Haddon Elisabeth udvarlója és feleségül akarja venni őt, és mindenáron a bizalmamba akar férkőzni.

Liliána szája tátva maradt a csodálkozástól. – Atyaég! Ha ezt Mark megélte volna...

– Tudod, nagyon szeretném, ha még élne és megmondaná nekem, hogy mit tegyek, mert minél inkább megismerem Adam Haddont, annál inkább azt súgják az ösztöneim, hogy tartsam távol tőle a lányomat.

Liliána szemügyre vette a távolban lelkesen társalgó férfit és olyan szemmel kezdte nézni, mint ahogy egy nagymama teszi unokája lovagját:

– Igazából én sem tudok sokat róla, csak amit pletykálnak. Nagyon szerencsés, és kiválóan játssza ki a kártyáit. Odavannak érte a nők, lehengerlő a mosolya és rendkívül illedelmes, na és jótékonykodik. Állítólag a példaképe a te volt férjed, Mark, és ezt hangoztatja is – nézett Leonára. – Adam is a semmiből építette fel azt, amije most van. Szinte azonos az életútjuk.

– Most meg be akar kerülni a Brown családba – jegyezte meg Leona. – Ez lenne mindenre a korona. De ez csak a holttestemen át fog megtörténni. Amikor a terveit szövögette, nem számolt velem.

– Voltaképpen miért vagy vele ennyire ellenséges?

– Mert meg vagyok győződve róla, hogy az ellentéte annak, amit el akar hitetni magáról.

– Nem irigyellek. Elisabeth nagyon szép, és nem mellesleg Mark Brown lánya. Sok-sok millió örököse. A legjobb parti a környéken. De most nézzük inkább a ruhádat – váltott gyorsan témát Liliána. – Már van is egy ötletem, hogy melyiket hozatom el neked. Telefonálok egyet, és perceken belül itt lesz.

Leona mosolyogva szorította meg Liliána kezét. – Köszönöm.

– Ne viccelj! Te vagy a legjobb kuncsaftom. Nem hisztizel, nem variálsz, elfogadod a tanácsaimat – mondta, és már telefonált is.

A vendégek közben befejezték az ebédet, és a szobáikba mentek egy kis pihenőre. Így Leonának sem volt már több dolga itt estig, és rá is ráfért egy kis pihenő.

– Drágám! A ruhád perceken belül itt lesz – közölte Liliána, miközben gyönyörű selyemstóláját az egyik vállára dobta. Már majdnem nyolcvanéves volt, de mint mindig, elegáns, csinos és életvidám. Semmit nem változott az elmúlt évek alatt. Csípős, elmés megjegyzései mindig felvidították Leonát, megszínezve az olykor unalmas rendezvények hangulatát.

– Hálás vagyok a segítségedért!

– Bármikor a rendelkezésedre állok, Leona, de most megyek, lepihentetem öreg csontjaim. De este itt leszek, és jól kibeszéljük ezt az Adam Haddont – kacsintott és elbillegett. Leona mosolyogva nézett utána, majd amilyen gyorsan csak tudott, ő is felment a szobájába.

A ruha, ahogy Liliána ígérte, hamar megérkezett és felhozták a szobájába. Mintha csak ráöntötték volna az orgonaszínű, elegáns, hosszú estélyi ruhát. Mellrésze fehér színben pompázott, rajta a ruha színével megegyező virágokkal, vékony vállpánttal. Tökéletes ruhadarab volt, mint ahogy Liliána összes alkotása. Leona alaposan szemügyre vette, ahogy maga elé tartotta. A tökéletes külsőhöz már csak a hajával kell kezdenie valamit. Lemehetne a szálloda fodrászához, de nem volt sok kedve hozzá. Igazából semmihez sem volt kedve, csak hazamenni. Az órájára nézett. Ideje lenni készülődni. Egy forró fürdő talán segít kicsit összeszednie magát. Megengedte a vizet, és percek múlva már nyakig merült a habokban. Élvezte, ahogy testét átmelegíti a forró víz. Szemeit lecsukta, és megpróbált ellazulni. De bárhogy is próbálta elterelni gondolatait Adam Haddonról, nem sikerült. Egy idő után pedig már nem is próbálta, így rendszerezni kezdte azokat.

Adam Haddon nagy valószínűséggel második legjobbként szerepelt gimnazista korában az ösztöndíjasok névsorában, de csak egy ember kaphatta meg a díjat. A legjobb, de ez nem ő volt. Aztán történt valami azzal a tanulóval, aki az ösztöndíjat kapta volna, és ő került a helyére. Valószínűleg egy váratlan eseményből kifolyólag változott a rangsor, mert még módosítani sem volt alkalmuk a listát az átadás előtt. Mindenesetre ő kapta meg a Brown-ösztöndíjat.

A kérdés az, hogy mi történt azzal a személlyel, akinek a neve a listán szerepelt, és volt-e valami köze Adam Haddonnak ahhoz, hogy nem kapta meg a díjat. Az ösztöndíjjal zsebében Adam Haddon elvégzi az egyetemet. Aztán pár év leforgása alatt meggazdagodik. Létrehoz egy alapítványt, amely beteg gyerekek gyógykezelést finanszírozza, és sikerrel. Semmi kifogásolni valót nem lehet találni annak működésében, ami az évek során hozzájuk eljuttatott dokumentumok alapján egyértelműen kiderül. A példaképe Mark Brown, akinek lányával egy rendezvényen megismerkedik és beleszeret, legalábbis ezt állítja. Megpróbál a család előtt a lehető legjobb színben feltűnni, segítséget nyújtani a szükséges helyzetekben, mint az autónál is. Pont ott van, pont akkor, és pont vele kell találkoznom, de ezt elfelejti megemlíteni. De mire volt jó ez az egész? Előre kitervelte, hogy az autónak baja legyen és követett, hogy a kedvező pillanatban felajánlhassa segítségét? Aztán valaki helyreállította az autót, amíg Adam Haddon jó fiút játszott? De minek kellett ez az egész, ha később úgyis találkozott velem? Azt még csak el bírom képzelni, hogy a reggeli felfordulás láttán felajánlotta volna a segítségét és ismét ő lett volna a szent, de minek dúlta volna fel a szállodát és veszélyeztette volna a saját rendezvényét? Amúgy is, ki sem jött a szobájából, és amikor megjelent, nem úgy tűnt, mint aki érti, miért szórok felé villámló tekintetet. Aztán itt van még ez a kalapos nő is. Mi lehet az összefüggés az események és a szereplők között? Mi lehetett a borítékban? Van egyáltalán köze ehhez az egészhez és Adam Haddonhoz? Ha nem Adam Haddonnak, akkor kinek állt érdekében a felfordulás? Lehet, hogy a dolgok nem is függenek össze egymással?

A víz már kezdett hűlni és az idő is eltelt. Leonának igyekeznie kellett, hogy a bál kezdése előtt még mindent ellenőrizhessen. Úgysem megy semmire ezzel a sok agyalással. Gyorsan megtörülközött, és igyekezett valami frizurát kreálni magának. Nem is rossz, nézte az eredményt a fürdőszoba tükrében percekkel később. Haját oldalra tűzte, és az alját kissé besütötte. Már csak egy kis smink és a ruha hiányzott, és kész is van. Indulhat. Néhány perc alatt elkészült, és mikor kilépett a folyosóra, beleütközött Adamba. Látszólag hozzá tartott. Leona kérdőn nézet rá.

– Valami baj van? – kérdezte.

– Nem, minden rendben. Gondoltam, megbeszélhetnénk a félreértést a bállal kapcsolatban.

– Szerintem nincs félreértés, én pontosan tudom, mit mondtam és miben egyeztünk meg. A személyes jelenlétem a konferencia időtartamára szólt. A bál nem szerepelt benne, és annak háziasszonyszerepe meg pláne nem. Nem szeretem, ha manipulálnak engem és a szavaimat. Az ok, amiért mégis itt maradok, az a L'amour. Ez az én szállodám és nem engedem meg senkinek, hogy ártson neki. Senkinek! – ismételte meg a szót erőteljesen Leona, és szemei vészesen villogtak a férfira.

– Értem – mondta Adam. – Bocsánat! Nem szándékoztam ártani sem önnek, sem a szállodának. Nagyra tartom önt és a férjét is. Köszönöm, hogy minden félreértés ellenére itt marad ma este.

– Nézze, Adam, hagyjuk ezt az egészet! Menjünk, még dolgom van, mielőtt elkezdődne a bál.

– Induljunk! – engedett utat a férfi a nőnek, és követte őt. – Tudom, hogy azt mondta, ne bókoljak önnek, de nem tudom megállni, hogy ne mondjam el, milyen lélegzetelállítóan gyönyörű.

Leona nem válaszolt, csak megingatta a fejét és beszállt a liftbe. Néma csendben álltak egymás mellett. Adam végtelenül elégedett volt a dolgok alakulásával, kimondhatatlanul elégedett. Jobban nem is alakulhatott volna a nap, és még nincs vége.

Egyenesen az Orgona terembe mentek, ahol minden készen állt a bálra. A zenekar már hangolt. A pincérek az asztalokat ellenőrizték. Minden a legnagyobb rendben volt. Leona a bejárat felé pillantott. Két pincér sietett feléjük, pezsgőspoharakkal megtömött tálcákkal. Mindjárt a vendégek is érkeznek, kezdetét veszi a bál, és ki tudja, mikor lesz vége.

– Ideje lenne a bejárathoz mennie. Érkeznek a vendégei és fogadnia kell őket – mondta Leona Adamnak.

– Megtenné, hogy fogadná velem őket?

Leona összeszűkül szemekkel nézett az előtte álló férfira, de nem szólt egy szót sem. A bejárathoz ment, és mikor odaért, kedvesen köszöntötte az első vendéget.

– Jó estét!

– Jó estét! Kedves Leona, gyönyörű a szállodájuk, nagyon meg vagyunk elégedve mindennel. Az pedig, hogy személyesen fogad minket, nagyon megtisztelő – mondta egy hatvanas évei vége felé járó elegáns hölgy, férje lelkes bólogatásának kíséretében. – Tudja, évek óta támogatjuk Adam alapítványát. Meghalt az egyetlen lányunk. Nagyon beteg volt, és hiába volt pénzünk, nem tudtuk megmenteni. Talán másokon segíthetünk vele.

– Biztosan. Nagyon sajnálom a lányukat. Fájdalmas, ha elveszítünk valakit, főleg, ha egy gyermeket.

– Ön tudja, milyen elveszíteni valakit, akit szeretünk, hisz' a férjét tragikus körülmények között veszítette el. De az élet megajándékozta két gyermekkel és egy szerető férfival, aki mellett boldog.

– Így van! – mosolygott Leona. – Érezzék jól magukat!

A nő boldog mosollyal az arcán, férje karján indult az asztalukhoz.

– Boldoggá tette! – súgta neki Adam. – Leona Brown beszélgetett velük.

– Adam, ne magasztaljon az egekbe. Ugyanolyan vagyok, mint bárki más. Nem kell ez a hízelgés, nem vagyok rá kíváncsi – sziszegte mérgesen a férfinak.

– Brown a neve, és ezért nem olyan, mint más.

– Azért van a lányommal is, mert egy Brown? – szegezte a férfinak a kérdést Leona, és kíváncsian várt a válaszát.

Adam elvigyorodott. – Ugye nagyon szeretné, ha eltüntethetne a lánya életéből?

– Téved. Mindannyiunk életéből szeretném eltüntetni.

– Őszinte.

– Nem is fogom körbeudvarolni. Öntsünk tiszta vizet a pohárba, kedves Adam – lépett közelebb a férfihoz a nő és szinte suttogva mondta neki, de úgy, hogy minden szót jól halljon:

– Csak azért egyeztem bele, hogy találkozzon a lányommal, mert nem akarom elveszíteni őt. De figyelek minden egyes mozdulatára. A múltjára, a jelenére, a jövőjére – mondta, és a következő pillanatban már egy újabb vendéget fogadott szívélyes mosollyal az arcán.

Az Orgona terem tele volt vendéggel, és már mindenki a helyén ült, amikor Adam felment az emelvényre és szót kért.

– Jó estét! Nagyon örülök, hogy elfogadták a meghívásomat ma estére. Megtisztelő a jelenlétük. Ezzel a mai estével szeretném megköszönni önöknek az évek óta tartó támogatásukat. Nem vagyok a szavak embere és úgy gondolom, vannak olyanok, akik nálam sokkal hitelesebben tudják elmondani önöknek, mire is fordítottuk az adományaikat. A következő kisfilmen azok a gyerekek beszélnek, akik az önök adományaik segítségével gyógyulnak, vagy már meg is gyógyultak. Fogadják szeretettel!

A terem elsötétült, a film elindult, és Leona a bejáratnál állva nézte azt végig. Súlyos betegségekkel küzdő gyermekek mondták el, mi történt velük és miben segített nekik az alapítvány. Nagyon megrendítő volt látni őket és azt, ahogyan mindannyian igazi kis hősként állják a megpróbáltatásokat. Leona szeme megtelt könnyel. Mindig nehezen viselte a beteg gyerekek látványát. Amióta Mark felesége lett, folyamatosan próbált segíteni. Ezért is támogatta ezt az alapítványt is. Tekintete Adamre siklott. Már fogalma sem volt, mit gondoljon róla. Valami nem stimmelt vele, minden jócselekedete ellenére sem, de el kell ismerni, nagyon jól csinálja a dolgokat. A mai nappal az is megismerte a nevét, aki eddig nem igazán figyelt fel rá. Azzal, hogy a Brown szálloda adott helyet a rendezvényének és ő személyesen szervezte és felügyelte az eseményeket, befolyásos támo-

gatókat szerezhetett magának. Kihasználta azt, amit a Brown
név adhat számára, és még fel sem róható neki, mert minde-
nért fizetett. A film véget ért, és a fények felgyúltak. A terem-
ben döbbent csend honolt.

Adam ismét a mikrofonhoz lépett.

– Az önök adományai által tudtunk segíteni, közösen. Kö-
szönjük! – Taps zúgott fel a teremben, majd mikor csitult, Adam
ismét szót kért. – Engedjék meg nekem, hogy megköszönjem egy
önök által is ismert hölgynek a segítséget, hogy mindamellett,
hogy évek óta nagylelkű támogatója alapítványunknak, meg-
szervezte, helyt adott és lebonyolította a mai rendezvényünket.
Ez a hölgy pedig nem más, mint Leona Brown. Leona, felfárad-
na hozzám? – nézett felé a férfi, és minden szempár a terem-
ben rászegeződött.

*Megölöm, a saját kezemmel fogom megfojtani, aztán felkonco-
lom,* sorolta magában dühösen, miközben az emelvényre ért.
Ott semmi jót nem ígérő mosolyt lövellt Adam felé, aki egy cso-
kor virágot nyújtott át neki.

– Ha a szája az arcomhoz ér, nyakon vágom a virággal – szi-
szegte a férfinak, aki a fenyegetés hallatán, eredeti szándéká-
tól eltérően, beérte egy kézcsókkal, mert tudta, hogy a nő be-
tartja a szavát.

Leona megköszönve a tapsot lesietett a színpadról, és meg
sem állt a recepcióig. Ott a kezében lévő virágot a portás kezé-
be nyomta.

– Sok szeretettel a feleségének – mondta, és a férfi meglepett
tekintetének kíséretében beszállt a liftbe. Mikor az ajtó becsu-
kódott, valaki visszahívta a liftet és az ajtó ismét kinyílt. Adam
állt előtte és szólni akart, de Leona leintette.

– Tartsa távol tőlem magát, Adam, ha jót akar, és még hol-
nap is vigyorogni szeretne azzal a bájos pofikájával – mordult
rá mérgesen, és becsukta a lift ajtaját.

Leona legszívesebben sikított volna dühében. Direkt csinál-
ja ez a fickó, nem bír leállni, a végsőkig feszíti a húrt. Az biztos,
hogy most csomagol és hazamegy. Kinyílt a liftajtó és mikor
kilépett rajta, majdnem fellökte az éppen akkor odaérő férfit.

Szemlátomást futva tette meg az utat az emeletre. Szaporán vette a levegőt és esdeklően nézett a nőre.

– Maga nem ért a szép szóból? – rivallt rá Leona.

– Kérem, hallgasson meg! Tudom, hogy szólnom kellett volna, de ha elmondom, mit tervezek, oda sem jön – lihegte. – Én tényleg csak meg szerettem volna köszönni a segítségét. Az egész napos fáradozását, azt, hogy maradt.

– Hagyja abba ezt a színjátékot – parancsolt rá erélyesen Leona. – Maga mindent jó előre eltervezett; azt, hogy a Brown-szállodába hozza a rendezvényét, hogy Elisabeth által közel kerül hozzám, és ezt az egész napos felhajtást csakis azért csinálta, hogy velem mutatkozhasson. Na, de most van vége! Én most hazamegyek. De figyelmeztetem! Ha a szállodában valami katasztrófa történik, ha csak egy darázs megcsíp egy vendéget, azért is önt teszem felelőssé. Most pedig, ha megbocsát. További jó sütkérezést a dicsfényben. A számlát Richardnál kiegyenlítheti. Viszlát! – kerülte ki a férfit, és hangos csattanással bezárva szobája ajtaját, eltűnt annak szeme elől.

Síri csend lepte el a folyosót. Adam elvigyorodott, és mintha mi sem történt volna, a legnagyobb nyugalommal beszállt a liftbe.

11. FEJEZET

A próbaterem megtelt a koncerten résztvevő táncosokkal, énekesekkel, zenészekkel, és a háttérben dolgozó szakemberekkel. Mindannyian arra vártak, hogy Clive Brown megérkezzen és munkához lássanak. A koncert hatalmas produkciónak ígérkezett. Az abban résztvevőknek pedig nagy lehetőségnek a bemutatkozásra. Többségük még soha nem állt ilyen hatalmas színpadon, remélhetőleg telt ház előtt, ami több ezer embert jelent majd.

A teremben nagy volt a zsivaj, majd hirtelen néma csend lett. Az első sorokban lévők már látták az érkezőket és futótűzként terjedt a hír, hogy Clive Brown megérkezett. Sokan most találkoznak vele életükben először. Ők izgatottan próbáltak úrrá lenni érzelmeiken, az ismeretlentől való félelmükön. Vajon megfelelnek-e majd az elvárásainak, meg lesz majd velük elégedve? Sorra találgatták, vajon milyen ember, milyen lehet vele dolgozni. Akik már dolgoztak vele, tudták, mire számítsanak: hosszú, kemény munkára.

Clive mellett menedzsere, Rex lépdelt, majd a rendező, Edward, és a koreográfus-táncos Luanne Rice. Ők már évek óta együtt dolgoztak Clive-val. Jól összeszokott csapat voltak, végigcsináltak már sok ezernyi fellépést az elmúlt évek alatt. A színpadon lévők érdeklődését mégis egy fiatal hölgy jelenléte keltette fel, aki Clive-val kézen fogva érkezett.

– Ki az a csaj?

– Clive Brown lánya, Elisabeth! – súgta a mellette állónak az egyik táncos.

– Na, ennek is megszületni volt csak nehéz – mondta gúnyosan Christina.

– Miért vagy ilyen? Én már hallottam őt énekelni. Tehetséges. Nem hiába Clive Brown lánya. Illetve a mostohalánya, mert ő Leona asszony Mark Brown-nal kötött házasságából született.

Christina megdöbbent a számára új információ hallatán.

– Tudom, hogy volt már férje annak a nőnek Clive előtt, de azt nem tudtam, hogy Elisabeth Mark Brown lánya.

– Szép, olyan, mint az édesanyja. Én már találkoztam Leona Brownnal, az a nő gyönyörű.

– Itt mindenki bele van zúgva Leona Brownba? – csattant fel a nő mérgesen összeszorított fogakkal. – Mi olyan gyönyörű azon a nőn? Már ötvenéves, vén trotty.

Sylvia felhúzta a szemöldökét és úgy nézett a mellette lévőre, mintha az marslakó lenne. – Mondd, te tudod, kiről beszélsz? Láttad te már Leona Brownt? Szeretnék én úgy kinézni ötvenéves fejjel, mint ő most. De ha neked vén trotty, mert ötvenéves lesz, akkor miért vagy úgy oda Clive Brownért? Ő is ötvenéves.

– Nem vagyok oda érte, de a pasiknál más a helyzet. Egy ötvenes, jól karbantartott férfi, az jöhet.

– Jöhet? – nevetett fel halkan Sylvia. – Clive Brown soha az életbe rá sem nézett más nőre a feleségén kívül. Majd nézd meg őket kettesben. Szeretik egymást, nincs nála esélyed. Se neked, sem senkinek.

– Majd meglátjuk!

Sylvia rosszat sejtett. Jól ismerte a nőt, és semmi jóra nem számított tőle. – Mire készülsz?

– Nem mindegy? Nem fogom pont a te orrodra kötni. Azt pedig ajánlom, hogy tartsd a szád, mert pillanatokon belül kipenderítelek az iskolámból, és akkor repülsz a produkcióból is – vigyorgott Christina. – A sorsod a kezemben van és hatalmamban áll tönkretenni minden álmodat, és szemrebbenés nélkül meg is fogom tenni, ha nem tetszik nekem az, amit csinálsz.

– Elviselhetetlen vagy.

– Kit érdekel a véleményed? Elviselsz, mert nincs más választásod. Ha akarod ezt a munkát és némi alamizsnát abból a pénzből, amit Clive Brown fizet nekünk, akkor azt teszed, amit mondok neked.

– Alamizsnát?

– Azt gondoltad, hogy odaadom nektek a pénzt, ami Clive Brown fizet a munkátokért? – Christina halkan felnevetett, és a körülöttük állók rosszalló pillantást küldtek feléje. Suttogva folytatta. – Majd én elosztom, ha akarom. Úgy intéztem, hogy én kapjam meg az összes pénzt, a tiéteket is. Mert ugye ti az én iskolám növendékei vagytok. Enyém az iskola. Az én iskolám, az én szabályaim! – nyomatékosította a nő.

– Te egy… – sziszegte a lány.

– Higgadj le, drágám, mert egyre kevesebb jut neked a mézesbödönből. Ha nem tetszik valami, lépj ki! De azt ugye nem tennéd, mert szükséged van rám. Panaszolj be Clive Brownnak, mert elloptam a pénzeteket! Az én szavam áll a tieddel szemben, és hidd el, kitűnő színésznő vagyok. Előadom a becsületes, csupa szív segítő tanárnénit, akit a hálátlan tanítványa megvádol. Magam mellé állítom a többieket, és mindenki ellened fog vallani. Tudod, hogy megteszem. Nem győzhetsz velem szemben – mondta és arrébb ment.

Sylvia gyűlölte Christinát, mert tudta, igaza van. Számtalanszor látta már az évek során, hogyan veszi el a gázsijuk nagy részét, hogyan manipulál emberekkel. Tudta, mindenre képes, csakhogy neki jó legyen, és ennek eléréséhez nem válogat az eszközökben. Aki ellenszegül neki, elintézi. Amíg él, nem felejti el Juliát, aki kilépett az iskolából, mert nem volt hajlandó úgy ugrálni, ahogy Christina fütyült. A gyűlölete mai napig kíséri a lányt. Színpadon sem látták őt a történtek óta, bár mindenki jól tudja, hogy tehetséges. Nagyon is tehetséges. De Christina nem tűri maga mellett azokat, akik jobbak nála. Julia pedig mindenben jobb volt és lelke van, ami Christináról nem mondható el. Juliát mindenki szerette. Táncpedagógusként dolgozott Christinával. Együtt hozták létre az iskolát. Váratlan kilépését senki sem merte szóvá tenni, pedig mindannyian tudták: Christina keze van a dologban. A távozása körülményei a mai napig tisztázatlanok. Eltűnt egyik napról a másikra, és senkinek sem szólt semmit.

Időközben befejeződött az eligazítás és Edward magához kérette Christinát. A nő elbűvölő mosollyal az arcán lejtett a férfi elé, és lehengerlő pillantást küldött a mellette álló Clive-ra.

– Clive, bemutatom neked Christinát, az ő iskolájának táncosai dolgoznak velünk.

– Örülök, hogy megismerhetlek! – mondta Clive. – Remélem, élvezni fogjátok a közös munkát.

– Ebben biztos vagyok. Remélem, meg leszel velünk elégedve. Mi mindent meg fogunk tenni ennek érdekében.

– Akkor minden rendben lesz – mondta Clive, és már indult is tovább.

Christina összeszűkült szemekkel nézett a férfi után. Nem is rossz. Élvezet lesz minden perc. A tenyeremből fogsz enni, Clive Brown. Kezdődjék hát a nagy előadás!

12. FEJEZET

Christina lábait az asztalra téve üldögélt az irodájában. Még senki nem volt az iskolában, a tanítás csak később kezdődik, mert az órákat délutánonként tartották. Így bárki járhatott hozzájuk, aki táncolni vágyott, munka vagy iskola után. A tehetségesek külön csoportokba kerültek, és velük rendszeresen jártak fellépni. Ez a csoport került be Clive Brown tánckarába, és egy-két jó énekes is lehetőséget kapott a bemutatkozásra, akik szintén az iskola tanítványai voltak.

– Mit csinálsz? – lépett be az iroda ajtaján egy negyvenes évei végén járó, fekete hajú nő.

– Ez az én irodám. Azt csinálok itt, amit akarok, és az egész iskolában is. Nem tartozom elszámolással senkinek sem.

– Jól van, na! De harapós kedvedben vagy. Pedig nincs okod panaszra. Ez a Brown-koncert hatalmas lehetőség. Minden jól alakul.

– Aha! – mondta kifejezéstelen arccal a nő.

– Tudtam, hogy Clive Brown oda lesz az én Jason fiamért – jelentette ki önelégülten a nő, teljes meggyőződéssel arról, amit mond.

– Magasról tesz Clive Brown a te kis fiacskádra – morogta Christina. – Azért van benne az egészben, mert én odavittem, különben azt sem tudja Clive Brown, hogy Jason létezik. A kutya sem foglalkozik vele, egy jelentéktelen mellékszereplő.

– Ő egy igazi tehetség! – csattant fel a nő háborodottan.

– Na és? Tudod, hány tehetség koldul az utcán? A kapcsolat a lényeg, nem a tehetség. Hálás lehetsz, amiért egyáltalán a közelébe kerülhetett Clive-nak a te pici fiacskád. Különben pedig, olyan, mint ő, van egy tucat. Semmi különös nincs benne. Légy hálás nekem, és húzd meg magad!

– Hálás is vagyok. Tudod, hogy bármit megtennék azért, hogy a fiam ismert ember legyen. Azt is tudod, hogy nem leszek hálátlan, ha segítesz nekem ebben – hízelgett mézesmázos hangon.

Mestere volt az arculatváltásnak, ha céljainak elérése motiválta. Ha kellett, úgy idomult bárkihez és bármilyen helyzethez, akár egy macska a gazdája lábához, ha ki akar tőle kunyerálni némi jutalomfalatot. Semmi nem számított, csak a cél, ami a szemei előtt lebegett: sztárt csinálni Jasonből, akármilyen áron.

Christina elgondolkodott, látva a nő talpnyalását, tudva annak egyetlen okát. Talán jól jöhet ez az ígéret. Helga mindig is elvégezte a rábízott munkát, ha azt remélte, hogy fiacskája előbbre léphet. Neki pedig elege van már abból, hogy maga végezze a piszkos munkát. Jobb is, ha ő csak irányít, és más megteszi azt, amit kér. Így ha gáz van, majd ő mossa kezeit, Helga meg elviszi a balhét helyette, hisz' ő nem is tud semmiről, mert csak egy ártatlan áldozat, akinek kihasználták nagylelkűségét, a jószívűségét.

– Akkor itt az alkalom, hogy megmutasd, mennyire is vagy hálás nekem és mi mindent tennél meg a fiad karrierje érdekében, kedves Helga – mondta Christina lassan, kellően hangsúlyozva minden egyes szót, hogy a nőben nyomatékosítsa azokat.

– Mondd, mit kell tennem! – vágta rá gondolkodás nélkül Helga.

Tisztában volt vele, hogy Christina mindenre képes, hogy elérje, amit akar, bármi is legyen az, és most sejtette, hogy minden eddiginél alávalóbb tervet dolgozott ki, amihez szüksége van egy cinkosra és ő az egyetlen, aki ebben segítségére lehet. De nem számít, mennyire erkölcstelen és alávaló, amit kitervelt, amíg segít neki Jason karrierjének támogatásában, addig ő támogatja. Mert őt semmi más nem érdekli, csak a fia, és az, hogy énekeljen. Tisztában van vele, hogy Christina kihasználja őt és Jasont is, de ők is kihasználják Christinát. Mert ha gáz lesz, ő mindent Christinára fog majd kenni. Majd elmondja könnyek között, hogy zsarolta őt, hogy ha nem teszi azt, amit mond, véget vet a fia karrierjének. De amíg ez nem történik meg, ő úgy ugrál, ahogy azt Christina elvárja tőle.

– Van egy tervem, és Jason is szépen profitálhat belőle – húzta el a mézesmadzagot a nő előtt, hogy egy cseppnyi kételye se legyen az ügy számára pozitív hatásáról. – Mindannyian

nagyon jól járhatunk, de pontosan azt kell tenned és monda-
nod, amit én mondok neked.

– Bízhatsz bennem! – mondta Helga elszántan és hallgatta,
ahogy Christina beavatja őt a tervébe.

Voltak fenntartásai az elhangzottakkal kapcsolatban, de
nem tette szóvá. Csak egy cél lebegett a szeme előtt: Jason lesz
a következő Clive Brown. Kerül, amibe kerül.

Még akkor is Christina szavai jártak a fejében, amikor lefe-
lé tartott az iskola lépcsőjén.

– Anya! – szólította őt éppen megérkező fia. – Anya!

A nő zavartan kapta fel fejét. – Ne haragudj! Elgondolkod-
tam. Próbára jössz? – kérdezte kissé szórakozottan.

– Igen. Christina szeretne velem beszélni, ezért jöttem ki-
csit hamarabb. Gondolom, a koncert miatt hívatott. De te mit
keresel itt?

A nő megfogta fia karját és egy félreeső helyre húzta őt.

– Jól figyelj arra, amit most mondani fogok neked! – suttog-
ta. – Ez egy vissza nem térő alkalom az életben, amit nem bal-
tázhatunk el. Helyezkedj, fiam! Használj ki minden alkalmat,
hogy Clive Brown szeme előtt legyél. Ha azt csinálod, amit mon-
dok neked, ha szót fogadsz nekem, megkapod, amiről álmodsz.
Csak tedd mindig azt, amit mondok.

– Mire készülsz már megint? – csapta csípőre a kezét a fiú, és
dühös tekintettel nézett az anyjára. – A múltkori magánakciód
is balul sült el. Leveleket küldesz szervezőknek és úgy áradozol
rólam, mintha csak egy rajongóm lennél, hogy milyen tehetsé-
ges vagyok, és mikor leszek újra látható a színpadon. Mindezt
csak azért, hogy meghívjanak a rendezvényeikre fellépni. Az öt-
lettel nem lett volna semmi baj, de a kivitelezést elszúrtad, mert
a saját email-címedről küldted el a levelet. Ráadásul egy olyan
szervezőnek írtál, aki ismeri a neved és tudta, hogy te vagy az
anyám! – kiabálta a fiú. – Mikor fogod már fel, hogy ezekkel az
akcióiddal csak ártasz nekem?

– Hányszor mondjam még, hogy sajnálom? – kiabálta az
édesanyja, majd halkan folytatta. – Én csak azt szerettem vol-
na azzal a levéllel elérni, hogy meghívjanak téged arra a rendez-

vényre fellépni. Gondoltam, ha úgy teszek, mintha egy rajongód lennék, akkor majd kapsz felkérést, mert látják, hogy mennyire odavannak érted. A nyavalya sem gondolta, hogy az a szervező tudja, hogy én vagyok az anyád. De ez most más.

– Mire készülsz? – kérdezte gyanakodva Jason, és nagyon szeretett volna édesanyja fejébe látni, mert biztos volt benne, hogy nem árulja el neki a teljes igazságot tervével kapcsolatosan, csak pontosan annyiba avatja be, amennyibe feltétlenül muszáj.

– Ugyanazt teszem, amit eddig. Manipulálom és kihasználom azokat, akik előbbre visznek terveim megvalósulása felé. A lényeg, hogy ott állj a színpadon és érted gyúljanak ki a fények, a te lemezeddel legyenek tele a boltok polcai.

– Mondtam már neked, hogy én arra vágyom, hogy tehetségkutatók zsűrijének tagja legyek és csak azért jelentkezzenek a tehetségek, mert én benne vagyok a zsűriben.

– Oda el is kell jutnod valahogy és ehhez ez az út kell, amit én kínálok neked. Christina kihasznál téged és a tehetségedet. Alamizsnát fizet a fellépésekért, ő meg zsebre teszi a sok pénzt. Kinőtted ezt az iskolát, és sokkal többre vagy hivatott, mint Christina árnyékában lenni. Most itt a lehetőség, hogy előrelépj egy hatalmasat. Én mindent meg fogok tenni azért, hogy ez így is legyen. Te csak fogadj szót nekem! Clive Brown a jegyed a hírnév felé.

A fiú nem szólt, de nem is lett volna semmi értelme. Jól ismerte az édesanyját, tudta, ha egyszer valamit a fejébe vesz, nem tántoríthatja el tőle senki és semmi. Bárkin átgázol, és nem válogat a módszereiben sem. Pontosan olyan volt, mint Christina. De őt ez nem érdekli. Úgy tesz, mintha nem is tudna semmiről. A lényeg az, hogy oda jusson, ahova akar, és a kezét ehhez ne kelljen bepiszkítania. Neki csak énekelni kelljen, más végezze el a piszkos munkát helyette. Ha valami balul sülne el, ő majd oda áll, ahol kedvezőbb a szélirány.

13. FEJEZET

A L'amour-ban történtek óta már egy hét is eltelt, és szerencsére Leonának nem kellett Adam Haddonnal találkoznia, és a koncert próbái miatt Elisabethnek is ritkán nyílt erre alkalma. Leona ideje nagy részét a Holdfényben megrendezésre kerülő, szokásos éves vállalkozói bál szervezése foglalta le, közben pedig Clive koncertjének reklámját is szervezték Sarahval.

Elmélyülten vizsgálta az asztalán lévő terveket, mikor kopogtak dolgozószobája ajtaján és ő hangosan kiszólt:

– Tessék!

– Brown asszony, zavarhatom egy kis időre? – kérdezte az ajtóban állva Brand.

– Jöjjön csak be és foglaljon helyet. Egy pillanat türelmet kérek és figyelek, csak ezt még befejezem – mondta, fel sem nézve a papírjaiból.

A férfi besétált az irodába és leült a nő asztala előtt lévő székre és csendben figyelte, ahogy a papírokat böngészi. Elegáns volt, mint mindig. Hosszú barna haján megcsillant a szobába bekukucskáló nap fénye, arany csillogást adva neki. Arca kedves és bájos. Ki gondolná, hogy tud másmilyen is lenni, ha a dolgok megkívánják azt? Vajon miért gyűlöli őt annyira Christina? Miért van az, ha szóba kerül Leona Brown, Christina teljesen kifordul önmagából? Csak irigység volna? Kizárt. Bár van mit irigyelnie Christinának, de ahogy reagál a dolgokra, az azért túlzás. Több mint irigység.

– Most már figyelek – nézett Leona mosolyogva az előtte ülő férfira.

– A kimutatásokat hoztam – nyújtotta át a vaskos dokumentumot Brand.

– Köszönöm! – vette át azt Leona, és letette az asztalra. – Bob említette, hogy egyre több feladatot vesz át tőle, és tökéletesen ellátja azokat.

– Örülök, ha Hopkins úr meg van elégedve velem. Kitűnő szakember és mentor. Már nagyon sokat tanultam tőle.

– Ez igazán jó hír. Bob azt is mondta, hogy ön átcsoportosított bizonyos pénzösszegeket és így megoldotta az egyik beruházásunk finanszírozását anélkül, hogy további pénzösszeget forgatnánk bele.

– Igen, ez így van. Találtam egy lehetőséget és vázoltam Hopkins úrnak, ő pedig jónak találta azt. A dokumentumok között megtalálja ezt is. Az ön jóváhagyására vár.

– Kíváncsian várom – mondta Leona. – Szeretném, ha eljönne velem egy holnapi megbeszélésre. Meg szeretnék venni egy rendezvényhelyszínt, ami a Zafír nevezetű szállodánk mellett található. Egy park húzódik meg a két épület között. Könnyen át lehet járni az egyik helyről a másikra. Az épületet, amit meg szándékozom venni, már eleve színházi és más rendezvényekre építették, de évek óta kihasználatlan és csak pusztul. A város csak most szánta rá magát az eladására. Gondolom, sokat segített nekik a döntés meghozatalában az ajánlatom és az is, hogy megszabadulhatnak azoktól a költségektől, amiket folyamatosan kidobnak az ablakon, hogy fenntartsák azt, és a hozzá tartozó parkot rendbe tartsák. Szeretném a Holdfény mintájára átalakítani, azzal a különbséggel, hogy nagyobb befogadóképességgel rendelkezik majd. Mivel ez az ország másik végében van, nem jelent konkurenciát a Holdfénynek. A bankkal már folynak a tárgyalások, szeretném, ha ebbe is bekapcsolódna. A helyszín tulajdonosával holnap találkozom, szeretném, ha velem tartana. A terveket és a hozzá kapcsolódó anyagot a mai nap folyamán átadom önnek, Brand.

– Rendben – mondta a férfi és indulni készült.

– Míg el nem felejtem, szeretném, ha eljönne a hétvégi vállalkozói bálra a Holdfénybe. Hozza el a barátnőjét is – nyújtott át egy borítékot a férfinak, benne két meghívóval.

Brand nagyon meglepődött. Tudott a bálról, de arra nem számított, hogy neki is részt kell vennie rajta. Amúgy sem tudna kivel menni, mert közte és Christina között a múltkori vitájuk óta elég hűvös a hangulat. De most, hogy Leona személyesen hívta meg őt, nem mondhat neki nemet.

– Szívesen elmegyek, de egyedül, ha nem gond. Nekem jelenleg nincs barátnőm – jelentette ki a férfi. Nem akart hosszas magyarázatba kezdeni, hogy mi is a helyzet valójában.

Leona megdöbbent az elhangzottakon. Valamiért biztos volt benne, hogy van valakije.

– Akkor ezért kell jönnie. Lehet, hogy találkozik ott valakivel. Időt kell szakítania a magánéletére is. A munka csak egy dolog. Ha boldog akar lenni, szüksége lesz valakire, aki otthon várja, ha befejezte a munkát.

– Igyekszem, de ez nem ilyen egyszerű.

– Ez igaz – mosolygott Leona. – Legyen nyitott. Most kapott rá egy lehetőséget. Nagyon sok fiatal hölgy szokott részt venni a bálon. Talán köztük van az igazi.

Brand nem felelt. Mit is mondott volna? Hogy „van szerelmem, de a nőnek férje és gyereke van, ráadásul gyűlöli önt, kedves Leona"? Eszem ágában sincs Leona Brown közelébe engedni Christinát. Ki tudja, mire ragadtatná el magát a nő. A végén még neki kellene magyarázkodni egy olyan dologgal kapcsolatosan, amiben ő sem lát tisztán.

Az ajtón ismét kopogtattak. Bob érkezet.

– Ha zavarok később visszajöhetek – mondta, látva, hogy Leona nincs egyedül.

– Nem zavar, jöjjön csak be! Mi már mindent megbeszéltünk – nézett vidám szemekkel Leona a székből gyorsan felpattanó férfira.

– Megyek, és átnézem holnapra a papírokat – mondta Brand.

– Rendben, leküldetem – válaszolt Leona, és a férfi távozott az irodából.

– Jó szakember! – mondta Bob Brandre, miután az távozott. – Kitűnő meglátásai vannak és gyors észjárása. Képes önállóan dönteni.

– Akkor jól választottunk. Erre van szükségünk.

– Igen. – Bob helyet foglalt és átnyújtott Leonának néhány iratot és fotót. – Amióta hazajött a L'amourból, nem volt alkalmunk beszélni. Úgy vettem ki akkor a szavaiból, hogy nem úgy alakultak ott a dolgok, ahogy azt várta, és Adam Haddon személye továbbra is nyugtalanítja.

Leona elhúzta a száját és gondterhelt szemekkel nézett az előtte ülő férfira. – Ez enyhe kifejezés. Kész katasztrófa volt az a nap, és Adam Haddon csak még nagyobb szálka lett a szememben, amit el akarok távolítani.

– Voltaképpen mi történt? Mert csak körvonalakban volt alkalmam megismerkedni az eseményekkel.

Leona nagyot sóhajtott. Látszott rajta, hogy még mindig nagyon foglalkoztatják az ott történtek.

– Adam Haddon úgy használt ki, hogy fel sem róhatom neki, mert fizetett azért, hogy ott legyek és ő ott lehessen. De sorjában mondom a történteket: valaki felforgatta a konyhát, a Rózsa termet és a konferenciatermet a rendezvény hajnalán. Az egész személyzetet be kellett rendelnem, hogy rendbe tudjuk hozni a dolgokat a vendégek érkezéséig. Aztán jött a bál. Na, arról jobb nem is beszélnünk. Ott betelt a pohár és hazajöttem. Adam Haddon felhasznált a rendezvénye sikeressége érdekében. Jól tudta, hogy mit fogok cselekedni, és a szerint terelgette az eseményeket a maga hasznára. Úgy kúszik ki az ember kezei közül, mint egy hal, és mikor utánanyúl és már azt hiszi, megvan, ismét kisiklik és még lelkiismeret-furdalást is hagy maga után, mert feltételeztük róla, hogy rosszat tett. Nem lesz egyszerű dolog elbánni vele, de bennem emberére talál.

– Utána néztem azoknak a dolgoknak, amit kért. Mivel akkoriban, amikor Adam középiskolás volt, a Brown-ösztöndíj csak a helyi középiskolákra terjedt ki, így nem kellett az ország összes iskoláját átkutatnom Adam Haddon után. A helyi gimnáziumba járt. Megszereztem az osztálya tablóképét. Megtaláltam Adam Haddont is rajta, és azt a fiút is, akinek az ösztöndíjat kellett volna kapnia. A neve Billy Carter.

– Mi lett vele? Miért nem ő kapta meg a díjat? – vette át a férfitól a felé nyújtott fotót az említett tablóról és tanulmányozni kezdte.

– A barátom akkoriban még nem dolgozott ebben az iskolában, de sikerült kiderítenem, hogy mi történt, és hogy a fiú él. Egy baleset miatt lebénult, és nagyon sokáig azt sem tudták, életben marad-e. Így a szülei úgy döntöttek, hogy lemondanak a lehetőségről, de szinte az utolsó órában.

– Gondolom, milyen nehéz lehetett nekik, nem az ösztöndíj volt a számukra a legfontosabb. Így már érthető, hogyan ke-

rült Adam Haddon az első helyre, és arra a kérdésre is választ
kaptunk, hogy miért nem volt a neve az ösztöndíjasok között.

– Nagy a valószínűsége, hogy egy szerencsétlen baleset áll az
egész történet mögött. Mindenesetre megszereztem Billy címét.

– Köszönöm. Mi lehet most vele?

– Azt mondják, hogy soha nem gyógyul meg teljesen. Toló-
kocsiban van és az agya is károsodott, a beszédközpontja sérült,
nehezen kommunikál.

– Istenem. Mekkora tragédia ez! – sóhajtott Leona. – Le-
het, hogy felkeresem és megnézem, nincs-e valamire szüksége.

Bob elmosolyodott. – Ezt máris gondoltam. Ami Adam Had-
dont illeti ebben a történetben, a jelek szerint csak szerencsés volt.

– Reméltem, hogy valami piszkos kis dolog tapad a kezéhez.
De nem adom fel, találok valamit, abban biztos vagyok – jelen-
tette ki elszántan Leona.

– Clive tudja, hogy felcsapott nyomozónak?

– Nem, pont elég neki a koncert. Nem terhelem még ezzel is.

– Jobb, ha óvatos lesz, sosem lehet tudni, mire bukkan. De
talán ez segíthet – nyújtott a nő felé egy kis csomagot. – Ri-
chard küldte. A L'amour felvételei és mindenki beazonosítva
rajta, akit csak lehetett.

– Ez remek. Gondolom, arról fogalma sincs Richardnak,
hogy ki az a kalapos nő a felvételen. Senki nem tudja, ki ő, és
igyekszik is titokban tartani a kilétét. Biztos, hogy köze van a
dolgokhoz és a borítéknak is. Tudni akarom, mi volt benne. –
Bob értetlen tekintettel hallgatta, amit Leona mond. – Jaj, bo-
csánat – nézett rá Leona. – Fogalma sincs, mit zagyválok itt
össze. Van a felvételen egy kalapot viselő hölgy, aki eltakarta
az arcát és a teraszon lévő egyik asztal lapjára ragasztott bo-
rítékkal távozott a L'amourból. Richard úgy véli, nincs össze-
függés a történtek és közte. Szerintem pedig igen. De senki
nem tudja beazonosítani, ki is lehet az a nő. Eddig senki nem
ismerte fel őt.

– Akkor ne a nőt keresse, hanem a kalapot. Lehet, hogy egye-
di darab, és talán nyilvántartják, kinek adtak el ilyesmit.

Leona elgondolkodott. A férfinak igaza van.

– A nőt nem látjuk, de azt a kalapot ezer közül is felismerném. Köszönöm a tanácsot, ezt fogom tenni. Azért tüzetesen végignézem a felvételeket és a neveket. Hátha valakit felismerek.

– Tegyen így, és ha bármiben segíthetek, csak szóljon, de vigyázzon, fő az óvatosság.

– Köszönöm, Bob, tudom, hogy önre bármikor és bármiben számíthatok.

– Ígérje meg, hogy óvatos lesz, és nem csinál őrültséget. Vigyen magával testőrt, ha csak egy hajszálnyit is vészes a helyzet.

– Ígérem – mosolygott Leona.

– Tudja, hol talál, ha szüksége van rám! – állt fel Bob és indulni készült.

– Tudom – mondta Leona mosolyogva.

A férfi távozott, és Leona elgondolkozva nézett az előtte heverő kis csomagra, majd betette az egyik lemezt a gépbe és sorra beazonosította a képen látható személyeket a listán lévő nevekkel. A kalapos nőnél ismét sokáig időzött. Vele azonos magasságú lehetett, és a ruházatából, testtartásából ítélve fiatalnak tűnt. Leona annyira kinagyította a képet, amennyire csak tudta. Valami nem engedte továbblépni. Tudta, hogy ez a nő lesz a kulcs a rejtélyhez. De mi köze lehet hozzá Adam Haddonnak? Van egyáltalán köze hozzá? Talán át kellene néznie azokat a képeket, amit Bob adott Adam Haddonról az újságcikkekkel együtt. Lehet, hogy valamelyik cicababája lehet ez a nő, aki segít neki, és ha szerencséje van, akkor talál róluk egy közös fotót. De miért segítene neki ez a nő, és miért akarna ártani Adam Haddon annak a családnak, ahova beházasodni készül? Ha a lányomat akarja feleségül venni, akkor nem érdeke szembe haladnia velem. Igazából nem is tudná senki megakadályozni, hogy elvegye a lányom. Csak besétálnak egy hivatalba, szereznek két tanút és kész. Akkor aztán Adam Haddon bekerülne példaképe családjába. Ügy lezárva.

Mit akarhat ez a férfi? Példakép, ismételte Leona és felelevenítette Liliána szavait, amelyeket a bál előtt mondott. Adam példaképe Mark Brown. A semmiből indult, úgy, mint Mark, és most gazdag, és egyre gazdagabb lesz. Mi van, ha csak ezért csinálja ezt az egész felhajtást, hogy Mark útját járja? A szegény fiú gazdag lesz, beleszeret a példakép lányába. Ha egyáltalán szereti, és nem csak azért akar vele lenni, mert Mark lánya. De minek akar bevágódni nálam? Ő már így is Elisabeth barátja. Minek akar a közelemben lenni és folyton bizonygatni, hogy ő milyen tökéletes? Miért olyan fontos neki a társaságom? Leona agyában szöget ütött egy gondolat. Lehet, hogy őrültség, de minél többször gondolta át, annál nyilvánvalóbbá vált számára és egyre tovább szőtte. Mi van, ha Adam Mark Brown akar lenni? Mi van, ha Adam célja az, hogy Mark Brown helyébe lépjen? Mi van, ha Adam Haddon nem a lányomat akarja, hanem engem, mint Mark Brown özvegyét? Miért leskelődne különben utánam? Leona a felismeréstől teljesen lezsibbadt. Az elmélete pedig egyre életszerűbbé vált számára. Ez a férfi megőrült! De ki hiszi ezt el neki? Adam Haddon mindent akar, ami Mark Brownnak volt. A vagyonát, a hatalmát, a gyerekeit és a feleségét. De ki hinné ezt el nekem?

14. FEJEZET

Leona álmosan tapogatózott zenélő telefonja után. Nagy nehezen végre a kezébe került.

– Tessék, Leona Brown.

– Szeretnék tíz darab jegyet lefoglalni a Holdfényben tartandó koncertre – fuvolázta egy női hang.

– Milyen koncertre? – kérdezte Leona, és pillanatokon belül ébren volt.

– Amit hirdetnek.

– Nem hirdetünk semmit, és honnan tudja a számomat? Tudtommal titkos.

– A hirdetés plakátján ez a telefonszám van feltüntetve. Most akkor átverés az egész?

Leona felült az ágyban, és az álmos szemekkel ránéző Clive-ra pillantott.

– Kedves asszonyom, elkezdené nekem az elejéről az egészet, hogy hol látta a hirdetést és pontosan mi szerepel benne?

– Az egész város tele van a plakátjaival, és a postaládák a szórólapokkal. A hétvégére hirdet egy Clive Brown-koncertet a Holdfénybe.

– Kedves hölgyem, biztosíthatom, hogy nem mi hirdettük meg a koncertet, és a férjem az említett időpontban egy másik rendezvényen lesz. Igaz, hogy ez a Holdfényben lesz, de nem koncert.

– Micsoda eljárás ez? Átverik az embereket. Mit gondolnak magukról, hogy bármit megtehetnek? – háborgott a nő.

– Nem, asszonyom, nem tehetünk meg bármit. Biztosíthatom, hogy kivizsgáljuk a történteket és megtesszük a szükséges lépéseket az üggyel kapcsolatban. Még egyszer elnézését kérem, de Clive Brown a nagykoncertig nem lép fel sehol sem. A fellépéseiről a honlapján tájékozódhat. További szép napot önnek! – köszönt el Leona a felháborodott nőtől, és máris benyomott egy újabb hívást, ami Sarah volt. – Mi a csuda történik a Holdfényben? – kérdezte.

– Már te is tudod? Megállás nélkül csörög a telefon és a Holdfény előtt kígyózik a sor. Már ki kellett hívnom a rendőrséget, a biztonsági őr hívott fel, hogy azonnal jöjjek ide. Neked is ide kellene jönnöd, amilyen gyorsan csak tudsz!

Leona kipattant az ágyból és a fürdőszoba felé igyekezett.

– Mi történt! – nézett rá Clive. – Mi van a Holdfényben?

– Valaki meghirdetett neked oda egy koncertet a vállalkozói bál idejére.

– Ki szórakozik ilyennel?

– Valaki, aki élvezi, ha keresztbe tehet nekünk.

– De miért?

Leona csak széttárta a karját és bement a fürdőszobába, férje követte őt.

– Ugye te sejtesz valamit? – kérdezte tőle Clive, miközben a háta mögé állt. Az előttük lévő tükörben jól látta felesége arcát.

– Nem, vagy talán. Magam sem tudom. Van egy elméletem, de nem értem, hogy ez megint mi és miért. Olyan, mintha találtam volna valami logikát az elmúlt napok történéseiben, aztán megint történik valami, ami felborítja azt. Lehet, hogy a dolgok nem is függnek össze egymással, és két különböző ember ténykedése más-más okból.

– Kicsim, fogalmam sincs, miről beszélsz, nem lehetne úgy, hogy én is értsem?

Leona férje felé fordult. – De lehet, de csak este, mert a Holdfény előtt már ott a rendőrség, neked pedig próbálni kell menned.

– Majd megyek később.

– Nem később, most mész, és viszed Elisabethet is. Tartsd szem előtt, kérlek! Távol akarom tudni Adam Haddontól, amíg rá nem jövök, mit akar valójában az a férfi.

Clive fürkészve nézte a számára oly kedves arcot. – Te tudsz valamit, és nem akarod elmondani nekem.

– Ez nem igaz, csak nem akarok olyan dolgokat mondani, amire nincs bizonyítékom és lehet, hogy csak az én agyszüleményeim.

– Neked nem szoktak agyszüleményeid lenni, de rendben van, megpróbálok türelmes lenni. De este tudni akarom.

– Rendben, de most ne vedd el a figyelmemet az isteni testeddel a készülődésről – mérte végig férje mellkasát egy szempillantás alatt Leona.

Clive elvigyorodott. – Én szívesen nézem a te istennő-tested, ahogy öltözöl.

– Na, kifelé! – kapta le magáról hálóingjét Leona és férjéhez dobta, majd bement a zuhany alá.

Igyekezett gyorsan elkészülni, hogy amilyen hamar csak lehet, a Holdfénybe érjen. Szeretett volna az ügy végére járni, mielőtt elmenne a megbeszélésre. Miközben az autójához sietett, meglátta az épp akkor megérkező Brandet.

– Jó reggelt, Brown asszony! – köszöntötte a férfi.

– Nem mondanám jó reggelnek. Jöjjön! – mutatott az autója felé Leona. – A megbeszélés előtt még van egy kis elintéznivalónk.

A férfi nem szólt, csak beült a nő mellé az autóba. Mi történhetett? Nem látszik jókedvűnek. Brand kissé feszélyezve érezte magát. Még soha nem volt ilyen közel hozzá. Ha ezt Christina látná, őrjöngene, de igazán csak akkor fog, ha megtudja, hogy nem teszi meg, amit kér tőle. Nem fog kémkedni neki Leona Brown után. Képtelen rá.

– Nagyon szótlan – mondta Leona néhány méter megtétele után. – Ne haragudjon, hogy csak úgy lerohantam, de nem tudom, mikor végzek a Holdfényben, így jobbnak láttam, ha velem jön.

– Történt valami?

– Igen. Valaki igencsak ártani akar nekünk, és egyvalami biztos: komolyan gondolja, mert ha nem így lenne, nem fektetne bele ennyi pénzt és energiát.

– Megkérdezhetem, hogy mi történt?

– Valaki meghirdetett egy koncertet a Holdfénybe a vállalkozói bál idejére a férjemnek. Telerakta a plakátjaival a várost.

Brandet rossz érzés kerítette hatalmába és nem tudott szabadulni tőle. Vajon képes lenne ilyesmire? Ha igen, pénzt is áldozna rá? Nem, ahhoz túlságosan is garasoskodó, viszont ha arra gondol, miket mondott és hogyan viselkedett az elmúlt időben Christina, bármit el bír képzelni róla. Bármit, még ezt is, de hogy miért tenné, arra nem tudott választ adni magának.

Szerencsére Leona témát váltott, és elkezdte felvázolni a rájuk váró tárgyalás részleteit. De Brand csak a fejében forgó balsejtelmére tudott koncentrálni. Valami azt súgta neki, Christina keze van a dologban.

Mikor a Holdfénybe értek, már hatalmas tömeg gyűlt össze az épület előtt és pattanásig feszült a húr. Háborgó emberek tolongtak a bejáratnál. Leona és Brand kénytelen volt a hátsó bejáraton bejutni oda.

– Hála Istennek! – mondta Sarah, mikor meglátta őket. – Sikerült beszereznem egy-egy példányt a plakátokból és a szórólapokból. Azon kívül kiküldtem két embert, hogy szedje össze a városban a többit.

– Remek. Mutasd!

Sarah egy kemény táblára ragasztott plakátot tett barátnője elé, rajta a következő felirattal:

„Clive Brown-koncert a Holdfényben"

– Mi értelme ennek az egésznek? Ekkora felhajtást csinálni csak azért, hogy lejárasson minket? Amint utánanéznek a dolognak, azonnal kiderül, hogy hazugság az egész. Tettél feljelentést a rendőrségen? – kérdezte Leona Sarahtól.

– Nem, mert úgy gondoltam, nélküled nem döntök.

– Jó, akkor én majd megteszem. De előtte még felhívom Rob Craist. Ők szokták kihordani a szórólapokat a városban. Csak nekik van engedélyük rá. Utána pedig kimegyek és elmondom az embereknek, mi a helyzet. Rob! – szólt bele Leona a telefonjába. – Szia! Ne haragudj, hogy zavarlak, de fontos!

– Te sosem zavarsz, mondd, mit kívánsz!

– Vittetek ki tegnap vagy ma szórólapot a Holdfény nevében?

– Hirdettél? Nem tudok róla.

– Én sem, és pont ez baj. Valaki meghirdetett egy koncertet Clive-nak a Holdfénybe.

– Valaki nagyon nem szeret.

– Valaki nagyon nem – értett egyet a férfival Leona. – De ha nem ti vittétek ki a szórólapokat, akkor kicsoda? Hogyan juthatott el az összes háztartásba a ti szóróanyagaitokkal együtt?

– Na, várj! Itt valami sunyiság van. Egy pillanat – mondta a férfi, és valakinek a nevét kiabálta. Leona hallotta a beszélgetés foszlányait, ami később már kiabálássá fajult. – Leona! Megvan! – szólt ismét a telefonba a férfi egy kis idő múlva. – Az egyik fiú kapta egy nőtől.

– Milyen nőtől?

– Azt mondta, nem ismeri. Egy hatalmas kalap volt rajta és napszemüveg. Vékony, fiatal hölgy volt. Pénzt adott neki, hogy a szóróanyagot rakja be a többi közé.

– Biztos, hogy kalapot viselt a nő? Széles karimájút, és krémszínűt, átkötve hatalmas szalaggal?

– Azt mondja, igen.

Leona agya vadul dolgozott. Már megint ez a kalapos nő.

– Ha mutatnék a fiúnak egy képet, felismerné a nőt?

A vonal végén ismét sutyorgás hallatszott, amint a férfi tolmácsolta Leona szavait a kihordó fiúnak.

– Azt mondja, a kalapot igen, de a nő arcát nem látta jól – érkezett a válasz.

– Köszönöm a segítséget.

Gyorsan elköszöntek egymástól, és Leona gondterhelt arccal nézett Sarahra, majd Brandre.

– Na, mondd már, mi van! Ki az a kalapos nő, és honnan tudod, hogy néz ki az a kalap? – kérdezte türelmetlenül barátnője.

– Valaki jó előre eltervezett módon, módszeresen próbál minket lejáratni. A múlt héten feldúlták a L'amourt. Most a Holdfényt próbálják lejáratni. A közös a két ügyben ez a kalapos nő, akit a L'amour kamerái felvettek. De hogy ki ő, az rejtély. Annyi biztos, hogy fiatal, vékony testalkatú, és nem akarja, hogy bárki is felismerje.

– Most mit szándékozik tenni? – kérdezte Brand.

– Feljelentést teszek. Ez a mai már túlmegy mindenen. Itt már a jó hírünk forog kockán. Sarah, kérlek, hívd fel a helyi rádiót és tévét. Adj ki egy közlemény. Én kimegyek és tájékoztatom az embereket.

Leona indult és Brand követte őt. Fogalma sem volt, miért, de úgy érezte, a nő mellett a helye. Kint a tömeg már nagyon bosszús volt, Leonának csak többszöri nekifutásra sikerült csendet kérnie.

– Hölgyeim és uraim! A nevem Leona Brown. A Holdfény tulajdonosa vagyok, és Clive Brown felesége.

– Tudjuk! – kiabálta be valaki a tömegből.

– Örülök, hogy tudják. Elnézésüket kell kérnem, de valaki félrevezette önöket és visszaélt a nevünkkel. A tudtunk nélkül lett meghirdetve a rendezvény. Mi csak mai napon szereztünk erről tudomást. A Holdfényben nem is lehet koncert, mert már erre a napra egy zártkörű rendezvény miatt le lett foglalva. A férjem, Clive Brown pedig a nagykoncertig nem vállal fellépést sehol sem. Itt sem. A mai napon megtesszük a rendőrségi feljelentést az ügyben, ismeretlen tettes ellen. Kérem a megértésüket és köszönöm a türelmüket. Szép napot önöknek!

– Ennyi? – kiabálta be valaki a tömegből. – Itt állunk már órák óta. Átvertek minket. – Leona visszafordult, hogy mondjon még valamit, de Brand megelőzte.

– Brown asszony ismertette a kialakult helyzet okát. Panasszal forduljanak a megfelelő szervekhez. A Holdfény vezetősége megteszi a büntető feljelentést az ügyben.

A tömeg mintha elfogadta volna a kapott tájékoztatást: morogva bár, de oszlani kezdett.

– Köszönöm! – mondta Leona a férfinak, miközben visszamentek az épületbe.

– Nem tettem semmit. Most a rendőrségre megyünk?

– Igen, aztán indulnunk kell a megbeszélésre. Sarah kiadja a közleményt, a fiúk beszedték a plakátokat. Többet nem tehetünk. Várjuk a következő csapást. Mert az lesz, abban biztos vagyok.

– Úgy gondolja, valaki tönkre akarja tenni önöket?

– Tönkre? – nevetett fel Leona. – Ahhoz azért több kell, de nem tűröm el, hogy valaki folyamatosan lejárasson minket. Bár a negatív reklám is reklám, csak én nem díjazom. Eddig úgy gondoltam, Adam Haddon áll a dolgok mögött, de már nem vagyok benne biztos.

– Adam Haddon? – kérdezte a férfi. – Ki az?

Leona maga sem tudott magyarázatot adni, hogy miért, de
első pillanattól kezdve bízott a férfiban és úgy érezte, beavat-
hatja őt a dolgok mélyebb bugyraiba.

– Adam Haddon a lányom udvarlója, és nem örülök ennek.
A férfi gazdag, és ez a vagyon az egyik, ami aggaszt engem. Az-
tán az, amiket csinál, ahogy próbálja magát jó fényben feltün-
tetni előttünk. Az ő rendezvénye volt a múlt heti a L'amourban.
A felvételeken ott van egy kalapos nő, aki az éttermi asztal al-
járól levett egy odaragasztott borítékot. Minden termet zárunk
és én úgy vélem, hogy valaki kezére játszotta a kulcsokat a borí-
tékban. Azt gondoltam, hogy az a nő és Adam Haddon egy követ
fújnak, de most már nem tudom. Mi haszna a ma történtekből
Adam Haddonnak? Ezek a dolgok nem szolgálják az ő érdekeit.
Itt két különböző személlyel és szándékkal állunk szemben. Az
egyik tönkre akar tenni, a másik meg akar szerezni.

– Meg akarja szerezni?

Valakinek el kell mondania az agyszüleményét, aki segítsé-
gére is lehet az ügyben, és Brand az egyetlen, aki mindig mel-
lette van.

– Van egy elméletem, de csak elmélet. Ne haragudjon, hogy
ezt az egészet önre zúdítom, de mivel az elkövetkező jó néhány
évben együtt fogunk dolgozni, elkerülhetetlen, hogy ezekbe az
ügyekbe belátása legyen. A lista, amit olyan furcsán szemlélt a
minap és tanácstalan volt, hogy mit kezdjen vele, a L'amour-
ból származik. A múlt heti károk vannak rajta. Úgy tervezem,
amint kiderül, ki okozta azokat, kiszámlázom neki azt. Ezt jobb,
ha tudja. Aztán Bob a következő indok, amiért önre zúdítom a
dolgokat. Gondolom észrevette, hogy gond van az egészségével.

– Igen. Többször sápadtan kimegy az irodából és mikor visz-
szatér, látszik rajta, hogy nincs jól. De eddig nem tettem szóvá
a dolgot, mert úgy vettem észre, hogy nem örülne neki, mert
olyan érzésem volt, hogy titkolni szeretné.

– Ez így van. Szeretném, ha szép fokozatosan egyre több dol-
got venne át tőle. Úgy, hogy Bob ne érezze feleslegesnek magát.
Nagyon szeretem őt, és aggódom az egészségéért. Nagyon sokat
köszönhetek neki. Arra is rájöhetett az alatt az idő alatt, ami-

óta nálunk van, hogy Bob a bizalmasom és sok olyan dologban
működünk együtt, amik a családra vonatkoznak.

– Értem. Igyekszem.

– Hálás vagyok érte! Adam Haddonról pedig csak annyit,
hogy úgy vélem, engem akar megszerezni, nem a lányomat.
Adam Haddon Mark Brown helyébe akar lépni, és ez a hely az
én ágyamat is jelenti.

Brand elhűlve nézett a nőre, és nagyot nyelt szavai halla-
tán, de Sarah érkezése megakadályozta abban, hogy bármit is
kelljen mondania az elhangzottakra. Meglepte az őszintesége
és a mondandója tartalma is, amit emésztenie kellett. Sejtette,
hogy a Brown család élete nem fenékig tejföl, de belülről látni
azt és közreműködni benne egészen más volt, mint feltételezé-
seket gyártani róla.

– Kiadtam a közleményt. A fiúk behozták az összes plaká-
tot – közölte Sarah.

– Rendben. Hívd fel a nyomdákat és kérdezd meg, ki adta
a megbízást ezekre a plakátokra, hátha kiderül belőle valami,
bár kétlem.

– Úgy lesz. A hétvégi bállal kapcsolatosan mikor egyeztetünk?

– Holnap, Sarah, most mennem kell egy megbeszélésre. Előt-
te még beugrunk a rendőrségre. Amúgy ne haragudj, de be sem
mutattam neked Brandet, ő lett Bob helyettese.

– Nem irigylem, kedves Brand – mosolygott Sarah a jóképű
férfira. – Mint láthatja, nálunk mindig történik valami.

Leona csak most döbbent rá, barátnője kaján vigyorát lát-
va, hogy eddig még nem is volt alkalma megfigyelni a férfit úgy
igazából. Brand tényleg nagyon jóképű. Több mint egy fejjel volt
magasabb nála. Barna haj, kék szem és vonzó arc, ami elegáns
megjelenéssel párosult. Mennyivel jobb lenne, ha Elisabeth in-
kább egy ilyen férfiba lenne szerelmes. Brand intelligens, okos.
Igaz, nem vagyonos, mint Adam Haddon, de tisztességesen
dolgozik, és ha ez így marad, anyagilag nem lesz oka panaszra.
Akkor pedig biztos megélhetést nyújthat majd a családjának.

– Leona! – ismételte nevét Sarah sokadjára, és tágra nyílt
szemekkel nézett rá.

– Bocsánat, nem figyeltem. Ne haragudj. – Kissé mélyebbre merült a férfi mustrálásába, mint amennyire kellett volna. – Mit is mondtál?

– Nem kellene neked kicsit többet pihenned?

– Pihenni? Majd Clive nagykoncertje után. Addig nincs pihenés. Tényleg, a koncert, leadtad a megrendelést a plakátokra?

– Igen. Ne aggódj emiatt.

– Jó van, akkor mi most megyünk, mert még sok dolgunk van és a rendőrség nem volt betervezve mára. Szia, Sarah! Holnap reggel itt leszek – búcsúzott barátnőjétől.

– Pihenj! Ne hajnalok hajnalán állíts ide! Viszlát, Brand! Ne engedje, hogy túlhajszolja magát ez az őrült nő – kacsintott Sarah a férfira.

Leona megcsóválta fejét és elmosolyodott, de tudta, barátnőjének igaza van. Tényleg ráférne egy kis pihenés. Mióta Clive a koncertre készül, az ő feladatait is neki kell végeznie. Aztán itt van a vállalkozói bál és ez a sok váratlan probléma, az új projekt és a sok régi. Meg ez az Adam Haddon-dolog is nagyon aggasztja. Utána kellene néznie egy-két részletnek, de mikor? Egyik helyről a másikra rohan. Alig van ideje aludni is.

A rendőrségre mentek, ahová odarendelte az ügyvédjüket. Ott eléggé elhúzódott az idő. Idegesen pillantott az órájára, hogy vajon odaérnek-e a megbeszélésre a lefixált időpontra, vagy sem. Mikor végre aláírták az utolsó papírt is, szinte végigviharzott a folyosón, nyomában Branddel.

– Remélem, nem szívbajos? – kérdezte tőle, mikor beindította az autóját.

– Szeretem ez életet, de egy kis izgalom belefér.

Leona elvigyorodott. – Nem szándékozom meghalni, de harminccal sem fogok menni. De megnyugtatom, elég jól vezetek. Egyszer már megpróbáltak leszorítani az útról és még itt vagyok.

– Ez igazán megnyugtató! – mondta a férfi, és Leona annak kissé félénk hangvételén elnevette magát.

Az úton odafelé újra átbeszélték a rájuk váró tárgyalás részleteit. Brand nagyon hasznos észrevételeket tett és kitűnően érvelt azok mellett. Leona mindinkább meggyőződött döntésük helyességről, hogy Brand a legalkalmasabb a helyettesi pozícióra. Jól választottak. Szerencsére tempósan tudtak haladni az autópályán, nem volt nagy forgalom, sem dugó, így a megbeszélt időben ott voltak a megbeszélt helyen. A tárgyalás eléggé elhúzódott és már délután hét óra is elmúlt, mire végeztek. Leonában csak ekkor tudatosult, hogy ma még nem ettek semmit. Bár ő ezt gyakran elköveti, de Brandtől nem várhatja el, hogy miatta éhezzen.

– Ne haragudjon, Brand, de elfelejtettem, hogy még ma nem is ettünk és már lassan este van.

– Ne csináljon ebből gondot, Leona!

– De igen, csinálok. Mielőtt hazaindulnánk, eszünk valamit. Átmegyünk a szállodába – mondta ellentmondást nem tűrően Leona, és meg sem állt a szálloda parkolójáig.

Brand még sosem járt itt. A hatalmas fürdőzőhely szomszédságában lévő szálloda szinte uralta a helyet magasba törő, fenséges épületével. A park, amin átsétáltak, gyönyörű volt. Tele hatalmas fákkal, bár rájuk fért volna némi gondozás és rendezés, de így is lehengerlő látványt nyújtottak az ott sétálóknak.

A szálloda minden szeglete impozáns volt, álmodni sem lehetet volna szebbet. Nem tudta eldönteni, az eddig látott Brown szállodák közül melyik lenne a legeslegszebb, bár ahogy ezt kigondolta, már úgy vélte, mégiscsak tudja, melyik a legszebb közülük, és bár nem akarta bevallani magának, azt is tudta, miért. Brand a mai napra teljesen megtelt élményekkel és felismerésekkel, melyeket időbe telik majd feldolgoznia.

– Mit szeretne inni? – kérdezte Leona a szálloda teraszán vele szemben ülő, gondolatainak sűrű mezején járó férfit.

– Egy ásványvizet kérnék – vágta rá a választ a kérdésre, és igyekezett visszatérni a valóságba.

Leona a pincér felé fordult. – Sam, hozzon az úrnak ásványvizet, nekem pedig egy jéghideg epres zöldteát.

– Máris, Brown asszony – mondta a pincér és távozott.

– Mindenkit névről ismer az összes szállodában? – kérdezte Brand.

– Igyekszem. Elég gyakran kell leutaznom a szállodákban, így gyakran találkozom az alkalmazottakkal. Mikor Markkal megismerkedtem, el nem bírtam képzelni, hova tűnik napokra, vagy miért csak az éjszaka kellős közepén jön haza. De amikor beavatott a munkájába, minden világossá vált számomra. Csodáltam azt, ahogyan megszervezte a mindennapjait, ahogy mindenre jutott ideje, rám is.

– Én sajnos nem ismertem a férjét. Tízéves lehettem, mikor meghalt.

– Sajnos már lassan tizenkilenc éve nincs közöttünk. Tudja, néha elgondolkozom azon, hogy mit szólna ahhoz, ami most van. Tetszene-e neki az, amit most látna. Az újítások, a befektetéseink, az újabb rendezvénykomplexum létrehozása. Bár – mosolyodott el Leona – abban biztos vagyok, hogy mindenben támogatna. Hisz' mindig is azt tette, amíg élt. Támogatott.

– Csodálatos ember lehetett.

Leona elnevette magát. – Hát, ezt sokan nem így gondolták. Mark kemény volt, nagyon kemény. Elérte a célját, és ezt nem mindig túl etikus módon tette. Finoman szólva. De jó ember volt, akkor is, ha ezt sokan nem így gondolják.

Brand kissé elhúzta a száját és óhatatlanul is kimondta azt, amit gondolt. – Ez nekem is ismerős.

Leonát a váratlan kifakadás nagyon meglepte. – Egy hölgy? – érzett rá ösztönösen.

Sejtette, hogy valami nem stimmel azzal, hogy nincs barátnője a férfinak. Valamit titkol, ezt biztosra vette.

– Igen, hölgy.

– Azt mondta, nincs barátnője.

– Nincs. Nem a barátnőm. Nem is tudom, micsoda. Egy megszállottság.

– Férjnél van?

– Igen, és van egy fia.

– Nehéz kilépni egy házasságból, főleg, ha van gyerek is.

– Véleményem szerint nem is akar. Mindenkit csak kihasznál. Engem is, és a saját gyerekét is. Csak azt nem értem, miért nem tudok tőle szabadulni. Pedig pontosan tudom, hogy milyen és minél többet vagyok vele, ez annál inkább nyilvánvalóvá válik számomra. Tudom, hogy nem jó ez így, és véget kellene vetnem ennek az egész kapcsolatnak, de megtenni egészen más, mint eltervezni.

Leona nagyot sóhajtott. – Az emberi lélek rejtelmei... tudnék mit mesélni róla. Józan észnek felfoghatatlan, mit miért érez. De ha megnyugtatja, annyit mondhatok, van, hogy az élet megoldja a problémákat. Anélkül, hogy mi bármit is tennénk. Ez többnyire fájdalmasan érint minket abban a pillanatban vagy bizonyos ideig – húzta el a száját Leona –, de aztán ha az ember kellően kiszenvedte magát, rájön, hogy miért is történtek a dolgok úgy, ahogy. Akkor belátjuk, hogy nem is alakulhatott volna jobban az életünk. De odáig az út nem egy sétagalopp.

– A mi problémánkat nem hinném, hogy bármi megoldhatná. Már évek óta tart, és elegem van. Én könyörgöm neki, hogy váljon el, ő meg rendszeresen nemet mond. Mégsem tudok véget vetni a kapcsolatnak. Olyan, mint egy drog – mondta a férfi, és maga sem értette, miért mondja el ezeket, és miért pont Leona Brownnak.

Leona felnevetett. – Mark pontosan ezt a szót használta rám is. Drog. Azt mondta, olyan vagyok neki, mint egy drog. Könnyű rám szokni, de lemondani rólam lehetetlen – mosolygott, és közben felelevenedett benne annak az esténak az emléke, amikor Mark így nevezte őt.

– Hát akkor ezt alapul véve nekem sincs kiút, csak a halál – húzta el a száját Brand, és Leona ismét felnevetett.

A pincér az asztalukhoz érkezett a rendelt ételekkel.

– Brown asszony, a séf üdvözletét küldi – mondta, miközben letette eléjük a tányérokat.

– Mondja meg Gregnek, hogy én is üdvözlöm őt – mosolygott, és újra Brand szavai jártak a fejében.

Már javában ettek, amikor még mindig nem szabadult azoktól. Ez a férfi egyre szimpatikusabb volt neki. De vajon milyen lehet az a nő, aki ennyire fogva tartja őt? Tényleg szereti a férfit, vagy úgy van, ahogy Brand gondolja, és csak kihasználja őt? Mindenesetre nem lehet könnyű neki, mert van barátnője és még sincs. Nem tud vele elmenni sehova sem, mert a kapcsolatukat titokban kell tartaniuk a férj miatt.

Megcsörrent Leona telefonja, és rövid keresgélés után elővette azt a táskájából.

– Szia! – szólt bele vidáman, mikor meglátta férje fotóját a kijelzőjén.

– Szia, kicsim! Hol vagy?

– Még a Zafírban, de nemsokára indulunk haza.

– Az jó. Még én sem vagyok otthon, de úgy számolom, hogy mire hazaérsz, én is otthon leszek. Minden rendben volt a Holdfényben?

– Nem egészen, de most ezt hosszú lenne elmesélni. Ahogy a helyzet megengedte, rendbe tettük a dolgokat.

– Nem is értem ezt az egészet.

– Én, azt hiszem, igen. Este megbeszéljük.

– Este... – sóhajtott nagyot a férfi. – Már alig várom, hogy a karjaidban feküdhessek.

Leona elmosolyodott és kissé kellemetlenül érezte magát, hogy Brand is ott volt. Még akkor is, ha nem hallhatta, hogy férje mint mondott neki.

– Én is. Sietek haza – próbálta rövidre zárni a beszélgetést, mielőtt még sikamlósabb területre tévedne a párbeszédük.

– Szűkszavú vagy, kicsim, ebből arra következtetek, hogy nem vagy egyedül.

– Gratulálok, Sherlock!

– Jól viselkedj!

– Igyekszem, bár nagy a kísértés! – és Brandre pillantott, aki zavarában a tányérján lévő zöldségdaraboknak szentelte minden figyelmét. Fogalma sem volt miről folyik a beszélgetés, de abban biztos volt, hogy az egy férj–feleség játék, és ő is belekeveredett a jelenlétével.

– Akkor tartsd magad távol a kísértéstől.

– Igyekszem! Szia! Vigyázz magadra! – mondta Leona, és mosolyogva és visszatette táskájába a mobilját. – Kér még valamit, Brand, vagy mehetünk? Szeretnék mihamarabb otthon lenni.

– Mehetünk! – mondta a férfi, és készen állt a hazaútra.

Leona gyors búcsút vett a pincértől, miközben Brand le sem vette róla a szemét, figyelte minden egyes mozdulatát. Természetesen bánt mindenkivel. A tárgyaláson is kedves és közvetlen volt, miközben keményen közölte a tényeket és az álláspontját. Elbűvölő és magával ragadó jelenség. De vajon Christina miért gyűlöli őt? Hisz' nem is ismeri!

– Nagyon elgondolkozott – mondta Leona a férfinak, miközben visszasétáltak az autóig.

Brand nem tudta, mit válaszoljon. Az igazat nem mondhatta.

– Azon gondolkodtam, hogy vajon mindenki rátalál arra a szerelemre, ami ön és a férje között van? Mindenkinek van egy másik fele?

– Hiszem, hogy van, csak nem mindig vesszük észre. Van olyan is, amikor olyat látunk a másikban, ami nincs is. De az is előfordul, hogy azt gondoljuk, ő az, akivel a sírig tart a szerelem, aztán váratlanul megjelenik valaki és minden összedől, mint a kártyavár, mert rájövünk, hogy az, amit most érzünk, az mindent elsöpör.

– Ön is így volt az első férjével? – kérdezte meg ösztönösen azt, amit gondolt, majd hirtelen meg is bánta. Hallott valami pletykát arról, hogy Leona és Clive már azelőtt is szerették egymást, mielőtt Leona hozzáment volna Mark Brownhoz. – Ne haragudjon! Tapintatlan voltam. Ez nem tartozik rám.

Leona elmosolyodott. – Ha Markra gondol, igen, így volt. Jött Clive, és minden borult. De Mark nem az első férjem. Én már előtte egyszer elváltam.

Brand láthatóan megdöbbent a hallottakon. – Nem tudtam.

– A lényeg, hogy fiatalon hozzámentem valakihez, akihez nem kellett volna, és bár tudtam ezt, nem léptem ki a házasságból mindaddig, amíg Mark fel nem nyitotta a szemem. A férjem megcsalt nem egyszer, nem kétszer. De ez csak az egyike volt a köztünk lévő problémáknak. A válásunk után nem sokkal hozzámentem Markhoz, majd a halála után egy évvel Clive-hoz. Így akárhonnan is számolom, Clive a harmadik férjem, és az utolsónak tervezem – nevetett Leona, miközben beültek az autóba. – Tehát ha a barátnője nem akar elválni a férjétől, több dolog jöhet szóba. Valami a házasságában tartja. Félelem, függőségi helyzet, a közös gyerek, a közös vagyon, vagy éppen az adósság. Olyas valami, ami sokkal nagyobb súllyal nyomja rá a bélyegét a döntésére, mint az összes pozitívum. De az is lehet, hogy nem is rossz a házassága, és tényleg csak kihasználja önt. A kérdés ebben az esetben az, hogy mi haszna ebből a titkos kapcsolatból. Ha találkozásaik csak az ágyra korlátozódnak, akkor fennáll a lehetősége, hogy csak ezt várja öntől. Általában ezek a kapcsolatok akkor futnak zátonyra, ha az egyik fél többet kezd érezni a testi vágynál, érzései pedig nem kerülnek viszonzásra.

Brand egyik ámulatból a másikba esett. Soha nem gondolta volna, hogy Leona Brown a főnöke lesz, de azt meg végképp nem, hogy ilyen nyíltan fog vele beszélni az életéről. Ráadásul olyan természetesen teszi mindezt, mintha évek óta barátságban lennének.

– Én... nem tudom – nyögte zavartan. – Már tényleg nem tudom, hogy mit gondoljak – mondta tanácstalanul miközben maga elé bámult. – De az nyilvánvaló, hogy nem érzem jól magam ebben a kapcsolatban. Amire vágyom, az messze van attól, amit kapok.

– Akkor tudja meg, mi az oka annak, hogy nem akar elválni a barátnője és tisztázza vele az érzéseit. Valaminek az elvesztése valami újnak az érkezését jelenti. Hogyan találna magának mást, ha nem nyit kifelé? Ezért a közelgő vállalkozói bál kitűnő alkalom lesz arra, hogy szétnézzen a nagyvilágban. Amúgy pedig nagyon szeretném önt ott bemutatni néhány embernek. Ideje megismernie a nagyhalakat – vigyorgott Leona. – Nagy élmény lesz – mondta és indított.

Leona emlékei ismét felelevenedtek. Gondolatban lepergettek a Csillagfényben megrendezett bál emlékképei, érzései, amelyek akkor uralták. Emlékezett rá, hogy mennyire ideges volt akkor. Kíváncsi szemek kutatták, hogy vajon ki ő és mi köze Markhoz. De ez a nap nem ezért volt számára emlékezetes, hanem a Markkal töltött első éjszaka miatt. Leona arcára mosolyt csalt az emlék. Annyira remegett akkor a férfi karjaiban, hogy azt hitte, elájul. Valami olyan történt azon az éjszakán, amitől az egész élete megváltozott.

Brand csendben figyelte őt. Látta, hogy valahol egész máshol jár, valahol az emlékei birodalmában, és ő nem akarta ebben zavarni. Csak csendesen nézte a nőt, és valami egészen furcsa érzés kezdett ébredezni benne.

Az út most sokkal rövidebbnek tűnt, mit odafelé. Mikor a távolban feltűnt a kastélyszálló körvonala, Leona legszívesebben tövig nyomta volna a gázpedált, csak hogy minél hamarabb otthon lehessen végre. Hosszú volt nap és semmi másra nem vágyott, csak egy forró fürdőre és Clive ölelésére.

– Brand, nyugodtan menjen haza, én úgyis bemegyek még Bobhoz és elmondom neki, mi volt.

– Ha gondolja, és nincs már rám szüksége.

– Köszönöm a mai munkáját.

– Én köszönöm a lehetőséget. Nagyon élveztem a közös munkát.

– Én is – mosolygott Leona, és bekanyarodott a parkolóba.

Kissé elkomorodott, amikor Clive autóját nem látta ott. Vajon mikor ér haza?

– Jó pihenést, Brand! – köszönt el a férfitól már az autója mellett állva Leona. – Holnap találkozunk.

– Jó pihenést, Brown asszony – búcsúzott a férfi és az autójához ment. Mikor ismét Leona után nézett, nem látta sehol. Már bent volt a kastélyban és Bob irodája felé sietett. Bekopogott, és már be is lépett oda. A férfi összerezzent, és valamit erősen a markába zárt. Leona kutató tekintettel nézte, mi lehet az.

– Leona! Már megjött? – nézett rá zavartan.

– Már? Kilenc óra van. Ideje volt megjönni – mondta, és lassan a férfi asztala mellé lépett.

– Hogy mentek a dolgok? – kérdezte Bob ideges mosollyal az arcán, és Leona testébe egy rossz érzés fészkelte be magát.

– Bob! Mit rejteget a tenyerében? – kérdezte hirtelen. Furcsán viselkedett a férfi. Nagyon furcsán. Tudni akarta mit titkol.

– Csak… csak egy gyógyszeres üvegcse – magyarázkodott, de Leona nem hitt neki és egy hirtelen mozdulattal elkapta a férfi üvegcsét szorongató kezét. Bob a váratlan mozdulattól talpra állt és annyira közel kerültek egymáshoz, mint még soha. Érezték egymás testének melegét. Leona ettől kissé zavarba jött, de nem hátrált. Egy ideig nézték egymást, majd Bob eleresztette a kezében lévő üveget és az átcsúszott Leona tenyerébe.

– Meg se gondolja! – mondta Leona, mert szavak nélkül is tudta, mi van az üvegben, és hogy mire is kell az a férfinak.

– Ne merészelje! – fenyegette meg.

– Annyi minden van, amit nem tesz meg az ember gyávaságból.

– Vagy ép gyávaságból teszi meg azt.

– Nézőpont kérdése. Gyáva voltam megtenni dolgokat, amiket kellett volna, és a mai napig nem is tettem meg azokat. Mark, ő bátor volt. Felvállalt mindent, a tetteit az érzéseit. Én még az érzéseimet sem mertem. Még magamnak is nehezen vallottam be azokat.

– Ez nem igaz. Felvállalta a szerelmet, amit Barbara iránt érez.

A férfi elgondolkozva nézett a nőre. – A Barbara iránt érzett érzéseimet igen, de azt sohasem, amit ön iránt érzek, Leona.

Néma csend telepedett kettőjük közé. Leona sohasem gondolta volna, hogy Bob többet érez iránta, mint barátság vagy apai érzelmek. A vallomás meglepte és összezavarta. Bob szerelmes belé?

– Most megleptem, igaz? Sohasem gondolta volna, hogy így érzek ön iránt – mondta a férfi és elmosolyodott. – Látja, a halál szele meghozza az ember bátorságát. Már nincs mit veszítenem. Éjszakákon át viaskodtam a bennem dúló érzésekkel. Mark a barátom volt és ön, Leona, őt szerette. Tudtam, nem is figyel rám. Aztán megjelent Clive, és számomra nyilvánvalóvá vált, hogy amit iránta érez, az mindent elsöpör, még a Mark iránt érzett szerelmét is. Főleg ha ő is tesz ennek érdekében a meggondolatlan viselkedésével és féltékenykedéseivel. Tudtam, hogy mit tett önnel Mark azon az éjszakán, amikor a testőrei megpróbálták Clive-ot eltávolítani az útból. Elmondta nekem, hogy kényszerítette önt, hogy vele legyen. Gyűlölte magát ezért, de nem tudta meg nem történtté tenni a dolgot. Rettegett, hogy elveszíti önt. Pedig pont ez a tette volt az, amivel elveszítette magát, Leona. Tudtam, hogy ön és Clive másnap együtt voltak a Holdfényben, de nem szóltam senkinek egy szót sem. Mert ön sem tette ezt, pedig tudta, hogy láttam önt Markkal szeretkezni. Igazság szerint azért sem árultam el önt, mert szerettem. Ettől a naptól fogva csak arra tudtam gondolni, hogy ki kell vernem a fejemből, és minél hamarabb el kell vennem Barbarát. Szeretem őt. Ő a feleségem, a gyermekem édesanyja, de ön, Leona, ön a NŐ az életemben. Az elérhetetlen nő, akinek egyetlen csókja többet jelentene számomra, mint bármi más.

Leona úgy meredt a férfira, mintha nem hinné el, hogy ő áll előtte. Bob, aki soha egyetlenegy jelét sem adta annak, hogy kedveli, most, ennyi év után szerelmet vall neki. Mit kellene most tennie, hogyan kellene reagálnia a férfi vallomására? Képtelen volt bármit is tenni, csak hallgatott, és hatalmas szemekkel nézett továbbra is rá.

Bob a nő elképedt arcát látva ismét elmosolyodott. – Most azt hiszi, megőrültem. De nem! Ahogy itt áll és néz rám azzal a hatalmas zöld szemeivel, úgy érzem, minden nap egy áldás, amikor ezt láthatom. Azt kérdezi magától, miért mondom most ezt el önnek, ha húsz éven át hallgattam róla? A válasz egyszerű: nem akarok úgy meghalni, hogy nem tud róla. Legalább egyszer az életben mondjam ki azt, ami húsz éve a szívem rejtett titka: szeretem, és tudja, megkönnyebbültem, hogy már ön is tudja ezt. Mintha gyóntam volna és ezt csak önnek tehettem meg. Most legalább nyugodtan meghalhatok.

– Nem fog meghalni – nyögte Leona, és közben vadul kereste a megfelelő szavakat. – Még tartozom egy csókkal, és addig, amíg azt meg nem kapja, nem halhat meg. Élnie kell Barbaráért, Gináért, és a még be nem teljesült álmaiért – mondta, és az üvegcsével a kezében kiment az irodából.

Mikor becsukta maga mögött az ajtót, nekidőlt. Szemeit lecsukta és nagyot sóhajtott. Érezte, ahogy testét elönti a remegés.

– Ki után sóhajtozol ilyen szívszorítóan?

Leona összerezzent, és szemeit az előtte álló férfira emelte.

– Clive! Olyan jó, hogy itt vagy! – vetette a karjaiba magát. – Kérlek, ölelj át erősen és ne engedj el! – mondta kétségbeesetten.

– Mi a baj? – tolta el kissé magától a férfi, hogy jól láthassa az arcát. Leona nem felelt, csak megmutatta neki a kezében lévő kis üvegcsét. – Mi ez?

– Méreg! – nyögte.

– Mi? Minek ez neked?

– Bobtól vettem el. Ezt nézegette, amikor rányitottam. Bob meg akarja ölni magát – suttogta, és szemei megteltek könnyel.

15. FEJEZET

Hosszú, nyugtalan éjszaka után Leona fáradtan nyitotta ki szemeit. A napfény beragyogott a szobába, feltartóztathatatlanul hirdetve, hogy egy újabb nap kezdődik. Clive békésen szuszogott mellette. Az ágy mellett lévő óra nyolcat mutatott.

– Clive! – ébresztgette a férfit. – Clive! Elaludtunk!

– Még álmos vagyok – nyöszörögte rekedtes hangon a férfi.

– Clive, nyolc óra van. Ébredj! Nekem már a Holdfényben kellene lennem, neked pedig menned kell próbálni.

– Nem megyek sehova! – húzta párnáját a fejére a férfi. – Beteget jelentek. Aludni akarok, már öreg vagyok ehhez a tempóhoz – nyafogott.

– Indulás! – mondta Leona, és lerántotta férjéről a takarót, majd lovaglóülésben elhelyezkedett rajta. – Majd alszol a hétvégén. De ne feledd, hogy a vállalkozói bálon jelenésünk van. Mi vagyunk a házigazdák. Úgyhogy kelj fel és járj! – vigyorgott férjére egy párnával a kezében, hogy bármikor lecsaphasson rá, ha tovább lustálkodna.

– Csak azért, mert nem szeretem az erőszakot – pislogott és úgy tett, mint aki fel akar állni, de egy váratlan mozdulattal az ágyra borította feleségét és ráfeküdt. – Na, most, hogy megváltoztak az erőviszonyok, folytathatjuk a tárgyalásokat – vigyorgott diadalittasan, és már nyoma sem volt az előbb még alvásért könyörgő fáradt férfinak.

– Azt hiszed, nyerésre állsz?

– Igen, határozottan ez a meglátásom!

– Akkor jól élvezd ki a helyzetet, amíg csak lehet, mert gyorsan változnak ám a dolgok – mondta kéjesen Leona, és simogatni kezdte a férfi hátát, majd mellkasát.

– Ez nem tisztességes eljárás – nyögte Clive. – Visszaélsz a helyzeteddel.

– Nem tudom, mire gondolsz! – nézett ártatlan szemekkel rá. – Én csak teljesítem házastársi kötelességemet és kényeztetem a férjem. Olyan kevés ideje jut rám mostanában, így ki kell használnom minden alkalmat – súgta, és csókokkal halmozta el Clive nyakát.

– Ez így nagyon nem lesz jó. A tűzzel játszol! – sóhajtott fel Clive, és felesége hálóruhájába fúrta fejét.

Mélyen beszívta illatát, melyet ezer közül is felismert volna, majd egy ügyes mozdulattal megszabadította a vékonyka ruhadarabtól Leona testét és csókokkal halmozta el azt. Most már biztos volt, hogy a mai próba nélküle kezdődik el, és az is, hogy Leona csak késve ér majd a Holdfénybe.

* * *

– Elisabeth, hol van Clive? – kérdezte Edward a lánytól a próbateremben, amikor megpillantotta. – Nem együtt jöttetek?

– Nem. Apa és anya romantikázik! – húzta el a száját. – Egyhamar ne számíts rá – mondta. – Náluk ez sokáig tart. Csak tudnám, mit esznek egymáson még ennyi év után is.

– Ez a szerelem, kislány! Sokan szeretnék megtalálni azt a szerelmet, amit ők ketten magukénak mondhatnak – mondta Edward. – Menj, és gyakorold a táncot Christinával! Majd Clive jön, ha akar – azzal a férfi elsietett, és Christina odasomfordált Elisabeth mellé.

– Ma nem jön Clive? – érdeklődött, mintha nem hallott volna egy szót sem az előbbi beszélgetésből.

– Mi baja van mindenkinek, hogy őt keresi? – csattant fel Elisabeth. – Apa nem jön, csak később. Nem áll meg a világ, mert nincs itt – háborgott.

– Nem, de furcsa, mert mindig pontos.

– Kivétel, amikor az anyámmal van. Nála nem fontosabb ez a próba sem, és semmi más sem.

– Jó neki, lazíthat. Mi meg itt senyvedünk. Nem lenne kedved egy kicsit ellógni innen? – villantotta semmi jót nem jelentő tekintetét a lányra Christina.

Elisabeth körbenézett. – Nekem van egy púp a hátamon – bökött fejével Robert felé. – Nélküle egy tapodtat sem mozdulhatok. Ha pedig ellógom, hívja az anyám! Aztán annyi!

– Mitől féltenek téged ennyire? Itt egy csomó ember. Mindenki mindenkit ismer. Ugyan mi bajod lehetne?

– Ez hosszú. Az apám mindjárt itt lesz, mert anyámnak be kell mennie a Holdfénybe a hétvégi vállalkozói bál miatt.

– Bál? – csapott le a friss információra Christina. – De régen voltam már bálba! Gondolom, tele lesz pénzes népséggel – érdeklődött.

– Ott csak pénzes népség van, mert egyben jótékonysági est is. Az anyám nagyon jól csinálja ezeket a dolgokat. Már hetekkel ezelőtt elfogytak a jegyek. Önként és dalolva fizetik ki a borsos árat a belépőkre, és még adakoznak is mellé.

– Ne haragudj, hogy ezt mondom, de neked sincs okod panaszra. Leona Brown lánya vagy, és Clive Brown nevelt fel. Jó helyre születtél.

– Az igaz, de ez nem jelent mindig pozitívumot. Én sehova sem mehetek testőrök nélkül. Minden lépésemről be kell számolnom. Pénzt pedig szigorú szabályok szerint kapok. Nincs bejárónő, nincs kiszolgálás. Egy évet kaptam rá, hogy eldöntsem, mit is akarok kezdeni az életemmel. De talán már tudom is – nézett körül a teremben. – Ez tetszik nekem. De találnom kell egy iskolát, ahol tanulhatok, mert Clive csak akkor támogat ezen a pályán, ha kitanulom a szakmát.

– Miért nem jársz hozzám? Legalább a nyár folyamán, hogy lásd, milyen munka folyik nálunk. Ha tetszik, maradhatsz. Nagyon jó szakemberekkel dolgozunk. Mit veszíthetsz?

– Komolyan beszélsz?

– Teljesen. Gondold át a dolgot! – vetette ki a hálóját a lányra. Micsoda durranás lenne, ha Clive Brown lánya az iskolája tanítványa lenne! Az apja biztosan bőkezűen támogatná az iskolát, és számtalan fellépésre kaphatnának felkérést. Ez a kiscsaj belépő a Paradicsomba és amilyen naiv, nem lesz nehéz megkaparintani őt.

– Christina! – vetett véget a tervezgetésének egy éles hang. – Mi lenne, ha végre csatlakoznál a többiekhez? – lépet melléjük Luanne. – Attól, hogy Clive nincs itt, még nem áll meg az élet. Próba van neked is.

– Jól van, nem tudom, miért húzod fel magad ennyire – mordult a nőre, és ismét Elisabeth felé fordult. – Gondold át, amit mondtam – mosolygott rá, majd Luanne-ra nézett villámot szóró szemekkel.

Elisabeth ezt látva távozott. Jobbnak látta gyorsan elmenni innen; semmi kedve nem volt belekeveredni egy konfliktusba. Gyerekkora óta ismerte Luanne-t és tudta, ha munkáról van szó, egyáltalán nem ismer tréfát, és elkötelezett a családja felé.

Christina is indult volna de Luanne visszatartotta őt.

– Remélem tisztában vagy vele, hogy itt ugyanolyan vagy, mint bárki más. Ez nem a te iskolád. Itt nem te vagy a főnök. Engem nem tévesztesz meg, Christina. Figyellek, amióta csak betetted ide a lábad. Egy pillanatig sem tetszett az ötlet, hogy te itt legyél, de Edward valamiért ragaszkodik hozzád. Azt elismerem, hogy tehetséges vagy, de nem kiemelkedően. Vannak nálad sokkal jobbak is. A tehetség egy dolog. Hiányzik belőled az alázat és a tisztelet. Ezek nélkül pedig soha nem lesz belőled semmi.

– Én már így is vagyok valaki. Saját iskolám van. Tehetséges növendékeim.

– Akik ki vannak szolgáltatva neked. Kihasználod őket. Ha valaki pedig nem ugrál úgy, ahogy te fütyülsz neki, eltakarítod az utadból.

– Fogalmam sincs, miről beszélsz – felelte ártatlanul a nő. Már annyiszor bevetette az életben ezt az arckifejezését, hogy bárhol, bármikor képes volt alkalmazni azt, és meg kellett adni, mesterien használta és mindig működött is. De valahogy ennél a nőnél nem akart beválni, és ez cseppet sem tetszett neki.

– Szerintem pedig pontosan tudod, miről, pontosabban kiről beszélek. Figyelmeztetlek, Christina! Tartsd magad távol Elisabethtől. A Brown család tagjai a barátaim, és megvédem őket az olyan sakáloktól, mint amilyen te is vagy. Még fogalmam sincs, mire készülsz, de rá fogok jönni és akkor úgy repülsz innen, mint a szél. A talpnyalóiddal együtt.

Christina kezei ökölbe szorultak. Már az elejétől fogva utálja ezt a nőt. Folyton figyeli őt és állandóan hibát keres abban, amit csinál. Igyekezett őt minél hátrább tenni a színpadon, és egyetlen szóló részt sem adott neki. Miközben dühösen visszament a többiekhez, az járt a fejében, hogy a nő vajon miről beszélt, melyik múltbéli cselekedetéről? Juliáról vagy... nem, nem, arról senki nem tud. Vagy talán mégis? Ő biztos nem mondta el, mert nem tehette. Képtelen rá. Aztán van még valaki, de őt az eset óta nem is látta.

– Mi van, megint összeakadtál vele? – kérdezte Sylvia. – Ez a nő nagyon pikkel rád, amióta csak betetted ide a lábad.

– Törődj a magad dolgával! – mordult rá a lányra Christina. – Mi lenne, ha végre békén hagynál, és nem avatkoznál folyton a dolgaimba?

– Csak kérdeztem. Nem kell rögtön a falra mászni.

Christinának elege volt már Sylviából is, túl sokat tudott. Meg kell tőle szabadulnia. Amint ezt elhatározta, fejében össze is állt egy terv, amit meg is fog valósítani. Így két legyet üthet egy csapásra. Ettől máris jobb kedve lett. Hiába, nem tűrheti, ha valaki ellentmond neki, vagy az útjába áll. Sylvia és Luanne pedig veszélyeztetik céljai elérését. Ezt pedig nem engedheti.

* * *

Leona elgondolkozva nézte a kezében lévő kis üvegcsét. Vajon Bob tényleg megtenné, vagy csak eljátszadozott a gondolattal? Az is lehet, hogy felkészül minden eshetőségre, és ha állapota súlyosra fordulna, véget vet az életének?

– Az meg micsoda! – kérdezte Sarah a barátnője kezében lapuló üvegre nézve.

– Méreg – felelte Leona egykedvűen.

– Méreg? Minek az neked, elszaporodtak a patkányok?

– Látom, vicces kedvedben vagy. De el kell, hogy keserítselek: ezzel nem patkányt ölnek, hanem embert.

– Mit csinált Adam Haddon, hogy már ki akarod nyírni?

– Ez nem Adam Haddoné, bár megfontolandó a dolog. Bobtól vettem el tegnap este. Ezt szorongatta a kezében, amikor beléptem az irodájába. Az öngyilkosság lehetőségével játszadozik, s ezt meg is mondta nekem. Aztán pedig szerelmet vallott.

– Mi? – kérdezte kikerekedet szemekkel Sarah és lehuppant a kanapéra. – Bob szerelmet vallott neked? Tényleg nagyon rosszul lehet, ha félrebeszél.

– Nem beszélt félre. Nagyon is tudatában volt annak, ami mond. Tudott róla, hogy annak idején Clive és én lefeküdtünk egymással itt a Holdfényben, mielőtt hozzámentem volna Markhoz. Itt volt, de nem szólt neki. Egyszer, mikor együtt voltunk Markkal, meglátott minket. Én is tudtam, mert láttam őt, ahogy ott áll és minket néz, de úgy tettem, mintha nem történt volna semmi. Tudom, hogy ez véletlen volt és nem szántszándékkal lesett meg minket. De azt nem gondoltam, hogy szerelmes belém, és hogy a Barbarával való esküvőjét is emiatt sürgette. Azt mondta, mindig arra vágyott, hogy megcsókolhasson. Legalább egyszer az életben.

– Te mit mondtál neki?

– Hogy akkor még élnie kell, mert tartozom neki egy csókkal.

– Te megőrültél?

– Szerinted mit kellett volna mondanom neki? Fogalmam sem volt róla, hogy így érez irántam. A váratlan vallomása, meg az, hogy fontolgatja az öngyilkosságot, teljesen összezavart.

– Most mi lesz?

– Mi lenne? Figyelek, nehogy kárt tegyen magában.

– Ne lehetsz mindig mellette, főleg, hogy tudod, mit érez irántad.

– Ennek azért nem kerítenék ekkora feneket. Nem fog rám ugrani. Már ezerszer megtehette volna. Elmondta a dolgot, mert beteg és tisztában van vele, hogy meghalhat. Nem akar senkinek sem a terhére lenni. De meg akart szabadulni ettől a húszéves titoktól. Jól tudja, hogy ez a szerelem soha nem teljesülhet be. De én szeretem őt, olyan nekem, mintha az apám lenne. Sokat segített abban, hogy ma az legyek, aki vagyok. Hálás vagyok neki minden rám áldozott percéért. Ha egy beígért csókkal életben tarthatom, meg fogom tenni.

– Hát ez durva! Clive mit szól hozzá?

– Clive nem tud róla.

– Nem?

– Nem. Hogy mondjam el neki, hogy szerelmes belém egy másik férfi már húsz éve? Legyen Bob akárhány éves is, akkor is egy férfi. Aztán meg, nem akarom őt kellemetlen helyzetbe hozni. Láttam, milyen nehezére esett mindent megvallania nekem. Valószínűleg nem is tette volna meg, ha nem kapom rajta ezzel az üvegcsével a kezében. Kérlek, Sarah, maradjon köztünk, amit most elmondtam neked. Semmi szüksége Bobnak egy újabb problémára. Csak kellemetlen, megalázó helyzetbe hozná, ha kiderülne az, amit mondott nekem.

– Tudod, hogy bízhatsz bennem, de meg kell mondanom, ilyen fejleményre nem számítottam.

Leona telefonja megcsörrent. Clive volt az.

– Szia!

– Szia, kicsim! A Holdfényben vagy?

– Igen.

– A szombati bállal kapcsolatosan az jutott az eszembe, hogy néhány táncost is magammal vinnék, egy kis ízelítőnek a koncerttel kapcsolatban.

– Ahogy gondolod, csak vedd figyelembe a színpad méreteit és az időt. Ne legyen túlzottan hosszú a műsor.

– Persze, minden oké lesz, csak szerettem volna szólni neked, hogy mit szólsz hozzá.

– Felőlem mehet.

– Elisabeth is fellép.

– Tényleg? Hogy vetted rá?

– Ő ajánlotta fel. Duett velem.

– Tényleg? Ez azt jelenti, hogy tetszik neki a dolog?

– Nagyon úgy néz ki, de azt ugye tudod, hogy Adam Haddon is jön a bálra?

– Próbáltam nem tudomást venni a dologról, de sajnos ki kell húznom a homokból a fejem. Tudom, hogy vásárolt jegyet. Sarah mutatta a listát. A gond az, hogy kénytelenek leszünk egy asztalnál ülni vele, mert Elisabeth velünk van, és nem ültethetem külön tőle. Ha a mi asztalunknál ül, mindenki tudni fogja, hogy együtt vannak. Változtatnunk kell a hagyományos ültetési renden is, mert plusz két fő van.

– Adam Haddon és még kicsoda?

– Brand. Egyedül jön, és nem ültethetem idegenek közé.

– Jól van, csak kibírjuk valahogy azt az estét. Most leteszem, kicsim, mert amúgy is késtem, elcsábított egy barna démon – mondta vigyorogva.

Leona hangosan felnevetett. – Egy kiéhezett barna démon volt – pontosította férje szavait. – Így jársz, ha nem törődsz a boszorkányoddal. Démonná válik.

A vonal másik végén Clive hangos nevetése hallatszott. – Most már tényleg leteszem. Sikerült mindenki figyelmét magamra vonni – mondta nevetve.

– Csak óvatosan azzal a figyelemkeltéssel. Még dühössé válik a démonod. Szia! – köszönt el Leona nevetve, és letette a telefont.

– Kienyelegtétek magatokat? – kérdezte Sarah vigyorogva.

– Nem igazán. Érdekelnek a részletek?

– Ó, köszönöm démon asszonyság. Elkéstél reggel, és nem is kicsit. Az okát el bírom képzelni. Most megyek és utánanézek a színházterem díszítésének.

– Mindjárt ott vagyok én is – mondta Leona, és táskájába csúsztatta a Bobtól elkobzott üvegcsét.

16. FEJEZET

A vállalkozói bál immáron huszadik éve került megrendezésre a Holdfényben, ami egyben Anna gyermekétkeztetési alapítványának éves adományozó bálja is volt. Évről évre egyre többen szerettek volna részt venni a rendezvényen. Leona és Clive minden évben az esemény házgazdái voltak. Hagyományosan a színházteremben kezdődött az este a megnyitóval, amit egy zenés-táncos műsor követett, majd az étteremben vacsora.

A fogadótér lassan megtelt vendégekkel. Leona hosszú, földig érő, fekete, testhez simuló ruhában fogadta őket. Mindenkihez intézett egy-egy kedves szót, mosolyt. Clive fekete öltönyben és fehér ingben állt mellette, a női vendégek nem kis örömére. A bál népszerűségét a férfi személye is nagyban növelte. Voltak olyanok is szép számmal, akik kimondottan miatta vettek részt az eseményen.

– Kicsim! – súgta Clive felesége fülébe. – Ma még nem is mondtam neked, hogy milyen gyönyörű vagy!

Leona elmosolyodott: – Köszönöm! Gondoltam, összekapom magam, nehogy elcsábulj.

Clive szája is mosolyra húzódott és egy röpke csókot nyomott felesége szájára, nem törődve az őket pásztázó szempárokkal. Már régen megszokták, hogy bármit is tesznek, árgus szemekkel figyelik azt. Olyanok is, akik nem nézik igazán jó szemmel a házasságukat.

– Na, mi van? Majd' kiesik a szemed, annyira nézed őket – mondta Helga Christinának az egyik félreeső zugban, ahonnan mindent nagyon jól láthattak. – Csak nem tetszik neked Clive Brown?

– Jó pasi.

– De foglalt! Szemlátomást szereti a feleségét. Szép nő – jegyezte meg Helga annál is inkább, mert tudta, Christina ettől ideges lesz. – Mondhatni gyönyörű!

– Már csak az hiányzik, hogy te is Leona Brown-rajongó legyél. Klubot nem akarsz neki alapítani? – mordult rá.

– Csak a tényeket mondom. Szép nő, és szereti a férje. Egymásnak lettek teremtve, és ezt nem azért mondom, hogy boszszantsalak, hanem azért, mert így van, ezt látom.

– Most odamegyek hozzájuk. Meg kell ismernem azt a nőt – jelentette ki Christina, és hirtelen nekilódult.

Helga a nyomában loholt. Nem fogja elszalasztani a lehetőséget, hogy megismerje Leona és Clive Brownt egészen közelről. Az ő társaságukban mutatkozni mindig jól jöhet.

– Ne haragudj, hogy zavarlak, csak szólni szerettem volna, hogy a táncosok készen állnak – fuvolázta Clive-nak elragadó mosoly kíséretében Christina, amint hozzá értek.

– Köszönöm! – mosolygott rá a férfi. – Leona, szeretném bemutatni neked Christinát. Meséltem már róla neked. Az ő iskolájának növendékei vesznek részt a koncerten.

– Üdvözlöm, Christina! – nyújtott kezet Leona a nőnek, aki kezet fogott vele, majd kíváncsian a mellette állóra nézett.

– Helga vagyok! – mutatkozott be az kérdés nélkül. – Az iskola gazdasági ügyeit intézem. A fiam is fellép a koncerten. Jason a neve – újságolta nagy hévvel. – Elragadó tehetség, igazi férfi – áradozott széles vigyorral az arcán.

Christina legszívesebben befogta volna a száját és betuszkolta volna egy sötét szobába. Undorító volt, amikor nyíltan be akarta bájologni magát valaki kegyeibe, hogy a drága fiacskáját felfelé tolhassa a létrán. Ezt a szándékát Helga sohasem titkolta, nyíltan vállalta azt. Christina pontosan tudta, a nő mit tervez, de nem fog neki sikerülni abban biztos lehet, mert ő nem fogja engedni. Amíg ő él, Jason nem lesz sztár az biztos.

– Mi megyünk is. Nem akarunk zavarni, és dolgunk is van még – mondta Christina és indult volna, amikor megpillantotta a feléje tartó Sylviát. – Na, végre! Már azt hittem, nem is jön! – kiáltott fel. – Már megint ez az undorító kalap – jegyezte meg. – Folyton-folyvást abban parádézik.

Leona szemei tágra nyíltak és ő is abba az irányba nézett, amerre Christina. A fiatal lányon pont ugyanolyan kalap volt, mint a felvételen lévő nőn. Ez nem lehet véletlen egybeesés. De olyan bolond lenne, hogy idejön pont ebben a kalapban? Valami itt nagyon nem stimmel.

– Ő kicsoda? – kérdezte Leona.

– Az egyik táncosom, Sylvia, szörnyű ízléssel – húzta el a száját Christina. – Ez a kalap a csúcsa mindennek, folyton ezt hordja. De most mennünk kell! – nézett mosolyogva Leonára, aztán Clive-ra. – Utánanézek a többieknek – közölte, és távoztak.

– Mióta van Sylviának ilyen kalapja? – kérdezte Helga kíváncsian, mikor egyre távolabb kerültek a Brown házaspártól.

– Mit tudom én!

– Ne szórakozz, ez a kalap nem a...

– Nem! – mondta ingerülten.

– Christina? – A nő ledermedt, mikor meghallotta a nevét ezen a hangon.

Testén végigfutott a pánik. Nem lehet ő. Már évek óta nem találkoztak. Nem bukkanhat fel éppen most. De ezer hang közül is felismerné. Biztos, hogy nem téved. Mit kereshet itt? Hogy kerülhetett pont most ide? Lassan megfordult, hogy szembe kerüljön a hang tulajdonosával, és hogy egészen meggyőződhessen róla, hogy az, akire gondol.

– Elnézést, de nem tudom, ki ön – vetette be ismét a jól bevált taktikáját, amit mindig alkalmazott, ha ki akart szabadulni egy szorult helyzetből. – Annyi arcot kell megjegyeznem, ne haragudjon, de nem ismerem magát.

– Ó, anyám! – nevetett fel a férfi. – Semmit nem változtál. Most is szerepet játszol, mint mindig. Mindig ez az „ártatlan-szegény-kislány" komédia, nem unod már? Kitalálhatnál valami újat is, hátha az jobban beválik.

Helga kíváncsian járatta a szemét az idegen férfi és Christina között. Itt valami titok lappang; Christina holtsápadt. Mérget venne rá, hogy ismeri ezt a férfit. Mégis úgy tesz, mintha ez nem így lenne. Vajon mi oka lehet rá?

– Nem tudom, miről beszél – mondta Christina ártatlan nyugalommal. – Helga, megnéznéd a többieket? – nézett ellentmondást nem tűrően a mellette álló nőre, egyértelművé téve ezzel számára, hogy távozzon.

Helgának egyáltalán nem volt semmi kedve sem elmenni. Tudni akarta, mi folyik itt, de nem tehetett mást. Nem szeretett volna most ujjat húzni Christinával, és amúgy sem mondana egy árva szót sem a jelenlétében, így kelletlenül odébbállt. Majd később kinyomozza, ki is ez a férfi és mi köze Christinához.

– Most már megismersz? – kérdezte vigyorogva a férfi, amint kettesben maradtak.

– Te hogy kerülsz ide? – támadt neki Christina.

– Nocsak! De hamar megjavult a memóriád! Mennyi ideje is már, hogy nem találkoztunk? Amióta olyan váratlanul eltűntél, miután...

– Mit akarsz, Adam? – kérdezte a nő erélyesen.

– Nem értem, miért vagy ilyen ideges. Csak üdvözölni szerettelek volna. Szabad így üdvözölni egy rég nem látott ismerőst? Régen nem voltál ilyen hűvös velem, sőt! Bármit megadtál volna, hogy a kegyeimbe férkőzz. Aztán egyszer csak eltűntél. Csoda, ha tudni akarom, miért és hol voltál ilyen sok évig?

– Nem tartozom neked beszámolással, Adam Haddon. Sem neked, sem másnak – mondta villogó szemekkel, majd mikor elnézett a férfi feje mellett, Brand rosszalló tekintetével találta szembe magát. Mi van ma itt? Hogy kerül ide ő is? – Most pedig, ha megbocsátasz, én dolgozom – indult meg.

– Még nem végeztünk, Christina! – kapta el a nő karját a férfi és egészen közel húzta magához, hogy a szemébe nézhessen. – Jól ismerlek! Te készülsz valamire, és biztos, hogy kapcsolatban van a Brown családdal.

– Nahát! Látom, nem hiába kaptad meg azt az ösztöndíjat, Adam. Javadra vált, szivi. Ne kerülj az utamba, azt ajánlom! Ha jó a memóriád, akkor arra is emlékszel, hogy nem bánok kesztyűs kézzel azokkal, akik az utamba állnak.

Adam felnevetett. – Christina, drága Christina! Azt hiszed, megijedek a fenyegetéseidtől? Ne felejtsd el, hogy ismerem a múltad. Előttem hiába játszod meg magad, pontosan tudom, milyen vagy és mire vagy képes.

– Menj az utamból, Adam! – rántotta ki karját a férfi szorításából.

– Megyek, ne aggódj, fontosabb dolgom is van nálad. Nemsokára találkozunk.

Christina még egy utolsó gyilkos pillantást vetett a férfira és szélsebesen távozott.

A távolban Brand csak erre várt és gyors léptekkel a nő után sietett, majd egy félreeső helyen elkapta karját és behúzta az egyik kis zugba.

– Ki volt ez a pasi? – kérdezte ingerülten.

– Milyen pasi? – pislogott ártatlan szemekkel a férfira.

– Ne nézz hülyének, Christina!

– Adam Haddonra gondolsz?

– Elisabeth barátja? – lepődött meg Brand a férfi nevét hallva.

– Adam Haddon Elisabeth Brown barátja? – kérdezett vissza a nő. – A mázlista. Megkaparintotta magának a Brown lányt. Nem is rossz. Meg kell adni, nem is rossz.

– Igen, de neked mi közöd hozzá? Honnan ismered?

– Csak egy volt osztálytárs, és már évek óta nem találkoztunk. Mindössze üdvözölni akart.

– Úgy láttam, te nem örültél ennek.

– Mindig is utáltam. De te mit keresel itt?

– Ha elfelejtetted volna, a Brown szállodaláncnál dolgozom. Leona hívott meg.

– Leona! – mondta ki gúnyosan a nő nevét Christina. – Na és milyen a nő?

– Kedves. Ami rólad nem mondható el. Miért nem mondtad, hogy itt leszel? Egyáltalán miért is vagy most itt?

– Mert én meg Clive-nak dolgozom, és fellépek itt ma este. Aztán meg, milyen jogon kérsz te engem számon? Nem vagyok a feleséged.

– Ahogy most a helyzet áll, nem is leszel. Elegem van, Christina. Most is egyedül vagyok, pedig veled kellene itt lennem. Mindent megadhatnék neked, amire csak vágysz. De már az Isten sem tudja, hogy te mit is akarsz valójában!

– Nyugodj meg! – bújt a férfihoz. – Tudod, hogy szeretlek!

Brand eltolta magától. – Tévedsz! Nem tudom. Azt tudom csak, hogy kihasználsz, de nem tudom, miért. Csak azért kellek neked, hogy eltöltsünk egy-két órát az ágyban és kész? Nekem ez nem elég. Döntsd el, Christina, hogy mit akarsz, mert én ezt nem folytatom így tovább! – mondta és távozott. Meg sem állt, amíg Leona mellé nem ért.

Christina elképedve nézett a férfi után. Mi baja lehet? Eddig a tenyeréből evett. Bármit elhitt neki, akármit is mondott neki. Kezd kicsúszni a kezei közül, és ez nagyon nem tetszett neki. De vajon miért ez a változás? Tekintete Leona Brown felé irányult. Brand úgy állt mellette, mint egy testőr, miközben sorra kezet fogott azokkal az emberekkel, akiket a nő bemutatott neki. Csak nem beszélt a kapcsolatukról annak a nőnek? Lehet, hogy Leona Brown azt mondta neki, hogy hozza el a barátnőjét is ide ma este, erre ő összetört. Mindig is érzelgős volt és tisztességes. Vajon elmondott mindent a nőnek róla és a kapcsolatukról? Még jó, hogy nem tudja a teljes igazságot a múltjáról a férfi, mert az veszélyes lenne rá és a terveire. De Adam Haddon nagyon is jól ismer minden piszkos kis titkot, és ez cseppet sem jelent jót. Sürgősen helyre kell hoznia a dolgokat. Szüksége van Brandre, mert ő már bent van a Brown-rezidencián. Szemlátomást Leona bizalmát élvezi. Ez pedig nagyon jól jöhet. Brand pedig csak egy szerelmes férfi, akit könnyen lehet manipulálni, aztán pedig mehet. Kellemes vele, de semmi több. Találok mást. Például Adam Haddont. Jó sok éve már annak, hogy nem találkoztak. Akkor sem volt csúnya, most pedig egyenesen jóképűnek mondható. *Vajon az ágyban mennyit változott?* – kérdezte magától és elvigyorodott. Milyen fordulat! Van egy közös bennem és Elisabeth Brownban: mind a ketten megfordultunk Adam Haddon ágyában. Bár én csak érdekből feküdtem oda, hogy tartsa a száját.

– Christina! – hallotta a nő Luanne hangját a háta mögött és megfordult. – Mit keresel itt? Te nem vendég vagy, hanem fellépő. Menj a többiekhez!

– Nagyon kezdem már unni ezt a hangnemet, Luanne. Jó lenne változtatni rajta! – támadt a nőre Christina.

– Mert ha nem, mi lesz? Engem te ne fenyegess! Kis pont vagy te ahhoz.

– Ne becsülj alá! – figyelmeztette vészjósló tekintet kíséretében a nőt.

Általában ez be szokott válni, ha valakit meg akart félemlíteni, de most nem jött be. Ennél a nőnél nem működik semmi, bármit is vet be. Luanne rezzenéstelen arccal nézett rá.

– Ha most arra számítasz, hogy rettegve odébbállok, akkor nagyon tévedsz. Hidd el, pontosan ismerem a módszereidet és a fajtádat is. Menj! – mutatott az öltözők irányába. – Ott a helyed!

Christina most jobbnak látta távozni. Még nem jött el az idő, hogy eltakarítsa ezt a nőt az útjából. De hamarosan megteszi.

Luanne nézte, ahogy Christina távozik, és nagyot sóhajtott. Nagyon elege volt már belőle. Fogalma sem volt, mit tervez, de abban egészen biztos volt, hogy valamit forgat a fejében és minden gátlás nélkül fog előre menetelni a célja felé.

– Luanne! – lépett hozzá Leona. – Valami baj van? Olyan gondterheltnek látszol.

– Csak az egyik táncos miatt morgolódom, de semmi komoly – mosolygott.

– Beszélhetnék veled egy percet? – érdeklődött Leona.

– Persze! Mondd csak!

– Mit tudsz Sylviáról?

– Sylvia? A táncoslány?

– Igen, azt hiszem. Christina iskolájába jár.

– Nagyon kedves, tehetséges lány. Miért?

– Nem, semmi. Csak van valamije, amit már láttam valahol és szerettem volna megtudni, honnan szerezte.

– Ez egy kicsit kusza, nem gondolod?

Leona elmosolyodott. – Ne haragudj! Van egy kalapja, és az érdekelne, hogy honnan van.

– Várj! – mondta Luanne.

Elsietett, és kis idő múlva Sylviával az oldalán tért vissza.

– Jó estét, Brown asszony! – mondta Sylvia zavartan. Mit akarhat tőle Leona Brown? Remegő lábakkal állt a nő előtt és várta, mi következik. Christina vajon beváltotta az ígéretét és kidobta a produkcióból?

– Jó estét! Ne haragudjon, hogy zavarom a fellépés előtt, de lenne egy kérdésem. – A lány kíváncsian nézett rá. – Honnan van az a kalap, ami érkezéskor önnél volt?

– Christina mondta, hogy hozzam el a mai napon. Nem is értettem, mit akar ezzel. Beépíteni a koreográfiába? Nem éppen ízléses egy darab – húzta el a száját. – De ha nemet mondok, abból bajom lehet.

– Ezek szerint a kalap nem az öné?

– Nem! Ma reggel kaptam. Nem tudom pontosan, kié. Talán Christina kalapja, de az is lehet, hogy Helga szokta neki kölcsönadni. Ők nagyon jóban vannak. A kalapot már láttam a tánciskola irodájában is, mert volt régebben egy koreográfia, amiben ilyen kalapok lettek volna, de meghiúsult a dolog, így nem lett belőle több vásárolva.

– Helga az a nő, aki Christinával van?

– Igen. Ők, hogy is mondjam, érdekből vannak egymás társaságában. Helga Jason édesanyja. Ő is az iskola tagja, énekes. Az anyja azért sertepertél Christina körül, hogy cserébe segítse az ő karrierjét. De nem szeretnék többet mondani, mert bajom lehet belőle, már abból is, amit eddig elmondtam – mondta a lány, és aggódva körülnézett.

– Köszönöm! – mondta Leona a lánynak.

– Elmehetek? – kérdezett tétován Sylvia.

– Menjen nyugodtan, és ha bármilyen problémája adódna a beszélgetésünkből, szóljon nekem nyugodtan – mondta Leona biztató mosoly kíséretében, és a lány szélsebesen távozott. Szemmel láthatóan félt.

– Már megint Christina – mondta Luanne. – Miért is nem lepődőm meg? Kezd nagyon elegem lenni belőle. A táncosait rettegésben tartja, állandóan visszaél a helyzetével. Olyan feszültség lengi körül, ami nehezíti a munkát. De mi van ezzel a kalappal?

– Meg kell tudnom, hogy kié. Kicsit furcsa nekem, hogy ma felbukkan itt ugyanaz a kalap, ami pár hete a L'amourban is.

Csak nem tudom, mi az összefüggés. Valaki hazudik, és sejtem is, hogy ki, de bizonyítékom nincs rá.

– Én nem tudom, miről van szó, de annyit mondhatok, ne bízz Christinában. Tudom, hogy nincs bizonyítékom, de az a nő készül valamire. A múltja sötétebb, mint a jelene. A szakmában nincs jó híre. Mindenkivel lefekszik, de eljátssza az ártatlant. Manipulál és hazudozik. Mindenki tudja ezt, de még soha senkinek nem sikerült rábizonyítani semmit sem. Úgy siklik ki a csávából, mint egy sikló. Fogalmam sincs, Edward miért ragaszkodik hozzá.

– Mi érdeke lenne nekünk ártani? Ha általunk szeretne előrébb jutni, akkor mellettünk kellene állnia és a kedvünkre tenni, hogy támogassuk őt. Nem értem, mi az összefüggés a történések és Christina személye között, de rá fogok jönni.

– Bízom benne, hogy így lesz. Olykor érthetetlen, hogy az emberek mit miért tesznek. De az biztos, hogy Christina nagyon kerülgeti Elisabethet. Valamit akar tőle, ne engedd, hogy a lányod besétáljon a csapdájába. Christina mesterien űzi a manipulálás mesterségét.

– Elisabeth befolyásolható. Főleg most. Köszönöm, hogy szóltál – mondta Leona elgondolkozva, és visszament Clive-hoz.

– Mi ez a gondterhelt kifejezés az arcodon? – simogatta meg felesége arcát a férfi.

– Semmi, csak elgondolkoztam. Ideje lenne mennünk és megnyitni az estét.

– Rendben van, induljunk – fogta meg felesége kezét Clive. – Nézd! Megjött Bob, Barbara, Gina és Mark – pillantott a bejárat felé.

– Szia, anya! Apa! – köszönt Mark. – Kicsit késtünk.

– Nem gond. Még időben vagytok. Gina, gyönyörű vagy – puszilta meg Leona a lányt, aki hosszú barna hajával, földig érő estélyi ruhájában nagyon elragadó volt. Ez pedig a fiukat sem hagyta hidegen. Látszott a szemében, ahogyan a lányra nézett. Szerelmes volt belé, ez egyértelmű. Leona kíváncsi volt, mikor vállalják már fel végre azt, amit egymás iránt éreznek. Együtt nőttek fel. Szinte alig volt olyan nap, amikor ne lettek volna együtt. Most a gimnáziumban is egy osztályba kerültek. Sorszszerű dolog, hogy szerelmesek lettek egymásba. Gina nagyon kedves és okos lány. Semmi kifogása sem lenne egyik családnak sem az ellen, ha ő és Mark egy párt alkotnának.

– Barbara, Bob – köszöntötte őket is mosolyogva Leona. – Egy kicsit többen leszünk az asztalunknál. Brand és Adam is csatlakozik hozzánk – mondta.

– Rendben – mondta Bob. – Ezek elkerülhetetlen dolgok. Bővül a család.

– Igen – helyeselt Leona. – Csak nem mindegy, hogy kikkel.

Bob szerelmi vallomása óta nem beszéltek egymással. Kicsit tartott is ettől a találkozástól. Igyekezett higgadt és közvetlen maradni, mint amilyen mindig is volt, de valahogy már nem tudott úgy nézni a férfira, mint régen. Már nem egy barátot látott benne, hanem egy férfit. Legyen akárhány éves is.

– Menjetek, üljetek le, mi megyünk és megnyitjuk az estét – mondta Clive, és Leonával kézen fogva a színpad felé mentek.

Bob egy pillanatra sem vette le róluk a szemét. Tudta, hogy semmi sem lesz már ugyanolyan, mint rég. Vallomásával még távolabb került tőle Leona, mint amilyen távol valaha is volt. De nem bánta. Azt akarta, hogy a nő tudja, mit érez iránta. Nem számított kitörő lelkesedésre, sem arra, hogy a nyakába ugrik majd. Leona pontosan úgy viselkedett, mint ahogyan azt elvárta tőle. Mégis, valahogy sokkal jobban érezte magát.

– Nagyon feszült vagy, kicsim – súgta Clive feleségének, miközben a színpad mögött álldogáltak.

– Lehet, hogy csak öregszem, és már nem viselem túl jól ezt a sok felhajtást.

Clive felnevetett. – Na, gyere, te öregasszony! Nyissuk meg a felhajtást – indult vele a színpadra. Mikor felértek oda, hangos taps üdvözölte őket, ami jó ideig nem is akart szűnni. – Jó estét! – köszöntötte Clive a nézőtéren ülőket. – Úgy látom, nem is kell csinálnunk itt ma este semmit sem, akkor is nagy sikerünk van, ha csak szótlanul álldogálunk itt – vigyorgott, és a nézőtéren hangos nevetés hallatszott. – Köszönjük, hogy megtiszteltek jelenlétükkel a mai estén. Immáron huszadik alkalommal rendezzük meg itt a Holdfényben a vállalkozók jótékonysági bálját.

– Köszönjük, hogy minden évben velünk tartanak, és támogatják a nehéz sorsú gyerekek és családjaik mindennapjait – vette át a szót Leona. – Most is, mint minden évben, nagyszerű művészek lépnek fel ma itt a Holdfény színpadán, megköszönve nagylelkű támogatásaikat. Kívánunk önöknek nagyon jó szórakozást a ma estéhez! – mondta, és hangos taps kíséretében átadták helyüket az első fellépő művésznek.

– Hol van Christina? – kérdezte Luanne a takarásban lévő táncosoktól, szemével a nő után kutatva. Az a nő csak úgy eltűnik, és ki tudja, miben sántikál.

– Fogalmam sincs – válaszolta Helga, és tanácstalanul körbenézett. Tényleg nem tudta, hova mehetett. – Az előbb még itt volt.

– Mindenki menjen a helyére! Én megnézem, hol lehet – mondta Luanne, és elindult megkeresni Christinát.

Tűvé tette utána az összes öltözőt, de sehol nem találta. Felsietett a lépcsőn az emeletre, amikor beszélgetésre lett figyelmes. Megtorpant. Christina hangját felismerte, de a másik nőét nem. A lépcső tetején egy szűk beugróban hatalmas pálmafa terebélyesedett. Annak rejtekébe húzódott, hogy jól hallhassa a két nő között zajló párbeszédet és kikémlelje, ki a beszélgetőpartnere.

– Ide figyelj! Nem gondolod, hogy kicsit túl messzire mész? Mit akarsz voltaképpen elérni? Ne kövesd el azt a hibát, amit az apád is. Lásd, mi lett a vége!

– Fel se hozd nekem őt! – mordult rá a nőre Christina. – Egy balfék volt. Minden a kezében volt, hogy gazdag lehessen, és elszúrta.

– Lányom, tudod, hogy mindig mindenben kiálltam melletted. Akkor is, amikor tudtam, hogy nincs igazad. Egyszer már majdnem súlyos árat fizettél a meggondolatlan tetteidért. Mondtam, hogy ne gyere ide vissza, de te nem hallgattál rám. Láttam Adam Haddont. Veszélyes lehet rád nézve, ismeri a múltad. Brand is itt van! Mit akarsz azzal a szegény fiúval? Ha a férjed megtudja, vége lesz mindennek. Tudod, hogy nem lesz kíméletes veled. Edward nagy szívességet tett nekem, hogy bevett a koncertbe, ne tedd hát tönkre a lehetőségedet. Nem értelek téged. Voltaképpen mit akarsz Leona Browntól? Az a nő nem egy a táncosaid közül, akiket sakkban tarthatsz. Ő nem fog úgy ugrálni neked, ahogy te fütyülsz neki. Ne akaszkodj össze vele! Óvakodj tőle!

– Tönkre fogom tenni. Mindent elveszek tőle, ami az övé. A férjét akarom, a családját a pénzét, az életét.

Luanne hátrálni próbált, de nekiütközött egy virágtartónak, ami megbillent, és zajongva próbálta visszanyerni egyensúlyát a padlón. Christina pillanatokon belül ott termett, ahonnan a hangot hallotta, és szembetalálta magát a nővel.

– Na, ezt nem kellett volna – mondta vészjósló tekintettel.

Luanne megpróbált megkapaszkodni a lépcső szélén állva. Christina vigyorogva figyelte kétségbeesett próbálkozását.

– Menj hátrébb, Christina! – szólította fel a nőt Luanne.

De az nem mozdult, csak önelégülten vigyorgott rá.

– Milyen szép is az élet. Tálcán kínálja nekem a lehetőségeket. Mindig is egy mázlista voltam.

– Mindenki meg fogja tudni, milyen álszent kígyó vagy! Mindenki meg fogja ismerni a múltadat. Mindenki tudni fogja, hogy mit tettél!

– Hallgass! – förmedt rá a nőre Christina. – Eleget sertepertéltél már körülöttem. Unlak már, de nagyon! Mit tegyek, hogy elkotródj végre az utamból? – Egy pillanatra elgondolkodott, majd folytatta. – Nehéz ez az élet. Eléggé öreg vagy már – lépdelt lassan a nő felé. – Fáradt vagy! – nézett rá ördögi fényben úszó szemekkel. – Menj pihenni, örökre! – sziszegte gyűlölettel teli hangon, és hirtelen meglökte.

Luanne egyensúlyát vesztve gurult lefelé a lépcsőn. Christina pedig csak állt és nézte, ahogy a nő teste tehetetlenül hempereg lefelé és elterül a lépcső alján.

Christina anyja kétségbeesetten szaladt lánya mellé. – Miért? Miért csináltad? Hívj segítséget!

Christina üveges tekintetét édesanyjára emelte. Abban nem volt egy szemernyi bűntudat sem, semmilyen érzelem.

– Segítség – suttogta. – Segítség! – mondta kissé hangosabban, majd leviharzott a lépcsőn, Luanne mellé vetette magát és kétségbeesetten kiabálni kezdett. – Segítség! Segítsen már valaki! – kezdte el a sírást is és a lépcső tetején álló édesanyjára mosolygott, aki elképedve szemlélte a jelenetet.

– Clive! Nem olyan mintha kiabálna valaki? – kérdezte Leona, és próbált fülelni.

A zene nagyon hangos volt, így nehezen lehetett attól bármit is hallani.

– Én nem hallok semmit – mondta a férfi.

Leona tovább fülelt és egyre biztosabb volt benne, hogy hall valamit.

– Valaki akkor is kiabál – jelentette ki határozottan és elindul ki a színházteremből, Clive utána. Mikor kiléptek az ajtón, meglátták a földön fekvő Luanne-t és a mellette zokogó Christinát, odaszaladtak hozzájuk.

– Mi történt? – kérdezte a férfi a zokogó nőtől.

– Nem tudom, én már itt találtam – szipogta a nő.

Leona a mentőket hívta. Közben Sarah is odaszaladt, és szörnyülködve nézett a földön fekvő, vérző nőre.

– Istenem! Mi történt?

– Figyelj ide! – fogta meg a kezét Leona, miután befejezte a hívást. – Senki nem jöhet ki a színházteremből amíg Luanne-t el nem vitte a mentő – adta ki az utasítást. – Perceken belül itt lehetnek.

– De mégis hogy történt? Leesett a lépcsőn? – kérdezte Sarah, és kezdett pánikba esni.

Sohasem bírta a vér látványát. Főleg nem ennyiét. Luanne körül minden csupa vér volt. A teste élettelenül hevert a földön, keze-lába furcsa pózban tekeredett. A szörnyű látványtól egész testében remegett.

– Sarah! – fogta meg erősen mind a két karját Leona és kényszerítette, hogy ránézzen. – Szedd össze magad, és indulj! Senki nem jöhet ki! Érted?

– Igen – hebegte és elsietett.

– Clive, neked vissza kell menned, én majd itt maradok. Minden menjen úgy, ahogy az meg volt tervezve. Senki nem vehet észre semmit. Az csak pánikot keltene, ha megtudnák, mi történt itt.

– Istenem, de hogyan történt? – nézett Christinára Clive.
– Hogy került Luanne ilyen állapotba?

– Én nem tudom – zokogta. – Nem tudom, én itt találtam rá. Kiabáltam, de senki nem hallotta! – emelte könnyes szemeit a férfira.

– Jól van! Most nyugodjon meg! – mondta Leona. – Majd kiderül, hogy mi történt, ha Luanne magához tér.

– Akkor nem halt meg? – kérdezte szipogva Christina.

– Nem. Van pulzusa, bár nagyon gyenge. Minél hamarabb kórházba kell kerülnie – mondta Leona.

– Hála Istennek! – mondta könnyel teli szemekkel Christina megkönnyebbülést színlelve, miközben agya vadul dolgozott, Luanne esélyeit latolgatva.

Már hallatszott a szirénázó mentő hangja. Ettől Leona kissé megnyugodott. Clive felemelkedett és Christinára nézett.

– Átveszed a helyét! Siess, mert mi jövünk. Ma te leszel a partnerem – utasította a férfi.

Christina megtörten bólintott, majd elsietett. Arcán diadalittas mosoly jelent meg, mikor már senki sem láthatta azt, és gyorsan az öltözőbe ment. Jobban alakulnak a dolgok, mint ahogyan azt remélte. Luanne ki lett vonva a forgalomból. Az már biztos, hogy nem zavar bele többet a dolgaiba. Ott van, ahova való: a pokolba vezető úton. Aztán majd szép sorban mindenki követi őt oda, aki csak az útjába áll.

– Hát te? – nézett rá Helga meglepetten, mikor belépett az öltözőbe. – Nem a színpadnál kellene lenned? Luanne égre-földre keres téged.

– Mindjárt ott leszek, csak átöltözöm és gyorsan sminkelek. Ma este én leszek Clive Brown partnere.

– Micsoda? Mi történt Luanne-nal? Nem hinném, hogy önként és dalolva felajánlotta volna neked a helyét. Nem vagy éppen a szíve csücske.

– Luanne nem tud ma táncolni, és sohasem.

– Mi van?

– Nem mindegy? Segíts! – dobálta le gyorsan a ruháit.

Helga szót fogadott, közben pedig alig várta, hogy megtudhassa, mi is történt. De bármi is legyen, az nem volt véletlen. Ahol Christina van, ott nincsenek véletlenek. Villámsebesen készült el Christina, majd a színpadhoz szaladt. Clive már várt rá.

– Minden rendben?

– Igen!

– Menni fog?

– Persze! Álmomban is tudnám a koreográfiát.

– Akkor mehetünk! – mondta Clive, és elindult a színpadra.

A többi táncos zavartan nézett egymásra, hátha valaki tudja, mi is történik. Hova lett Luanne, és miért Christina táncol helyette?

Leona eközben odakint idegesen próbált ura lenni a helyzetnek. A mentősök a helyszínen ellátták Luanne-t. Kötszerek, csövek hevertek mindenhol.

– Mit tud mondani az állapotáról? – érdeklődött Leona aggódva a mentőorvostól.

– Nézze, a barátnőjének többszörös törése van. Műtétre van szüksége. A feje nagyon súlyosan sérült, a gerince is, és rengeteg vért vesztett. Ha meggyógyul is, nem tudni, milyen maradandó sérülései lesznek. De most sietnünk kell. Minden perc számít. Jelen pillanatban az állapota válságos. Jobb lesz, ha értesíti a rendőrséget, ezt nekünk hivatalból is meg kell tennünk.

– A kolléganőm Luanne-nal menne, ha lehetséges.

– Rendben – mondta az orvos és kisietett a mentőhöz.

– Sarah! Menj vele, amint tudok, megyek én is. Tudnom kell mindenről, ami a kórházban történik. Folyamatosan tájékoztass a részletekről! Most siess!

Sarah szólni sem tudott az idegességtől, csak tette, amit Leona mondott neki. Kisietett az épületből és beült a mentőbe. Remegve nézett a holtsápadt nőre. Az életnek egy csepp jele sem látszott rajta. Egész bensője remegett az idegességtől. Rettenetesen félt.

Leona a távolodó mentő után nézett. Majd mikor eltűnt a szeme elől, visszament az épületbe. Próbált kissé megnyugodni, de remegő kezének nehezen tudott parancsolni. Alig tudta felhívni a rendőrséget.

– Jó estét! Leona Brown vagyok, a Holdfény Rendezvényközpont tulajdonosa. Szeretnék bejelenteni egy balesetet. A sérültet a mentők már elszállították. Mivel senki nem tud semmit a történtek módjáról, a sérülés súlyossága miatt a helyszínen lévő orvos azt tanácsolta, hogy jelentsem a balesetet.

A diszpécser felvette az adatokat és közölte, hogy rövid időn belül a helyszínre érkeznek a kollégái. Leona nagyot sóhajtva nézte a padlón elterülő rengeteg vért. Nem takaríttathatja fel a rendőrség megérkezése előtt, de akkor hogyan jutnak majd fel az emeletre a vendégek anélkül, hogy bármit is észrevennének az itt történtekből? Az egyetlen lehetőség az emeletre való feljutásra ezen kívül a személyzeti feljáró, de az nem éppen elegáns. Pedig nem lesz más megoldás. Ezt a rengeteg vért semmiféleképpen nem láthatják meg a Holdfény vendégei.

– Jézusom, mi történt itt? – kérdezte kezét a szájára téve a nő.

Leona észre sem vette eddig, de most egy hirtelen ötlete támadt. Talán hasznát vehetné, ha már itt van.

– Helga! Igaz? – nézett rá kérdőn.

– Igen.

– Segítene nekem?

– Persze.

– Van itt néhány paraván. El kell takarnunk ezt a vértócsát. Aztán a hátsó lépcsőházat kellene rövid időn belül feldíszíteni, hogy a vendégek azon keresztül menjenek fel az étterembe.

– Persze, persze – hadarta. – Jól van. Csináljuk – mondta, miközben agya vadul próbálta kihozni ebből a helyzetből a legjobb forgatókönyvet. Mindenesetre ha segít Leona Brownnak, az csak jót tehet neki és Jason sorsának.

Leona Helga segítségével odacibált három nagy paravánt, hogy teljesen elkerítsék a kíváncsi szemek elől a vért, majd átadott a nőnek néhány anyagot és rábízta, hogy díszítse fel a lépcsőházat.

– Nekem itt kell maradnom – mondta Leona. – Nemsokára itt a rendőrség.

– Értem. De voltaképpen mi történt itt és ez kinek a vére?

– Luanne leesett a lépcsőn és megsérült.

Helga szóhoz sem jutott. Luanne csak úgy leesik a lépcsőn és Christina táncolja el a főszerepet Clive Brown oldalán? Vajon mennyire segített be a sorsnak Christina? Mindenesetre neki jól jött a dolog, mert Leona Brown a segítségét kérte. Ő pedig készségesen segít neki. Jól jöhet még ez. Kezében a díszítőanyagokkal elsietett a hátsó lépcsőházba, miközben a történtekben rejlő lehetőségeket latolgatta.

Leona ismét egyedül maradt. Tekintete a lépcső tetejére siklott. Lassan felsétált az emeletre, sorra vizsgálva minden egyes lépcsőfokot. Mikor a végére ért, tanácstalanul nézett körül. Emlékeiben bevillantak a L'amourban történtek, a letört pálmafa ága. A lépcsőbeugrónál lévő hatalmas pálmafához lépett és vizsgálgatni kezdte. Egy törött levél vékony kis szálon lógott lefelé a növényről. A padlón kis földkupac hevert. Leona a pálmafa és a padlón lévő föld közé állt és onnan nézett lefelé a lépcső aljára, ahová Luanne zuhant. Nagyon szűk volt itt a hely, még egy olyan vékony és mozgékony nőnek is, mint Luanne. Egy rossz mozdulat, és hamar legurulhat innen az ember. De minek állt itt? Mintha elbújt volna a pálmafa rejtekében. De mit akarhatott innen kifigyelni?

– Brown asszony! Paul Evans nyomozó vagyok. Ön tett bejelentést az itt történt balesetről? – jelent meg egy férfi a lépcső alján.

A nő összerezzent; annyira belemerült a történések találgatásába, hogy nem hallotta a férfi jöttét.

– Igen. Üdvözlöm! – sietett le a lépcsőn hozzá, és kezet nyújtott a fiatal férfinak. – Leona Brown – mutatkozott be neki.

– El tudja mondani nekem, hogy hogyan történt a baleset?

– Erre próbálok rájönni magam is, mert senki nem látott semmit. Luanne valószínűleg ott állhatott – mutatott a lépcső tetejére, oda, ahol az imént állt –, és onnan gurulhatott le. De hogy miért állt ott, és hogy minek bújt a pálmafa rejtekébe, azt nem tudom.

– Ezt majd mi kiderítjük. Ki találta meg a hölgyet?

– Az egyik táncos, aki most a színpadon van.

– Szeretnék vele beszélni.

– Természetesen. Mikor takaríthatnánk fel a vért a földről? A színházteremben hatszáz ember van, és az előadás után va-

csorázni jönnek fel az emeletre. A másik lépcsőházon keresztül
fel tudom vinni az embereket, de találgatni fognak, hogy miért
kell ott közlekedniük, és ha valaki haza szeretne menni, akkor
már nem tudom elkerülni, hogy az előtérbe menjenek.

– Igyekezni fogunk. A kollégák helyszínelnek, én pedig sze-
retnék beszélni azzal a hölggyel, aki megtalálta az áldozatot.
Mindenki bent volt már a színházteremben?

– Igen, már ment az előadás. Csak a pincérek, a konyhában
dolgozók, egy őr, aki a kapunál van, és Christina volt máshol.
Ön szerint lehetséges, hogy nem baleset történt?

– Van oka arra, hogy ezt gondolja?

Leona elgondolkozva nézett a férfira. – Tudja, évekkel ez-
előtt itt halt meg a férjem. Megölték. Én már semmin nem cso-
dálkozom.

– Ismerem Mark Brown halálának a körülményeit – jelen-
tette ki a férfi. – Voltak ellenségei a hölgynek?

– Fogalmam sincs. A férjemmel dolgozott már évek óta. Én
nagyon szeretem őt. Kedves, kiváló szakember. Arról nem tu-
dok, hogy valaki annyira ne szeretné, hogy ezért ártson is neki.
A munkájának élt, nem volt családja.

– Rendben! Menjünk a hölgyhöz, aki megtalálta a sebesültet.

Miközben Leona a férfi előtt haladt, végig hátában érezte an-
nak tekintetét. Tisztában volt vele, hogy minden egyes mozdu-
latát figyelemmel kíséri, és elraktároz minden egyes apró részle-
tet, amit lát és hall. A férfi követte őt a színházterembe, némán,
egy szót sem szólva. Mikor beléptek, Clive azonnal észrevette
őket a színpadról. Leona nyugalomra intette, és a színpad mögöt-
ti részre mutatott, hogy ott találkoznak. Ez persze nem kerülte
el az első sorban ülő Bob figyelmét sem, és Brand és Adam is fi-
gyelemmel kísérte az eseményeket. Mindannyian biztosak vol-
tak benne, hogy történt valami. Ez a megérzésük csak erősödött,
amikor a Leona társaságában lévő férfi oldalán megvillant a ren-
dőrjelvény. Leona mobilja folyamatosan felvillant a Sarahtól ka-
pott üzenetek miatt, amelyek tájékoztatták Luanne állapotáról:

Luanne a műtőben van.

Az orvosok nagyon borúlátók.

Ha túléli a műtétet, van esélye az életben maradásra, de örökre lebénulhat.

Istenem, mi van, ha meghal?

Itt van a rendőrség.

Leona egyre idegesebb lett. Pillantása egy röpke másodpercig összetalálkozott Bob pillantásával, aki jól ismerte ezt a nézését: tudta, hogy valami nagy baj történt. Felállt, és engedelmet kérve a társaságában lévőktől, odament hozzá.

– Mi folyik itt, Leona?

– Menjünk ki innen – mondta, és elindult a színházterem kijárata felé.

Mikor kiértek oda, ott már rendőrök jöttek-mentek és a helyszínt vizsgálták. Nagy volt a nyüzsgés az előtérben.

– Mi történik itt? – érdeklődött Bob.

– Luanne lezuhant a lépcsőn – felelte Leona szűkszavúan. – Evans nyomozó jár el az ügyben – mutatott a férfira.

– Bob! – fogott kezet a férfival a nyomozó.

– Szia, Paul! Örülök, hogy te jöttél.

– Ismerik egymást? – kérdezte Leona.

– Igen – felelte Paul. – Az apám is rendőr volt, és Bobbal nagyon jó barátok. Gyerekkorom óta ismerem.

Leona nem felelt. Végül is sejtette, hogy Bobnak kapcsolata van a rendőrséggel, különben hogyan jutott volna azokhoz az információkhoz, amiket éveken át szerzett, ha le akartak valakit ellenőrizni?

– Akkor menjünk és szóljunk Christinának, hogy beszélni akar vele. A legjobb az lesz, ha felmegyünk az irodámba. Bob – fordult a férfi felé –, valakinek itt kellene maradnia irányítani. Előkészítettem a hátsó lépcsőt, hogy ott menjenek fel a vendégek az étterembe, ha szükséges.

– Menjen csak nyugodtan. Szólok Brandnak. Itt minden rendben lesz. Clive irányítja a műsort, mi pedig az itteni dolgokat. Nem lesz gond.

– Köszönöm, akkor mehetünk Christinához – mondta Leona, és a színpad mögé vezette a nyomozót. Ép akkor jöttek le a színpadról Clive és a táncosok. Férje azonnal hozzájuk sietett.

– Kicsim, mi a helyzet?

– Evans nyomozó, ő a férjem, Clive Brown – mutatta be a férfit Leona. – A nyomozó Christinával szeretne beszélni.

– Velem? – nézett tágra nyílt szemekkel a rendőrre Christina.

– Igen. Menjünk fel az irodámba, ott nyugodtan tudnak beszélni, nem fogja senki sem zavarni önöket – mondta Leona, és indult is.

Minél hamarabb véget akart vetni ennek a felfordulásnak. A személyzeti folyosón át indultak az emeletre. Mikor Brand a színházteremből kilépve megpillantotta Christinát, gyomra görcsbe rándult. Mi köze lehet ehhez az egészhez? Arcára kiült a kétségbeesés, szemét le sem tudta venni a nőről. Annyira nyilvánvaló volt, hogy pánikba esett, hogy Leona nem tudta ezt nem észrevenni. A mellette ballagó nőre nézett, pont mikor az összenézett a férfival. Most már biztos volt benne, hogy ezek ketten ismerik egymást. Sőt azt is meg merte kockáztatni, hogy Christina az a nő, akivel a férfi viszonyt folytat. Micsoda egybeesések! Lehet, hogy túlságosan gyanakvó és kombinál, de itt egyre furcsább dolgok derülnek ki. Luanne nem kedveli Christinát és lezuhan a lépcsőn. Brand lesz Bob helyettese és ismeri Christinát, aki véletlenül Clive táncosa. Aztán az a kalap. Ismét felbukkan, gyanúba sodorva egy táncost. De mi lehet a háttérben? Aztán itt van még Adam Haddon. Róla sem szabad elfelejtkezni. Még a végén kiderül, hogy itt mindenki ismeri egymást.

Mikor felértek az irodába, a nyomozó Christina felé fordult.

– Mi a teljes neve?

– Christina Beckman.

– Ön Clive Brown táncosa?

– Igen.

– A fellépés miatt van itt ma?

– Igen.

– Hogyan talált rá Luanne Rice-ra?

– Kimentem az autómhoz, mert nem voltam benne biztos, hogy lezártam. Amikor visszajöttem, Luanne már ott feküdt a lépcső alján, és körülötte minden csupa vér volt – szipogta a nő. – Kiabáltam, de senki nem jött. Nem mertem megmozdítani, nehogy nagyobb bajt csináljak, mint amilyen amúgy is volt.

– A hangos zene miatt elég nehezen lehetett meghallani a kiabálást – fűzte hozzá Leona az elhangzottakhoz.

– Értem – mondta a rendőr. – Ki hallotta meg a kiabálást?

– Én és a férjem. Azonnal kiszaladtunk és láttuk, hogy Christina ott térdelt Luanne mellett – mondta Leona.

– Tud olyanról, aki nem szívelte Luanne-t? – intézte a kérdését ismét Christinának a nyomozó.

– Nem. Mindenki szerette – mondta Christina megtörten. – Jó vele dolgozni. Értékeli, ha valaki tehetséges és kitartó.

– Nem látott valakit elmenni? Vagy esetleg nem tűnt fel valami furcsa önnek?

– Nem – rázta meg a fejét Christina. – Miért kérdezi ezt? Úgy gondolja, hogy valaki szántszándékkal lökte le őt a lépcsőn?

– Én csak kérdéseket teszek fel, aztán majd a nyomozás során következtetéseket vonok le a bizonyítékok és a vallomások alapján.

Leona kutatva nézte az előtte ülő fiatal nőt. Vajon tudta, hogy Luanne nem kedveli őt és szemmel tartja? Christina megtörtnek tűnt, de valahogy nehezére esett elhinni, hogy ez őszinte is. Luanne szavai jártak az eszében: „Mindenkit kihasznál és hazudik." Vajon tényleg hazudik, és amit most itt látnak, az is csak színjáték?

– Hölgyem, arra kérném, hogy adja meg az elérhetőségeit arra az esetre, ha még lenne kérdésem – mondta a nyomozó, és Christina készségesen lediktálta a kért adatokat. – Köszönöm. Nem tartom fel tovább. Köszönöm a segítséget.

– Igazán nincs mit! – mondta Christina és távozott. Olyan gyorsan az ajtón kívül akart lenni, amilyen gyorsan csak lehetett. Leszaladt a lépcsőn és az öltözők felé igyekezett, amikor egy kar berántotta egy kis raktárhelységbe.

– Mit akar tőled a rendőrség? – szorította a falnak a férfi.

– Mi közöd hozzá, Adam? Miért nem foglalkozol a kis barátnőddel?

– Majd ő is sorra kerül. Tehát, mit akar tőled a rendőrség?

– Csak szemtanú vagyok.

– Szemtanú! – vigyorodott el a férfi. – Te mindig csak szemtanú vagy. Nézd el nekem, hogy ezt nem veszem be, Christina. Kit akartál eltakarítani az utadból? Ismét!

– Semmi közöd hozzá! – próbált elindulni, de a férfi visszarántotta.

– Á, á, á! Ne siess annyira! Jó figyelj arra, amit most mondok! Holnap várlak a parkban.

– Ugyan minek mennék oda?

– Mert érdekel, hogy mit akarok. Aztán meg, biztosan érdekelné Leona Brownt a múltad és a jövőbeni terveid, ha elkövetnéd azt a hibát, hogy nem jönnél el. Úgy vélem, sokat segíthetnénk egymásnak.

– Fogalmam sincs, mit segíthetnél te nekem.

– Te Clive Brownt akarod, én pedig Leona Brownt!

– Mi van? Hát nem elég neked a lányuk?

– Elisabeth egy gyerek.

Christina vizslatva nézte a férfi arcát. – Úgy látom, nem véletlenül voltunk mi egy pár. Te sem vagy különb nálam – vigyorgott kéjesen.

– De igen, én különb vagyok nálad, mert elegánsan érem el a céljaimat, nem mocskolom be a kezem úgy, mint te. Nem baráti szeretetből ajánlom fel a segítségemet, hanem azért, mert kapóra jössz nekem. Te megkapod, amit akarsz, és én is, amit én akarok.

Christina elgondolkodott. Ugyan miért is ne? Ha éket vernek Leona és Clive közé, neki nyert ügye van. Ő majd tárt karokkal várja Clive Brownt. Vigye csak Adam Haddon Leona Brownt. Legalább kevesebb gondot okoz majd a félreállítása.

– Majd még eldöntöm! – vágta oda félvállról a férfinak.

Adam felnevetett. – El fogsz jönni – mondta, azzal eleresztette a nő karját és az kisétált a raktárhelyiségből.

Leona a nyomozó kíséretében visszament a földszintre, ahol már végeztek a helyszíneléssel. Gyorsan eltakaríttatta a vért a padlóról, és eltüntette a paravánokat. A színházteremben perceken belül véget ér az előadás. Be kell mennie, legalább a végére. A rendőrök elmennek innen, így nem kell a vendégeket körbevinni. Nem lesz találgatás és magyarázkodás. Ezen a lépcsőn is felmehetnek az emeletre.

– Szüksége van még rám? Az előadás végére be kellene mennem, és ha már nem dolgoznak itt, akkor a vendégek itt is felmehetnek az étterembe.

– Mi már végeztünk. Ha kérdésem lenne, vagy bármi az üggyel kapcsolatban, keresem. Jelenleg balesetnek tűnik a dolog. Nem nehéz lezuhanni ezen a lépcsőn abban a táncoscipőben, amit a hölgy viselt. Tájékoztatni fogom a fejleményekről.

– Bobtól megtudhatja a számom.

– Így lesz! További szép estét! – mondta a férfi.

– Ez az este már egyáltalán nem szép! – válaszolta Leona, és elsietett Bob és Brand irányába.

Mikor elhaladt Bob mellett, a férfi mélyreható pillantásokkal végig mérte őt. Leona szinte beleborzongott ebbe a nézésbe. Mindig is ilyen volt a férfi. Keveset szólt, de a tekintete helyette is beszélt. Cseppet sem tetszett neki az, ami most itt történt, de ezzel nem volt egyedül a férfi. Neki sem tetszett az, ahogy a dolgok alakulnak. Látta, ahogy Bob Evans nyomozóhoz megy és beszélgetni kezdenek. Nagyon szerette volna tudni, miről folyik az eszmecsere a két férfi között, de most jobbnak látta a vendégekkel foglalkozni. Már egy órája tartott bent az előadás, szándékosan húzva az időt, hogy itt kint helyre állhasson a rend.

Brand idegesen toporgott a színházterem bejáratánál, mikor Leona mellé ért.

– Mi történik itt? – kérdezte.

Tudni akarta, mi a szerepe Christinának ebben az egész szerencsétlen helyzetben.

– Ez az, amit mi is szeretnénk kideríteni – felelte Leona. – Brand, kérdezhetek valamit? – fordult vele szembe komoly arccal.

– Mi lenne az?

– Ugye ismeri Christinát? Mi több, ő az a nő, akiről mesélt nekem.

– Igen, ő az.

– Akkor nagyon jól ismeri.

– Néha úgy gondolom, egyáltalán nem ismerem őt.

– Brand! Itt egyre furcsább dolgok történnek és nekem ez egyáltalán nem tetszik, és ha nekem valami nem tetszik, az nem jó senkinek sem. Csak egyszer – mondta, és egy kis szünetet tartott, miközben egyenesen a férfi szemébe nézett – csak egyetlenegyszer tudjam meg, hogy valaki a Brown család ellen szervezkedik, és megígérhetem, hogy nem leszek vele kíméletes. Az illető azt is megbánja majd, hogy valaha kiejtette a Brown nevet. Azt hiszem, elég világosan beszéltem. Igaz?

– Igen, asszonyom. Azt hiszem, megértettem – mondta a férfi idegesen.

– Rendben. Ön jelenleg a bizalmamat élvezi. Ne bánjam meg ezt! Akkor, ha mindent tisztáztunk, folytathatjuk a közös munkát?

– Igen, folytathatjuk – helyeselt Brand és tudta, elérkezett az idő arra, hogy döntést hozzon. A karrierje vagy Christina? Mert abban biztos volt, hogy a nő körül valami nem stimmel. Túl sok a titok és a furcsa dolog Christina életében és ideje végre, hogy lehulljon szeméről a fátyol, ami eltakarja előle a valóságot.

Az este záró műsorszáma következett: Clive és Elisabeth duettje. Leona erről semmi pénzért sem maradt volna le. Elisabeth még kislány volt, amikor először énekelt Clive-val egy anyák napi rendezvényen. Ő nem is tudott róla egészen a fellépés pillanatáig. Elisabeth titkolta, és egy pillanatra sem árulta el, mire készülnek. Akkor a nézőtéren szem nem maradt szárazon, és Leona is könnyekben tört ki. Remélte, hogy ez a mostani alkalom is ilyen emlékezetes lesz. A zene felcsendült, és Elisabeth hangja betöltötte a teret. Leona csak állt, és mozdulni sem bírt. Mennyit fejlődött pár hét alatt! Mintha nem is ugyanaz a lány lett volna, akivel otthon a szócsatákat vívja.

Egy igazi vérbeli, komoly művésznő állt előtte. Most már teljesen biztos volt benne, hogy a színpad Elisabeth útja. Tehetséges, ehhez sosem fért kétség, már egészen pici lányként észrevették ezt. De hogy hogyan tudja majd kamatoztatni mindazt, ami a birtokában van, az most még rejtély. A kamaszkor nem tett jót neki. Lázongásai eltérítették az útról. De most, ahogy ott álltak Clive-val egymás kezét fogva, egymás mellett a színpadon, ahogy énekeltek, Leona tudta, hogy a lánya megérkezett. Ő pedig támogatni fogja. Nem tántoríthatja el ettől senki és semmi, még Adam Haddon sem.

Tekintete a férfira siklott és nagyon meglepődött, amikor azon kapta, hogy őt figyeli. Az agyába fészkelt gondolat ismét előtört és egyre erőteljesebbé vált. Egy szerelmes férfi miért nézi a szerelme anyját akkor, mikor élete párja a színpadon áll? Az imádata tárgyát kellene csodálnia. Feltéve, ha nem éppen azt teszi most is. Leona próbálta elhessegetni ezeket a gondolatokat, de nehezen ment. Miért akarná őt a férfi, amikor megkaphatja Elisabethet? A lány imádja őt, ráadásul szép és fiatal. De mi van, ha téved, és csak beképzeli magának a dolgokat, rosszul olvassa a jeleket, és mégiscsak a lányát szereti Adam? De akkor minek lohol az ő nyomában, és miért bámulja folyton őt? Nagyot sóhajtott. Túlságosan fáradt volt most ehhez. Még előttük állt a vacsora, és a kórházba is be kell menniük Luanne-hoz. Sarah biztosan teljesen kikészült. Sohasem kedvelte a kórházakat, már csak a gondolatától is rosszul volt. Most pedig ott van egyedül, és ki tudja, mi van Luanne-nal.

A dal véget ért, és a nézők állva tapsoltak. Clive magához ölelte lányát, és egy ideig el sem engedték egymást. Leona felsétált a színpad mögé, hogy a taps végeztével Clive-val együtt lezárhassák az estét. Elisabeth teljes örömmámorban a nyakába vetette magát és úgy szorította, hogy majdnem megfojtotta őt.

– Anya! Anya! Igazatok volt! – szipogta. – Ezt akarom. Ezt szeretném.

– Örülök!

– Ne haragudj, hogy annyit hisztiztem.

– Kicsim, a lényeg, hogy jól érzed magad és megtaláltad az utad. Ez a legfontosabb – simogatta meg lánya arcát, és még egy hosszú ölelésre összeborultak. Leona szeméből kigördültek a könnyek, nem tudott nekik parancsolni. Clive csak rá várt a színpadon, de ő képtelen volt kimenni oda. Könnyein keresztül már alig látta férjét, aki csak nézett rá, és megpróbált úrrá lenni az őt is megrohanó érzéseken. Aztán kissé összeszedve magát Leona elé ment, bátorítóan megszorította a

kezét és együtt mentek fel a színpadra, hogy sorra behívják
az est szereplőit.

A takarás rejtekében Christina gyűlölettel telve nézte az eseményeket. Lelkében sötét vihar tombolt, várva, hogy elpusztíthasson mindent, mi az útjában áll.

– Élvezd, amíg még élvezheted! Nem sokáig teheted már – mondta elszántan összeszorított fogakkal, és kezei ökölbe szorultak.

A nevét hallotta; Clive őt szólította a színpadra. Hatalmas, boldog mosolyt varázsolt az arcára pillanatokon belül, és kisietett fogadni a neki járó tapsot. De két ember nem tapsolt: Brand és Adam. Csak némán ültek, és a sikerben fürdő nőt figyelték. Brand csak sejtette, de Adam tudta, hogy Christina bármire képes és készül valamire.

Szerencsére a vendégek semmit nem vettek észre abból, ami a háttérben történt. Mire vége lett az előadásnak, nyoma sem volt már sem vérnek, sem rendőrnek. Minden vendég elfoglalta helyét az étteremben. Brand és Adam is a Brown-asztalnál kapott helyet. Elisabeth boldogan szorongatta a mellette ülő férfi kezét. Ő volt az est sztárja. Mindenki neki gratulált, Leona pedig ennek végtelenül örült. Így legalább nem azzal foglalkozik mindenki, hogy Elisabeth Adam Haddon barátnője. Elisabeth pedig megízlelhette a siker ízét, és talán ez lesz az, ami eltávolítja őt Adam Haddontól.

– Nagyon feszült vagy – súgta Clive Leona fülébe. – Mit mond Sarah, mi újság a kórházban?

– Az utolsó üzenetnél Luanne még a műtőben volt.

Leona telefonja megcsörrent, és szinte összerezzent annak hangjától. Sarah volt az. Clive felé mutatta a telefont, hogy ő is jól lássa, kitől jön a hívás. Mind a ketten szinte felpattantak a székükből és elhagyták a termet, ezzel nem kis feltűnést keltve a körülöttük ülők körében. De nem számított csak az, hogy mi van Luanne-nal.

– Mondd! – szólt bele a telefonba izgatottan Leona.

– Kihozták a műtőből. Jaj, Leona, az orvosok semmi jóval nem biztatnak. Mikor tudtok idejönni?

– Ha elindul a tánc, akkor feltűnés nélkül le tudunk lépni innen, de addig nem. Itt is minden olyan bonyolult. A rendőrség nemrég ment el innen. Minden a feje tetején állt.

– Itt is itt vannak a rendőrök. Engem is kifaggattak. Jaj, Leona, mi történik itt? A múltkori álhirdetés, a L'amourban történtek, most meg ez.

– Nem tudom. Kérlek, tarts ki! Amint lehet, odamegyünk! – nyugtatta barátnőjét, miközben a gyomra görcsben volt a sok idegeskedéstől. Már nehezen bírta az egész napos megpróbáltatásokat. Amint letette a telefont, Clive mellkasába fúrta a fejét, így próbálva erőt gyűjteni. A férfi erősen magához szorította.

– Minden rendben lesz, kicsim! Meglátod, Luanne rendbe jön – nyugtatta és abban bízott, hogy ez így is lesz.

– Mi van, ha nem? Mi van, ha meghal? Mi van, ha nem baleset volt? Mi van, ha valaki szándékosan lökte le őt a lépcsőről, mert meghallott valamit, amit nem kellett volna?

– Te miről beszélsz? – tolta el kissé magától feleségét, hogy jól láthassa az arcát.

– Mielőtt Luanne leesett volna a lépcsőről, annak a tetején állt, a pálmafánál megbújva. Clive, én nem akarok elméleteket gyártani, de az utóbbi időben túl sok furcsa dolog történik velünk. Az a nyomozó, Paul, nem bolond. Láttam rajta, hogy nem hisz a baleset teóriájában.

– Nyugodj meg! Az elmúlt napokban történtek lehet, hogy mind csak véletlenek voltak, te pedig fáradt vagy és túlzásba viszed a dolgokat.

– Na, persze! Az apád is csak a véletlen egybeesések miatt halt meg! Clive! Ébredj fel! Itt valami készül!

– Akkor majd a rendőrség kideríti, te maradj ki belőle!

Leona nem válaszolt. Mit mondhatott volna? Látszólag Clive teljesen másképp látja a történtek sorozatát, mint ő. Ráadásul a próbák ideje alatt nem is számíthat rá. Mindegy, mit gondol a férfi, ő akkor is érzi, hogy valami történni fog, és meg fogja akadályozni a dolgokat, bármik is legyenek azok. Megvédi a családját. Még egyszer nem történhet meg az, ami Markkal is.

17. FEJEZET

Leona nagyon fáradt volt. Már pirkadt, mire hazaértek. A vacsora után a kórházba siettek, majd onnan visszamentek a rendezvényközpontba és mindaddig ott maradtak, amíg az utolsó vendég nem távozott. Pár órát aludt csupán, és azt is nyugtalanul. Az agya egy pillanatra sem kapcsolt ki. A mellette békésen alvó férfira pillantott, és óvatosan kicsusszant mellőle az ágyból. Magára vette köntösét, és csendesen kiosont a szobából. Bement a dolgozószobába, és bekuporodott az asztala mögött lévő székbe. Gondolkodnia kellett. Muszáj volt. Össze kellett szednie minden apró részletet. Megpróbált feleleveníteni minden egyes szót és mondatot.

A L'amourban történtekkel kezdte. Az autója elromlik. Adam Haddon segítséget ajánl fel neki. Intézhette ő a dolgokat, de kellett egy bűntárs, aki elrontja az autót és aztán megjavítja. Talán Christina. Aztán jött a konferencia előtti káosz a szállodában. Adamnek nem jött volna jól egy botrány, de ha ismét segítőként léphetett volna fel, akkor igen. De sehol nem volt. Valószínűleg fogalma sem volt, hogy mi történt ott. A kalapos nő itt lép a képbe. Ő lenne a bűntárs? Christina lenne a kalapos nő? Feltűnik a Holdfényben a kalap, úgy, hogy én is lássam azt egy nő fején. De miért? Talán így akarta elterelni magáról a gyanút. De honnan tudta, hogy tudok a kalapról? Lehet, hogy nem akart elvarratlan szálakat és biztosra ment, mert nem tudhatta, hogy felvétel készült róla a kalapban, de az újságkihordó említhette azt. Így, ha kiderülne a dolog, Sylvia lenne a gyanúsított. Sylvia szerint Christina kérte, hogy viselje a kalapot. Nem tudni, kié a kalap. Christina vagy Helga jöhet szóba, mint a kalap tulajdonosa. Christina így akarta elterelni magáról a gyanút, de így még inkább magára terelte azt. Leona nagyot sóhajtva tenyerébe temette az arcát, majd fejét hátrahajtva a plafont bámulta.

Mi értelme van ennek az egésznek? Brand beadja pályázatát egy vezetői pozícióra és meg is kapja azt. Ezt nem vehette biztosra. Közben kiderül, hogy Christina a barátnője, ő pedig Clive táncosa. Véletlen összefüggés ez az egész? Mi van, ha Brand csak egy véletlen folytán került ebbe az egészbe? Mi van, ha Christina nem vele, hanem Adam Haddonnal játszik össze? Leona előreszegte fejét és lábait a földre tette. Mi van, ha Adam tényleg őt akarja, Christina pedig egy eszköz, hogy eltávolítsa az útból Clive-ot? Luanne azt mondta, Christina bárkivel lefekszik, hazudik és manipulál, hogy elérje a céljait. Ki tudja, Adam Haddon mit ígért neki. Ki tudja, milyen régre nyúlik vissza a kapcsolatuk? Leona kihúzta az asztala fiókját, és kivette belőle a Bobtól kapott mappát. Sorra nézte a benne lévő újságcikkeket és a képeket.

„Adam Haddon, az ifjú vállalkozó"

„Adam Haddon, a sikeres üzletember"

„Adam Haddon bekebelezi a várost"

A képeken látott nők egyike sem volt Christina. Talán korábbról ismerik egymást, az iskolából. Leona a tablón lévő fotókat szemlélte. Christina nem volt köztük, de Billy igen. Ő és Adam osztálytársak voltak. Bob azt mondta, valami baleset történt, és a fiú szülei lemondtak az ösztöndíjról. Valószínűleg Adam volt a második helyen, így ő kapta meg azt Billy helyett. Ez tiszta sor. Előkereste Billy címét a papírok közül. Talán még mindig ott laknak, ahol régen, és tud beszélni vele. Meg kell tudnia, mi történt. Akkor tizennyolc évesek voltak. Azóta eltelt tizenkét év, mert Adam Haddon most harminc. De a tablón Christina nem szerepel, pedig ő is harminc körül lehet. Talán évfolyamtársak voltak, vagy szomszédok. Meg kell tudnia, hogy ismerik egymást vagy sem, és már tudta is, hogy kitől.

– Te mit csinálsz itt? Miért nem pihensz? – lépet be Clive a szobába, és asztalon heverő papírokat szemlélte. – Mik ezek? – vette a kezébe az egyik cikket és olvasni kezdte. – Te nyomozósdit játszol?

– Nem mondanám, hogy játszanék.

– Leona, az egy dolog, hogy lenyomoztattad Adam Haddont, de ezek itt micsodák?

– Adam Haddon múltja, és egyre érdekesebb dolgok derülnek ki belőle. Biztos vagyok benne, hogy Christina és ő ismerik egymást. Aztán Brand és Christina is ismerik egymást. Luanne pedig egyáltalán nem kedvelte Christinát.

– Ez most mit jelent? Hogy Christina lökte le Luanne-t a lépcsőn, mert nem kedveli?

– Te mondtad, nem én!

– Na, ne viccelj! Túlzásba viszed, kicsim! Az egy szerencsétlen baleset volt, a nyomozó is ezt mondta.

– Szerinte, de szerintem nem. Be fogom bizonyítani, hogy ezek készülnek valamire. Luanne pedig megtudott valamit, azért kellett eltenni őt az útból.

– Én nem akarom, hogy nyomozósdit játssz!

– Én meg nem akarom, hogy valami történjen, amit meg lehetett volna akadályozni.

– Olyan vagy, mint apa. Irányítani akarsz mindent.

– Tévedsz. Én csak tudni akarom, hogy mit akarnak. Mert hogy valamit igen, az biztos. Mi van, ha Christina téged akar?

Clive megrökönyödve nézett feleségére. – Mi van? Te már tényleg túlzásba viszed a dolgokat. Férje van és gyereke.

– Na meg szeretője, Brand.

– Ezt honnan tudod?

– Brandtől.

– És ezt ő miért mondta el neked? – érdeklődött éles hangon Clive.

– Mert rákérdeztem, mert rájöttem.

– Nagyon összemelegedtél ezzel a férfival – nézet farkasszemet feleségével Clive.

– Te meg Christinával kezdesz összemelegedni – vágott viszsza Leona.

– Mi van? Valakinek táncolni kellett Luanne helyett, és nála nem volt alkalmasabb erre a feladatra.

– Pontosan erre számított. Ez az, amit el akart érni. Ott állni melletted Luanne helyett.

– Ó, Jézusom, Leona! Féltékeny vagy?

– Nem, csak fel akarom nyitni a szemed, mielőtt még olyan dolgok történnek, amik féltékenységre adnának okot. Neked nem furcsa ez a sok probléma, ami az utóbbi időben adódott?

– Egyszerűen minden összejött.

– Hát persze!

– Leona – fogta meg a csuklóját Clive. – Nem szeretném, ha valami bajod esne. Ha tényleg készülnek valamire, nem akarom, hogy ott állj egyedül, ki tudja milyen veszélyes helyzetben. Bízd a rendőrségre a nyomozást. Majd ők kiderítik, mi is történt. Ha pedig Christina hibás a történtekben, amit kétlek, akkor majd ők felelősségre vonják őt. Adam Haddon pedig nem fog sok vizet zavarni, mert Elisabethnek minden idejét lekötik a próbák és mire észbe kap, Adam Haddon már a múlté lesz.

– Gondolod te!

– Igen, így gondolom. Most pedig menjünk be a kórházba. Nézzük, meg mi van Luanne-nal. Aztán végre pihenhetnénk, mert így egyikünk sem bírja sokáig ezt a tempót. Idegesek vagyunk és feszültek. Kiabálunk egymással.

Leona teljesen feleslegesnek tartott bármit is mondani. A férfi látszólag nem foglalkozott a tényekkel.

– Rendben. Menjünk be a kórházba – egyezett bele a férje által javasoltakba. – Menj nyugodtan készülni. Én addig itt öszszepakolom az asztalt.

– De siess! – nyomott egy csókot felesége szájára és kiment a szobából.

Leona nagyot sóhajtva nézett az asztalán heverő papírkupacra. Nem lehet csak úgy hagyni a dolgokat. Valamit tennie kell. Összeszedte azokat és a táskájába csúsztatta. Még fogalma sem volt, hogy mit fog tenni, de mindenesetre magánál tartja ezeket. Szükség esetére.

Bementek a kórházba. Luanne-t még mindig altatásban tartották. Többszörös törés volt a lábán, a karján, de ami aggasztó volt, az a gerincsérülése és a fejsérülése. Ahogy ott feküdt a gépekre kapcsolva, az életnek egy csepp jelét sem mutatva, nem sok remény látszott a gyógyulásra. Lehet, hogy soha nem derül ki, mi is történt valójában. Leona tehetetlennek érezte magát. Csak itt állnak és nézik, és nem tehetnek semmit érte. Ettől mérhetetlen dühöt érzett. Képtelen itt álldogálni és arra várni, hogy majd történik valami. Segíteni nem tudott Luanne-nak, de azt megteheti, hogy kideríti, mi is történt valójában. Gondoljon erről Clive bármit is. Meg kell tennie. Luanne-ért és a családjáért.

Megcsörrent Clive telefonja, a férfi kiment a folyosóra. Egy rövid beszélgetés után gondterhelt arccal tért vissza a kórterembe.

– Kicsim, el kellene mennem Edwardhoz. Luanne balesete miatt át kell rendeznünk a dolgokat. Elvinnél hozzá? Majd ha végzünk, Edward hazavisz.

– Rendben, bár azt mondtad, pihenni szeretnél.

– Igen, jó lenne, de most ez lehetetlen. Te pihenj le nyugodtan, majd én is igyekszem haza.

Még egy utolsó pillantást vetettek Luanne-ra, és elhagyták a kórház épületét.

Ed csak néhány kilométerre lakott a kórháztól. Hamar odaértek. Clive gyors búcsút vett és kiszállt az autóból. Leona egy ideig csak nézett maga elé. Semmi kedve sem volt hazamenni és otthon emészteni magát a történteken. Valamit tennie kell, különben megőrül. A táskájáért nyúlt és kihúzta belőle az egyik papírt, amin Billy szüleinek címe szerepelt. Talán szerencséje van, és még mindig ott élnek. Nem gondolkodott tovább, hanem indított. Lesz, ami lesz, tudni akarja, mi történt tizenkét évvel ezelőtt.

A Carter család háza egy kertvárosi övezetben volt. Kicsi, de takaros. A kertje szépen rendben tartott. Leona kissé tétován tette meg az ajtóig vezető utat. Már nem volt benne biztos, hogy jó ötlet volt idejönni. Főleg egyedül, de ha már itt van, nem fordul vissza. Megnyomta a csengőt és idegesen várakozott, hogy valaki kinyissa az ajtót. Pár perc elteltével egy kedves, mosolygós arcú nő jelent meg, és mikor meglátta Leonát, szinte ledermedt.

– Leona Brown? – kérdezte meglepetten. – Ugye ön Leona Brown?

– Igen. Üdvözlöm, asszonyom! Ne haragudjon, hogy zavarom, de...

– Nem zavar, jöjjön be – tárta szélesre az ajtót, és Leona teljesen összezavarodott. Mindenre számított, de ilyen fogadtatásra nem. Már tervezte, mit fog mondani, miért is jött ide. Erre semmi szüksége nincs magyarázkodásra, sőt még bemutatkozni sem. Bátortalanul lépett be a kis ház nappalijába, ami szerényen, de nagyon ízlésesen volt berendezve.

– Kérem, üljön le. Kicsit szegényesen élünk – szabadkozott a nő.

– Nagyon szép az otthonuk – mosolygott Leona, és leült az egyik fotelba.

– Kér egy kávét vagy üdítőt?

– Nem, köszönöm, ne fáradjon. Nem szeretnék sokáig zavarni, csak Billy egészségi állapotáról érdeklődnék.

A nő nagyot sóhajtva leült a Leonával szemközti fotelba, és szemeiből sugárzott a fájdalom.

– Annak idején hatalmas lehetőségnek ígérkezett az önök alapítványának a felajánlása. Mi saját pénzből nem tudtuk volna finanszírozni Billy tanulmányait. Mindig nagyon fontosnak tartottuk, hogy tanuljon, hogy neki könnyebb élete lehessen, mint amilyen nekünk van. Ő pedig nagyon szorgalmas volt.

– Mégsem ő kapta meg az ösztöndíjat.

– Billy egy héttel az ösztöndíj átvétele előtt szenvedett balesetet.

– Mi erről miért nem tudtunk?

– Mert mi nem akartunk ebből nagy felhajtást. Igazából akkor már nem is volt fontos, csak az, hogy életben maradjon.

– Hogy történt a baleset?

– Egy szerencsétlen véletlen folytán. Gyakran jártak biciklizni, és az egyik alkalommal, a mai napig nem tudjuk hogyan, Billy a biciklijével együtt lezuhant egy hosszú lépcső tetejéről. A rendőrök azt mondták, hogy Billy biciklivel akart lemenni a lépcsőn, de nem tudott. Lezuhant, több mint negyven lépcsőfokot. Az is csoda, hogy életben maradt.

– De ön ezt nem hiszi el.

A nő Leonára emelte fájdalmas tekintetét. – Önnek is van gyereke.

– Igen. Kettő.

– Ismeri őket. Pontosan tudja, milyenek.

– Így van.

– Én is tudom, hogy Billy soha nem csinált volna ilyen őrültséget. Nem volt egy sportember, és ezt ő is tudta. Neki az agyában volt az ereje. De nem hajlandó beszélni arról, ami akkor történt. Azóta sem. Így a rendőrség lezárta az ügyet azzal, hogy baleset történt a fiam hibájából.

– Tudja, ki kapta meg a fia helyett az ösztöndíjat?

– Igen. Adam Haddon, Billy osztálytársa. Kedves és jószívű – mosolyodott el a nő. – A baleset óta Billy mellett van, és amióta anyagilag jól áll, támogatja őt. Adam nélkül tönkrementünk volna, és nem tudtuk volna fizetni a gyógyszereket és a kezeléseket. Adamnek hála Billy, ha nehezen is, de tud járni. Adam hozott neki laptopot, amivel kitárta számára a világot. Olyan kezeléseket tudtunk igénybe venni az ő anyagi segítségével, amikre nélküle még gondolni se mertünk volna. Lehetővé tette, hogy én itthon maradhassak és gondoskodhassak Billyről. Ő pedig felvette a férjemet dolgozni a cégébe. Tudom, hogy sokkal többet fizet neki, mint más hasonló alkalmazottnak, és azt is tudom, hogy azért, hogy mi ne érezzük úgy, hogy hálásnak kell lennünk neki. Pedig azok vagyunk. Nélküle Billy már nem is élne.

Leona nem ezekre a dolgokra számított. Most ismét kiderült, hogy Adam Haddon egy szent. De vajon miért? Lelkiismeret-furdalása van Billy balesete miatt? Neki pedig miért esik nehezére elfogadni azt a tényt, hogy Adam Haddon puszta együttérzésből segít?

– Adam Haddon nem volt ott, amikor a baleset történt?

– Nem! Illetve nem pontosan ott. Sokan voltak, de senki nem látott semmit. Csak arra figyeltek fel, hogy Billy nincs velük. Néhányan keresni kezdték őt. Adam találta meg a lépcső alján. Ott feküdt eszméletlenül.

– Sajnálom – mondta együtt érző tekintettel Leona. – Láthatnám őt?

– Persze! – derült fel a nő arca és felpattant a fotelból. – Kint van a kertben – mutatott a hátsó ajtó felé.

Leona követte a nőt, és közben azon gondolkodott, hogy vajon ő édesanyaként hogyan viselne egy ilyen szörnyű tragédiát. Borzalmas éveken mehettek át. Amikor kiértek a kertbe, Billy a hintaágyban üldögélt. Sovány, magas fiatalember volt. Ragyogó kék szemeivel kíváncsian szemlélte látogatóját.

– Billy, a hölgy Leona Brown – mutatta be neki őt.

– Jó napot, Billy! Hogy van?

– Jó-l – mondta a fiú nehezen. – És... ön?

– Köszönöm, Billy, nagyszerűen. Mit csinál? – ült le mellé Leona a hintaágyba.

A fiú a laptopon szorgoskodott.

– Írok – mondta ki egyszerre a szót. – Itt job-ban megy.

– Szeret írni?

– Igen. Ver-se-ket.

– Az nagyszerű! Van olyan, amit elolvashatok? – kérdezte Leona őszintén.

A férfi ráemelte tiszta, őszinte tekintetét. – Biz-tos? Biz-tos sze-ret-né? – kérdezte tagoltan.

– Igen, nagyon kíváncsi vagyok – mondta Leona biztató mosollyal az arcán.

A férfi egy kicsit habozott, aztán Leona felé fordította a laptopját és rákattintott az egyik fájlra. Egy kis versecske tűnt fel a monitoron. Rövid volt, de annál meghatóbb. Leona szeme könnybe lábadt, mikor elolvasta azt.

– Nagyon szép! – dicsérte őszintén. – Vannak még ilyen versei?

A férfi bólintott. – Sok.

– Mi lenne, ha kezdenénk velük valamit? – kérdezte hirtelen ötlettől vezérelve.

A férfi szemei tágra nyíltak. – Mit?

– Kiadhatnánk verseskötetben.

– Brown asszony ezt komolyan gondolja? – kérdezte Billy édesanyja döbbenten.

– Igen, Billy nagyon tehetséges. Ráadásul így pénzt is tud keresni azzal, amit szeret csinálni. Megadom az e-mail-címemet, és ha Billy átküldi nekem a verseit, én beszélek egy kiadóval. Persze, ha megbíznak bennem. Önöknek semmi dolguk nincs, csak annyi, hogy elküldik nekem azokat a verseket, amit Billy kiválaszt.

Az édesanya ragyogó szemekkel nézett fiára. – Na, mit szólsz hozzá? Szeretnéd?

A férfi széles mosollyal bólintott.

Leona elővett egy névjegykártyát és a férfinak adta. – Ezen minden elérhetőségem rajta van. Csak keressenek bátran, ha bármi kérdésük van, de akkor is, ha szükségük lenne valamire.

– Mi igazán hálásak vagyunk önnek, Brown asszony!

– Leona, ha kérhetném, csak szólítsanak Leonának.

– Leona. Köszönjük.

– Nincs mit köszönniük. Bárcsak hamarabb tudomást szereztem volna Billyről, mert akkor már hamarabb segíthettem volna. De most mennem kell. Billy! Köszönöm, hogy megmutatta nekem a verseit. Vigyázzon magára! Hamarosan jelentkezem – búcsúzott.

Nagyon könnyűnek érezte magát, amikor kilépett a házból és elindult az autója felé. Nem bánta meg, hogy idejött. Bárcsak már hamarabb megtette volna.

– Miért is nem lepődöm meg?

Leona összerezzent, mikor a háta mögött meghallotta a férfi hangját. Olyan gyorsan fordult felé, hogy majdnem elveszítette az egyensúlyát.

– Adam – mondta fojtott hangon. – Maga mit keres itt? – kérdezte, miközben kénytelen volt teljesen nekipréselődni az autójának, mert a férfi egyre közelebb került hozzá.

– Ezt én is kérdezhetném öntől, kedves Leona – mondta Adam, vészesen közel Leona testéhez. – Bár hazudnék, ha azt mondanám, meglep a dolog. Igazság szerint már vártam, mikor jelenik meg itt. Na? Mindent megtudott, amit tudni akart? Vagy talán csalódott, mert nem vagyok egy féreg? Pedig annak örülne csak igazán, ha be tudná bizonyítani, hogy olyan vagyok, mint amilyennek gondol.

Leona kezdeti ijedtsége már a múlté volt. A hangnem, amit a férfi használt, és amit mondott, eltüntette.

– Ne higgye, hogy elkápráztathat ezekkel a mesteri húzásokkal. Önnek kapóra jött Billy balesete, hisz' megkapta helyette az ösztöndíjat. Most pedig csak azért segít neki, hogy megnyugtassa a lelkiismeretét – vágta oda erélyesen a férfinak.

Adam kezeit az autóra tette, és testével nekipréselte annak Leonát. Olyan közel voltak egymáshoz, annyira nekinyomta az autónak, hogy bármit megtehetett volna, Leona nem tudott volna védekezni. Ettől ismét ideges lett, és még lélegzetet is alig mert venni.

– Ne csak azt lássa, Leona, amit látni akar, hanem azokat a dolgokat is vegye észre, amelyek nincsenek a szeme előtt. Nem én voltam a második jelölt azon a listán. Valaki más – súgta, és közben olyan közel hajolt Leona arcához, hogy könnyedén végighúzta ajkait a száján.

– Engedjen el, különben…

A férfi elvigyorodott. – Imádom, amikor ilyen. Ugye már rájött, mit is akarok valójában? Jobban mondva, kit is akarok valójában. Tudja. A L'amour óta tudja – jelentette ki a férfi magabiztosan. – Okos nő maga, nagyon okos. Igazán izgató abban a falatnyi fürdőruhájában. Csak a férje bezavart a képbe, de nem aggódom. Élvezem a megszerzése minden pillanatát. Minél nehezebb megszereznem magamnak, annál édesebb lesz, ha a karjaimban tartom.

– Hagyjon békén, és hagyja békén a lányomat és a családomat is, amíg még nem késő.

– Az nem lesz ilyen egyszerű, mert Elisabeth szeret engem, és ön bármit is tenne annak érdekében, hogy eltávolítsa őt tőlem, azzal csak még inkább a karjaimba löki. Saját magának árt, ha el akarja tőlem szakítani. Befolyásom van rá, mert szerelmes belém. De tudja mit, Leona? Van egy ajánlatom önnek. Békén hagyom Elisabethet, ha ön velem lesz. Váljon el, és jöjjön hozzám feleségül.

– Jézusom! – vergődött Leona a férfi szorításában, aki ettől kissé hátrébb lépett. – Maga nem normális. Jóval idősebb vagyok, mint maga. Férjem van, akit szeretek. Honnan veszi, hogy szemernyi esélye is lehet nálam?

– Majd meglátjuk. Én türelmes vagyok. Tud az élet furcsa dolgokat produkálni.

– Főleg, ha besegít neki. Igaz, Adam? Honnan ismeri Christinát? Mert ugye ismeri őt? A bűntársa? Ő lökte le Luanne-t a lépcsőn? Ő forgatta fel a kastélyszállót a maga megbízásából? – nyerte vissza bátorságát Leona.

– Nem tudom, miről beszél.

– Nem? – csattant fel Leona. – Fiatal kora ellenére elég hamar felejt – szedte össze magát, és újabb támadásba lendült. – Elfelejti, hogy Mark Brown felesége voltam. Tudom, hogyan kell elbánni az ilyenekkel, mint maga.

– Egy pillanatra sem tudom elfelejteni, hogy az ő felesége volt – vágott vissza a férfi, és Leona ismét kénytelen volt nekidőlni az autójának, mert Adam egyre közelebb nyomult hozzá. – Épp ez az, ami önhöz vonz engem – suttogta közel az arcához. – Ez a határozottság, ahogy intézi az ügyeit, ahogy üzletel. Ahogy mindenki figyel a szavaira és nem mer ellentmondani önnek. Én merek. Nekem nem kell a pénze, nekem csak ön kell és senki más. És meg is fogom szerezni magamnak. Nem érdekel, hogy miért fog a karjaimban lenni, csak az a fontos, hogy ott legyen. Más nem számít. Ön gyönyörű, izgató. Olyan nő, akire mindig is vágytam. Az egyetlen nő, akire vágyom. Nem fogom elengedni. Már olyan közel a cél. Meg akarom kapni!

– Na, most már elég lesz! – mondta Leona dühösen, és egy nagyot lökött a férfin.

Pillanatokon belül az autójában ült. Adam nem mozdult, nem tett semmit, hogy visszatartsa. Leona indított, és elhajtott a férfi mellett.

– Na, megcsináltad? – kérdezte Adam a mellé lépő nőtől.

– Igen, mesterien csináltad! Ha ezt a képet meglátja a férje, vége a tökélynek.

– Akkor juttasd el neki! Minél hamarabb, annál jobb.

– Bízhatsz bennem, már tudom is, hogyan fogom csinálni – vigyorgott a nő.

– Nagyszerű!

– De honnan tudtad, hogy ide fog jönni?

– Nem tudtam, csak reméltem. Pont jókor voltunk jó helyen. Most mennem kell – indult a férfi.

– Hová?

– Velem akarsz jönni? – nézett rá a férfi. – Akkor gyere be velem! – mutatott az előttük lévő házra.

– Miért mennék! Ki lakik itt?

– Egy régi barátod, Billy Carter. Nem szeretnél vele elbeszélgetni a múltról?

A nő elsápadt. Idegesen pislogott a házra. Ezt Adam előre eltervezte, szántszándékkal hozta ide őt. – Mit akarsz ezzel?

– Én? Semmit! Te? Te mit akarsz? Ne haragudj, de gyalogolnod kell, ha nem szeretnél maradni, vagy megvárhatsz itt az utcán.

– Dögölj meg, Adam Haddon! – morogta a nő és elviharzott.

A férfi mosolyogva nézett utána. Elégedett volt a dolgok alakulásával. Nagyon elégedett.

* * *

Leona azt sem tudta, hova megy, csak nyomta a gázt, hogy minél távolabb kerüljön Adam Haddontól. A férfi nyíltan, minden teketóriázás nélkül elmondta neki, mit is akar tőle. Bevallotta, hogy ő volt, aki megleste úszás közben. Azt sem titkolta, hogy Elisabeth is csak egy eszköz, hogy megszerezze őt. Micsoda perverz mánia ez? Azért akar vele lenni, mert Mark volt a férje? A példaképe Mark Brown. Rendben, legyen, sok embernek van példaképe, mégsem akarja megszerezni magának annak feleségét vagy a férjét. Liliána szerint nagy a hasonlóság Mark és Adam karrierjében. Adam is a semmiből építette fel mindazt, amije most van. A Mark Brown-ösztöndíj segítségével lett iskolázott ember. A nőket is gyakran váltogatja. Marknak is volt bőven. Most meg ő kell neki, mint Mark Brown özvegye. Ez tiszta őrület! Elisabeth segítségével a család közelébe jutott. Christinának pedig az a szerepe, hogy elcsábítsa Clive-ot. De miért lökte le Christina Luanne-t a lépcsőn? Mit hallhatott meg Luanne, ami miatt áldozat lett? Talán azt a tervet, hogy hogyan képzeli Christina a szétválasztásukat? Vagy csak azért volt az egész baleset, hogy Luanne helyére léphessen és így férkőzzön Clive közelébe? Vagy mind a kettő igaz? Igen. Ez az! Minél többször gondolja át, annál biztosabb benne. Christina lökte le Luanne-t, hogy a helyére léphessen a koncerten és így Clive közelébe kerülhessen. Luanne meghallotta a Clive megszerzésére irányuló tervet és el kellett hallgattatnia. De hogy bizonyítsam be ezt?

Brand. Brand az egyetlen, aki segíthet neki ebben. A telefonja után kotorászott, és a következő pillanatban már hívta is azt, aki segíthet neki odatalálni a férfihoz.

– Bob! – szólt bele a telefonjába. – Meg tudja nekem mondani Brand lakcímét?

– Minek az önnek, Leona?

– Bob! Azonnal beszélnem kell vele.

– Leona, mi a baj?

– Nincs baj! – felelte türelmetlenül. – Csak szükségem van Brand lakcímére, mert beszélnem kell vele. Megmondja vagy hívjam fel őt, és kérdezzem meg tőle? – kiabálta a telefonba. Nagyon mérges lett a férfi faggatózása miatt, de szándékosan kérte tőle az információt, mert azt szerette volna, ha a látogatása váratlanul éri Brand Colliert.

Bob elhallgatott. Nagyon nem tetszett neki, hogy Leona titkolózik előtte, és az a hangnem sem nyerte el a tetszését, ahogyan beszélt vele. Még soha nem fordult elő, hogy felemelte volna vele szemben a hangját. Vajon mit akar a férfitól? Vajon hol van? De akár megadja neki a férfi címét, akár nem, úgyis kideríti.

– Vadvirág kettő – diktálta a címet a férfi.

– Köszönöm – mondta halk, nyugodt hangon –, és Bob, nem haragudjon, hogy az imént kiabáltam önnel, de kissé feszült vagyok. Hosszú lenne elmondani, mi is történt. De Brand segíthet nekem abban, hogy kiderítsek dolgokat – magyarázta. – Ma találkoztam Billyvel – közölte szinte mellékesen.

– Elment hozzá?

– Igen, és amivel ott találkoztam, az egyáltalán nem az volt, mint amire számítottam. A listán pedig nem Adam Haddoné volt a második név. Meg kell tudnom, kié. Abban pedig egészen biztos vagyok, hogy Luanne nem véletlenül esett le a lépcsőről. Valaki segédkezett ebben, és azt is tudom, ki és miért.

– Leona, határozottan kérem, hogy jöjjön haza! Azonnal! – parancsolt rá a nőre, bár jól tudta, hogy hasztalan. – Fejezze be a nyomozást addig, amíg valami baja nem esik. Ha minden úgy van, ahogy mondja, veszélyben lehet.

– Tudom, és azt is tudom, kitől kell tartanom, mert megmondta nekem.

– Leona, könyörgöm, Mark emlékére kérem, jöjjön haza és mindent átbeszélünk – váltott stílust a férfi, hátha valami csoda folytán ez majd hat a nőre.

– Nem, Bob, elmegyek Brandhez. Tudnom kell, amit akarok! Viszlát! – mondta, és letette a telefont.

Senki és semmi nem tarthatta vissza. Tudnia kell, ki is Christina Beckman valójában. Brand háza felé vette az irányt. Hamar megtalálta a címet, a férfi autója a ház előtt állt. Leparkolt, és néhány pillanat alatt felmérte a terepet. Ezek szerint a férfi itthon van – remélhetőleg egyedül. Leona vállára tette táskáját. Elszánt volt. Semmi és senki nem állíthatta meg. Kiugrott az autóból, és határozott léptekkel az ajtóhoz ment és becsengetett.

– Brown asszony! – meredt rá a férfi meglepetten, mikor kinyitotta az ajtót.

– Ne haragudjon, Brand, hogy zavarom a szabadnapján, de beszélnem kell önnel.

– Jöjjön be! – mondta, és kissé zavartan invitálta be a nőt a nappaliba.

Leona egy pillantást sem vetett a ház egyetlen szegletére sem, csak arra tudott figyelni, ami miatt idejött. Mikor mind a ketten leültek, egy pillanatnyi csend után belekezdett mondandójába. Nem akart felesleges köröket futni. A lényegre tért.

– Tudom, hogy most furcsa dolgokat fogok mondani is kérdezni, de kérem, segítsen nekem.

– Gondolom, Christina az oka annak, amiért most idejött.

– Igen. Ő is. Mióta ismeri őt? Mit tud róla?

– Öt évvel ezelőtt ismertem meg. A gimnázium után nem volt pénzem tanulni, így dolgozni mentem. Mindent elvállaltam, amit csak lehetett. Mikor megvolt a pénzem, jelentkeztem az egyetemre. Az ottani gólyabálon találkoztunk. Ott lépet fel a növendékeivel. Beszélgettünk, barátok lettünk. Ő elmesélte, hogy férjezett, gyereke van és boldogtalan. Egyre többet találkoztunk és beleszerettem. Viszonyunk lett, de ezt senki nem

tudja. Az iskolája pénzügyeit intézem, mert Helga csak papíron
az, ami. Fogalma sincs ezekről a dolgokról.

– Tehát, ha jól értem, ingyen végzi neki ezt a munkát, azért,
mert a szeretője.

– Ha nyersen akarom megfogalmazni a dolgokat, akkor ez
a helyzet.

– Azt nem tudja, hova járt gimnáziumba?

– De igen, ide. Mint kiderült, Adam Haddon az osztálytár-
sa volt.

– Az nem lehet. Christina nincs a tablón.

– Akkor lehet, hogy hazudott nekem, mert a tegnapi bálon,
mikor azt kérdeztem tőle, honnan ismeri Adam Haddont, azt
mondta, az osztálytársa volt.

– Ön tegnap találkozott először Adam Haddonnal?

– Igen, nem is hallottam addig róla, amíg ön nem említet-
te nekem a nevét.

– Kérte önt Christina, hogy segítsen neki kémkedni a fér-
jem után?

Brand nem felelt. Ha elmondja, amit tud, azzal Christina
és a közte lévő kapcsolatnak vége. De nem akart hazudni Leo-
nának. Mindig tisztességesen bánt vele, és szeret vele dolgoz-
ni. Ráadásul a közte és Christina között lévő kapcsolatnak már
nincs jövője, és ennek nem Leona Brown az oka.

– Nem a férje után – mondta Brand, és mintha megköny-
nyebbült volna egy teher alól, amibe majdnem beleroskadt.
– Christina egy ideje nagyon furcsán viselkedik, ha ön szóba ke-
rül. Gyűlöli, de nem tudom, miért. Amikor megkaptam az ál-
lást, idehívtam, hogy elújságoljam neki a jó hírt, de ő inkább őr-
jöngött, mint örült. Nem értettem, miért, és hiába kérdeztem,
nem adott rá választ. Csak annyit tudok, hogy gyűlöli önt. Azt
mondta, ha segítek elérni a céljait, elválik és hozzám jön.

– Mire kérte pontosan?

– Eddig semmire!

– Brand! Én tudom, hogy nincs jogom beleavatkozni az éle-
tébe, de a jelenlegi helyzetben kénytelen vagyok megkérdezni,
hogy hogyan dönt. Én bízom önben, és Christina tetteiért nem

tartom önt felelősnek. De tudnom kell, mire számítsak. Megértem, ha Christina mellette dönt, de ebben az esetben nem tudok tovább önnel dolgozni. – Leona nagyot sóhajtott. – Hogy megértse, miről is van szó. Adam Haddon ma megzsarolt. Azt mondta, hogy ha elválok a férjemtől és hozzámegyek, békén hagyja a lányomat. Közölte velem, hogy engem akar és azt is elmondta, hogy ő volt, aki leskelődött utánam a L'amourban. Tönkre akarja tenni a házasságomat. Christina pedig minden valószínűség szerint segít neki tönkretenni azt. Úgy gondolom, ő lökte le Luanne-t a lépcsőn, mert Luanne meghallott valamit, amit nem kellett volna, vagy rájött valamire vele kapcsolatosan. Luanne azt mondta, hogy elég rossz híre van Christinának a szakmában a férfiügyei és hazugságai miatt. De nem tért ki a részletekre. És...

Leona ledermedt a fejébe villanó felismeréstől. Ahogy a szavakat mondta, egyre erősebbé vált egy gondolat. Szinte kifutott az erő a testéből. Érezte, ahogy arcából kiszökik a vér és szédülni kezd és le kellett ülnie.

– Brown asszony, valami baj van? – kérdezte a Brand, és letérdelt mellé. – Hozzak egy pohár vizet?

– Ha megtenné – nyögte Leona nehezen, miközben megpróbált uralkodni a testét megrohanó rosszulléten.

Brand elsietett, és egy pohár vízzel a kezében tért vissza. Leona remegő kézzel vette el és beleivott.

– Jobban van? – kérdezte aggodalommal a férfi a még mindig sápadt nőtől.

– Azt hiszem – adta át a poharat a férfinak és hátradőlt a fotelban. – Ne haragudjon, hogy ennyi kellemetlenséget okozok önnek. Nem aludtam túl sokat.

– Ne foglalkozzon most ezzel. Nagyon sápadt. Brown asszony, szóljak a férjének, hogy jöjjön önért?

– Ne – tiltakozott hevesen –, kérem, ne szóljon senkinek, hogy itt vagyok. Nem tud róla!

– Brown asszony!

– Kérem, Brand! Ha lehetne, megkérhetném, hogy a jövőben ne hívjon Brown asszonynak? A Leona pont elég lesz.

– De...

– És a magázódást is mellőzhetnénk.

– Én nem tudom...

– Én tudom, kérem.

– Rendben – egyezett bele a férfi a nő kérésébe. – Leona! Jobban van... vagy már?

– Igen, sokkal.

– Mi történt?

– Valami eszembe jutott. Mond neked valamit a Billy Carter név?

– Nem, semmit.

– Ezt a férfit tizenkét évvel ezelőtt Brown-ösztöndíjra jelölték, de egy baleset miatt nem ő kapta meg, hanem Adam Haddon. Azt gondoltam, ő okozta a balesetet az ösztöndíj miatt. De ma azt mondta nekem, hogy nem az ő neve volt a második név a jelöltek sorában. Csak most ugrott be a hasonlóság Billy balesete és Luanne balesete között. Mind a ketten véletlen baleset során, egy lépcsőn gurultak le. De Billynél nincs szemtanú, és Christina neve sem merült fel. Nem láttam a tablón sem a képét, így nem találtam összefüggést. De te azt mondtad, hogy Adam és ő osztálytársak voltak. Mi van, ha tényleg ő okozta a balesetet és elment az osztályból, mert meleg lett a talaj? Ez a tabló elkészülése előtt lehetett, mert akkor már nem járt abba az osztályba. Így a második jelölt is kilőve, aki Christina volt. Maradt Adam. A harmadikból első lett.

– Úgy gondolod, hogy Christina volt a második név a listán?

– Logikus lenne. Adam megszállottan utánozza a volt férjemet, Christina meg azért segít neki, mert Adam tudja, hogy ő lökte le Billyt a lépcsőn. Zsarolás áll az egész mögött, és emberi érdekek. Régi, örök dolgok.

– Christina gazdag és híres akar lenni. A férjed gazdag és híres. Egy sztár. Ha az ő felesége lesz, mindent megkap, amire csak vágyik. A csillogást, a pénzt. Ezért mindenre képes.

Leona nem válaszolt, csak nézte a férfit, aki a felismerés súlya alatt leült a földre. Fejét leszegve próbálta feldolgozni mindazt, amit megtudott. Most már biztos volt benne, hogy Christ-

ina soha nem fog elválni miatta, és minden, amit előadott neki
arról, hogy mennyire szereti őt, csak hazugság volt.

– Segítek neked kideríteni, mi az igazság, mert én is sze-
retném tudni. Jár nekem öt év hitegetés után – mondta végül.

– Nem szeretném, ha úgy éreznéd, elvárom ezt tőled. Ne-
ked nincs is közöd ehhez az egész cirkuszhoz. Nem is a te dol-
god kibogozni ezt.

– De igen, mert engem is fel akar használni céljai eléréséhez.
Egy másik férfit akar megszerezni az én szerelmem kihaszná-
lásával. Szerinted mi ez, ha nem érintettség a cirkuszban? – né-
zett fájdalmas tekintettel Leonára a férfi.

– Mit akarsz tenni?

– Úgy teszek, mintha minden rendben lenne köztünk és meg-
próbálok rájönni, mire készül. Igyekszem kideríteni a múltját,
amiről soha nem beszélt egyetlen szóval sem. Ha jól követtem
a dolgokat, Christina nyomorékká tett két embert, hogy elérje
a céljait. Ha ez így van, vajon mire képes még, hogy elérje azt,
amit most akar? Ölni is képes lenne? Téged gyűlöl! – nézett ko-
moly tekintettel a nőre. – Olyan mélyen és olyan hatalmas hév-
vel, hogy ennek a háta mögött valami más is van, mint az, hogy
megszerezze a férjed és a pénzed.

Leona csak nézte az előtte összeroskadva kuporodó férfit,
aki teljesen összetört a tényekkel való szembesüléstől. Éveken
át ápolt és őrzött egy szerelmet, amiről most kiderült, hogy ha-
zug és számító. Bár a lelke mélyén sejtette, hogy baj van, de az
egészen más, mint szembesülni vele és kimondani azt.

– Brand! Nem kell ebbe belefolynod. Már így is sokat segí-
tettél azzal, hogy elmondtad nekem ezeket a dolgokat. Meg-
erősített abban, hogy nem képzelgek, és tényleg készül valami.
Én majd mindent kiderítek, neked nem kell ezzel foglalkozni.

– Segíteni akarod neked. Cserébe azért, amit tettél értem.
– Leona nem értette, hogy a férfi miről beszél, és Brand is úgy
érezte szavai magyarázatot követelnek. – Még soha senki nem
bánt velem olyan emberségesen, mint te. Elismerted a tudá-
som és a bizalmadat adtad nekem. Meghallgattad az észrevéte-
leimet, a tanácsaimat. Fontosnak érzem magam és a munkám.

Úgy éreztem, lettem valaki. Amikor az autóban ültünk és a magánéletemről beszéltünk, olyan dolgokat mondtál, amit ha valaki már évekkel ezelőtt megtett volna, most nem tartanék itt. Már rég kiléptem volna kapcsolatból.

– Remélem tudod, hogy mibe mászol bele. Fogalmam sincs, mi lesz a dolgok végkifejlete.

– Tisztában vagyok vele, de semmi nem tántoríthat el a szándékomtól. Ma este találkozom Christinával.

– Rendben, ha biztos vagy benne, hogy ezt akarod, én nem tilthatom meg neked. De vigyázz magadra, mert nem tudni, mi jöhet még. – Egy pillanatig elgondolkozva nézte a férfit és bár tudta, hogy nehéz lesz neki szembenézni barátnője valódi arcával, mégis úgy vélte, nem tehet mást. – Köszönök mindent – mosolyodott el Leona. – Jelenleg csak ketten vagyunk, mert a férjem nem vesz tudomást a tényekről és inkább befogja a szemét. A koncertje most mindennél fontosabb neki – sóhajtott. – Most mennem kell. Haza kell érnem Clive előtt – állt fel, és elindult az ajtó felé. Ott egy pillanatra megállt és Brand felé fordult. – Köszönöm – mondta halkan és egy puszit nyomott a férfi arcára, akit ez a gesztus oly váratlanul ért, hogy szinte megbénult tőle, és képtelen volt bármit mondani vagy tenni.

Nézte, ahogy a nő kisiet az autójához és elhajt.

* * *

Leona gyors léptekkel viharzott át a kastélyszálló előterén, amikor Bob hirtelen elévágott.

– Na, végre! Már halálra idegeskedtem magam. Hol volt? – mordult rá.

Leona a férfira villantotta mosolyát. – Bob! Árt önnek az idegeskedés. Ne tegye hát! – mondta nyugodtan és indult volna tovább, de a férfi megakadályozta ebben.

– Ne bosszantson, Leona, mert elfelejtem, hogy ki is ön és elfenekelem – fenyegetőzött a férfi.

– Na! Egyre jobban alakul a mi kapcsolatunk, Bob, nem gondolja? Már fenyeget is.

– Ön pedig kiabált velem, titkolózik, és őrültségeket csinál. Felfogná végre, hogy milyen veszélyes dologba kezdett? – morogta halkan, hogy senki meg ne hallhassa, de a nő elég komolyan vegye szavait.

– Felfogtam! – suttogta Leona a férfinak. – De azt ne kérje, hogy ölbe tett kézzel nézzem, amint minden tönkremegy, amiért eddig dolgoztam. Nem engedem, hogy bárkinek is baja essen.

– Helyes! Ne tegye! De higgadjon le és pihenje ki magát. Mióta nem aludt már? Fáradtan az ember nem tud úgy gondolkozni és cselekedni, mint ahogy kellene. Ön egy nő, aki testi adottságaiból kifolyólag gyenge. Hogy akar szembeszállni Adam Haddonnal ilyen állapotban? Nézzen a tükörbe. Napok óta nem aludt rendesen. Mi van, ha megtámadja önt?

– Ezen már túl vagyunk! – húzta el száját Leona.

– Tessék?

– Adam Haddonnak esze ágában sincs elvenni Elisabethet, kivéve, ha én nem leszek az övé. A listán Christina a második név, és Adam Haddon a harmadik. Ezek mind ismerik egymást. Ha Luanne meghal, Christina egy gyilkos, és Billy balesete is az ő lelkén szárad. Ön szerint mit kellene tennem, Bob? Ki hiszi el ezt nekem, amikor nincs bizonyítékom? Még a férjem sem hisz nekem!

Bob nem felelt csak, nézte Leona kétségbeesett arcát. Nem hagyhatja egyedül. Segítenie kell neki.

– Most megy és lepihen! Holnap megbeszéljük, hogyan tovább. Mindenről tudni akarok! Nincs több titok! – mondta ellenvetést nem tűrően.

– Leona! Te hol voltál? – érkezett melléjük Clive, és kutató tekintettel nézett feleségére és Bobra. – Arról volt szó, hogy a kórház után hazajössz! Azóta már eltelt jó néhány óra.

Leona nem tudta, mit feleljen. Ha az igazat mondja, abból botrány lesz és arra most nem volt semmi szükség, hazudni pedig nem akart, mert még soha nem hazudott Clive-nak. Csak volt, amit titkolt, amíg nem látta elérkezettnek az időt a dolog közlésére.

– Miattam van az egész! – magyarázta Bob. – Leona elvitt egy iratot Brandnek, mert elfelejtettem és holnapra kész kell lennie. Határidős munka, de nem éreztem igazán jól magam. Ne haragudj, Clive, ha kellemetlenséget okoztam és felborítottam a délutáni programotokat.

– Nem gond, csak jobb' szeretném, ha Leona pihenne végre. Nagyon sápadt, és aggódom miatta – ölelte át a férfi a feleségét. – Ha mára már nincs szükséged rá, akkor felmennénk pihenni.

– Persze! Pihenjetek csak. Köszönöm, Leona! – mondta Bob és távozott.

Clive továbbra sem adta fel felesége vizsgálgatását. Furcsa volt, nagyon furcsa. Nem tetszett neki az, ahogy napok óta viselkedett. Mindenhol ellenséget látott és kombinált. Keveset pihent és rengeteget dolgozott. Ez hosszú távon így nem folytatható.

– Biztos, hogy jól vagy?

– Nem! Egyáltalán nem vagyok jól! Hogy lehetnék jól? – csattant fel. – Luanne a kórházban élet-halál között. Adam Haddon a lányomon. Valaki le akar járatni. Hogy lehetnék hát jól? – tapadt a férjéhez Leona. – Te pedig úgy teszel, mintha az egész az én képzelgésem lenne. Azt hittem, számíthatok rád, mert a férjem vagy, és szeretlek, és meg is halnék érted. Én mindenben támogatlak, igyekszem nem a terhedre lenni a próbák miatt, de most úgy érzem, nem vagy mellettem, pedig nagy szükségem lenne rád – buggyantak ki a könnyei.

– Kicsim, ne butáskodj! – szorította őt magához Clive. – Fáradtak vagyunk, és sok minden történt. Tudod, hogy szeretlek. Csak téged, és melletted vagyok, de úgy érzem, most túlzásba viszed a dolgokat. Csak próbálok józan döntéseket hozni.

– Túlzásba viszem a dolgokat? – emelte könnyes tekintetét a férfira. – Rendben. Legyen így, csak meg ne bánd! – mondta makacsul, és otthagyta a férfit a lépcső alján.

18.FEJEZET

– Bob, lenne számomra néhány perced? – kérdezte Clive másnap reggel a recepciónál álldogáló férfitól, mielőtt elindult volna a próbára.

– Persze, menjünk az irodámba.

A két férfi csendben sétált végig a folyosón. Egyikük sem szólalt meg addig, amíg be nem csukódott mögöttük az iroda ajtaja.

– Ugye tudod, miről akarok veled beszélni? – ült le Clive Bobbal szembe, és látszott rajta, hogy nagyon feszült.

– Leonáról. Igen, tudom, nagyon belelovalja magát ebbe az Adam Haddon-ügybe.

– Nagyon belelovalja magát? – képedt el Clive Bob szóhasználatától. – Ez már-már beteges, amit csinál. Összeesküvés-elméleteket sző.

– Én úgy gondolom, ez nem teljesen igaz.

– Te is neki adsz igazat? – háborodott fel a férfi. – Hagyod, hogy nyomozósdit játsszon? Mi van, ha valami baja esik?

Bob nyugodt hangnemben válaszolt: – Tévedsz, ha azt hiszed, hogy tetszik, amit csinál, de leállni nem fog, és ezt te is nagyon jól tudod. Ezért úgy gondolom, inkább mellette vagyok, hogy tudjam, mikor hol van, és mire készül. Annál is inkább, mert te nem érsz rá. Teljesen lefoglal a koncerted, és nem is látsz magad körül mást. Ez mindig is így volt. Te építgeted a karriered, Leona pedig vitt mindent egy szó nélkül a hátán: a céget, a gyerekeket, és téged – sorolta. – Én tudom, hogy szereted őt, de nem gondolod, hogy kissé túl sok az, amit elvársz tőle? Ő sohasem fogja neked ezt felemlíteni, de én megtehetem. Úgy tekintek rád, mint a fiamra. Az apád olyan volt nekem, mintha a testvérem lett volna, az édesanyád és én unokatestvérek voltunk. Fontos vagy nekem, és az is, hogy ti Leonával jól legyetek. De most úgy érzem, Leona magára maradt ebben a helyzetben. Hidd el, nem képzeleg, sok furcsa dolog van itt. Félt titeket, a családját, a házasságotokat. Apád halála a mai napig elevenen él benne. Hibásnak érzi magát, akkor is, ha mélyen legbelül tudja, hogy nem tehetett arról, ami akkor történt. De el akarja kerülni a bajt. Ezt pedig meg kell, hogy értsd! Nem akarja, hogy még valakinek baja essen a családból.

– De bizonyítékok nélkül vádol másokat. Nem hallgat senkire sem, csak megy a feje után.

– Meg fogja szerezni a bizonyítékokat. Mert én is azt gondolom, hogy igaza van.

– Te is csak a tüzet szítod ezzel a hozzáállással. Nem akarom, hogy baja essen.

– Én sem, elhiheted. De megakadályozni nem tudod őt abban, amit csinálni akar, és ezt te tudod a legjobban.

Clive felpattant a székéből, és idegesen kezdett fel s alá járkálni az irodában.

– Jó, rendben. Igazad van! De én nem tudok mellette lenni. A próbák teljesen lefoglalnak. Egyre közelebb van a koncert időpontja. – Bob felé fordult. – Szerezzetek bizonyítékot. Segíts neki, de kérlek, vigyázz rá!

– Ezt kérned sem kell.

– Nekem most mennem kell. Luanne balesete miatt minden borult.

– Akkor menj! Jó munkát! – A férfi távozni készült, de Bob utánaszólt. – És Clive! Ugye tudod, hogy milyen kincsnek vagy a birtokosa? Ne veszítsd el!

Clive távozott és Bob egyedül maradt. Telefonjáért nyúlt, és kikereste a hívni kívánt nevet.

– Szia, Paul!

– Már vártam a hívásod. Biztos voltam benne, hogy jelentkezni fogsz.

– Mire jutottatok?

– Semmire. A jelen állás szerint baleset történt.

– Paul, megkérhetnélek valamire?

– Sejtettem, hogy ezt fogod kérni, mert nem hiszed, hogy baleset volt.

– Te sem, ha jól sejtem. Nekem van valamim, amin elindulhatsz. Tizenkét évvel ezelőtt történt egy balesetnek minősített ügy. Egy fiú lezuhant a biciklijével egy hosszú lépcsőn. Lebénult, és fejsérülései is voltak. Sokáig nem lehetett tudni, életben marad-e. Most már valamennyire tud menni és beszélni is, de sosem fog teljesen felépülni. Megnéznéd, mit találsz az üggyel kapcsolatban? A fiú neve: Billy Carter. Jó lenne, ha utánanéznél Christina Beckmannak is, és Adam Haddonnak. A múltjukban lennie kell valami közös pontnak.

– Rendben, megnézem, mit tehetek – mondta a férfi. – De áruld el nekem, te mit gondolsz az ügyről?

– Azt, amit Leona is. A Billy Carter-ügyben érintett Christina Beckman és valami köze van hozzá Adam Haddonnak is. Nagyon zsarolásszaga van az ügynek. Luanne-t Christina lökhette le a lépcsőn, hogy elhallgattassa, és hogy a helyébe léphessen a színpadon. Így akart Clive közelébe kerülni.

– Ugye Leona Brown nem kezdett el nyomozni?

– Kérlek, vigyázz rá! – mondta Bob.

– Tehát igen. Végül is erre számítottam. Megteszem, ami tőlem telik. Egy percig sem gondoltam róla, hogy karba tett kézzel vár majd.

– Köszönöm, Paul, hálás vagyok.

Bob legszívesebben bezárta volna Leonát egy szobába az ügy végéig, de tudta, ez nem menne. Kimászna az erkélyen és leereszkedne lepedőkön, vagy bármin, csak hogy kiszökjön onnan. Jobb, ha támogatja őt. Így figyelemmel kíséri minden egyes lépését. Kisétált a recepcióhoz és remélte, még nem ment el. Beszélnie kell vele, hogy nyomatékosítsa benne, ne tegyen semmit a tudta nélkül.

– Leona itt van még? – kérdezte a portán álldogáló biztonságit.

– Még a házban van. De épp ott jön – mutatott a férfi a lépcső irányába.

Bob határozott léptekkel indult meg a nő felé. – Jó reggelt, Leona! Kipihente magát?

– Ahogy lehetett.

– Mit tervez mára?

Leona zöld szemeit a férfira szegezte. – Bob, ugye nem fog ellenőrizni engem? Már Marknak sem jött be a dolog.

– Csak tudni szeretném, mire készül, hogy segíthessek.

Leona hezitált egy pillanatig, majd kibökte, mit tervez.

– Kiadom Billy verseit.

– Ez hogy jutott az eszébe?

Bob nem erre a válaszra számított.

– Váratlanul – vágta rá a választ a kérdésre. – Tehetséges, és így pénzt is csinálhat a tehetségéből – magyarázta döntését.

– Aztán? – érdeklődött tovább gyanakodva.

– Bemegyek a próbára. Beszélni akarok Edwarddal és látni akarom, mit művel Christina a férjemmel.

– A féltékenység rossz tanácsadó.

– Nem féltékenységből teszem, hanem önvédelemből. Aztán azt is szeretném látni, hogy a jelenlétem idegesíti azt a nőt. Azt akarom, hogy ne érezze magát biztonságban és hibázzon. Bizonyítékot kell szereznem ellene.

– Leona, ez így nem lesz jó! Az a nő kiszámíthatatlan és csak olaj a tűzre, ha érzi, hogy ön gyanakodik és a nyomában van.

– Megsúgok valamit önnek, Bob – mondta Leona sejtelmesen, és közel hajolt a férfihoz. – Nem érdekel.

Tekintete a bejáratra szegeződött és látta, amint Brand belép az ajtón. Mikor a férfi meglátta őt és Bobot, feléjük vette az irányt.

– Szia, Leona! Jó reggelt, Bob! – üdvözölte őket.

– Szia, Brand! Beszélhetnénk? – kérdezte Leona a férfitól.

– Persze, amikor csak akarod!

Bob rosszalló tekintettel hallgatta a párbeszédet. Hamar bizalmába fogadta Leona a férfit. Még néhány hete van csak itt, és már tegeződnek.

– Brand, ha megbocsájt, még lenne egy-két mondanivalóm Leonának – mondta Bob ellentmondást nem tűrően. A férfi tudta, hogy most távoznia kell, és azt is sejtette, miért.

– Brand, várj meg kérlek kint a teraszon, azonnal megyek – mondta Leona mosolyogva a férfinak.

A férfi úgy tett, ahogyan azt a nő kérte tőle. Gyors léptekkel távozott, és amint eltávolodott tőlük, Bob hangot adott nemtetszésének.

– Mióta vannak ilyen jó kapcsolatban Branddal? Még alig ismeri.

– Ne kezdje maga is a féltékenykedést. Pont elég nekem Clive. Nem hinném, hogy összedől a világ, amiért az egyik munkatársammal tegeződöm. Egyébként kedvelem és bízom benne. Van még kérdése?

A férfi egy ideig még összeszűkült szemekkel nézett rá, majd megszólalt.

– Nincs. Egyelőre. De ne csináljon semmilyen ostobaságot!

– Majd igyekszem jó kislány lenni – búgta a férfinak és távozott.

Bob a béketűrése határán volt. Lehet, hogy mégsem kellett volna, elmondania a nőnek, hogy mit érez iránta? Szándékosan dacol vele. Egyre inkább hasonlít Markra. Megy a saját feje után, és azt teszi, amit ő akar. Nem hallgat senkire.

Leona a teraszra sietett, ahol már Brand várt rá.

– Úgy gondolom, Bobnak nem tetszett, amit hallott – mondta a tegeződésükre célozva a férfi, amint a nő leült az asztalhoz.

– Bobnak sok minden nem tetszik mostanában. De most jobban érdekel az, hogy mi volt este Christinával.

– Nem jött el, csak egy kurta üzenetet küldött a telefonomra, hogy kimentse magát. Hiába hívtam, nem vette fel.

– Szerinted sejt valamit?

– Nem. Szerintem, csak próbál lepattintani engem, hogy ne nyaggassam a kérdéseimmel.

– Én mindenesetre most bemegyek a próbára.

– Mire készülsz?

– Igazából semmire, azt akarom, hogy Christina lásson engem.

– Leona, én a helyedben vigyáznék. Ha tényleg igaz az, amit gondolunk, veszélyes lehet.

– Így is veszélyes, úgyhogy tökmindegy. Most megyek, te pedig számíts Bob vizslató tekintetére.

A férfi elgondolkodott, hogy vajon megkérdezheti-e azt, ami már egy ideje motoszkál a fejében, vagy sem. De aztán úgy döntött, miért is ne.

– Bob szerelmes beléd?

Leonát váratlanul érte a kérdés. Honnan tudhat erről a férfi? Neki éveken át nem tűnt fel ez, Brandnek meg csak pár nap kellett és észrevette ezt?

– Nagyon remélem, hogy ez nem tűnik fel rajtad kívül másnak. De honnan veszed?

– Többször rajtakaptam, hogy amikor úgy gondolja, senki nem figyeli őt, téged néz. Van az irodájában egy mappa, amiben benne van a rólad szóló összes eddig megjelent cikk. Véletlenül láttam meg. Amikor hiába kopogtam, nem felelt és benyitottam. Nem rakta be hirtelen a fiókjába, mert az nagyon feltűnő lett volna. Próbálta odébb csúsztatni, de az egyik fotó kicsúszott a többi közül.

– Kérlek, amit most mondtál, maradjunk köztünk. Én is csak rövid ideje tudom, hogy valójában hogy érez irántam Bob. Én eddig úgy kezeltem őt, mintha csak az apám lenne. Clive nem tud a dologról és nem is akarom, hogy tudomást szerezzen róla. Mark halála óta Bob olyan neki mint egy pótapa, és nagyon jó a kapcsolatuk. Bob anyukája és Clive nagymamája testvérek voltak. Ez még inkább erősíti a kapcsolatukat. Bob beteg, és én szeretném, ha még sokáig élne. Nagyon sokat köszönhetek neki. Ő segített nekem felvállalni a Clive iránti érzéseimet, és ezt annak ellenére tette, hogy ő is szerelmes volt belém. Fontos nekem, akkor is, ha néha túlzásba viszi az ellenőrzésemet.

– Bízhatsz bennem.

– Tudom, és ezt nagyon köszönöm! Később beszélünk – mosolyodott el Leona és elsietett.

* * *

A próbaterem dübörgött a zenétől. A színpadon táncosok melegítették be izmaikat. Néhány énekes skálázott a zongoránál. Nagy volt a zsongás, így senki nem figyelt fel a váratlan látogatóra. Leona Edwardot kereste a szemével. Mikor megpillantotta a férfit, odasietett hozzá.

– Leona! – üdvözölte őt Edward örömmel, mikor meglátta. – Clive-hoz jöttél?

– Hozzá is, de előtte szeretnék veled beszélni.

– Hogy van Luanne? Nagyon aggódom miatta.

– Nincs jól. Innen a kórházba megyek.

– Szörnyű, ami vele történt. Szerencsénkre Christina megmentette a helyzetet. Átvette Luanne helyét nemcsak a táncban Clive mellett, hanem a koreográfiát is ő csinálja tovább. Nagy szerencsénk van vele.

– Hát ez remek! – húzta el a száját Leona. – Hogy én ettől milyen boldog vagyok! – mondta gúnyosan. – Honnan ismered egyáltalán ezt a nőt?

– Az édesanyja nagyon jó barátom. Pár éve jöttek vissza a városba, és Christina létrehozta az iskoláját. Sokat segítettem neki ebben. Így amikor jött Clive koncertje, úgy gondoltam, jó ötlet velük csinálni ezt az egészet.

– Ha gyerekkorától ismered, akkor azt is tudod, hogy Christina miért nem érettségizett itt, annak ellenére, hogy ide járt gimnáziumba.

– Igen, gyerekkorától ismerem. Az édesanyja egyedül nevelte őt. Igazából nem tudom, miért mentek el innen, de nagyon hirtelen távoztak. Biztos valami családi ügy van a háttérben. Sosem faggatóztam ezek felől a dolgok felől. Ez magánügy.

– Ismered Christina férjét?

– Igen, persze. Nagyszerű fickó. Remek ember, sokat foglalkozik a gyerekükkel, hogy Christina nyugodtan építhesse a karrierjét. Csodálom Christinát azért, amit elért.

– Hát ez igazán remek! Tehát a nő egy szent, piszkos múlttal és még piszkosabb jelennel. Hol dugdossa az angyalszárnyait?

– Nem értem, miről beszélsz. Olyan furcsa vagy. Van valami probléma talán?

– Nincs, Edward! – veregette meg a férfi vállát Leona. – Te csak csodáld tovább nyugodtan, amíg még lehet. Aztán nehogy meglepődj, hogy szárnyak helyet patái vannak a te angyalodnak – mondta dühösen.

– Leona, mi a baj? – nézett elképedve rá a férfi. Még soha nem látta ilyen ingerültnek a nőt.

– Semmi, Edward, csak te is megkajálod ennek a nőnek minden szavát. Miért vagytok úgy elájulva tőle? Mi az oka annak, hogy nem látjátok, milyen zavaros minden körülötte? Luanne látta, és mi lett vele. Megyek, megkeresem a férjemet addig, ameddig még van – mondta Leona és távozott.

Edward ámulva nézett utána. Fogalma sem volt, hogy mi a baja a nőnek, de nagyon furcsán viselkedett. Még soha nem látta ilyennek, pedig évek óta ismerte őt.

– Szia! – állt meg férje háta mögött Leona.

Clive gyorsan hátrafordult, és szemben találta magát mosolygó feleségével.

– Kicsim! – kiáltott fel a meglepetéstől. – Te hogy kerülsz ide?

Leonának sikerült elérnie váratlan megjelenésével azt, amit akart: minden szempár részegeződött, és Clive odavolt érte. Christina összeszűkült szemekkel szemlélte az eseményeket és közben úgy csinált, mintha izmait nyújtaná. Neki egyáltalán nem tetszett, hogy Leona felbukkant itt. Vajon mi a szándéka ezzel? Mert hogy van, abban biztos volt.

– Gondoltam, örülsz majd nekem.

– Nagyon örülök – mondta Clive és megölelte. – Gyere! – fogta meg a kezét és félrehúzta egy nyugodt, a színpadtól kissé távolabb eső helyre, ahol rejtve voltak minden kíváncsi tekintettől. Mindenki folytatta a próbát, senki nem foglalkozott velük, kivéve Christinát. Ő igyekezett egyre közelebb kerülni hozzájuk, hogy láthassa, mi történik. Leona egy pillanatra sem veszítette szem elől a nőt. Úgy állt, hogy jól láthassa annak minden egyes mozdulatát.

– Nagyon rosszul éreztem magam, hogy olyan feszült volt köztünk a légkör, amikor elváltunk – mondta férjének.

– Én is! Nagyon boldog vagyok, hogy idejöttél! – súgta a férfi. – Kicsim, én nagyon sajnálom, ha úgy érzed, nem foglalkozom veled eleget...

Leona az egyik ujját a férfi ajkaihoz érintette. – Most ne fecséreljük az időt. Neked vissza kell menned próbálni, én pedig megyek a kórházba Luanne-hoz. Ezt a néhány percet töltsük el hasznosan – súgta, és megcsókolta. Clive odaadóan viszonozta azt és egyre hevesebben, nem is foglalkozva azzal, hogy hol vannak és ki láthatja őket. Egy gyors mozdulattal felkapta feleségét és az egyik asztalra ültette. Leona szembe került az őket néző Christinával. A nő gyilkos tekintettel nézett rájuk, mikor Leona váratlanul felnézett, és makacsul szembenézett vele. Ezzel a pillantással egyértelműen jelezte felé, hogy Clive az övé, és tudja, mire készül. A férfi egy újabb csókja tapadt ajkaira, és ekkor már csak szeme sarkából látta, ahogy Christina dühös léptekkel elviharzik.

– Szeretlek, kicsim – súgta Clive.

– Én is szeretlek. Nagyon szeretlek.

– Ígérd meg nekem, hogy vigyázol magadra, bármit is tervezel.

– Ígérem! – súgta Leona, és még néhány pillanatig élvezte a mámorító pillanatot férje karjaiban. – Mennem kell. Meg kell néznem, mi újság Luanne-nal.

– Jól van, bár jobb' szeretnék veled menni. Üdvözöld helyettem is!

– Így lesz! Most megyek! – állt talpra Leona. Egy csókot nyomott férje szájára és indulni készült. De Clive nem eresztette, még mindig szorosan magához ölelte őt. – Kérlek, mennem kell, és neked is.

– Nem akarok!

– De muszáj, és nekem is. Este találkozunk.

Leona gyorsan kibontakozott a férfi ölelő karjaiból és elsietett. Clive még egy ideig mosolyogva állt, és aztán rendbe szedte magát, hogy visszamehessen a többiekhez.

– Akkor folytassuk – mondta ismét a színpadon állva. – Szeretném elpróbálni még egyszer ugyanazt, amit az előbb. – Mindenki a helyére állt, de Christinát sehol sem találta. – Christina hol van?

– Az előbb még itt volt – mondta Sylvia, miközben tanácstalanul szétnézett.

– Megkeresem – jelentette ki Clive.

Kiment a teremből és keresni kezdte a nőt.

Az egyik öltöző ajtaja félig nyitva volt, és szófoszlányok szűrődtek ki rajta. Christina pedig sírt.

Clive hirtelen betoppant az ajtón, és kérdőn nézett az ott lévő két nőre. – Mi történt?

– Semmi! – pattant fel Christina. – Csak egy kis por ment a szemembe.

– Christina, ne szórakozz! Mi bajod van?

– Az ön felesége az előbb megfenyegette őt – mondta Helga határozottan. – Idejött és megráncigálta, és azt mondta, hogy ha nem hagy magának békén, akkor véget vet a karrierjének és kirúgatja innen – hadarta hevesen.

– Nem, ez nem igaz. Ez csak valami félreértés lehet – mondta halkan és vontatottan a férfi. – Leona nem lehetett.

– Én nem igazán nevezném félreértésnek a dolgot – folytatta Helga elszántan. Ez az ő nagy alakítása, és egyre jobban élvezi. – Úgy megszorította Christina csuklóját, hogy ott maradt a helye. Nézze csak – tolta a nő említett testrészét a férfi elé.

Clive tekintete Christina csuklójára siklott, amelyen jól kivehető ujjlenyomatok voltak; nem hiába fáradoztak rajta Helgával. A vörös sérülések alátámasztották szavaikat. Clive hallotta, amiket mondtak neki, és látta is, de nem tudta elhinni.

– Szedd össze magad, és menj a próbaterembe! – mondta a nőnek és kiviharzott az öltözőből.

A két nő összevigyorgott, és Christina letörölte krokodilkönnyeit.

Clive Leonát hívta. Utána akart járni a dolognak. Ez így nem mehet tovább.

– Ön Clive Brown? – lépett hozzá egy férfi.

Clive megszakította a hívást, és kíváncsian nézett az előtte állóra.

– Igen. Parancsoljon!

– Levele érkezett. Átvenné, kérem? – mondta, és egy borítékot nyújtott Clive felé.

A férfi aláfirkantotta a nevét és átvette a levelet. Nem volt rajta feladó. Csak az ő neve és a próbaközpont címe szerepelt rajta. Gyorsan kibontotta, és amit abban látott, azt maga sem hitte el.

* * *

Leona beszaladt a kiadóba, amelyet egy régi kedves ismerőse vezetett, és megbeszélte vele Billy verseskötetének kiadásának lehetőségeit. Tehetségesnek tartották a fiút és remeknek a verseit: azok olvasása után azonnal záporozni kezdtek az ötletek kiadásukkal kapcsolatban, ami nagyon boldoggá tette Leonát. Megegyeztek, hogy napokon belül jelentkeznek a borítótervekkel és megszerkesztik a költeményeket. Leona nagyon elégedetten távozott.

Mikor az autója felé tartott, egy ott álldogáló alakra lett figyelmes. Mikor közelebb ért hozzá, felismerte, ki is az.

– Nyomozó! Minek köszönhetem, hogy újra látom?

– Üdvözlöm, Brown asszony!

– Miért van olyan érzésem, hogy ön követ engem?

– Ez a munkámmal jár. Beszélhetnénk?

– Mit mondhatnék én önnek?

– Véleményem szerint sokat segíthet nekem.

– Ha valóban így gondolja, akkor máris adok önnek egy információt. Nem engem kellene itt kérdezgetnie hanem Christina Beckmant. Utánanézhetne a múltjának és egy biciklisbalesetnek, aminek ő volt az okozója.

– Ugye nem kezdett el nyomozni?

– Miért? Mi van, ha így tettem? Letartóztat? Nem tettem olyat, ami törvénybe ütközne. Én nem – nyomta meg sokatmondóan utolsó szavait.

– Igaza van, nem tett semmit, ami törvénybe ütközne, de baja eshet, ha továbbra is saját szakállára gyűjti az információkat. Veszélyes utakra is tévedhet.

– Akkor legalább majd figyel arra, amit mondok. Mert most teljesen feleslegesen állunk itt, mert nem hallja a szavaimat. – Leona telefonja megcsörrent és gyorsan felvette. – Tessék, Leona Brown – szólt bele határozottan.

– Jó napot, Brown asszony! Dr. Smith vagyok a kórházból.

– Valami baj van Luanne-nal? – riadt meg az orvos hivatalos hangját hallva.

– Be tudna most jönni a kórházba? A hölgy egyfolytában önt hívja.

– Mindjárt ott vagyok – mondta, és miután kinyomta a telefonját, az autója kulcsa után kutatott.

– Mi történt? – kérdezte a nyomozó.

– Nem tudom, a kórházból hívtak. Luanne engem hív. Mennem kell.

– Kövessen az autójával, úgy hamarabb átjuthat a forgalmas városon – mondta a férfi, és elsietett az autójához.

Leona nagyon ideges volt. Kezei szinte remegtek, amikor kinyitotta autóját. Erősen markolta a kormányt, szinte belevörösödtek ujjai annak szorításába. A nyomozó autójával gyorsan kitolatott a parkolóból, és Leona utánahajtott. A kórházhoz vezető út nagyon hosszúnak tűnt, pedig csak tíz percre volt a kiadó épületétől. Mégis, az idő ólomlábakon vánszorgott. Mikor odaértek, Leona berontott a kórházba és végigrohant a hosszú folyosón, nyomában a nyomozóval.

– Brown asszony! – lépett elé egy fiatal orvos. – Örülök, hogy ilyen gyorsan ide tudott érni. A beteg állapota válságos. Egyfolytában önt hívja. Nem tudom, tud-e majd egyáltalán kommunikálni önnel, de megnyugodna, ha mellette lenne.

– Mit jelent az, hogy válságos az állapota? – Az orvos hosszú, minden szónál többet mondó pillantást küldött Leona felé. – Értem – nyögte. – Most bemehetek hozzá?

– Igen.

Leona megpróbálta összeszedni magát. Ismét szédült, és a gyomra is émelygett. Nagy levegőt kellett vennie, hogy el ne ájuljon.

– Biztos, hogy jól van? – kérdezte a nyomozó kutató tekintettel, a nő sápadtságát látva.

– Igen – mondta Leona, és egy határozott mozdulattal bement a kórterembe.

Luanne ugyanúgy feküdt, mint ahogy utoljára látta őt. Mindenhol csövek lógtak ki belőle és gépek csipogtak körülötte. Az életnek egy csepp jele sem látszott rajta. A szobában annyira ridegnek és hidegnek tűnt minden, hogy Leona beleborzongott abba. Csontjai között érezte a ridegséget és a halál fojtogató közelségét. Testét ellepte a félelem. Lassan odalépett Luanne ágyához és megfogta sápadt, jéghideg kezét. Érintésétől Luanne szemei kinyíltak.

– Leona! – suttogta.

– Ne erőltesd magad. Már itt vagyok! Pihenj! – mondta lágyan. – Itt maradok melletted. Csak aludj!

– Mondanom kell valamit – nyöszörögte a nő.

– Luanne. Tudom. Christina volt. Nem hagyom, hogy megússza, esküszöm neked. Felelni fog a tetteiért, az összesért – jelentette ki Leona határozottan.

A nő lehunyta szemeit és egy könnycsepp gördült ki belőlük.

– Hallottam őt. Vigyázz! Ártani akar nektek – mondta nehezen lélegezve. – Keresd Juliát!

– Juliát? – kérdezte Leona. – Ki az a Julia?

– Sylvia tudja – nyögte, és a gépek összevissza kezdtek sípolni.

Pillanatokon belül hatalmas felfordulás lett a szobában. Orvosok és nővérek szaladgáltak, és Leonát egyre távolabb taszigálták Luanne mellől. A műszerek sípolása egyre elviselhetetlenebb lett, majd hirtelen csend telepedett a szobára. Néma csend. Jéghideg, fagyos, dermesztő csend. Leona rémülten nézett a körülötte lévő emberekre. Már senki nem sietett, már semmi nem volt sürgős. Minden lelassult, és senki nem mert ránézni.

– Mi történt? – kérdezte alig hallhatóan.

Az orvos, akivel az imént váltott néhány szót, részvétteljes tekintettel lépett elé.

– Brown asszony, nagyon sajnálom, de már az is csoda volt, hogy eddig élt – mondta a fiatal orvos. – Fogadja részvétem.

Leona értetlenül bámult az orvosra. Képtelen volt elhinni, amit mondott. Az előbb még beszélt vele, még őt hívta, a kezét fogta.

– Nem, az nem lehet, az előbb még beszélt hozzám.

– Megtettük, amit csak lehetett.

– Nem! – kiabálta Leona. Arrébb tolta az előtte álló orvost, és igyekezett Luanne közelébe menni.

A nyomozó eddig tisztes távolságból szemlélte az eseményeket, de most elérkezettnek látta az időt közbelépni. Megpróbálta Leonát kivinni a kórteremből.

– Menjünk! Itt már nem tehet érte semmit – mondta nyugtatólag, de szavai csak jobban feltüzelték Leona lelkében a tehetetlen haragot.

Dühös, vörös szemekkel a férfira nézett.

– Ahelyett, hogy engem nyugtatgat, menjen és tartóztassa le Luanne gyilkosát – förmedt rá. – Luanne elmondta, hogy Christina lökte le. Menjen már! – kiabálta Leona.

– Nem tehetem, nincs bizonyítékom – mondta a férfi.

– Nem teheti? – förmedt ismét rá Leona könnyes szemmel. – Milyen bizonyíték kell még önnek egy gyilkossági kísérlet és egy gyilkosság után? Egy újabb hulla?

– A hivatalos utat kell követnem.

Leona alig látta könnyein keresztül az előtte álló férfit. Dacosan felszegte a fejét.

– Rendben, kövesse azt! Én pedig követtem a saját utamat – mondta, és szélsebesen kiviharzott a szobából.

A nyomozó utánairamodott, és a folyosón elkapta a karját.

– Ne csináljon őrültséget! Ön most vesztette el a barátnőjét, érthető, hogy ideges. De le kell higgadnia. Ha Christina gyilkos, akkor nagyon veszélyes lehet önre, Leona.

– Kit érdekel? – rántotta ki karját a férfi kezei közül. – Megölték a férjemet, most a barátnőmet. Nem fogom engedni, hogy ez újra megtörténjen. Egy cseppet sem érdekel, hogy ez tetszik önnek, vagy sem – mondta, és elindult kifelé az épületből.

Maga sem tudta, hogyan jutott ki onnan. Szemei könnyesek voltak, szíve a torkában dobogott. Lábai remegtek, gyomra émelygett. Sikerült beülnie az autójába, és ott a kormányra bukva utat engedve könnyeinek zokogott.

– Bob, itt Paul. Luanne Rice az imént meghalt a kórházban.

– Istenem! – sóhajtott a férfi.

– Leona is jelen volt, amikor történt. Nagyon kikészült, nem tudom, mire készül. Magánkívül van.

– Hol van most?

– Az autójához rohant. Nem tudom, mit csinálhat, de ott ül már jó ideje.

– Kövesd, akárhova is megy!

– Szándékomban áll, annál is inkább, mert ha igazatok van, Christina veszélyes lehet rá. Amúgy a Christina Beckman név sehol nem található, egészen öt évvel ezelőttig. A nő nevet változtatott. Előtte az anya nevén volt nyilvántartva. A Beckman nem tudom honnan jött, de a férje neve Wolf. Azt sosem vette fel.

– Köszönöm! – mondta Bob.

– Leona elindult, mennem kell.

A férfi gyorsan letette a telefont és az autójába ült. Igyekezett követni Leona járművét. A forgalom egyre nagyobb lett, és mindinkább lemaradt tőle. Ha beindítja a szirénát, azonnal feltűnik a nőnek, hogy követi őt, és akkor még őrültebb tempót diktál majd.

Leona csikorgó gumikkal fékezett le a próbaterem előtt. Kiugrott az autójából és beviharzott az épületbe. Átvágott az előterén és egyenesen a színpadra robogott. Ott elkapta a neki háttal álló Christina kezét és megrántotta. A nő rémülten pislogott rá. Néma csend lett a teremben. Minden szempár rájuk szegeződött, de senki nem mert közbeavatkozni.

– Ne hidd, hogy ezt megúszod. Luanne elmondta nekem, hogy te lökted le a lépcsőn – csavarta hátra Christina kezét, amitől az térdre zuhant előtte. – Te vagy a felelős Billy Carter balesetéért is. Tudom, hogy mit tervezel, de figyelmeztetlek, manipulálhatsz bárhogy, én nem veszem be – rántott egy hatalmasat Christina karján, aki a fájdalomtól felkiáltott.

– Leona! – kiabált rá Clive, amikor meglátta, mi folyik a színpadon. – Leona! – ismételte, és felszaladt hozzá. – Engedd el! – parancsolta, de Leona csak még jobban szorította Christina kezét. – Engedd el! Elég lesz! Mi bajod van?

A nyomozó beszaladt a próbaterembe és megállt a színpad előtt. Azonnal felmérte a helyzetet, és meg is értette Leona viselkedését Christinával szembe, de nagyon veszélyesnek is tartotta. Véget kell vetnie ennek, amilyen gyorsan csak tud.

– Leona! Engedje el! – kérte határozottan, de nyugodt hangon. – Megértem, hogy kétségbe van esve, de így nem megy semmire. Kérem!

Leona könnyes szemmel nézett a körülötte lévőkre, majd egy mozdulattal felrántotta a földön lévő nőt és nagyot taszított rajta, aki ettől hátraesett és elterült a padlón.

Clive elképedve nézett feleségére. – Mi a fenét művelsz? – kérdezte hüledezve.

Leona férjére emelte könnyes tekintetét. – Luanne meghalt – mondta, és hirtelen megfordult vele a terem. Nekiesett férje mellkasának. Clive kétségbeesve kapta el és ölbe vette. A teremben még a lélegzetvételeket is hallani lehetett. Döbbent csend uralkodott. Christina még mindig a padlón ült. Senki nem nyúlt hozzá, hogy felsegítse onnan.

Clive ölében Leonával lement a színpadról és kivitte őt a teremből.

A nyomozó a színpad elé ment és Christinára nézett. – Nem esett baja?

– Nem! – felelte halkan a nő.

– Nézze el Brown asszonynak az imént történteket. Luanne a szeme láttára halt meg.

– Nem történt semmi – állt fel a földről Christina és távozott.

A nyomozó elgondolkozva nézett utána. Szemmel kell tartania ezt a nőt. Bizonyítékot kell szereznie addig, amíg még valakinek baja nem esik. Ha igaz, amit Leona és Bob gondolt, ez a nő nagyon veszélyes. Semmilyen érzelmet nem mutat, olyan hidegvérrel kezel minden váratlan dolgot, hogy az már dermesztő. Bármilyen szerepet képes felvenni; a hős megmentőét vagy az ártatlan áldozatét. Rezzenéstelen arccal tud válaszolni bármilyen kérdésre. Okos és óvatos.

* * *

Leona nagyon fáradtnak érezte magát. Mozdulni sem volt kedve. Nem tudta, mióta fekhetett az ágyában, de nem is érdekelte. Azt sem tudta, hogy került oda, de nem is volt fontos. Ha felidézte magában az elmúlt órák történéseit, újra elöntötte a tehetetlen düh és a fájdalom.

– Jobban vagy? – kérdezte Clive az ággyal szemben lévő fotelban ülve.

– Nem igazán.

A férfi felállt és odament hozzá. Úgy állt felette, mintha vallatni készülne. Szemei olyan hidegek voltak, mint amilyennek Leona még soha nem látta azokat. – Beszélnünk kell.

– Miről?

– Szerinted nem történt semmi?

– De igen. Christina megölte Luanne-t.

– Úristen, Leona! – kezdett idegesen fel s alá járkálni a férfi a szobában. – Mikor hagyod már ezt abba? Nem fenyegethetsz és bántalmazhatsz csak úgy senkit. Nem akartam elhinni, amit Christina állított rólad reggel, hogy amikor ott voltál, megfenyegetted és megszorongattad. De utána a saját szemmel is láthattam, mit csinálsz vele.

– Na, álljunk meg! Miről beszélsz? – ült fel az ágyban Leona. – Én nem is beszéltem Christinával reggel, és nem is fenyegettem meg.

– Pedig tanúja van rá!

– Ne is mondd, kitalálom. Helga.

– Pár órával ezelőtt többen látták, ahogy kicsavarod a kezét és a földre taszítod. Többek között egy rendőr is – állt zsebre dugott kézzel felesége előtt a férfi. – Nem tudom, hogy mi történik veled, de egyre inkább olyan vagy, mint apa. Fenyegetsz, megfélemlítesz, és ítélkezel. – Leona nem felelt – teljesen feleslegesnek tartott minden szót. – Nem mondasz semmit? – nézett kérdőn rá Clive.

– Van értelme?

– Akkor kérlek, erre adj nekem magyarázatot – dobott az ágyra egy fotót a férfi.

Leona nézte az ágyon elterülő képet, és valami furcsa módon egy cseppet sem érdekelte, hogy ami rajta van, az félreérthető.

– Mit mondjak? Ez Adam Haddon és én, amikor nekinyom az autómnak Billy Carter háza előtt, közben pedig fenyeget.

– Ki az a Billy Carter?

– Christina első áldozata, de szerencsére ő túlélte, csak egy életre tönkretette őt.

– Kértelek, hogy hagyd abba a nyomozást, de te nem. Nem bírsz leállni – kiabálta a férfi. – Miért akarsz mindent tönkretenni?

– Én akarok mindent tönkretenni? – háborodott fel Leona. – Hisz' éppen te vagy az, aki mindet tönkretesz ezzel a hozzáállással. Miért nem látod, amit én? Miért nem hiszel nekem? – kérdezte esdeklő tekintettel férjétől.

– Nem erről van szó! – csattant fel Clive.

– Akkor miről? Szerinted mi van ezen a képen? – kapta fel az ágyról Leona és feltérdelt. – Ahogy csókolózom Adam Haddonnal? Magad sem hiszed.

– Én már nem tudom, mit higgyek. Félreérthető ez az egész.

– Féltékeny vagy? Pont Adam Haddonra?

– Szerinted nincs okom rá? Apát is megcsaltad velem, pedig a menyasszonya voltál – kiabálta a férfi, de amint kiejtette a szavakat, meg is bánta azokat.

Leona csak nézett rá elfátyolosodott szemekkel és érezte, hogy a mellkasában valami szorítani kezd. A sírás a torkát fojtogatta. – Ne haragudj! – ült mellé Clive.

Meg akarta érinteni felesége arcát, de az elhúzódott tőle, majd lelépett az ágyról és fájdalmas tekintettel nézett rá.

– Tudod, miért feküdtem le akkor veled? Mert az apád előtte megerőszakolt. Be kellett bizonyítanom neki, hogy szeretem és mellette maradok, és téged örökre elfelejtelek. Én mindent megígértem és megtettem volna azért, hogy te életben legyél, és többet ne bántson. Sokat ivott, lerángatta rólam a hálóinget és a földre tepert. Durván, akaratom ellenére tett a magáévá. Úgy nekipréselt a padlónak, hogy mozdulni sem bírtam. Hagytam, hogy azt tegyen velem, amit csak akar, csak neked ne legyen semmi bajod. Megbüntetett azért, amit el sem követtem. Ezért döntöttem úgy, hogyha már megvolt a büntetésem, elkövetem a bűnt is. Érezni akartalak, legalább egyszer ebben az életben. Mert szerettelek, és a mai napig szeretlek. Eddig úgy éreztem, te is szeretsz engem, de most már nem vagyok benne biztos. Jön egy ilyen semmi nő, mint Christina, és a hazugságaival az ujja köré csavar téged.

– Kicsim! – állt fel a férfi és felesége felé lépett, de az hátrálni kezdett.

– Soha. Érted? Soha nem gondoltam volna, hogy valaha ezt fogod mondani nekem. Most pedig, kérlek, hagyj magamra – mondta sírástól elfúló hangon. – Azt hiszem, mind a kettőnk-

nek el kell gondolkodnunk a közös jövőnkről, ha van még olyan –
mondta és a fürdőszobába ment, ahol már nem bírta tovább
tartani magát és zokogni kezdett.

Összekuporodva rogyott a padlóra, és egész testét rázta a sírás. Az ajtó másik oldalán Clive fejét az ajtónak támasztva hallgatta felesége sírását.

19. FEJEZET

– Leona! – nézett körbe a nappaliban Brand, de sehol nem találta a nőt. Átsétált a dolgozószobába, de ott sem volt. – Leona! – szólította ismét, de nem válaszolt. A hálószoba ajtaja nyitva volt. Bekopogott rajta. – Leona! – de ismét semmi válasz. Tekintete a nyitott erkélyajtóra tévedt. A függönyt felkapta a szél és magasra fújta. Ekkor meglátta a földön kuporgó nőt. Lassú léptekkel kiment hozzá és mellé guggolt. – Mit csinálsz itt?

Leona fáradt tekintettel nézett a férfira, jéghideg, zöld szemekkel. – Minden összeomlott. Christina nyert. Minden az övé.

– Ne mondd ezt. Ez még korán sincs így.

– Clive elment. A Holdfényben aludt, és nem hinném, hogy visszajön.

– Majd lenyugszik, és akkor másképp látja a dolgokat.

Leona arcán átsuhant egy erőltetett mosoly. – Köszönöm, hogy próbálsz lelket önteni belém, de Christina ármánykodásai által olyan dolgok történtek kettőnk között és olyan szavak kerültek kimondásra, amelyek elgondolkodtatnak a házasságunk jövőjét illetőleg.

– Anya! Anya! – viharzott be Elisabeth a szobába, onnan egyenesen ki az erkélyre. – Mi a fene ez? – dobta édesanyja elé a már jól ismert fotót. – Eljátszod nekem az aggódó anyát és erre meg kavarsz a barátommal? Smárolsz vele az utcán, mindenki szeme láttára? Hát nincs benned egy cseppnyi szégyenérzet sem? A mélyen tisztelt Leona Brown kavar egy nála sokkal fiatalabb férfival.

– Kicsit higgadj le! – pattant fel Brand, és szigorú tekintettel nézett az előtte álló lányra. – Több tisztelettel beszélj az édesanyáddal.

– Ki a franc vagy te, hogy beleszólj, mit és hogyan mondok? Nehogy már egy alkalmazott mondja meg nekem, hogy hogyan beszéljek az anyámmal! – rivallt rá a lány.

– Márpedig ha ebben a hangnemben folytatod tovább, el is mehetsz innen.

– Mi van? Te is az anyám szeretője vagy, hogy ennyire védelmezed őt? Milyen vele az ágyban? – kérdezte a lány gúnyosan a férfitól.

Leona ekkor felpattant a földről és egy hatalmas pofont adott a lányának. Elisabeth az arcához kapott és meglepetten nézett rá.

– Megütöttél – motyogta, és még maga sem hitte el azt. – Még soha nem ütöttél meg!

– Lehet, hogy kellett volna. Akkor talán nem lennél ilyen, amilyen most vagy – mondta Leona összetörten.

– Te akarsz nekem prédikálni az erkölcsről?

– Ahhoz már túl késő. Menj Christina barátnődhöz, és panaszolj be neki. Talán majd ő megért téged, mert ugye én nem. Ő majd melletted lesz, ha beteg vagy, ha mumusok bújnak az ágyad alá, s ha fáj a lelked. Támogat majd az úton, amin elindultál. Menj, nagykorú vagy, azt kezdesz az életeddel, amit csak akarsz. Robert mától nem lesz melletted. Csak magadra számíthatsz. Majd Christina megmutatja neked, mi az erkölcsös viselkedés, milyen úton menj és merre.

Elisabeth elképedve hallgatta édesanyja szavait. Szóhoz sem jutott azoktól. Leona bement a szobába, majd a fürdőbe, és magára zárta az ajtót. Elisabeth még mindig csak állt, és nem mozdult.

Brand legszívesebben jól megrázta volna az előtte álló lányt, hogy ébredjen fel végre és szálljon le a rózsaszín felhőről, amin ül, és éljen a valóságban, lássa meg végre, kik azok, akik igazán szeretik őt.

– Ha elfogadsz egy tanácsot, addig örülj, míg van, akinek azt mondhatod: „anya". Mert mikor már nem lesz, rájössz, mit veszítettél. Az anyai szeretet az, ami mindent megbocsájt neked, azt is, amit az imént tettél. Fogalmad sincs, Elisabeth Brown, hogy milyen szerencsés vagy – mondta Brand és távozott.

Elisabeth egy ideig még nézte a kezében lévő fotót, majd a szobájába viharzott.

Leona egész testében remegett, ahogy a fürdőszobaszekrénybe kapaszkodott és szembenézett tükörképével. Ez az egész

csak egy rossz álom, ami véget ér és minden olyan lesz, mint rég
– mondogatta magában. Az asztalon lévő, kis tollhoz hasonlító
mütyürt bámulta. Már egy ideje a fürdőszobaszekrényben tar-
totta, de eddig még nem volt bátorsága megcsinálni azt. De most
már egyre jobban gyanakodott, és gyanúja egyre nagyobb mére-
teket öltött. Meg kellett bizonyosodnia róla. Könnyes szemekkel
nézett ismét az előtte heverő kis rúdra. Mintha csak abban re-
ménykedett volna, hogy eltűnik róla az egyik vonalka. De nem,
az egyre erősebben tudatta a hírt: terhes. Ismét gyereket vár.
Lábaiból kifutott az erő, és lekuporodott a kis szekrény tövébe.

– Istenem! – sóhajtott, és ismét zokogni kezdett.

Eltelt egy óra is, mire kissé megnyugodott és elég erőt érzett
magában ahhoz, hogy felálljon. A ruhásszekrényhez ment és elő-
vette azt a fekete ruhát, amit Mark temetésén is viselt. Felvet-
te azt, és a fejére tette fekete stóláját. Egyetlen hely volt, ahova
most mehetett. Kisétált a lakosztályukból, és lassan elindult le-
felé a lépcsőn. Mikor a földszintre ért, senkihez sem szólt, csak
áthaladt az alkalmazottak csodálkozó tekintete előtt. Brand,
mikor meglátta, utána akart menni, de Bob visszatartotta.

– Hagyja! – mondta a férfinak.

Pontosan tudta, Leona hova készül. Hagyni kell, hogy Mark-
kal legyen.

A langyos szellő bele-belekapott Leona stólájába, de ő nem
engedte, hogy lefújja fejéről. A sírnál a földre rogyott, és egy
ideig csak nézte azt.

– Szia, Mark! – kezdte halkan. – Ne haragudj, hogy nem jöt-
tem hamarabb. Tudod – nyelte le könnyeit –, tudod, elszúrtam.
Mindent elrontottam. Mindent elveszítek, amim csak van – szi-
pogta. – Clive! Clive elment, és Elisabeth is, és fogalmam sincs,
mit fog szólni a dolgokhoz Mark, ha hazajön a nyaralásból. Ta-
lán igaza van Clive-nak és olyan vagyok, mint te. De nem hagy-
hattam a dolgokat. Mégis ugyanazt értem el vele, mintha így
tettem volna. – Leona könnyei egyre sűrűbben hulltak. – Ter-
hes vagyok! – mondta sírva. – Ötven éves és terhes. A házassá-
gom romokban. Nem mondhatom el neki, nem akarom, hogy
befolyásolja a gyerek a döntésében. Nem akarom, hogy azért

jöjjön vissza hozzám, mert a gyerekét várom. – Leona ismét elhallgatott, és igyekezett kissé megnyugodni. – Tudtad? Tudtad, hogy Bob szerelmes belém? Én nem is sejtettem. Nem tudom, hogyan kezeljem ezt a helyzetet. Nagyon beteg, és én nem akarom, hogy meghaljon – szipogta. – Néhány hete még olyan boldog voltam, és ez a baba – simogatta meg a hasát – Clive kívánsága volt. Én pedig mindig mindent úgy tettem, hogy neki jó legyen, hogy ő boldog legyen. Most pedig jön ez a nő és úgy kapja meg, hogy én lököm oda neki – nevetett fel hisztérikusan. – De nem nézhetem tétlenül, hogy megússza azt, amit Luanne-nal és Billyvel tett. És Adam Haddon. Leskelődik utánam és a tudomásomra hozta, hogy mit akar tőlem, de senki nem hiszi el nekem, mert még én magam is nehezen fogtam fel. De végül is már oly mindegy. Elisabeth biztosan nála van. A lányunk szerelmes belé és nem veszi észre, hogy kihasználja őt. A lányunk gyűlöl engem – zokogta. – Ha tudsz onnan fentről intézni valamit, kérlek, világosítsd meg a lányodat. Tehetséges, de borzalmasan önfejű, akaratos, makacs és naiv. – Leona elhallgatott, és igyekezett lenyelni könnyeit. – Ugye visszajön Clive? Nélküle nem tudok élni, nélküle nem ér semmit ez az élet – mondta, és zokogva a sírra borult.

* * *

– Bob, már este nyolc óra, és Leona még mindig nem jött vissza – türelmetlenkedett Brand. – Hova ment egyáltalán és mit csinál ott?

– Marknál van.

– Marknál? – kérdezett vissza értetlenül a férfi.

– A kastély kertjében van Mark Brown sírja. Oda ment.

– De már órák óta ott van. Még baja esik. Nagyon gyenge és fáradt.

– Akkor miért van még mindig itt! Menjen utána! – mondta a férfinak.

Brand egy pillanatig sem várt tovább. Sietős léptekkel indult el arra, amerre elmenni látta Leonát. Mikor közeledett felé, egy-

236

re idegesebb lett. Látta, hogy a földön fekszik. Törékeny teste a fekete ruhában még vékonyabbnak tűnt annál is, mint amilyen volt. Brand egyre jobban megszaporázta lépéseit, de amikor hozzá ért, kissé megtorpant. Olyan élettelennek tűnt, ahogy mozdulatlanul ott feküdt. Testét átjárta a félelem.

– Leona! – szólt halkan, és mellé térdelt. – Leona, kérlek, szólj valamit – mondta, és maga felé fordította.

Leona felnyitotta szemeit, és Brand aggódó tekintetével találta szembe magát.

– Nincs semmi baj, csak egy kicsit elaludtam – mondta.

– Már aggódtunk érted.

– Clive? Visszajött? – kérdezte remélve, hogy igenlő választ kap, bár ha így lett volna, a férfi jött volna érte, nem Brand.

– Gyere, visszaviszlek a kastélyba – felelte halkan a férfi, és kezét nyújtotta felé, hogy felsegítse.

Leona megfogta azt és talpra állt, de ekkor ismét elszédült és meg kellett kapaszkodnia a férfiban, hogy el ne essen. Lábai megremegtek és kissé megrogytak. Brand elkapta és szorosan tartotta. Leona képtelen volt megállni a lábain. Brand az ölébe vette, és így indult meg vele vissza a kastélyba. Leona erőtlenül támasztotta fejét a férfi mellkasának, és lecsukta szemeit. Csak aludni akart. Aludni. Akkor nem érzi ezt a szörnyű fájdalmat. Bob a teraszon álldogált és arra várt, hogy Brand Leonával az oldalán visszatérjen. A távolban fel is tűnt a férfi, de amikor meglátta, hogy a nőt az ölében hozza, nagyon rossz érzése támadt. Remélhetőleg nem csinált valami butaságot. *Az üvegcse*, villant az agyába, *amit elvett tőle. Ugye nem, ugye nem* – lüktetett a fejében, és egyre inkább hatalmába kerítette a pánik.

– Mi van vele? – kérdezte aggódva, amint Brand melléért.

– Nagyon gyenge. Egész nap nem evett semmit, és napok óta alig alszik. Kimerült.

– Biztos, hogy csak ennyi, nem valami más?

– Nem hinném. Felviszem a szobájába.

– Nem maradhat egyedül – mondta Bob aggódva.

– Szólni kellene Brown úrnak. A felesége mellett a helye.

– Már többször hívtam, de nem veszi fel.

– Akkor majd én mellette maradok – mondta Brand elszántan, és beszállt a liftbe Leonával a karjában.

Bob aggódva nézett a bezáródó lift ajtajára. Ha Clive továbbra sem hajlandó **szembenézni az** igazsággal, elveszti Leonát, és már az is van, aki megvigasztalja őt. Az egyetlen lehetőség öszszetartani ezt a házasságot, ha bebizonyítják, hogy Leonának igaza van. Eltökélten indult az irodájába. Pontot kell végre tenni ennek az ügynek a végére.

20. FEJEZET

Clive idegesen készült Luanne temetésére. Mióta meghalt, nem beszélt Leonával és minden este a Holdfényben aludt. Még soha nem voltak távol egymástól ennyi időt, főleg nem haragban. A vele való találkozás nyugtalanította. Nem szabadott volna azt mondania neki, hogy nem bízik benne, mert lefeküdt vele, amikor az apja menyasszonya volt. Miért is volt olyan bolond? De annyira ideges volt, és Leona nem hallgat senkire, csak megy a saját feje után. Minden zűrzavaros lett körülöttük. Szereti őt, de ez így nem mehet tovább. Elisabeth Adamhez költözött. Azt mondta, az anyja küldte oda őt. Mi történt? Minden megváltozott, mióta belevágott ebbe a koncertbe. Leona pedig egyre inkább hasonlít apára.

– Elnézést! Kopogtam, de nem feleltél. Bejöhetek?

– Gyere, Christina! Miben segíthetek?

– Én csak szeretném elmondani, hogy mennyire sajnálom, ami Luanne-nal történt. Azóta azon gyötröm magam, hogy ha hamarabb megtalálom, akkor segíthettem volna neki.

– Ne emészd magad ezen.

– A feleséged haragszik még rám? Tudom, hogy el volt keseredve Luanne halála miatt és én voltam kéznél. Rajtam vezette le a feszültségét. Engem okol, mert én találtam meg Luanne-t.

– Ne haragudj rá azért, ami történt. Nagyon megviselték a történtek. Ráadásul ott van Adam Haddon is.

– Az a férfi, aki Elisabeth kísérője volt a bálon? – érdeklődött ártatlanul.

– Igen, ő az.

– Hát, nekem nincs közöm hozzá, de az a pasi elég sok nő ágyában megfordult már. Én a helyedben nem bíznék benne.

– Én sem bízom.

– Nincs jó híre – folytatta Christina, és ártatlan szemekkel nézett az előtte álló férfira. – Szabad? – kérdezte és közelebb lépett hozzá, hogy megigazítsa a férfi ingének nyakát. – Így már jobb – mondta, és ártatlan mosolyt küldött felé.

– Köszönöm. Ideje elindulnunk, ha oda akarunk érni a temetésre.

– Igen, az lesz a legjobb. A többiek már biztosan ott vannak – mosolygott ártatlanul.

– Autóval jöttél? – kérdezte Clive.

– Nem, az enyém szervizben van – hazudta, holott az autóját a Holdfénytől egy távol eső parkolóban hagyta, remélve, hogy Clive felajánlja neki, hogy elviszi a temetésre. – Hívok egy taxit.

– Ne butáskodj, elviszlek.

– Biztos, hogy ez jó ötlet? A feleséged mit szól majd hozzá? Nem szeretnék kellemetlenséget okozni neked azzal, hogy a társaságomban mutatkozol.

– Nem lesz gond. Gyere!

Christina diadalittas mosollyal az arcán lépdelt a férfi mellett lefelé a Holdfény lépcsőjén. Micsoda szájtátás lesz, ha meglátják őt, amint Clive Brownnal megérkezik a temetésre! Már alig várja, hogy lássa Leona arcát. Mindenki jobb lesz, ha hozzászokik, hogy ő Clive Brown mellett van. Ez alól pedig Leona sem kivétel.

A Holdfény előterében összefutottak Sarahval, aki rosszalló tekintettel nézett a párocskára.

– Clive! Válthatnánk néhány szót? – kérdezte a férfitól. Christina kíváncsian nézett a nőre, szemtelen magabiztossággal. – Négyszemközt, ha lehet – mondta Sarah, és gyilkos pillantást lövellt Christina felé. Mikor a nő kissé eltávolodott, mérgesen nézett a férfira. – Mit akar ez jelenteni?

– Micsoda?

– Ez a nő! Mit akar itt? Minek jön ide? Nem veszed észre, hogy mit akar tőled, mire megy ki ez egész játék, amit űz? Leona meg egyedül harcol ez ellen, hogy megvédje mindazt, ami fontos neki.

– Nézd, Sarah, te Leona barátnője vagy. Egyértelmű, hogy őt véded, de most túl messzire ment és nem ismeri el azt.

– Túl messzire ment? Te arról a nőről beszélsz, aki tizennyolc éve a feleséged. A gyermekeid anyja. Leona pontosan tudja, mit miért tesz. Ez a nő – nézett Christina felé –, ez a nő egy ribanc. Semmi mást nem akar, csak tönkretenni a házasságotokat és beülni a Brown-vagyonba. A legnagyobb ribanc, akit valaha is láttam.

– Na, lassan a testtel! Nem beszélhetsz így róla. Egy kis tisztelet.

– Tisztelet? Ennek a nőnek? – sziszegte felháborodva Sarah. – Leonának a kisujja is értékesebb, mint ez a nő ruhástól. Idefigyelj, Clive Brown! Jó előre figyelmeztetlek: nem lesz ennek jó vége. Mindent el fogsz veszíteni ezért a senkiért – mondta dühösen, és elviharzott.

Mikor elhaladt Christina mellett, lesújtó pillantást vetett rá és becsapta maga után az ajtót.

– Nincs oda értem – jegyezte meg Christina ártatlan boci-szemekkel.

– Ne törődj vele. Mehetünk? – mutatott Clive a kijárat felé.

– Igen – felelte fülig érő mosollyal Christina, és széles csípő-rázással ellejtett a férfi előtt.

* * *

A temetőben már gyülekezett a gyászoló tömeg. Leona idegesen nézett szét napszemüvege mögül. Clive még sehol sem volt. Mindenki azt találgatja, vajon miért nincs mellette. A koncertben részt vevők egy kupacban álltak, de Leona Christinát sehol nem látta. A ravatalozóhoz felvezető lépcsőn megpillantotta Saraht, aki nagyon dühösnek tűnt, és egyenesen felé tartott.

– Mi történt? – kérdezte tőle, amint mellé ért.

– Nem akarod tudni. Jobb lesz, ha felkészülsz.

– Mire?

De Sarahnak már nem volt alkalma válaszolni, mert Clive megjelent a lépcső tetején, Christinával az oldalán. Leona úgy érezte, belehal abba, amit lát. Mintha mellkason rúgták volna. Vele van, nyíltan vele van. Nem is érdekli, hogy mindenki látja. Együtt jöttek. Együtt voltak, hasított belé kétségbeesetten. Clive üdvözölte a táncosait és Leona mellé ment. Egy kurta köszönésen kívül semmit nem mondott neki, és nem is csinált. Leonának nagyot kellett nyelnie, hogy a torkában lévő gombóc ne fojtsa meg. Szemeiből kicsordultak a könnyek. Megérkezett Bob is Barbarával, és a hátuk mögé álltak. Bob hol Clive-ot nézte, hol Leonát, és egyáltalán nem tetszett neki, amit látott. A házaspár ridegen állt egymás mellett, Leona szemmel láthatóan remegett az idegességtől.

Elkezdődött a szertartás. Leona képtelen volt egyetlen szót is felfogni belőle. Csak Christinát figyelte, az pedig őt. Kéjes vigyora elviselhetetlen volt. Annyira biztonságban érezte magát és nyerő pozícióban, hogy attól Leona még idegesebb lett. A gyomra annyira émelygett, hogy azt hitte, rosszul lesz. Megpróbált mélyeket lélegezni, hogy enyhüljön a rosszulléte, de olyan érzése volt, mintha csak a baba azt akarta volna, hogy mindenki tudjon róla. Itt van, és az apját akarja. Az előző két terhességénél is gyötörték rosszullétek, de ez most mindennél jobban próbára tette őt. A lelkében dúló fájdalom egy cseppet sem könnyítette meg a helyzetet. Könnyei egyre sűrűbben hulltak. Próbált uralkodni felettük, de egy idő után már egyáltalán nem ment. Akkor érezte, ahogy Clive keze a derekára csúszik, majd a háta mögé áll, magához húzza, szorosan átöleli őt, a fejét az övéhez szorítja. Ekkor minden önuralma odaveszett. Úgy kapaszkodott férje kezeibe, mint egy mentőövbe. Szemei előtt lejátszódtak a Luanne-nal történtek, ahogy ott fekszik a vértócsában a Holdfény padlóján, amikor kezét szorítja a kórházban az utolsó percben. A fejében visszhangzottak utolsó szavai:

„Vigyázz! Keresd Juliát. Sylvia tudja".

Clive keze közben a hasára csúszott, jóleső meleget adva, amitől megszűnt az ott tomboló rosszullét. Leona lecsukta szemeit. *Meg kell mondanom neki, tudnia kell, hogy ismét apa lesz*, dörömbölt a fejében.

A lelkész befejezte beszédét. Luanne kis urnáját két fekete ruhába öltözött férfi vitte az utolsó úton a nyughelyéig. Mivel Luanne-nak senkije sem volt, Leona és Clive indult elsőként az urna után. Utánuk a gyászoló tömeg. A hangfalakból felcsendült Luanne kedvenc dala, Clive hangján. A temetőben szinte megállt az idő, csak a föld koppanása hallatszott az urnán. Virágeső borította be a barna földet, majd néma csend uralt mindent. Lassan mindenki eltávozott. Csak Leona és Clive maradtak a sírnál, némán, egymás kezét fogva. Percekig így álltak, mozdulatlanul. Leona arca teljesen elázott a sok könnytől. Clive bátortalanul ért hozzá, hogy letörölje a nő szeméből kibuggyanó utolsó könnyet, majd magához szorította annak remegő testét.

– Ne haragudj rám, kicsim! – mondta elfúló hangon, miközben beszívta a nő jól ismert illatát. – Kérlek, bocsáss meg nekem! – szorította egyre erősebben. – Én annyira féltékeny lettem. Ne haragudj! Most már nem lesz semmi baj, ha te is akarod, ha megbocsátasz nekem, szeretnék hazamenni hozzád. Nélküled nem tudok élni.

– Istenem Clive! – zokogta Leona, és belekapaszkodott férjébe. – Kérlek, gyere haza! – mondta könnyek között, és a következő percben már ajkain érezte Clive csókját. Kétségbeesett csók volt ez, és szemtanúja is akadt, aki egyáltalán nem örült ennek. Christina, miközben forrt a dühtől, észre sem vette, hogy Sarah mellé került.

– Jól nézd meg, amit most látsz – súgta a nőnek. – Tehetsz bármit, ezt te sosem tudod szétszakítani. Clive Leonát szereti, és mindig is őt szerette. Leona az a nő, akit akar, és nem te – nyomta meg az utolsó két szót.

Christina gyűlöletben forgó szemekkel nézett a mellette álló nőre és kiviharzott a temetőből. Sarah nagyon ideges volt és rettentően nyugtalan. Biztos volt benne, hogy Christina nem adja fel könnyen a dolgokat. Lehet, hogy nem kellett volna most is piszkálni őt, de nem tehetett róla, kikívánkozott belőle minden szó, amit mondott.

Leona és Clive kézen fogva sétáltak mellé. – Na, így már mindjárt más a helyzet – mondta mosolyogva.

– Sarah, rád bízhatom Leonát? Nekem muszáj próbálni menni, szorít az idő.

– Bízhatsz bennem.

Clive Leona felé fordult. – Este otthon találkozunk. Sietek haza! – mondta, és megcsókolta.

A férfi gyorsan elköszönt és elsietett. Leona lelke kissé megkönnyebbült. Clive szereti őt, és este ismét otthon lesz, vele.

– Na, most már valami színt is erőltethetnél az arcodra. Clive veled van, és ma este melletted alszik. Tessék egy kicsit vidámnak lenni. Rettentően sápadt vagy – mondta Sarah, és tüzetesen szemügyre vette barátnőjét. – Nagyon furcsa vagy, hallod-e. Ne haragudj, hogy ezt mondom, de nem vagy a toppon.

– Terhes vagyok – közölte minden körítés nélkül Leona, és Sarah elnémult a meglepetéstől, még a szája is tátva maradt. – Ötvenéves, és terhes.

– Ó, anyám! Clive tudja?

– Nem, még nem. De ma este megmondom neki. Mennyi a valószínűsége annak, hogy valaki ennyi idősen teherbe esik, mielőtt tizenhat éven át próbálkozik vele sikertelenül? Tudod, az a sejtésem, hogy a Brown-gyerekek csak krízishelyzetben fogannak meg, hogy rendbe hozzanak vagy megmentsenek valamit. Elisabeth akkor fogant, amikor nem tudtam eldönteni, hogy hozzámenjek-e Markhoz. A fiunk akkor fogant, amikor felvállaltam, amit Clive iránt érzek. Most ez a baba, amikor majdnem elvesztettem azt a férfit, akit szeretek. Fogalmam sincs, hogy fogom bírni ezt a terhességet, már így is megvisel. Állandóan elájulok és kegyetlen, ami a gyomromban zajlik. Az elmúlt napokban alig tudtam valamit leerőszakolni a torkomon.

– Hát, kismama! – vigyorgott Sarah. – Úgy látom, ismét szilánkosra törheted Clive kezét, úgy, mit az előző két alkalommal szülés közben. Gratulálok! – ölelte át és megszorította. – Ha jól sejtem, még egy ideig tartanom kell a szám.

– Ha lehet.

– Jaj, pedig olyan szívesen az orra alá dörgölném ezt a hírt annak a ribancnak – morgolódott Sarah –, hogy lehervadjon az arcáról az önelégült, magabiztos, kaján vigyor. Rosszul vagyok, ahogy riszál Clive előtt, ahogyan kelleti magát és csüng rajta, mint egy kolibri, közben meg verdes a szárnyaival, hogy le ne essen róla. Undorító ribi!

– És gyilkos! – fűzte hozzá Leona. – Ő ölte meg Luanne-t, és Billy balesetéért is ő a felelős. Csakhogy nem tudom bizonyítani. Még.

– Tudom, hogy irritál ez a nő. Engem is, elhiheted, de ott van
az a nyomozó, bízd rá a dolgot. Most már a kicsire is gondolnod
kell. Még a végén bajotok esik.

– Vigyázok magunkra. Most mennem kell. Van még néhány
dolog, amit beterveztem mára, és mire jön Clive, össze akarom
szedni magam.

– Hová mész?

– Billyhez. El kell mondanom neki, mit intéztem a versei-
vel kapcsolatban.

– Csak vigyázz – intette óvatosságra Sarah.

– Így lesz!

Leona az autójához ment. Mikor beült, egy kis időre megpi-
hent benne. Annyira fáradt volt, hogy azonnal képes lett volna
elaludni. Legalább a mellkasában lévő fájdalmas szorítás vé-
get ért. Clive szereti és hazajön. Ennél nagyon boldogság nem
is érhette őt, csak ez volt fontos. Beindította az autót és a Car-
ter-házhoz hajtott.

Billy édesanyja széles mosollyal az arcán fogadta őt és bein-
vitálta a házba. Billy most is a kertben üldögélt a hintaágyban,
ölében laptopjával. Mikor megpillantotta Leonát, elmosolyodott.

– Leona! – mondta ki egyszerre a nő nevét.

– Jó napot, Billy! – mosolygott a férfira. – Hogy van?

– Jól! – felelte, és kutató tekintettel nézett rá. – Leona, szo-
morú.

– Igen – mondta, és beült Billy mellé a hintába. – Szomorú
vagyok. Meghalt egy nagyon kedves barátom. Megölték. Egy
nagyon gonosz nő lelökte őt a lépcsőn, hogy a helyére léphes-
sen. – A fiú megmarkolta az ölében lévő laptopot. Ujjai szinte
kivörösödtek annak szorításától. – Ezt a nőt Christinának hív-
ják – mondta Leona, és közben a férfi arcát figyelte. Az egy pil-
lantást sem vetett rá, csak meredt maga elé. – Billy, segítenie
kell nekem! Ez a nő szét akarja zúzni a családomat. El akarja
venni a férjemet. Bármire képes, hogy elérje azt, amit akar. Tu-
dom, hogy ő az, aki önt is lelökte a lépcsőn és tudom, hogy ő
ölte meg Luanne-t, de nem tudom bizonyítani. Kérem, Billy! –
mondta szinte könyörögve. – Segítsen nekem, kérem! – A férfi

nem válaszolt, csak továbbra is maga elé meredve ült. A csend egyre elviselhetetlenebb lett, és Billy semmi jelét nem adta annak, hogy bármit is mondani szeretne. Egy idő után Leona feladta. – Rendben, megértem önt – állt fel. Reménye, hogy a férfi elmondja neki azt, amit titkol, most köddé vált. Pedig Leona biztos volt benne, hogy Billy pontosan tudja, mi történt akkor, a baleset napján. – Beszéltem a kiadóval. Átküldtem nekik a verseit. Hamarosan felveszik önnel a kapcsolatot. Most megyek! Viszlát, Billy! – köszönt el tőle.

Egy ideig még álldogált, várva valami jelzésre a férfitól, de nem történt semmi. Egyértelmű volt, hogy Billy nem szándékozik segíteni neki. Nem volt miért maradnia, elindult haza. Mire hazaért, már annyira fáradt volt, hogy kénytelen volt lefeküdni. Mikor felébredt, már sötétedett. Clive még sehol sem volt. Az ágya melletti órára pillantott, ami kilencet mutatott. Valószínűleg elhúzódik a próba. A telefonjáért nyúlt. Felhívta a férfit, de annak készüléke ki volt kapcsolva. Lehet, hogy úton van hazafelé és elfelejtette a próba után bekapcsolni. Addig is lezuhanyozik, míg megérkezik. Ismét eltelt egy újabb óra, de Clive még mindig nem volt sehol, és a telefonján továbbra sem lehetett elérni őt. Leona már nagyon aggódott. Vajon mi történhetett? Gyorsan felöltözött és úgy döntött, elmegy és megkeresi a férfit.

– Kiváló ötlet volt ez a kis megemlékezés Luanne-ra, köszönöm, Christina – mondta Clive, és kiitta a poharában lévő utolsó korty italt. – De most már ideje mennem, későre jár, és Leona vár engem. Hívok egy taxit, mert kissé sokat sikerült innom és nem igazán bírom – mondta a férfi kissé ingatag lábakon. – Bár nem ittam olyan sokat, mégis nagyon fejbe vágott – jegyezte meg.

– Valószínűleg azért, mert ma keveset ettél – magyarázta a helyzetet Christina.

– Lehet! – egyezett bele Clive a nő által mondottakba, miközben egyre nehezebben tudott megállni a lábán. Nem is értette, miért. Annyira sokat nem is ivott. Már rég haza akart menni, de nem hagyhatta itt a csapatot, annyira készültek erre az ese-

ményre. De most már mennie kell. Leona biztosan aggódik. –
Hívok egy taxit – mondta, és telefonja után kutatott. – Hol lehet? – kérdezte.

– Ezt keresed? – emelte fel a készüléket Christina.

– Igen. A csudába, mindent elkeverek – nyúlt a telefonja után, és kissé megingott. Christina elkapta, és segített neki visszatalálni a megfelelő egyensúlyba. – Bocsánat, tényleg sok volt ez nekem – mondta a férfi, miközben Christina egyre közelebb került hozzá, és a következő pillanatban már meg is csókolta. Clive csak állt és hagyta, hogy a nő csókolja őt. Feje egyre kábább volt, és már ő is visszacsókolt. Christina egyre követelőzőbben vette birtokba a férfi száját, és igyekezett teljesen az irányítása alatt tartani a helyzetet. Clive kábultan engedelmeskedett, majd hirtelen tudatosult benne, mit csinál. – Várj! – próbált kibontakozni a nő öleléséből, de nem igazán sikerült. Nem volt ura a mozdulatainak. Valami nagyon furcsa történik vele. – Haza kell mennem – nyögte Clive, miközben Christina keze becsúszott az inge alá és a mellkasát kezdte simogatni.

– Majd én hazaviszlek – súgta Christina.

Clive ekkor már teljesen elvesztett minden kontrolt a teste felett, magatehetetlenül csuklott össze.

– Mi van már? – sziszegte a terem másik sarkában tartózkodó két ember felé Christina. – Segítenél végre? Minél hamarabb a Holdfénybe kell érnünk. Mielőtt még az a nő is odaérne – mondta, miközben próbálta tartani a férfit.

– Honnan vagy abban olyan biztos, hogy Leona Brown odamegy? – nyögte Jason, miközben felemelte Clive testét.

– Mert várja haza az ő kedves férjét, de nem megy, és aggódni kezd, és utánajön, hogy megnézze, mi van vele.

– Nem tetszik nekem ez az egész – morogta a férfi.

– Nem különösebben érdekel a véleményed, Jason. Ha továbbra is énekelni akarsz a Brown-koncerten, jobb lesz, ha nem gondolkodsz, csak teszed, amit mondok neked. A te érdeked is, hogy ez a ma este jól süljön el, mert ha Clive már a tenyeremből eszik, neked is jut még bőven a mézesbödönből. De ehhez el kell távolítanunk Leona Brownt a közeléből.

Jason nem felelt. Betették a férfit Christina autójába, és a nő elhajtott vele a Holdfénybe.

– Nem tetszik ez nekem, anya – nézett a távolodó autó után gondterhelten Jason. – Veszélyes játékba mentünk bele.

Helga eddig az épület előtt figyelt, nehogy meglássa valaki őket.

– Nekem sem tetszik a dolog, de nincs más választásunk. Ha bejön Christina terve, learatjuk a babérokat, ha nem, tagadunk mindent és hagyjuk, hogy ő vigye el a balhét. Jelenleg szükségünk van Christinára, mert ő a koreográfusa a koncertnek. Elérte, hogy duettet énekelj Clive-val, és ki tudja, mi jön még. Gondolj bele, lehet, hogy a következő lemezén veled énekel. Híres leszel fiam!

– Mint micsoda? Mint bűnöző, vagy mint énekes? – kérdezte egykedvűen a férfi. – Ha ez fantasztikus nagy tervetek balul sül el, a címlapokon szerepel majd, abban biztosak lehettek. Ha pedig az én nevem is belekerül, eláshatom magam.

– Olyan vagy, mint egy vénasszony, fiam. Megőrülök tőle, hogy folyton csak a negatívumokat látod a dolgokban – húzta el a száját az édesanyja. – Arra gondolj inkább, mi lesz, ha minden a tervek szerint alakul. Te leszel Clive Brown utódja. Induljunk végre, mert figyelnünk kell a Holdfény bejáratát, hogy értesíteni tudjuk Christinát, amikor megérkezik Leona. Menjünk! – mondta a fiának, és az autójukba ültek.

Leona idegesen szállt ki autójából a Holdfény parkolójában. Már volt a próbateremben, de ott minden zárva volt. Viszont Clive autója ott parkolt. A telefonja továbbra is süket, csak a hangpostája jelentkezik. Talán idejött, hogy összecsomagoljon, fáradt volt és lepihent. De miért nem autóval jött ide? Taxit hívott? Leona beillesztette kulcsát a zárba és benyitott a Holdfénybe. Az őrt sehol sem látta. Vajon hol lehet ilyenkor? Az emeleten lévő irodájába ment, ahol az elmúlt napokban Clive az éjszakákat töltötte. Az ajtó nyitva volt, és a szoba sötétbe burkolózott. Lassú léptekkel az asztalához ment, és felkapcsolta a rajta lévő kislámpát. Megfordult, hogy szétnézzen a szobában, és ledermedt az elé táruló látványtól. Clive meztelen felsőtestét alig fedte a vékony takaró. Christina meztelen lábával és karjaival átölelve a férfit, félig rajta feküdt. Leona képtelen volt megmozdulni, csak állt és nézte őket. Christina önelégült mosollyal lassan felé fordult. Felállt a férfi mellől és felöltözött, majd levetette magát a földre, haját összekócolta és kiabálni kezdett.

– Clive, kérlek, segíts! Clive! Ez megőrült! Clive!

Leona értetlenül nézte az előtte játszódó jelenetet. Mintha csak színházban lett volna. Clive kábán tápászkodott fel, és értetlenül nézett a földön heverő nőre. Majd Leonára pillantott, aki még mindig az asztal mellett állt mozdulatlanul. Leona teljesen tudatában volt annak, hogy egy előre kitervelt és minden részletében kidolgozott színjátékot lát. Christina ismét áldozatot játszik, hogy Clive vele foglalkozzon és rá figyeljen. De ez nem érdekelte, csak az, ami előtte történt. Hogy tehette Clive, hogy árulhatta el őt és a szerelmüket pont ezzel a nővel? Leona tekintete a földön ülő nőről férjére siklott. Olyan fájdalmasan nézett rá, hogy attól Clive pillanatokon belül magához tért.

– Választottál – mondta Leona elfúló hangon. – Nincs itt már rám semmi szükség. Légy boldog! – mondta a férfinak és kiszaladt a szobából, egyenesen le a lépcsőn, ki az épületből. Clive felugrott, és zavartan nézett magára. Nem emlékezett, hogy levetkőzött volna, és arra sem, hogy idejött. Kifutott a folyosóra és az ablakon át látta, amint Leona őrült gyorsasággal elhajt. De így, egyszál alsónadrágban nem mehet sehova, és azt sem tudta, hol lehet az autója. Egyáltalán mi történt itt? Visszament Christinához a szobába és kérdőn nézett rá.

– Mi a fene történt? – förmedt rá.

– Nem tudom – felelt ártatlan pillantások közepette. – Én csak idehoztalak, mert túl sokat ittál és nem tudtál vezetni. De mire ideértünk, már teljesen ki voltál ütve. Lefektettelek és épp betakartalak, amikor Leona berontott ide és rám vetette magát – panaszolta Christina könnybe lábadó szemekkel. – Én nem akartam rosszat, csak segíteni akartam neked – kezdte el a sírást. – Ne haragudj!

Clive-nak fogalma sem volt, mi az igazság, de ha most nem találja meg Leonát, örökre elveszíti őt. Beljebb ment a szobába, és a földön még mindig ott kuporgó nő fölé állt.

– Jobb lesz, ha most elmész innen, Christina!

Leona maga sem tudta, hova megy, csak hajtott bele az éjszakába. Könnyein át alig látta az utat. Mindegy volt, hova megy, csak elég messze legyen a Holdfénytől. Fejében kavarogtak a múlt és jelen képei; úgy elevenedtek meg benne, mintha csak most történtek voltak. Látta Jamest, amikor rajtakapta egy idegen nővel az ágyukban és az, ahogy most meglátta Clive-t Christinával. A fájdalom egyre mélyebbre hasított a mellkasába, és már tövig nyomta a gázt. Az autó száguldott az éjszakában. Fogalma sem volt, meddig ment így, míg egyszer csak megállt. A kormányra borult, püfölni kezdte és zokogott. Zokogott mindaddig, míg a könnye el nem fogyott. Mikor kissé megnyugodott, felemelte könnyáztatott arcát és kikémlelt az ablakon. Vajon hol lehet? Ismerős volt a környék, már járt itt. Kiszállt az autóból, és szinte vakon ahhoz a házhoz ment, amely előtt leparkolt. Becsengetett, és az ajtó szinte azonnal kinyílt.

– Itt maradhatok ma estére, Brand?

21. FEJEZET

Leona álmában újra és újra átélte a történteket. Olyat is látott, amit valójában saját szemével nem, csak a fantáziája játszott vele. Látta, amint Clive átöleli Christinát és megcsókolja. Látta, ahogy testük egymásba csavarodik és hallotta, ahogy sóhajaik belengik az ő Holdfényének minden szegletét. Felriadt álmából.

– Jó reggelt! – köszöntötte halkan a fotelban ülő férfi.

– Jó reggelt! – pislogott rá kialvatlan szemekkel.

– Hogy aludtál?

– Volt már jobb éjszakám is – mondta Leona, és közben felült az ágyban a takarót magára húzva. Brand ingében aludt, ami testéből nem sokat takart. Az este nem foglalkozott vele, hogy mi van rajta, csak aludni akart. – Köszönöm, hogy befogadtál éjszakára, nem tudtam, hova menjek. Senkivel nem akartam találkozni – magyarázta váratlan felbukkanásának okát.

– Nincs mit megköszönni – nézett rá őszinte szemekkel Brand. – Elmondod, mi történt az este?

Leona torkában újra ott volt a gombóc, oly sokadszorra már az elmúlt napokban. – Most nem szeretnék róla beszélni. Ígérem, elmondom, de nem most. Ne haragudj, nem vagyok képes rá.

– Rendben. Akkor most reggelizzünk! – pattant fel lendületesen a fotelból Brand.

Leona gyomrában pusztán az étel említésétől is hatalmas zűrzavar keletkezett. Már napok óta gondot okozott számára az evés, és főleg reggelenként.

– Ne haragudj, de én most képtelen vagyok egyetlen falatot is lenyelni.

– Pedig addig, amíg nem eszel valamit, ki nem engedlek az ajtón. Tehát én most megyek a konyhába, te pedig a fürdőszobába. Kikészítettem neked egy törülközőt, nyugodtan zuhanyozz le. Érezd magad otthon. Aztán megreggelizünk.

Leonának nem volt kedve ellenkezni és nagyon jólesett neki az, ahogyan a férfi törődött vele. Brand kiment a szobából, ő pedig bement a fürdőbe.

A víz nagyon jót tett a testének, felmelegítette azt. Csak a lelkén nem segített. Darabokban hevert és haldoklott. Mikor kilépett a zuhany alól, tudatosult benne, hogy a ruhája kint maradt. Így nem volt más választása, minthogy egy hatalmas törülközőt a teste köré csavarjon. Ez alul-felül nem sokat takart, de jobb volt, mint a semmi. Remélte, a férfi még a konyhában szorgoskodik, és mire elkészül, ő már fel is öltözik. De mikor kilépett az ajtón, egyértelművé vált, hogy a helyzet nem így alakult. Brand már bent volt a hálószobában a tálcára szervírozott reggelivel, egy szál pizsamanadrágban, meztelen felsőtesttel. Leona az egy pizsamanadrág és meztelen felsőtest tényét igyekezett figyelmen kívül hagyni, már amennyire azt lehetett ebben a helyzetben.

– Gyere! – invitálta a férfi az ágyra készített tálca mellé.

Leona kissé habozott, de nem akarta megsérteni őt – annyit készült –, így leült az ágyra a tálca mellé. Brand felé nyújtott egy szelet pirítóst, és ő mosolyogva elvette azt. A gyomra émelygett, mint mostanában minden reggel. Remélte, valahogy csak megbirkózik a kezében lévő kenyérrel.

– Epres zöldtea, jéghidegen – nyújtotta át egy pohárban az innivalót a nőnek. Leona felhúzott szemöldökkel nézett rá. – Amikor először idejöttél, semmivel nem tudtalak megkínálni. Szinte mindig ezt rendelsz magadnak, így úgy gondoltam, biztos, ami biztos, bespájzolok belőle. S lám, az előrelátásom kifizetődött – mondta mosolyogva a férfi, és ettől Leona is elmosolyodott. – Az igazság az, hogy nem vagyok egy konyhatündér és a pirítóst is oda szoktam égetni, de ezek most elég jól sikerültek – magyarázta a férfi zavartan. – Kávét is, teát is kitűnően készítek – folytatta.

Leona csak nézett rá, és már egyáltalán nem tudta figyelmen kívül hagyni az előtte ülő felsőtest látványát. Ahogy édesen magyarázott zavarában és megpróbált fesztelen maradni előtte, Leona nem tudott úgy tenni, mintha nem lenne vonzó számára, és mindez nem érintené meg őt.

– Brand! – mondta ki a férfi nevét, hogy félbeszakítsa annak szóáradatát, de az annyira belemerült abba, hogy nem vett róla tudomást. – Brand! – de a férfi még most sem reagált. Leona ekkor megcsókolta, így fojtva belé a szót. Brand bénultan hagyta, hogy csókolja őt, majd kezei ösztönösen a nő derekára csúsztak, onnan végigsiklottak a hátán felfelé, egészen a nyakáig. Viszonozni kezdte a csókot, és egyre jobban belemerült abba. Óvatosan az ágyra fektette Leonát, és miközben csókolta, az ágyon lévő tálcát az egyik kezével arrébb tolta. Kezei Leona kezeire kulcsolódtak és egymásba fonódtak. Brand egyre inkább felbátorodott, csókjai már Leona nyakára hullottak. Sóhajaik egymás után szálltak fel. Brand kezei ismét lesiklottak a karcsú testen a vékony lábakig, majd onnan felfelé, a nő combjára, a törülköző alá.

Mit csinálok én, édes Istenem? – dübörgött Leona fejében. Itt vagyok ötvenévesen, terhesen, a férjem megcsal egy nálam fiatalabb nővel, én meg itt fekszem egy nálam sokkal fiatalabb férfi karjaiban, és még csak nem is zavar a dolog. A hormonjaim az egekben, agyamra ment a terhesség. Véget kell vetnem ennek, amíg még lehet.

– Brand – suttogta levegő után kapkodva. A férfi ráemelte csillogó tekintetét, és Leona rámosolygott. – Ne haragudj rám, de ezt nem tehetem. Nem oldhatom meg így a problémáimat, csak tetézném azokat.

– Ne haragudj – mondta Brand, mintha csak most tudatosult volna benne, hogy mi történt az elmúlt percekben. Felült az ágyon, és rá sem mert nézni a nőre. – Nagyot hibáztam! – mondta maga elé bámulva.

– Ne kérj bocsánatot! Nincs miért. Én voltam, aki kikezdtem veled, nem pedig te velem – fordította a férfi arcát maga felé. – Nem akarok neked fájdalmat okozni. Megérdemled, hogy találj magadnak egy korban hozzád illő nőt. Az én életem zavaros és bonyolult, és most még sebzett is vagyok. Te egy nagyon vonzó férfi vagy és igazán hízelgő, hogy egy olyan korú nőre pazarolod az idődet, mint én.

– Te egy nagyon vonzó, őrjítően szexi nő vagy. Mindegy, hogy hány éves vagy.

– Köszönöm a lelkem nevében is – mosolygott Leona a férfira, majd elkomolyodott. – Brand, el kell mondanom valamit – mondta, és egyenesen a férfi szemébe nézett. – Gyereket várok. Clive nem tud róla. Tegnap este megláttam őt és Christinát a Holdfényben, egymás karjaiban, meztelenül. Nem tudtam, hova mehetnék, igazából csak száguldoztam a városban és mire észbe kaptam, itt álltam a házad előtt. – Egy kis szünetet tartott majd folytatta. – Remélem, elhiszed nekem, hogy annak, ami most itt kettőnk között történt, semmi köze ahhoz, ami a férjem és Christina között történt. Ha nem lennék férjnél és nem lennék annyi, amennyi, egy percig sem tétováznék, Brand. A csókjaim, az öleléseim őszinték voltak. De bármit is tett Clive, szeretem őt. Azt akarom, hogy ezt tudd, és egy pillanatra se hidd azt, hogy ki akartalak használni téged, hogy bosszút álljak azért, amit velem tett Clive.

– Tudom. Ezért felesleges aggódnod.

– Örülök, hogy így gondolod – mondta megkönnyebbülten. – Most mennem kell. Meg kell oldanom a problémáimat – nézett a férfira. – Számíthatok rád ezután is a munkában és barátként is?

Brand elmosolyodott. – Bármikor.

– Köszönöm – mosolygott Leona is, és felállt a férfi mellől az ágyból.

* * *

– Hol a fenében voltál? – kérdezte dühösen Sarah a kastélyszálló előterében az odaérkező Leonát. – Clive felvert az éjszaka kellős közepén és téged keresett. Felkutattuk utánad az összes szállodát – robogott barátnője után, mert az egy pillanatra sem állt meg. Gyalog indult az emeletre, meg sem várta a liftet. – Mi lenne, ha megszólalnál? Hol voltál? Terhesen!

– Ha lehetne, ezt még hangosabban kiabáld, hogy hallja meg mindenki.

– Akkor válaszolj végre! Úgy volt, hogy Clive-val töltöd az éjszakát – mondta lihegve, miközben már a lakosztályban voltak és Leona ledobta válláról a táskáját. – Hol töltötted az éjszakát?

– Brandnél – vetette oda szinte csak úgy mellékesen.

Sarah elképedt, és elkerekedett szemekkel nézett barátnőjére.

– Isteni test, hatalmas szemek, csábító pofika-Brand?

– Clive nem jött ide este. Későre járt, de felhívni sem tudtam, így elmentem megnézni, nincs-e valami baja. Hát nem volt, sőt istenien érezte magát Christina alatt, vagy Christina felett, oly mindegy. Mindenesetre nem volt rajtuk ruha és eléggé öszsze voltak csavarodva, amikor rájuk találtam az én irodámban, az én Holdfényemben. De gondolom, Clive ezt elfelejtette közölni veled.

– Ezt el. Nagyon ideges volt és azt mondta, ha megérkezel, hívjam fel.

– Meg ne próbáld! Semmi kedvem a magyarázkodásait hallgatni.

– Jól van, értem. De azt nem, hogy hogyan kerültél Brandhez?

Leona a nappali pamlagjára huppant. – Csak száguldoztam keresztül a városon és mire lehiggadtam, ott álltam Brand háza előtt. Úgy gondoltam, ott senki nem fog keresni.

– Mit szólt Brand?

– Meglepődött, de nagyon kedves volt.

– Mennyire volt kedves?

– Megcsókoltam. Aztán minden csak úgy jött. Teljesen megőrültem, akartam őt és nagyon jó volt érezni, hogy ő is akar engem. Egy harmincéves férfi érdeklődik utánam. De mire bármi is komolyra vált volna, a józan eszem felülkerekedett minden máson. Mert Brand őrülten vonzó, de...

– Clive az, akit szeretsz – fejezte be Sarah barátnője mondatát, majd elgondolkozott.

Aztán a következő pillanatban hisztérikusan felnevetett, és Leona mellé huppant a pamlagra. Annyira nevetett, hogy kis idő múltán már patakzottak a könnyei a nevetéstől, és képtelen volt azt abbahagyni.

Leona csak nézte barátnőjét és fogalma sem volt, mi okoz számára ilyen nagy örömöt. Ő most éli át házassága legnehezebb pillanatát és ő önfeledten nevet. Egy idő után már nem bírta megállni szó nélkül azt.

– Örülök, hogy te ilyen viccesnek tartod ezt az egész helyzetet, de ha elfelejtetted volna, azzal kezdtem a történetet, hogy Clive megcsalt engem azzal a nővel. Hogy is hívod? Ribivel.

– Jaj, meghalok – fogta hasát a sok nevetéstől Sarah. – Te nem veszed észre a sors fintorát ebben az egészben? – kérdezte kissé lehiggadva. – Christina hetek óta azon ügyködik, hogy elcsavarja a férjed fejét, te meg a véletlen folytán pont az ő szeretőjét alkalmazod, aztán besétálsz a házába és egy szempillantás alatt az ujjad köré csavarod úgy, hogy meg sem kellett erőltetned magad miatta. Az a nő agyérgörcsöt kapna, ha ezt megtudná – vigyorgott Sarah. – Ribi néni hoppon maradt!

– Hát ezt nem fogom reklámozni, abban biztos lehetsz. Nem szabadott volna olyan közel kerülnöm Brandhez. Hiba volt odamenni, és még nagyobb hiba megcsókolni őt. Nem is tudok magyarázatot adni erre a viselkedésemre. De azt biztos, hogy nem fog többet előfordulni.

– Most mihez kezdesz? – váltott komoly arcra Sarah.

– Beadom a válókeresetet.

– Azért ezt nem kellene elhamarkodni.

– Mire várjak? Elfelejtsem, amit láttam? Bármit teszek vagy mondok, én kerülök ki belőle rosszul. Christina az ellentettjét mondja majd annak, amit én mondok, és minimum ketten bólogatnak mellette. Én nem fogok ezzel a nővel harcolni. Ha Clive neki hisz, akkor higgyen neki. Ha vele akar lenni, legyen vele. Tudod, mit mondott nekem Clive? Nem biztos benne, hogy nem csaltam meg őt Adam Haddonnal, mert vele is lefeküdtem, holott az apja menyasszonya voltam.

– Ennek tényleg elment az esze. De hogy kerül ide Adam Haddon?

– Valaki lefényképezett, amikor Adam nekinyomott az autómnak. Félreérthető a fotó, de azt nem gondoltam, hogy Clive el is hiszi.

– Beszélnetek kellene. Ez az egész ügy tele van félreértéssel.

– Nincs itt félreértés. Clive nem állt mellém, amikor szükségem lett volna a támogatására. Helyettem egy ócska kis lotyónak hisz, akit csak pár hete ismer.

Megcsörrent Sarah telefonja, és a kijelzőjén megjelent Clive neve. – Fel kell vennem. Valamit mondanom kell neki.

– Helyes, mondd azt, hogy a bíróságon találkozunk, és hogy vigye el a ribijét a Holdfényemből.

Sarah felvette a telefont és csendesen beleszólt. – Igen, Clive?

– Megvan? Megtaláltad Leonát? – kérdezte idegesen a férfi.

– Igen. Itt van velem.

– Add át, kérlek, neki a telefont!

Leona nemet intett; esze ágában sem volt beszélni a férjével.

– Nem akar veled beszélni. Clive, te elfelejtettél velem közölni egy nem elhanyagolható dolgot: azt, hogy mi történt a Holdfényben. Leona azt üzeni, hogy a bíróságon találkoztok, és hogy vidd el a ribidet a Holdfényből.

– Sarah, könyörgöm neked, add oda a telefont Leonának. Beszélnem kell vele.

Sarah kérlelő tekintettel nézett barátnőjére a férfi kétségbeesett szavai hallatán, de Leona hajthatatlan volt, és nem kívánt beszélni a férjével egyetlenegy szót sem. Felállt és a hálószobába ment.

– Clive, ez nem fog menni. Figyelmeztettelek, de nem hallgattál rám. Megmondtam, hogy nem lesz jó vége ennek az egésznek.

– De nem emlékszem semmire, nem történt semmi. Christina csak segített nekem.

– Christina, és megint Christina – ismételte egymás után többször is a nevet Sarah, és egyre idegesebb lett tőle. – Te nem veszed észre, hogy minden e miatt a nő miatt megy tönkre? Nézd, a helyedben egy kis ideig nyugton maradnék, hogy Leona is lenyugodjon, és te is. Aztán majd meglátjuk, mi hogyan alakul. Most leteszem. Leona nincs valami jó állapotban, de abban igazad van, amit a Holdfényben mondtál nekem. Én Leona barátnője vagyok és neki hiszek. Veled ellentétben én elhiszem neki azokat a dolgokat, amiket Adamról és Christináról mond, és mellette állok. Így volt ez akkor is, amikor az apáddal volt, de téged szeretett és bármit megtett volna, csak hogy Mark ne ártson neked. Hamar elfelejtetted ezeket a dolgokat, és azt is, hogy pár hete még gyereket akartál tőle, most meg a válás küszöbén álltok. Gondolkozz el ezeken a dolgokon, Clive, és az elmúlt éveken. Én nagyon szeretlek téged is, de Leona a legfontosabb nekem. Szia! – köszönt el a férfitól.

Letette a telefont, majd nagyot fújt. *Mi jöhet még?* – kérdezte magától, és barátnője után ment a hálószobába. Leona az ágyon ült összekuporodva és maga elé bámult.

– Sikerült lebeszélned arról, hogy idejöjjön?

– Egy időre. De nem tudom, helyes volt-e így tennem. Beszélnetek kellene.

– Nem akarok – ismételte makacsul Leona. – Nem akarom látni sem.

– Rendben, te tudod – mondta Sarah –, de ez nem mehet így a végtelenségig. Higgadjatok le mind a ketten, és utána tiszta fejjel tisztázzátok ezt a félreértést, mert én biztos vagyok benne, hogy ez nem lehet más. Nekem mennem kell, bármennyire nem akarok, de új ügyfél jön a Holdfénybe. Magadra hagyhatlak? Nem fogsz elcsászkálni?

– Menj csak, Sarah, nem lesz semmi baj. Én is megyek a dolgomra, csak összeszedem magam.

– Mi lenne, ha a mai nap csak pihennél? Elmehetnél az orvoshoz is, hogy a babával minden rendben van-e. A mi korunkban már sok rendellenesség jöhet szóba, és el is kell végezni egy csomó vizsgálatot. Időben kell végezni ezeket a dolgokat. Nyugodtabb lennél te is, ha legalább a baba miatt nem kellene aggódnod.

– Tudom, utánanéztem. Ma felkeresem az orvosom. Lezuhanyozom, és el is megyek hozzá.

– Ez kiváló ötlet. Most a babára kell gondolnod és akárhogy is van, Clive-nak meg kell tudnia, hogy ismét apa lesz.

– Leona, ön terhes? – lépett Bob váratlanul a szobába, és válaszra várva nézett a nőre.

Leona és Sarah nagyon meglepődött a férfi váratlan megjelenésén; nem hallották, hogy mikor érkezett, mind a ketten úgy bámultak rá, mintha valami csínyen kapta volna őket.

– Én most megyek – szólalt meg Sarah. Jobbnak látta távozni. – Értesíts, hogy mi volt – mondta, és elindult kifelé a szobából. – Bob! – biccentett a férfi felé, mikor elhaladt mellette.

– Sarah! Szép napot! – köszönt el a férfi a nőtől, és tekintetét továbbra is Leonán tartotta. Mikor kettesben maradtak, újra megismételte a kérdését. – Leona, ön babát vár?

– Igen, Bob! – állt fel az ágyról a nő. – Babát várok, és mielőtt megkérdezné, Clive nem tud róla. Tegnap este szerettem volna elmondani neki, de ő egy másik hölgy társaságában töltötte az estét. Így nem volt módom közölni vele.

– Clive tűvé tette magáért az összes szállodát. Hol volt?

– Valahol, ahol figyeltek rám és nyugtom lehetett. Nézze, Bob, nem akarom, hogy váratlanul érje a helyzet, de én és Clive valószínűleg elválunk. Nem szeretném, ha elárulná neki, hogy terhes vagyok. Még nem akarom, hogy tudja. Ma elmegyek az orvoshoz, aztán át kell gondolnom, hogyan is legyen tovább.

– Nagyon nem tetszik nekem az, ahogy a dolgok itt alakulnak.

– Hát elhiheti, hogy nekem sem. De nem tehetek mást, mint hogy elfogadjam: vesztettem. Nincs bizonyítékom Christina ellen, sem tanúim, akik szóba jöhetnének. Mindenki hallgat, vagy jól megfontolt érdekeik miatt mellette állnak. Bármit is teszek, bármit is mondok, mindig alulmaradok. Clive neki hisz. Mondhatok én bármit. Azt sem hiszi el nekem, hogy Adam Haddon nem a lányomat akarja, hanem engem. A hajdani Mark Brown feleséget. Mert olyan akar lenni, mint ő.

– Mit akar Adam Haddon?

– Azt mondta, ha elválok és hozzámegyek, elhagyja a lányom. Csakis azért van vele, hogy a közelemben legyen. Mark Brownhoz hasonlítja a magát. Azt az életpályát akarja befutni, amit ő, de ehhez szüksége van rám, mert én voltam Mark felesége. De ezt sem tudom bizonyítani, mert csak nekem mondta el. Úgyhogy ennyi! Elisabeth hozzá költözött, így most már se férjem, se lányom, egyedül a fiam van, aki – hála Istennek – nyaral, és kimaradt ebből az egészből. De mikor hazajön, szembesülnie kell vele, hogy széthullott a családja.

– Akkor tegyen ellene, hogy ne így legyen.

– Ha nem vette volna észre, ezt teszem már hetek óta, de úgy látszik, minden tettemmel csak még inkább előidéztem ezt az egészet.

Bob gondolataiba mélyedve nézett maga elé. A dolgok nem mehetnek így tovább. Nem várhat tovább, lépnie kell, itt már nem használ semmilyen szép szó. – Most menjen el az orvoshoz. Utána beszélünk! – mondta, és elsietett.

Leona értetlenkedve nézett a férfi után, de nem sokáig mélázott, vajon miért lett hirtelen olyan sietős neki. Ő is ment a dolga után. Az orvos szerencséjére tudta fogadni. Így már teljesen bizonyos volt, hogy babája lesz. Megbeszélték a teendőket, azokat a vizsgálatokat, amelyek szükségesek a vele hasonló korú kismamák esetében. Néhányat el is végeztek. Nagyon elfáradt, mire hazaért. Semmire sem vágyott, csakhogy aludhasson, pedig rengeteg munka várt rá. Ha már dolgoznia kell, legalább kényelmesen csinálja, ezért az ágyhoz vitte a laptopját. Kényelmesen elhelyezkedett és bekapcsolta. Amíg várta, hogy a gép készen álljon a munkára, becsukta a szemeit és próbált ellazulni. Az orvostól hazafelé vezető úton csak azon rágódott, hogy vajon képes lesz-e egyedül végigcsinálni ezt a terhességet. Az orvos felsorolt minden veszélyt és lehetséges módot annak kiszűrésére. Az elvégzett vizsgálatok szerint a baba egészséges, de még hátravan sok más, ami szükséges, hogy teljesen biztos legyen, hogy minden rendben van. Nagyot sóhajtva nyitotta ki szemeit, és elkezdte átnézni a leveleit. Sorra olvasta azokat, amikor meglátta Billy levelét. Rákattintott, és néhány új verset talált benne. Olvasni kezdte azokat, sorra egymás után. Aztán az egyiket többször is:

„Hajával a tavasz első szele játszott,
Szemében a nap fénye csillogott.
Ő az, ki lelkemnek reményt adott,
És ő az, ki ettől örökre megfosztott.”

Majd egy másikat újra és újra:

„Van egy titok,
Melyet nem sejt senki sem,
Belülről éget, mardossa lelkemet.

De a lelkem, melyet szerelem tüze éget,
Nem hagyja, hogy a szám eláruljon téged.

A te kezeid által lettem béna,
De testem túlélte szerelmed kínjait.
A lelkem, mely holtan hever,
Még mindig hordozza utolsó szavaid.

Megmondta, bevallotta. Billy így akarta a tudomásomra hozni, hogy Christina volt az, aki lelökte őt a lépcsőn. Billy szerelmes volt a lányba, bízott benne, de ő kihasználta, és tönkretette az életét. *El kell mennie Billyhez, beszélnie kell vele* – lüktetett Leona agyában. Rá kell vennie, hogy tanúskodjon Christina ellen. Ő véget vethet ennek az egésznek. Olyan gyorsan pattant ki az ágyból, hogy majdnem lesodorta a gépét onnan. Felkapta a táskáját, és már viharzott is lefelé a lépcsőn.

Bob leparkolt az iskola előtt és felnézett az épületre. Hát itt volt Christina iskolája. Egy régi, ütött-kopott, jobb időket megélt, valaha a közösségi élet központjának számító épület adott otthont az iskolának. Kiszállt az autóból, s miután belépett a nyikorgó ajtón, egy szépen formált, de gondoskodó kezekre szoruló lépcsővel találta szembe magát, amely az emeletre futott, és a falon elhelyezett tábla szerint a tánciskola termeihez vezetett. Elindult felfelé és remélte, ott találja a nőt valamelyik szobában. Lesz, ami lesz, a végére jár annak, mit akar. Felajánl neki annyi pénzt, amennyit csak lehet, hogy hagyja el a várost. Ha kell, meg is fenyegeti őt, de azt nem engedheti, hogy tönkretegye Leona házasságát, és hogy egyedül maradjon a babával. Ő és Clive összetartoznak. Végigsétált a folyosón és elolvasta az ajtókon díszelgő feliratokat, majd végül rátalált a megfelelőre és minden hezitálás nélkül bekopogott.

A nő kikiáltott, cseppet sem barátságos hangnemben: – Tessék!

Bob egy határozott mozdulattal benyitott. – Üdvözlöm! – köszönt a nőnek. – A nevem Bob Hopkins – mutatkozott be.

Christina úgy meredt a férfira, mintha nem lenne biztos abban, amit lát. Egy ideig csak némán meredt a látogatójára, majd hangosan felnevetett, szinte hisztérikusan. Bob értetlenül nézett rá. Vajon mi baja lehet?

– Ezt nem hiszem el! – hahotázott, és továbbra is a férfira meredt. – Bob Hopkins személyesen. Na, ezt sosem gondoltam volna, hogy ön keres meg engem, nem pedig fordítva. A kisujjamat sem kellett mozdítanom ahhoz, hogy ön idejöjjön.

Bob még most is meghökkenve állt a nővel szemben és fogalma sem volt, hogy az miről beszél.

– Ne haragudjon, de nem tudom, miről beszél. Igazából nem is érdekel. Elmondom a jövetelem okát és aztán a részemről végeztem, feltéve, ha megérti azt, amit mondok önnek.

Christina komoly arcra váltott. Szemében furcsa fény gyulladt, amit Bob ezer közül is felismert volna. Igaza volt Leonának: ez a nő veszélyes. Rengeteg gazemberrel találkozott élete során, de a legveszélyesebb az volt közülük, akinek a szemébe ez a fény villant: gonoszság. Christina előredőlt székében és az asztalra könyökölt, állát megtámasztva.

– Na, meséljen – búgta, és megrebegtette szempilláit.

– Rövid leszek – kezdte Bob. – Mennyit kér, hogy örökre elmenjen a városból és békén hagyja a Brown házaspárt?

Christinából ismét kibukott a nevetés. – Attól tartok, kedves Bob, önnek nincs annyi pénze, hogy ezt megtegyem önnek.

– Csak próbálja meg! Mennyit kér? – kérdezte komolyan Bob.

Christina elhallgatott. Hány éve már, hogy szemtől-szembe szeretett volna állni ezzel a férfival? Most pedig itt van és semmit sem kellett tennie ezért. Nem gondolta volna, hogy a dolgok így alakulnak és a sors kezére játssza ezt a férfit, mégsem érzett iránta gyűlöletet. Hidegen hagyta, és a történtek fényében ez nagyon furcsa volt.

– Mi lesz, ha nemet mondok?

– Azt hiszem, akkor a módszereim kevésbé lesznek ilyen emberbarátiak, mint most.

– Aha! Fenyeget. Izgalmas – vigyorgott a nő, majd egyik pillanatról a másikra komoly hangnemre váltott. – Kedves Bob! Beszéljünk nyíltan. Eszem ágában sincs elfogadni az ajánlatát, sőt semmilyen ajánlatot sem. Én Clive Brownt akarom, és azt, hogy Leona Brown a földön heverjen összetörten és elveszítve mindazt, ami fontos neki – mondta gyűlölettel teli hangon. – Gyűlölöm azt a nőt. Magát is gyűlölnöm kellene, de furcsamód hidegen hagy. Nincs a földön annyi pénz, amiért elhalasztanám azt az élvezetet, amit akkor érzek majd, amikor Leona Brown elveszít mindent és mindenkit.

Bob összeszűkült szemekkel nézett az előtte álló nőre. Dühödt és érzéketlen.

– Miért? – tette fel hangosan a fejében motoszkáló kérdést Bob a nőnek. – Miért gyűlöli őt ennyire? Mi oka van rá? És velem mi a baja?

– Maguk ketten mindent elvettek tőlem, és tönkretették az életemet.

– Miről beszél? Pár hete még azt sem tudtuk, hogy létezik.

– Hát ez az! – villantotta rá szemeit a férfira Christina. – Pontosan ez az! – kiabálta, és egyre közelebb ment hozzá. – Éppen ez az! Mondja, Bob, milyen érzés embert ölni?

A férfi agya vadul dolgozott és az előtte lévő nőt nézte, amint úgy járkált, mint egy macska, és közben kajánul vigyorgott rá.

– Segítsek, Bob? Hol volt, hol nem volt, volt egyszer egy férfi, aki gazdag volt és hatalmas. Bármit megtehetett. Tönkretette a nagyszüleimet, és tönkretette az apámat is. És maga, Bob – fordult hirtelen a férfi felé –, maga pedig megölte az apámat, hogy megvédje ezt az embert.

– Mi a fenéről beszél maga?

– Még most sem rémlik? Ajaj, Bob, öregszik. Nézzük, vajon ez segít emlékezni önnek? – kérdezte Christina és előrántott egy fegyvert, amit egyenesen a férfira szegezett. – Lőjjek én is úgy, mint azt maga tette?

Bob mellkasa szorítani kezdett. Ez nem lehet, ez a nő nem lehet...

– Nem tudom, mit mondtak magának, de az apja egy gyilkos volt – mondta nehezen lélegezve. – Megölte Mark Brownt, és meg akarta ölni Clive-ot is. Én csak megakadályoztam ezt.

– Megölte őt! – ordította Christina magából kikelve. – Ezért önnek is meg kell halnia. Halálért halál jár.

Bob egyre rosszabbul lett. Figyelmeztetnie kell Leonát, hogy ki is valójában Christina. Ez a nő bolond, és pontosan olyan elvetemült, mint az apja volt. Veszélyes, nagyon veszélyes. Bob a gyógyszere után kutatott, de idegességében kirántotta azt a zsebéből és az üveg a földre esett. Christina azonnal felkapta azt, és mikor meglátta, mit tartalmaz, hangos nevetésben tört ki.

– Istenem, be sem kell piszkítani a kezem, a sors elintézi helyettem – mondta, élvezettel nézve a férfi szenvedését.

– Nem fogja megúszni, Christina – mondta összegörnyedve Bob, miközben a mellkasát fogta.

– Már meg is úsztam. Mindenki mellettem áll, mert tartanak tőlem. Én itt sem voltam. Maga rosszul lett, és nem tudott kimenni innen. Egyedül már csak Leonát kell eltávolítanom az utamból és minden az enyém lesz. A férje, a gyerekei, a Holdfénye, a szállodák. Mindent megkapok, amit az apámtól elvettek.

– Maga összevissza beszél. A maga apjának nem volt semmije. Egy naplopó volt, egy parazita. Leona pénzéből élt. Aztán meg abból, amit Marktól kapott. Azt is elszórta és zsarolni kezdte őket, de nem járt sikerrel. Meg akarta ölni Leonát, többször is. Maga, kislány, nagyon félre van informálva. Senki nem tudott magáról, Leona sem, pedig ő a maga apja felesége volt.

– Nem akart elválni tőle, pedig apám többször kérte őt erre.

– A maga apja kérte? Ő nem akart elválni, mert Leona tartotta el őt. Valószínűleg magát is.

– Nem igaz, hazudik! – kiabálta a nő, és ismét a férfira fogta a fegyvert. – Maga megölte az apámat!

– Igaz, de megérdemelte. Megölte Markot, és Clive-ot is meg akarta. Nem hagyhattam, mint ahogy azt sem hagyhatom, hogy Leonának baja essen – mondta, és elkapta a nő csuklóját, hogy megpróbálja kicsavarni kezéből a fegyvert.

Dulakodni kezdtek, és Bob hirtelen összecsuklott, nem kapott levegőt; olyan érzése volt mintha valaki beletaposott volna a mellkasába és rajta állna. A földre zuhant. Christina gyűlöletben forgó szemmel nézett rá.

– Na, kedves Bob! Most magára hagyom, hogy a sors elvégezze a dolgát. Aztán majd váratlanul önre találok, ahogy a padlón élettelenül fekszik és megállapítják, hogy szívinfarktusa volt. Ismét én győztem, ön pedig nem tudta figyelmeztetni az édes Leonáját! – mondta gúnyosan. – Sajnos nem ölhetem meg Leonát jelenleg, mert Adam akkor engem nyírna ki. Mert kell neki az a nő. Fogalmam sincs, mit eszik rajta. De eljön majd az én időm is, és nem fogok kegyelmezni annak a dögnek. De tudja mit? Nem is érdekel most Leona Brown. A lényeg az, hogy enyém legyen minden, amit csak akarok. Na, viszlát, Bob! Jó utat a pokolba – mondta, és a férfira zárta az ajtót.

* * *

Leona idegesen kopogtatott a Carter-ház ajtaján. Mikor Helen kinyitotta azt, meglepetten nézett rá.

– Brown asszony!

– Jó napot, Helen! Beszélnem kell Billyvel, azonnal – mondta ellenvetést nem tűrően.

A nő Leona izgatottságát látva nem kérdezett semmit, csak beengedte őt a házba. Kíváncsi volt, mi az oka a zaklatottságának, annál is inkább, mert a fia is olyan furcsán viselkedik már napok óta, de nem hajlandó beszélni róla.

Billy a nappaliban ült, és szemmel láthatóan várta a látogatóját.

– Ugye tudja, miért jöttem? – kérdezte Leona komolyan a férfitól. Az bólintott. Helen zavartan nézett rájuk. Fogalma sem volt, mi folyik itt. – Értem. Mindent értek és tudom, hogy nehéz helyzetben van és óriási kérés az, amit szeretnék, és tudja, hogy nem kérném, ha nem lenne borzalmasan fontos. Billy, tanúskodna a bíróságon? – A férfi ismét bólintott. – Köszönöm – térdelt elé Leona megkönnyebbülten, és megölelte. – Hálás vagyok önnek! El kell innen menniük. Veszélyben lehetnek, ha itt maradnak.

– Brown asszony, mi folyik itt? – kérdezte Helen, kétségbeesetten szemlélve az előtte zajló eseményeket, amelyből egy szót sem értett.

– Helen, kérem, bízzon bennem! El kell menniük innen egy kis időre. Hol a férje?

– A kertben.

265

– Csomagoljanak össze, elviszem önöket egy olyan helyre, ahol biztonságban lesznek.

– Még most sem értem, mi folyik itt. Mi nem mehetünk csak úgy el. A férjemnek dolgoznia kell. Mivel magyaráznánk váratlan kimaradását a munkából? Adam keresne minket.

– Emiatt ne aggódjon. Ha a dolgok úgy alakulnak, én alkalmazom az ön férjét. De most el kell innen menniük. Én mindent elintézek, önök csak csomagoljanak.

– Miért?

Leona Billyre nézet, hogy lássa, vajon beleegyezik-e, hogy elmondja mindazt neki, amire rájött. A férfi bólintott Leona fel sem tett kérdésére. Eljött az idő mindent tisztázni.

Leona Helen felé fordult.

– A fia balesete nem baleset volt. Előre megfontolt szándékkal történt. Billyt Christina taszította le a lépcsőn azért, hogy övé legyen az ösztöndíj. Billy szerelmes volt ebbe a lányba és ő úgy tett, mintha ez az érzés kölcsönös lett volna. De csak az érdekei miatt tette. Aztán jött az ötlet, hogy egy balesettel eltávolíthatja Billyt az útból. Adam Haddon rájöhetett a dologra és megzsarolta Christinát, ezért tűnhetett el olyan hirtelen. Így ő lett az ösztöndíj tulajdonosa, ő, aki eddig a harmadik helyen állt a listán. Adam a lelkiismeret-furdalása miatt támogatja Billyt. Nem mondhatta el az igazat, mert akkor elveszíthette volna az ösztöndíjat. Így amikor lehetősége adódott rá, támogatni kezdte Billyt. Christina újra felbukkant, megölte az egyik barátnőmet, és most tönkre akarja tenni a házasságomat is. Billy az egyetlen tanú arra, hogy Christina mit tett vele a múltban. De ha rájön, hogy mit tervezünk, árthat Billynek, és Adam is, mert ők ketten összejátszanak. Így el kell menniük innen egy időre.

Helen könnyes szemekkel nézett a fiára, majd halkan megszólalt: – Rendben, menjünk.

Az események felgyorsultak. Leona segített a csomagolásban, és egy órán belül készen álltak az útra. Egy a várostól távol eső nyaralóba vitte Billyt és családját. Évek óta ide bújtak el Clive-val, és senki nem tudott róla. Itt biztonságban lesznek, senki nem fog rájuk találni.

– Jó napot, Leona! – köszöntötte a nőt a férfi, miután telefonja kijelzőjén megjelent a neve.

– Jó napot, nyomozó! Van tanúm arra, hogy Billy Cartert Christina lökte le tizenkét évvel ezelőtt a lépcsőn. Billy vállalja, hogy tanúskodik ellene.

– Hol van most Billy?

– Jó helyen, a családjával együtt. Ha szeretne vele beszélni, megadom önnek a címet. Ugye bízhatok önben? Még nem szeretném, ha kiderülne, hogy mire készülök.

– Leona, veszélyes dologba kezdet bele. Billy csak azt bizonyíthatja, hogy őt Christina lökte le a lépcsőn. Azt nem, hogy Luanne-t is ő lökte le.

– Tudom, de azt majd ő vallja be saját maga.

– Leona, ha azt akarja, hogy segítsek, akkor be kell avatnia mindenbe.

Leona egy kis ideig gondolkozott, majd válaszolt. – Rendben. Majd jelentkezem – mondta, és kinyomta a hívást.

A nyomozó Bob barátja, jó szövetségese lesz. Valakire szüksége van, aki mellette áll, ha veszélyessé válna a helyzet. Megcsörrent a telefonja és gyorsan felkapta.

– Bob!

– Leona! – nyögte nehezen a férfi a nő nevét.

– Bob! Rosszul van? – kérdezte Leona aggódva.

– Figyeljen rám!

– Nem, maga figyeljen rám! Hol van?

– Kijutottam a szobából.

– Milyen szobából?

– Meg... megpróbálok elvezetni a Holdfényhez – nyögte a férfi.

– Bob! Maradjon ott, ahol van! Odaküldök valakit. Egy mentőt.

– Nem! – kiabálta a férfi, és egy újabb szorítás kis időre elnémította. Majd mikor összeszedte magát, folytatta. – Ön jöjjön a Holdfénybe – súgta, aztán a telefon néma lett.

Leona egész testét beborította a rémület. Még beletelik egy kis időbe, amíg odaér. A férfinak segítség kell. Oda kell küldenie valakit. Sarah ma nincs a Holdfényben.

– Brand! – mondta ki hangosan a férfi nevét, és már telefonált is. – Hol vagy? – szólt izgatottan a telefonba, meg sem várva, hogy a férfi beleszóljon abba.

– A kastélyszállóban. Miért, valami baj van?

– Indulj, a Holdfénybe, kérlek, én is igyekszem. Bob odamegy, legalábbis remélem, hogy oda is ér. Nagyon nehezen lélegzik, attól félek, szívinfarktusa van. Nem árulta el, hol van jelenleg. Én is igyekszem. Sarah nincs ott, mert megbeszélésen van, így nincs más, akinek szólhatnék. A lényeg, hogy valamelyikünk ott legyen, mire Bob megérkezik oda.

– Indulok! – mondta a férfi, és gyors léptekkel igyekezett az autójához.

Leona közben már úgy nyomta a gázt, hogy azon imádkozott, hogy egyetlen rendőr se legyen sehol sem. A fejében Bob szavai zakatoltak.

„Kijutottam a szobából."

Milyen szobából? Egyáltalán hol volt? A kilométerek lassan fogytak, és mire beért a városba, már teljesen elvörösödtek ujjai a kormány szorításától. Mikor bekanyarodott a Holdfényhez, látta Bob autóját keresztben állni a parkolóban. Kiugrott az autójából és odarohant hozzá. A férfi a kormányra dőlve feküdt és nehezen lélegzett.

– Bob! – szólongatta. – Bob! Válaszoljon nekem.

– Leona! – nyögte.

– Jöjjön, segítsen nekem. Ki kell szállnia az autóból, le kell feküdnie, mentőt kell hívnunk.

– Nem, ne hívjon!

– De igen, nem halhat meg itt nekem. Hol a gyógyszerre? – kutatta át a férfi zsebeit.

– Elvette.

– Kicsoda, ki vette el?

– Christina!

– Christina? Mit kereset maga Christinánál?

– Vigyázzon vele! Veszélyes!

Leonának közben sikerült Bob némi segítségével kihúzni őt az autóból, de ott a férfi összerogyott. Leonának minden erejére szüksége volt, hogy tompítsa az esését, és a földre tudja őt fektetni. A férfi fejét az ölébe vette.

– Kérem, Bob. Nyugodjon meg! Ne beszéljen! Hívok mentőt! – mondta, és telefonja után kutatott. De a férfi megfogta a kezét és nem engedte, hogy bárkit is felhívjon.

– Kérem, legalább az utolsó percekben hadd legyek önnel, Leona.

– Ne mondjon ilyet, Bob! Rendbe jön.

– Nem. Most nem. Érzem. Figyeljen rám, a férje... – nyögte, és egy fájdalomhullám miatt ismét elhallgatott – a volt férje.

– Mark? James? Mi van James-szel?

– A bosszú hajtja.

– Kit? James halott! – Bob arca ismét eltorzult. – Kérem, ne beszéljen, engedje, hogy orvost hívjak – könyörgött Leona.

– Christina és Adam összejátszanak. Christina a férje...

– Kinek a férje? Bob, nyugodjon meg, nem értek semmit. De most nem is fontos sem Adam, sem Christina.

– Vigyázzon magára! – nyögte a férfi, és Leona kezébe kapaszkodott. – Köszönöm, hogy ön mellett lehettem. – Leona szemei megteltek könnyel. – Ne sírjon!

– Kérem! – könyörgött Leona könnyek között. – Maradjon velem! Nem mehet el ön is!

– Mark már vár rám – erőltetett egy halvány mosolyt az arcára Bob.

– Még nem, még dolga van itt. Még szükségem van önre.

– Nincs, már nincs.

– De – súgta Leona, és egy csókot adott a férfi szájára. – Ezzel tartoztam, Bob, enélkül nem mehet el – suttogta könnyek között.

A férfi ajkai mosolyra húzódtak, majd karjai erőtlenül a földre hullottak.

– Bob! – szólította Leona, de a férfi nem felelt. – Bob! – ismételte, de válasz ismét nem érkezett.

Leona zokogásban tört ki. Magához ölelte a férfit és hagyta, hogy könnyei szabadon hulljanak le az arcán. Csak ült, magához szorítva a férfit és zokogott. Fogalma sem volt mennyi idő telt el így, a parkoló betonján, Bobbal az ölében, amikor Brand megérkezett és odarohant hozzá. Leona könnyes szemekkel nézett a mellé térdeplő férfira, s minden szónál beszédesebben szóltak szemei. Bob meghalt. Földi élete itt véget ért.

* * *

Leona már jó ideje a nappali pamlagján ült és telefonját nézte. Fel kell hívnia, tudnia kell, hogy mi történt Bobbal, de nem érzett elég erőt hozzá. Az események a Holdfény előtt nagyon felgyorsultak miután Brand kihívta a mentőket. Azok megállapították, hogy Bob meghalt. Közben odaérkezett Barbara is, aki teljesen összeomlott. Leona próbált neki támaszt nyújtani, pedig ő sem volt jó állapotban. Barbarával együtt felhívták Ginát és elmondták neki, hogy az apja meghalt és jöjjön haza. Leona beszélt a fiával is, és kérte, vigyázzon a lányra, egy percre se mozduljon mellőle. Aztán Leona elkezdte szervezni a temetést, mert Barbara képtelen volt rá. Bob Mark mellé kerül hamvasztás után, a kastély kertjébe. Mark is így akarná, és ő is így szeretné. A két barátnak egymás mellett kell pihennie.

Már későre járt, és ő még mindig nem hívta fel férjét, hogy elmondja, mi történt, és hogy mikor lesz a temetés. De nem húzhatja a végtelenségig. Most fölhívja, határozta el, és telefonjáért nyúlt.

– Clive Brown telefonja, most nem tud önnel beszélni, keresse később – mondta egy női hang.

Leona azonnal felismerte ki is az. Christina. Vajon miért van nála a férfi telefonja? Már későre jár, eddig nem szoktak próbálni. De nem teljesen mindegy? Vele van, és ez a lényeg. Leona bele sem szólt a telefonba, csak letette azt.

– Leona! – szólította Brand, és ő összerezzent a férfi hangjától. – Ne haragudj, nem akartalak megijeszteni.

– Csak elgondolkodtam.

– Felhívtad már a férjed?

– A barátnője vette fel és közölte velem, hogy most nem tudja felvenni, keressem később.

– Christina?

– Christina – mondta fájdalmasan. – De most, ha lehet, ne beszéljünk erről. Sokkal fontosabb dolgunk van – szedte össze magát és igyekezett azokra a dolgokra koncentrálni, amelyek Bob váratlan halálával sürgőssé váltak. – Mostantól te veszed át az igazgatói széket és mindent, amit eddig Bob csinált. Egy kis időt kérek, amíg Barbara elviszi Bob dolgait az irodájából. Aztán úgy alakítod, ahogy akarod. Kérlek, nézd meg, mire lenne szükséged. Már szétküldtem az összes szállodánkba egy levelet, amelyben tudatom Bob halálát és téged nevezlek meg az utódjának. Mostantól, Brand, te vagy a Brown szállodalánc gazdasági igazgatója.

– Én...

– Nincs „én", Brand – parancsolt rá Leona. – A feladat rád vár, és azért, mert te vagy a legalkalmasabb rá. Ezért választottunk téged. A papírdolgokat a temetés után elintézzük.

– Rendben – mondta csendesen a férfi. – Segíthetek még valamiben?

– Nem, Brand, menj haza és pihenj. Hosszú volt ez a mai nap, és a holnapi még hosszabb lesz. A temetés holnapután lesz, ezért ki kell használnunk az időt, hogy mindent előkészítsünk rá. Holnap reggel érkezik Gina és Mark. Robert kimegy eléjük.

– Rendben, korán reggel itt leszek.

– Reggel találkozunk! Jó éjszakát, Brand!

– Jó éjszakát, Leona!

A férfi távozott, és zárt ajtó előtt még elidőzött egy kicsit. Lehet, hogy nem kellene beleszólnia ebbe az egészbe, de akárhogy is nézi a dolgokat, Christina túl messzire ment. Még mindig a szeretője, mert még nem dobta ki őt. Magyarázattal tartozik neki. Aztán meg tudni akarja, mi történik itt. Leona már eleget tett érte, rajta a sor, hogy tegyen valamit a nőért. Nem bírja nézni, ahogy szenved. Eltökélten indult lefelé a lépcsőn. Megtudja, mi folyik Christina és Clive Brown között.

* * *

– Christina, azt hiszem, mára elég lesz ennyi. Mindenki mehet pihenni. Holnap is nap lesz – mondta Clive fáradtan. Észre sem vette, hogy milyen későre jár már. Mióta Leona elszaladt a Holdfényből és nem volt hajlandó vele szóba állni, a munkába menekült. Úgy hajtotta magát, mint még soha. Remélte, így csillapodik a lelkében dúló fájdalom. Bárcsak elmondhatná neki, hogy mennyire hiányzik és szereti őt, csakis őt szereti.

– Jó estét! – lépett be a próbaterem ajtaján Brand.

– Te mit keresel itt? – támadt neki a férfinak Christina, elfelejtkezve a mellette álló Clive-ról és arról, hogy a férfi mindent hall.

– Te ismered őt? – nézett kérdőn a nőre Clive, és Leona szavai visszhangzottak a fülében:

„Christina Brand szeretője.”

– Nem – felelte Christina.

– Nem? – kérdezett vissza Brand. – Ez nekem új, ahhoz képest, hogy öt éve vagy a szeretőm.

– Miről beszélsz itt összevissza?

– Semmiről. Nem hozzád jöttem, hanem Brown úrhoz. A felesége hívta önt telefonon, de nem tudta elérni – magyarázta jövetele okát Brand.

– Hívott? Leona keresett engem? Nem hallottam, hol van a telefonom? – kezdte kapkodva keresni a készüléket Clive. Mikor megtalálta, érthetetlenül nézett arra. – Miért van kikapcsolva? Én biztos, hogy nem kapcsoltam ki.

– Brown úr, Hopkins úr ma délután meghalt.

– Tessék?

– Holnapután lesz a temetés. A felesége ezt szerette volna közölni önnel.

– De mégis hogyan, hol?

– Az ön feleségének a karjaiban halt meg, a Holdfény parkolójában. Szívinfarktus. Nem lehetett segíteni rajta. Holnap reggel érkezik haza Gina és Mark. Robert megy ki értük a repülőtérre. Csak ennyit szerettem volna mondani önnek. Jó éjszakát! – köszönt el a férfitól és a nőre nézett. – Szia, Christina! Ha szeretnél nekem mondani valamit, tudod, hol találsz.

– Köszönöm, Brand, hogy idefáradt. Hálás vagyok – mondta Clive. Brand indult, de Clive még utánaszólt. – Hogy van Leona?

Brand szembefordult a férfival és komolyan ránézett. – Nem jól. Szüksége van önre – felelte és távozott.

Clive sietve pakolni kezdte a táskáját. Egymás után dobálta bele a ruháit. – Most mit csinálsz? – állt felé Christina.

– Haza megyek.

– Ez csak egy trükk, hogy hazacsalogasson téged. Ő dobott ki, biztos azért tette, hogy elterelje a figyelmedet az Adam Haddonnal való viszonyáról. Elisabeth is otthagyta az anyját, mert elvette tőle a pasiját. Ne légy vak, Clive! Az a nő játszik veled, és megpróbál befolyásolni téged. Nem ért meg téged, nem tudja, mi a fontos neked, hogy milyen a művészlélek.

Clive hirtelen haragra gerjedt, és erősen megfogta a nő karját. Dühös szemekkel nézett rá.

– Leona nem talál ki semmit, ő nem az a nő. Neki nincs viszonya sem Adam Haddonnal, sem senki mással. Azt hiszem, igaza volt mindenben. Én hülye meg hittem a látszanak, a szép szavaknak. Csak magammal foglalkoztam és a koncerttel, hogy ne húzhassa keresztül semmi és senki a számításaimat. Önző voltam, csak magammal foglalkoztam és az álmaimmal. Csak reménykedem abban, hogy helyre tudom hozni a dolgokat. Most pedig menj az utamból, Christina, addig, amíg még szépen kérem. Úgy hiszem, neked is lenne mit rendbe hoznod ma éjjel – nézett rá jelentőségteljesen a férfi és elviharzott.

Christina dühös szemekkel nézett utána. Megöli Brandet! Mit gondol magáról, hogy idejön és mindent felrúg azzal a hatalmas jó lelkével? Biztosan az a nő az oka ennek a változásnak. Magához édesgette, behálózta őt. Brand eddig minden szavát elhitte, a tenyeréből evett, azt csinálta, amit mondott neki. Most meg idejön, és mindent tönkretesz? Hogy merészeli? De előbb még Leona sorsát kell intéznie. Brand ráér.

– Mi lenne, ha végre csinálnál is valamit? – szólt bele mérgesen a telefonba. – Clive most indult haza az édes kis feleségéhez. Ha meg akarod kapni Leonát, jobb lesz gyorsan cselekedni, mert a végén még kibékülnek és fuccs a te nagy tervednek – mondta, és lecsapta a telefont.

* * *

Leona még mindig a nappali pamlagján ült. Annyira erőtlennek érezte magát, hogy képtelen volt onnan felállni. Körülötte minden olyan tompának tűnt. Már sírni is képtelen volt. Nem maradt egy csepp könnye sem. A nappali magányos csendje szinte rátelepedett, még soha nem érezte magát ennyire egyedül.

Lassan kinyílt a bejárati ajtó, és ő odakapta a fejét. Talán Barbara az. De mikor belépett a váratlan látogató, a sötétben is felismerte, ki az. A férfi odasétált hozzá és leült mellé az ágyra.

– Hogy kerülsz ide? – kérdezte Leona fagyos hangon.

– Szükségem van rád, és neked is rám. Melletted a helyem.

– Miért? Mert Bob meghalt? Egyedül is megbirkózom vele, nyugodtan elmehetsz. A temetés holnapután lesz.

– Kicsim! – fordult könyörgő szemekkel felesége felé Clive. – Ne haragudj rám! Nem foglalkoztam mással, csak a koncertemmel és azzal, hogy nekem jó legyen. Nem akartam tudomást venni a problémákról, nehogy valami akadály gördüljön az álmom elé. Nem tudom, mit láttál a Holdfényben, de én nem feküdtem le Christinával, és senki mással sem. Nem is emlékszem igazán, mi történt. De azt tudom, hogy nem voltam vele. Tudom, hogy Christina Brand szeretője, mert Christina letagadta azt Brand előtt. Nyilvánvaló volt, hogy hazudik.

– Brand?

– Eljött hozzám, hogy elmondja, kerestél, de nekem ki volt kapcsolva a telefonom.

– Nem volt kikapcsolva. Christina vette fel és közölte velem, hogy nem tudsz velem beszélni.

– Tudtam, hogy nem kapcsoltam ki – mondta maga elé a férfi. – Én olyan bolond vagyok. Tudom, hogy Adam Haddon nem a szeretőd. Mindig is tudtam. Most már abban is biztos vagyok, hogy Christina tud valamit, mert annyira meg akart győzni engem a viszonyotokról. Amit pedig apáról mondtam, hogy megcsaltad őt velem, azt csak féktelen haragomban mondtam. Soha nem gondoltam így.

Leona tudta, hogy Clive őszintén beszél, mégsem tudta boldognak érezni magát a szavaitól.

– Felejtsük el! – mondta fáradtan. – Tudom, hogy az a nő manipulált, és nem csak ő. Elisabeth bajban van. El kell hoznunk annak a férfinak a házából, de fogalmam sincs, hogyan. Adam felhasználja őt céljai elérése érdekében. Nem szereti, soha nem is szerette.

– Együtt kitaláljuk, hogy mit tegyünk, és rendbe hozzuk a dolgokat.

– Clive, én nem tudom – fúlt el Leona hangja. – Érts meg engem! Nem tudom, hogyan tovább. Elfáradtam, és nem akarok harcolni tovább feleslegesen. Ha úgy érzed, hogy nem tudsz velem élni, akkor...

– Nem tudok nélküled élni. Pokol volt minden éjszaka, amit nélküled töltöttem. Kérlek, szeretnék hazajönni hozzád.

– Clive, én... – de nem jutott tovább a mondandójában, mert a férfi megcsókolta. Leonát hatalmába kerítette az ismerős érzés, amit minden egyes alkalommal érzett, ha Clive megcsókolta őt. A szerelem, ami égett benne a férfi iránt, még ennyi együtt töltött év után is. Brand csókja és érintése izgató volt, de mindent, amire vágyott, csak Clive csókjaiban találhatott meg, az ő ölelései adhatták meg neki.

– Szeretlek! – suttogta Clive. – Te is tudod, hogy csak téged szeretlek.

– Tudom – mondta Leona. – Maradj velem! Ne engedj el!

– Nem is tudnál elzavarni innen – vigyorgott rá a férfi, és a karjaiba kapta.

A hálószobába indult vele, és közben le sem vette róla a szemét. Óvatosan az ágyra fektette és mellé feküdt. Eltűnődve nézte Leona arcát, miközben simogatta azt.

– Mire gondolkodsz? – kérdezte Leona gyengéden.

– Hogyan legyen tovább?

– Először temessük el Bobot. Aztán tegyünk végre pontot az ügy végére. Bob a halála előtt Christinánál járt.

– De minek?

– Nem tudom. Nem találtam meg nála a gyógyszert, amikor rosszul volt. Bob azt mondta, Christina vette el tőle. Valamit beszélt Jamesről is, de nem értettem. Adam Haddon és Christina osztálytársak voltak. Ismerik egymást. Billy pedig elmondta nekem, hogy Christina taszította le őt a lépcsőn. Luanne pedig a halála előtt szintén Christinát nevezte meg elkövetőként. Hiszel végre nekem, hogy ez a nő nagyon veszélyes és összejátszik Adam Haddonnal?

– Igen, mondd, hogy legyen!

– Beszélnem kell Sylviával, de úgy, hogy Christina ne tudjon róla. Luanne azt mondta, ő segíthet nekem, és valami Juliát emlegetett.

– Rendben.

– Azt szeretném, ha Christina azt hinné, hogy mi mégsem vagyunk együtt. Tegyünk úgy, mintha csak Bob halála miatt találkoztunk volna, és nem békültünk volna ki.

Clive felhúzott szemöldökkel nézett feleségére. – Ez azt jelenti, hogy még egy ideig a Holdfényben kell aludnom?

– Igen. Muszáj, különben soha nem lesz vége ennek az egésznek.

– Jól van, legyen, ahogy akarod.

22. FEJEZET

Leona már egyetlen könnyet sem tudott ejteni Bob temetésén. Úgy érezte, örökre elsírta mindet. Először Luanne, most pedig Bob. Ahogy ott állt a kastélykertben, körülötte a gyászolókkal, úgy érezte, teljesen elfogyott belőle miden érzés. Pillantása a mellette álló Barbarára siklott. A nő testét rázta a sírás, reszketett férje urnája előtt. Leona próbált támaszt nyújtani számára, de tudta, kevés, amit adhat neki. A fájdalmát nem tudja eltörölni. Ahogy karolta őt egyik oldalról, a másikról pedig Clive, látta, amint Gina Markba kapaszkodik. Leona csodálta fia tartását, azt, ahogyan a lányt támogatta ezekben a nehéz napokban.

Óhatatlanul is eszébe jutott Mark temetése. Mennyire más volt az ő helyzete akkor, mint most Barbaráé! Neki ott volt Clive, és Elisabeth még kicsi volt. Fel sem fogta, mi történik körülötte. De Barbara mellett a lányán kívül nincs senki sem, Gina pedig lassan önálló életet kezd. Leona tekintete a tömegre vándorolt. Sokan eljöttek. Olyanok is, akiket Leona jobb' szeretett volna nem látni. Mint Christina is, aki volt olyan szemtelen és érzéketlen, hogy annak ellenére, amit tett, el mert jönni ide. A tudatában volt annak, hogy az ő felelőssége Bob halála, mégis úgy áll itt, mintha csak egy együttérző lélek lenne, és osztozni kívánna a család fájdalmában. Leona biztos volt benne, hogy valami történt közte és Bob között a férfi halála előtti órákban. Valószínűleg Bob megpróbálta lefizetni őt, hogy menjen el innen. Bevetette a régi, jól bevált módszert. De Christina nemet mondhatott neki, mert nagyon nyeregben érzi magát, és ez azt is jelenti, hogy a vagyonnál mélyebb dolog inspirálja őt. Leona nem tudta levenni róla a szemét. A nő mellett egy fiatal, vékony férfi álldogált. Ismerősnek tűnt számára, de nem tudta, honnan, pedig biztos volt benne, hogy látta már valahol. Szeme tovább pásztázta az egybegyűlteket. Az összes szállodájuk vezetősége és néhány alkalmazott sorakozott egymás mellett. A Holdfény és Csillagfény egész személyzete. Brand, az új gazdasági igazgató; Paul Evans nyomozó és az édesapja; Peter, a polgármester és felesége; Liliána a férjével, Sarah Jackkel. De volt olyan is, akinek itt kellett volna lennie, mégsem jött el. Elisabeth. Sehol sem látta, és ez nagyon aggasztotta őt. A lány számára olyan volt Bob, mintha a nagyapja lett volna, szerette őt. Mi oka lehet távol maradni a temetéséről? Leona fejében számtalan válasz formálódott, és némelyik nagyon aggasztotta.

Mikor vége lett a szertartásnak és a tömeg oszlani kezdett, Richard Leona mellé lépett.

– Nagyon sajnálom, Leona, tudom, milyen fontos volt neked Bob. A L'amour személyzete nevében fogadjátok részvétünket.

– Köszönöm, Richard. – Leona egy kissé elmélázott, majd hirtelen beugrott neki valami. Elkapta a távozni készülő férfi karját. – Richard! Ismered azt a férfit? – bökött a még mindig Christina mellett toporgó férfira.

A férfi tekintete a szóban forgó személyre siklott.

– Persze ő a gondnokunk a fia.

– Most már tudom, miért volt olyan ismerős nekem. Ezerszer megnéztem azokat a felvételeket, amiket küldtél nekem. Ő is rajta volt, járt az apjánál, mielőtt az a felfordulás lett volna ott a L'amourban.

– Brain jó fiú. Sokszor bejön az apjához. Segít neki, és én is gyakran igénybe veszem a segítségét, mikor nagy a hajtás nálunk. Megbízható és ügyes. Soha nem volt rá semmi panasz.

– Az lehet, hogy jó és ügyes és szereti az apját, de ha zsarolták és sarokba szorították, akkor kilophatta a kulcsokat.

– Nem tudom, fogalmam sincs. Talán. Nem tudni, hogy melyik ember hogyan cselekszik bizonyos helyzetekben. Úgy látom, még most sem mondtál le az elméletedről.

– Nem, és most kezd csak igazán valóssággá válni – mondta. – Megzsarolták, kihozta a kulcsokat, és kész.

Clive időközben visszatért Leona mellé, miután a temetést lebonyolítónak megköszönte a munkáját. Cseppet sem tetszett az arckifejezése, de mielőtt szóvá tehette volna, Evans nyomozó lépett hozzájuk.

– Leona, Brown úr, fogadják részvétem. Bob jó ember volt, kiváló barát. Nagy veszteség a halála a családom számára is.

– Köszönjük, Paul – mondta Leona, és bármennyire nem volt a megfelelő a hely és az idő a kérdések feltevésére, nem tudta nem feltenni azt. – Sikerült beszélnie Billyvel? – kérdezte Leona.

– Igen, minden rendben van. Igaza volt. A fiú vallomásával igazolható, amit sejtett a balesetével kapcsolatosan, de Luanne halálával kapcsolatban nem sokat segít nekünk.

– Akkor adok még önnek néhány érdekes információt. Látja ott azt a férfit, aki Christina mellett toporog? – kérdezte Leona. – Nézzen utána, kérem! Azt hiszem, ő hozta ki a kulcsokat a L'amourból és ő adta át azokat Christinának. Tudhat valamit, és talán ha kicsit megszorongatja, fontos információkkal szolgálhat számunkra. Tudom, hogy a szállodánk felforgatásának nincs köze Luanne halálához, de hozzám igen, és a meghirdetett kamu koncertnek is. Szerintem mind Christina számlájára írható.

Clive érdeklődve figyelte, miről is zajlik a beszélgetés.

– Brain lenne Christina cinkosa? – kérdezte. – Ő Christina táncosa. Nagyon tehetséges.

– Csak egy újabb áldozata, de sokat tudhat Christina viselt dolgairól. Véletlenek nincsenek. Nem véletlen, hogy ő és Christina ismerik egymást – mondta Leona. – Összeáll a kép. – Christina megzsarolta őt, ha nem hozza ki a kulcsokat, kirúgja a tánckarból. Hatalmas lehetőség mindenki számára Clive koncertjén részt venni, és ennek a lehetőségnek az elvesztésével zsarolta Christina. De ő csinálta a felfordulást a szállodában, mert minden pillanatát ki akarta élvezni a tetteinek, mert másképpen nincs értelme. Az ok egyszerű: engem akart idegesíteni vele és aztán a koncerttel is, amit meghirdetett a Holdfénybe. Csak még azt nem tudom, miért. Brand szerint gyűlöl engem. De vajon miért?

– Brain tanít is Christina iskolájában – fűzte hozzá még Clive. – Ebből él. Nem hinném, hogy kockáztatta volna ezt. Lehet benne valami, hogy félelemből megtett mindent neki.

– Rendben, utánanézek – mondta a nyomozó. – De mivel nem akarjuk, hogy Christina idő előtt rájöjjön a dolgokra, ezért arra szeretném kérni önt, Leona, hogy ne kezdjen magánakciókba. Most óvatosnak, megfontoltnak és nyugodtnak kell lennünk.

– Szívemből beszél – értett egyet a nyomozó által elmondottakkal Clive.

Leona férjére emelte tekintetét:

– Te csak menj, mert fent kell tartanunk a látszatot, hogy nem vagyunk jóban. Ha sokat sündörögsz körülöttem, az feltűnik Christinának. Viselkedj úgy, mint aki válófélben van.

– Megyek – morogta a férfi –, de tudni akarok mindenről, és nem fogom sokáig ezt a színjátékot csinálni – mondta Clive, és búcsút véve a társaságtól elindult az autója felé.

– Ez most komoly? – kérdezte a nyomozó. – Eljátsszák, hogy válnak?

– Kénytelen vagyok, bár nem sok hiányzott hozzá, hogy valóság legyen, Christinának köszönhetően. Addig, amíg ez a nő biztonságban érzi magát, nyugodtan ügyködhetünk ellene. De ha rájön, mire készülünk, ellentámadásba lendül, és újra manipulál. Váratlanul kell érnie a dolgoknak, hogy ne tudjon felkészülni rá és ellentámadásba lendülni. Csak így sikerülhet megállítani őt. Nyeregben kell, hogy érezze magát.

– Leona lehet, hogy ön a következő Christina listáján – figyelmeztette a nyomozó.

– Engem nem fog bántani – mondta teljes bizonysággal Leona.

– Miért ilyen biztos benne?

– Mert Adam Haddonnal Christina nem mer ujjat húzni. Túl sokat tud róla a férfi, és Adamnak én kellek, Christinának pedig Clive, azért nem ártanak egyikünknek sem. Elisabeth egy eszköz Adam kezében, hogy engem a markában tartson. Így egyikünknek sem esik bántódása testileg.

– Én azért aggódom. Amire készül, az veszélyes. Ki tudja, Christina hogyan fog reagálni, ha sarokba szorítva érzi magát.

– Eddig sem volt veszélytelen semmi sem. Holnap minden véget ér. Ön pedig azért van beavatva, hogy ne legyen baj.

– Nagyon remélem, hogy senkinek sem lesz baja. Két halott pont elég.

– Meg egy nyomorékká tett ember – fűzte hozzá Leona, és legszívesebben felgyorsította volna az idő kerekét.

A nyomozó búcsút vett és távozott. Leona visszasétált a kastélyszállóba, aztán megkereste Barbarát és beadott neki egy nyugtatót, hogy pihenjen egy kicsit. Addig ő is lepihenhet. Clive-nak még mindig nem mondta meg, hogy babát vár, de már nem sokáig titkolhatja, mert egyre fáradtabb és egyre nehezebben viseli a terhességet. De addig nem akarta közölni a hírt a férfival, amíg ez az egész véget nem ér, mert ha a Clive tudomást szerez róla, megakadályozza abban, amire készül.

Mikor lakosztályuk ajtajához ért, ott találta Brandet, amint rá várakozott.

– Valami baj van? – kérdezte a látszólag teljesen romokban heverő férfitól.

– Szerettem volna beszélni veled. Ha most nem alkalmas, később visszajövök.

– Gyere be! – mondta a férfinak, és az követte őt. – Mondd, miben segíthetek.

Brand mintha félt volna feltenni a kérdést és szembesülni az arra adott válasszal, de tudnia kellett, mert minden jobb volt, mint ez a bizonytalanság, amiben él.

– Tudni szeretném, hogy Christina ölte-e meg Luanne-t, és köze van-e Billy balesetéhez, és valamiképp Bob halálához is.

Leona nézte az előtte álló férfi kétségbeesett arcát. Nem lehet könnyű szembesülni vele, hogy az a nő, akit szeret, egy gyilkos, és mindenre elszánt hazug.

– Sajnálom!

Brand fájdalmasan sóhajtott. – Tudtam, hogy valami nem stimmel vele, de fogalmam sem volt róla, hogy ennyire elragadtatja magát és képes ilyen tettekre.

– Nem tudom, mivel segíthetnék neked, Brand, hogy jobban érezd magad. De tudnod kell, hogy Christinára börtön vár. Nekem meg kell védenem a családomat, és meg is teszem – mondta eltökélten Leona. – Oda fogom juttatni, ahova való.

– Én is ezt tenném a helyedben. Köszönöm, hogy őszinte vagy hozzám, mint mindig – mondta és elhallgatott. – Hálás vagyok a lehetőségért is, hogy irányíthatom a szállodaláncot, bár nagyon sajnálom, hogy Bob meghalt.

– Brand! Bob téged választott utódjának. Tudta, hogy nagyon beteg, és mindig is tudta, hogy te leszel, aki átveszi a helyét. A váltás akkor is bekövetkezett volna, ha nem hal meg ilyen hirtelen. Úgyhogy emiatt ne ostorozd magad. Sikerült az irodát felmérned, hogy mire van szükséged?

– Igazából még nem. Barbara elvitte Bob dolgait, bár mondtam neki, hogy ráér, de ő túl akart lenni rajta.

– Majd szólj, ha időszerű a dolog.

– Rendben. Most megyek és átnézem azokat az aktákat, amiket Bob elöl hagyott.

– Jól van. Menj, és ha segítség kell, nyugodtan szólj!

Brand távozott, és Leona fáradtan rogyott a kanapéra. Tudta, hogy a férfi alkalmas az igazgatói feladatok ellátásra, arra, hogy teljes egészében átvegye mindazt, amit eddig Bob csinált. Fontos volt, hogy egy olyan ember kerüljön Bob helyére, mint Brand, mert ő egy ideig kevesebbet fog tudni a cég ügyeivel foglalkozni a baba miatt. Bízik a férfiban, a szakértelmében, a tudásában, az emberségében.

A telefonja hirtelen megcsörrent, és annak hangjától öszszerezzent.

– Tessék! – szólt bele fáradtan.

– Részvétem, Leona!

Leona fáradtsága pillanatok alatt a múlté volt. Minden idegszálával a hívásra összpontosított. Vajon mint akarhat tőle a férfi?

– Mit akar, Adam? – kérdezte fagyosan.

– Csak részvétet akartam nyilvánítani az önt ért veszteség miatt.

– Ó, hogy ettől én most, hogy meghatódtam – mondta gúnyosan Leona. – Térjen a lényegre, és ne rabolja a drága időmet! – förmedt rá.

– Rendben, a lényegre térek. Ha egy órán belül nem jön a lakásomra, elveszem a lányát feleségül.

– Mit beszél?

– Jól értette, Leona. Vagy idejön és vállalja azt, hogy elválik és a feleségem lesz, vagy elveszem a lányát és soha többé nem látja őt. Elmegyünk innen, természetesen az Elisabethre eső vagyonrésszel. Mondanom sem kell, hogy pokol lesz számára ez a házasság, mivel már tudja az igazságot. Elmondtam neki, hogy csak egy eszköz volt számomra, hogy az ön közelébe juthassak és megszerezhessem magamnak. De önként hozzám jön, mert meg akarja védeni önt. A lánya egy igazi Brown. Képes vállalni ezt az áldozatot is a családjáért és önért, Leona. De mégiscsak egy gyerek, aki talán egy nap felnő önhöz és méltó utódja lehet a Brown birodalom élén, de addig is önnek kell döntenie.

– Adja át a telefont a lányomnak!

Adam egy kis ideig hallgatott, mintha elgondolkozott volna a kérésen.

– Csak azért, hogy lásd, nem hazudok neked.

– Anya! – kiabált a telefonba Elisabeth. – El akartam menni a temetésre, de nem engedett. Tudom, hogy igazad volt mindenben. Ne haragudj! – sírta el magát.

– Ne foglalkozz most ezzel! Mindent rendbe hozunk. Érted megyek.

– De ha idejössz, akkor...

– Nem lesz semmi baj, Elisabeth. Igyekszem hozzád, nemsokára ott leszek. Add vissza Adamnek a telefont.

– Látod, Leona? – szólt ismét Adam. – Én megteszem, amit kívánsz tőlem, most te is tedd azt, amit én kívánok tőled. Akkor nem lesz semmi baj. Ajánlom, hogy egyedül gyere! Bár, ha jobban belegondolok, a kis férjed jó kezekben van. Bob halott, így már nincs senki, aki melletted lenne. Tehát itt várlak, siess – mondta a férfi, és letette a telefont.

Leona dermedten bámult maga elé. Észre sem vette az ajtóban álldogáló férfit.

– Ugye nem mész oda? – kérdezte Brand hevesen.

– Mennem kell, ott a lányom.

– És ott? Ott mi lesz? – lépett elé Brand. – Tisztában vagy azzal, hogy mit akar tőled?

– Igen, tudom.

– Gondolj a babára. Szóljunk a nyomozónak és Clive-nak.

– Egyedül kell mennem. Ha Elisabeth biztonságban elhagyja a házat, küldj valakit utánam, de addig ne.

– Te megőrültél, Leona! – csattant fel a férfi.

– Csináld azt, amit mondtam – utasította a férfit ellentmondást nem tűrően.

Mereven nézték egymást és Brand tudta, hogy nincs más választása. Leona elsietett, és ő tehetetlenül állt a nappaliban. Szólnia kell Clive-nak. Nekiiramodott, lefutott a lépcsőn, de ott egy pillanatra megállt. Mielőtt Leonához ment, átfutotta Bob üzeneteit, és volt ott egy furcsa levél, „anyakönyvi kivonat" tárgymegjelöléssel. Ezt szerette volna Leonával megbeszélni, hogy mit kezdjen Bob leveleivel, és ezzel a dobozzal, amit a kezében tartott.

Fogalma sem volt, mi lehetett benne, de kinyitni nem tudta. De mielőtt bármit is mondhatott volna a nőnek, meghallotta a telefonbeszélgetést. Valami nem hagyja őt nyugodni. Nemrég hallott egy beszélgetést Bob és a nyomozó között, amikor arról beszéltek, hogy Christina nevet változtatott. Lehet, hogy összefüggésben van ez a levél Christinával és az ő anyakönyvi kivonatát tartalmazza? Az irodájába sietett, kikereste a levelet és gyorsan kinyomtatta. Átfutotta a sorokat, de a nevek, amik azon szerepeltek, neki nem mondtak semmit. Magához vette a nyomtatványt és kirohant az autójához. Beszélnie kell Leona férjével, és fel kell hívnia a nyomozót is. Clive-ot nem hívhatja, mert Christina manipulál a telefonjával, és a végén még megsejtene valamit. Először Evans nyomozót hívta, de többször is sikertelenül próbálkozott. Sietnie kell. Oda kell érnie Adam Haddon házához, és Clive-nak is vele kell lennie. Ki tudja, mi történik majd ott. Őrült sebességgel hajtott, egyenesen a városba.

* * *

– Végre itt vagy! – fogadta Leonát Adam széles mosollyal az arcán.

– Legalább ön örül ennek, Adam – lépett be a házba Leona. – Hol a lányom?

– Mindent a maga idejében. Először intézzük el a mi dolgunkat.

– Amíg nem látom a lányomat, nem vagyok hajlandó semmit sem meghallgatni. Azt akarom, hogy Elisabeth távozzon ebből a házból. Most! – nyomta meg az utolsó szót.

Adam állta Leona dühös tekintetét. Imádta, amikor ilyen volt. Határozott és kemény. A végletekig fel tudta tüzelni ezzel.

– Rendben – egyezett bele némi gondolkodás után. – De csak azért, hogy lásd, én tartom a szavam. – Elisabeth! – kiabálta a lány nevét, és az megjelent az egyik ajtóban egy ismeretlen férfi társaságában.

– Anya! – kiabálta a lány kétségbeesetten és oda akart menni hozzá, de a férfi nem engedte.

– Ha a lányom nem megy ki most ebből a házból, nem száll be az autómba, és nem hajt el innen, nem tárgyalunk, Adam. Tudom, hogy mit akar: engem. De engem csak úgy kaphat meg, ha betartja a feltételeimet. A férjem megcsalt a maga Christina barátnőjével, tudja jól, hogy nem élünk már együtt. Válunk. Így a kívánsága hamarabb teljesül, mint azt gondolná, és fogalma sincs, mennyire élvezni fogom a bosszút. Clive elveszi Christinát, én pedig az ön felesége leszek. Mi ketten leszünk a Brown birodalom élén, mert a férjem nemigen ér rá azzal foglalkozni. Önt az érdekli, hogy a felesége legyek. Engem meg a bosszú, amihez önre van szükségem. A férjem megalázott és ezt nem fogom szó nélkül hagyni. Tehát? Hogyan dönt?

– Itt tarthatnálak mind a kettőtöket.

– Nem, mert akkor a nyakára száll a rendőrség. Azt mondom mindenkinek, hogy erőszakkal tart itt engem. De ha most Elisabeth kimegy innen és én önszántamból vállalom, hogy a felesége leszek, mindent megkap és nincs gondja sem.

– Imádom az észjárását, Leona. Ez tette Mark Brown feleségévé.

– Ne húzzuk az időt, Adam. Elisabeth megy, én maradok. Örökre.

– Rendben! – vágta rá a férfi gondolkodás nélkül. Ha csak arra gondol, hogy ma már Leonával tölti az éjszakát, felforr a vérre és őrületes száguldásba kezd az ereiben. – Elisabeth, indulj! – adta ki a parancsot a lánynak.

Elisabeth tétovázott, tanácstalanul nézett édesanyjára. – Anya!

– Fogd a kulcsot és menj haza! – nyújtotta felé az autója sluszszkulcsát Leona. – Indulj! Most! – parancsolta a lányának. Elisabeth könnyes szemekkel kisietett az ajtón. Leona az ablakhoz sétált és onnan figyelte, amint lánya beül az autójába és elhajt vele. Adam a háta mögött állva szemlélte az eseményeket.

– Akkor most már rá is térhetnénk a mi közös ügyünkre – mondta, és kezeit Leona derekára csúsztatta, majd magához húzta. Leona nem ellenkezett; remélte, hogy mire a dolgok elfajulnának, valaki ideér. – Gyere! – súgta a férfi, és az asztalhoz vezette őt. – Semmi más dolgod nincs, csak aláírni ezt – mutatott az asztalon lévő papírra.

– Mi ez? – kérdezte Leona.

– Egy egyszerű szerződés, amiben vállalod, hogy beadod a válópert és a válásod kimondásának napján hozzám jössz. Én pedig kijelentem, hogy nem akarom a vagyonod. Az csak a tiéd. Megtarthatod a Brown nevet is.

– Mi lesz, ha nem írom alá?

– Van nálam néhány fotó a lányodról. Nem éppen szűzies pózban.

– Te! – emelte fel Leona a kezét, hogy arcul csapja a férfit, de az elkapta a csuklóját. – Na, végre tegezel – vigyorodott el. – De mielőtt még elragadtatnád magad és megütnéd a jövendőbelidet, elmondom, hogy nem feküdtem le a lányoddal. Ő nem is tud ezekről a fotókról. Amikor veled összeveszett és idejött, vigasztaltam, adtam neki egy nyugtatót és elkészültek ezek a fotók – dobta Leona elé a képeket. – Az emberek azt hiszik el, amit látnak. Ezek fotók pedig elég beszédesek.

Leona az asztalon lévő fotókra vetett egy pillantást, de látnia sem kellett ahhoz, hogy tudja mik is lehetnek rajta. Adam és Christina a manipulálás mesterei voltak. Ráadásul igaza volt a férfinak: mindenki azt hiszi el, amit lát. Elisabeth élete tönkremegy. Végigkísérné, amíg csak él.

– Küldd el a gorilládat, Adam! Ez már csak kettőnkre tartozik. Vagy talán félsz kettesben maradni velem? – lépett a férfi elé Leona, és kihívóan ránézett. Adam intett a férfinak, hogy távozhat. – Így már jobb – búgta Leona, és egészen közel lépett a férfihoz. Kezét végigsimította annak mellkasán. Ajkaival Adam ajkait simogatta. – Ugye akarsz engem? – súgta.

– Igen – nyögte a férfi. – Akarlak!

– Akkor mire vársz? Édes lesz a bosszúm veled. A férjem megcsalt, és most én is ezt fogom tenni vele – mondta, és megcsókolta a férfit. A fejében közben csak egy gondolat járt: remélte, Brand idejében ideér.

Adam vágytól elragadva csókolt vissza, kezei bejárták Leona egész testét.

– Istenem! – suttogta a férfi. – El sem tudod képzelni, mennyire vágyom rád – mondta elfúló hangon, majd felkapta, és elindult vele a hálószoba felé.

Lefektette az ágyra és mellé feküdt. Leona remegett az idegességtől. Ha nem történik gyorsan valami, ő olyat tesz, amit maga is meg fog bánni. Eszébe jutott az a szörnyű éjszaka, amikor Mark sokat ivott, és féltékenységében erőszakoskodott vele. De bármi is történt, nem tudott haragudni rá, mert szerette őt. De Adam Haddon iránt az undoron kívül semmit sem érzett. A következő gondolatnál újra Adam csókját érezte a száján. A gyomra émelygett, kezdett szédülni. A férfi keze becsúszott a ruhája alá és végigsiklott a combján. A következő pillanatban valaki berontott az ajtón. Megkapta a férfit és leemelte róla.

– Szállj le a feleségemről! – kiabálta Clive, és behúzott egyet a férfinak.

Adam nekiesett a falnak. Clive utánanyúlt, és újra lesújtani készült. Leona kábultan figyelte az eseményeket, de megszólalni képtelen volt.

– Clive! Kérem, nem éri meg! – tartotta őt vissza Brand. – Még a végén ő lesz az áldozat – nézett a földön fekvő, véres szájú férfira.

– Clive! Hagyja ránk! – mondta a szobába belépő nyomozó, és a vele érkező két rendőr felemelte a földről Adamet. – Találtunk még egy személyt a házban – közölte Paul.

– Ő tartotta fogva a lányom – közölte Leona, miután kissé
összeszedte magát.

Mikor Clive a szobába belépve meglátta a feleségén fekvő
férfit, nem is foglalkozott mással, csak azzal, hogy megölje.
Most, mikor már kissé csillapodott a dühe, feleségéhez sietett
és védelmezőn átölelte őt.

– Kicsim! Nincs bajod?

– Nincs. Jól vagyok! – simogatta meg az aggódva ránéző
férfi arcát Leona.

– Biztosan? – kérdezte ismét Clive, és továbbra is aggódva né-
zett rá, majd szemei dühössé váltak. – Neked elment az eszed?
Egyedül idejönni? Ezt hogy gondoltad?

– Brand tudott róla, és ti időben ideértetek.

– Mert szerencsénk volt, de mi van, ha nem? A frászt hozta
rám a portás, amikor bejött a próbaterembe, hogy azonnal jöjjek
ki, mert ajánlott levelem van. Mikor kimentem, ott állt Brand,
és akkor már sejtettem, hogy baj van. Kiráncigált az udvarra és
elmondta, hogy te idejöttél. Úgy jöttünk idefelé, mint az őrültek,
közben sikerült elérnünk Pault. Kicsim, ne csinálj többet ilyet!

– Nagyon megható, de még nincs vége! – szólt oda Adam.
– Ugyan mivel akarnak megvádolni?

– Zsarolás, fogva tartás, zaklatás, megfélemlítés – sorolta
a nyomozó.

A férfi gúnyosan felnevetett. – Egy jó ügyvéd hamar kihoz.

– Kíváncsi vagyok, az ön jó ügyvédje mit fog szólni egy eltit-
kolt gyilkossági kísérlethez és ahhoz, hogy összejátszott annak
elkövetőjével – felelte a nyomozó.

– Nem tudom, miről beszél – mondta a férfi.

– Szerintem pontosan tudja, miről és kiről beszélek. Christ-
ina Beckmanról – jelentette ki a nyomozó nyugodtan.

– Beckman! – nevetett fel gúnyosan a férfi. – Még azt sem
tudják, mi a neve.

– De igen. Én tudom, bár nekem nem mond semmit a név.
Christina anyakönyvében CHRISTINA WILSON áll. Apja neve
James Wilson. Christina egyszer azt mondta nekem, az apja ti-
zennyolc éve meghalt.

Leonával forogni kezdett a szoba, a gyomra ismét őrült táncot járt.

– Jézusom! – nyögte erőtlenül, megkapaszkodva az ágyban. – Christina James lánya.

– Ki az a James? – kérdezte Adam.

– Leona első férje, aki megölte az apámat, és akit Bob lőtt le – felelte Clive, és értelmet nyert minden, ami eddig történt. – Hogy én mekkora ökör vagyok! – mondta. – Kicsim, te az első pillanattól fogva tudtad, hogy valami nem stimmel vele – nézett feleségére.

– Beletelt egy kis időbe, amíg én is felmértem a helyzetet. De arról fogalmam sem volt, ki is valójában Christina. Valószínűleg Bob ezt akarta nekem elmondani, amikor meghalt.

– Most mindenesetre Haddon urat magunkkal visszük a rendőrségre – fogta meg erősen a férfi karját Paul. – Jobb, ha erről Christina nem tud.

Leona felállt és odalépett Adamhez. Beletúrt a zsebébe, és kivette belőle a telefonját.

– Minden a terv szerint alakul, egy ideig nem jelentkezem. Csinálj mindent a megbeszéltek szerint. Leona eltávolítva – nyomogatta be a szöveget a telefonba, és elküldte Christinának.

Adam elmosolyodott. – Nemsokára találkozunk, Leona. Nem választhat el tőled semmi, csak a halál – mondta a férfi.

– Én pedig inkább meghalok, mint hogy a tied legyek, Adam – mondta Leona.

A rendőrök közrefogták a férfit és elvitték. Leona csak erre várt. Kiviharzott a szobából és egyenesen a nappaliba ment, ott az asztalról felmarkolta a rajta fekvő fotókat. Az utána iramodó két férfi kíváncsian nézte, mi is történik.

– Mi az? – kérdezte Clive.

– Nem akarod megnézni – dugta a háta mögé Leona a fotókat.

– Leona! – szólt rá határozottan a férfi. – Kérem! – nyújtotta a tenyerét felé, hogy tegye bele, amit a háta mögé dugott.

– Nem, Clive. Ne haragudj, de nem akarod megnézni. Nem hinném, hogy látni szeretnéd a lányod ilyen helyzetben.

– Miről beszélsz? – kapta ki a férfi felesége kezéből a fotókat
és átfutotta azokat. – Uramisten!

– Ez nem az, aminek látszik. Adam elmondta nekem, hogy
Elisabeth nem tud ezekről a fotókról, mert nem volt magánál,
amikor készültek.

– Megölöm azt a férget! – dühöngött Clive. – Ki fotózta ezeket?

Leona elhúzta a száját. – Na, vajon ki? A tehetséges tánco-
sod. Úgy látszik, tehetséges fotós is. De most add ide ezeket, és
Elisabethnek egy szót se a képekről. Meg kell keresnünk a gé-
pet és a memóriakártyákat. Aztán pedig te, Clive, visszamész
próbálni. Engem majd Brand hazavisz.

– Miért nem lehet odaállni és közölni Christinával a té-
nyeket? Akkor végre lezárhatnánk ezt az egész őrült helyzetet
– mondta Clive.

– Mert nincs bizonyítékunk a tetteire. Mindent úgy kell ten-
nünk, ahogy azt elterveztük – vágta rá Leona.

– Nehezemre esik egy légtérben tartózkodni vele – jegyez-
te meg Clive.

– Egy napot még kibírsz. Amúgy nem is olyan rég még
nem esett nehezedre egy légtérben tartózkodni Christinával.
Olyan tehetséges és segítőkész nő – közölte gúnyosan Leo-
na, miközben már a sokadik fiókot húzta ki, kutatva a fény-
képezőgép után.

– Jól van, megérdemlem a dolgot – mondta Clive.

Brand közben a szomszédos szobában keresgélt, és egy kis
idő múlva kezében a kamerával tért vissza.

– Ez az! Benne van a kártya, és a fotók is rajta vannak – nyúj-
totta Leona felé a gépet.

– Köszönöm, Brand. Most már mehetünk – nézett az előtte
álló két férfira, akik szótlanul bámultak rá. – Mi van?

– Tudod, kicsim, örülök, hogy a feleségem vagy és nem az el-
lenségem – mondta Clive.

– Egyetértek. Inkább vagyok melletted, mint ellened – mond-
ta Brand.

– Örülök, hogy ezt megbeszéltük, de most, ha lehetne, el-
mennék ebből a házból és még emlékezni sem szeretnék arra,

hogy valaha itt jártam. Jólesne egy zuhany is. Le kell mosnom magamról Adam Haddon minden érintését – fintorodott el.

A két férfi még mindig őt nézte. Mind a kettőjüknek ugyanaz járt a fejében: hogy Leona az ő érintéseiket nem akarta lemosni magáról.

– Mi van már megint? – kérdezte türelmetlenül a két férfitól.

– Semmi – vágták rá egyszerre.

– Akkor? Indulhatunk? – nézett kérdőn rájuk.

– Mehetünk – felelte Clive, és mindannyian elhagyták a házat.

23. FEJEZET

Christina szélsebesen viharzott át a márványlappal kirakott hatalmas előtéren, egyenesen a próbaterembe. Gyanús csend honolt, ami nagyon nem tetszett neki. Elnézte az időpontot? De hát Clive kétszer is elismételte, hogy mikorra jöjjön. A férfi autója is a parkolóban állt. Talán azért hívta ide ilyen korán, hogy egy kicsit kettesben legyenek? Az csodálatos lenne, maga a tökély. Leona idegbajt fog kapni, ha megtudja. És meg fogja, az biztos, mert ő gondoskodik róla. Vigyorogni kezdett. Nagyon jól érezte magát. Imádta, ha a dolgok a kedve szerint alakultak és az emberek úgy ugráltak, ahogy ő fütyült nekik. Mindig is ez volt, amit igyekezett elérni: hogy ki legyenek szolgáltatva neki. Eljátszotta a jó és segítőkész embert, aztán elvárta, hogy legyenek hálásak, és szó nélkül. Ha valaki ellenszegült, elmondta neki, mit is tesz majd ellene. Lejáratja mindenki előtt, és nem retten vissza attól sem, hogy manipuláljon, és kitaláljon történeteket, csak hogy megmutassa, vele senki sem húzhat ujjat. Ezidáig senki nem is tette. Kivéve Juliát. Hogy gondolta, hogy ellentmondhat, és nem teszi azt, amit mond neki? Milyen könnyű volt tönkretenni őt, kuncogott magában. Julia most sehol, ő pedig Clive Brown szólótáncosa, és hamarosan a felesége lesz. Belépett a próbaterembe, ahol teljes sötétség honolt. Kitapogatta a falon a kapcsolót, de az csak a nézőtéren lévő őrfényé volt. Hiába nyomogatta a többit, sehol semmi fény. Továbbra is mindent sötétség borított.

– Clive! – szólította a férfit, de nem jött válasz. – Clive! Megjöttem! – mondta, és lassan elindult a színpad felé. – Clive!

– Clive nincs itt.

Christina a hang felé kapta a fejét és erőltetni kezdte a szemét, hogy lássa, ki is az, aki megbújt a sötétben. – Ki vagy?

– Nem i-ismersz meg?

– Ne szórakozz, ki a fene vagy? – mondta feszülten Christina.

Egy árnyalak indult el a nézőtér székei között, s közben felgyulladt egy lámpa fénye, kellően megvilágítva a férfit, hogy a nő jól láthassa őt. Mankóira támaszkodva, magabiztosan állt előtte.

– Billy! – mondta ki elképedve Christina a férfi nevét, miután felismerte őt. – Te hogy kerülsz ide?

– Mint lá-tod, man-kóval.

– Mit akarsz tőlem? Egyáltalán honnan… Ó, hogy az a szemét! – kapott észbe Christina. – Ez az egész Adam műve. Megölöm. Mit akartok ezzel az egésszel elérni? Hogy feltámad a lelkiismeretem? Na, azt várhatod! Nekem olyan sohasem volt. Hol bujkál Szent Adam? – nézett körül Christina a székek között.

– Miért? – kérdezte Billy, ügyet sem vetve a nő szóáradatára.

– Mit miért? Miért löktelek le a lépcsőn? Te tényleg azt gondoltad, hogy szeretlek, és örökre veled maradok? Ha nem akartál volna annyira anyuci pici szófogadó fia lenni és lemondtál volna önként arról az ösztöndíjról, nem kellett volna eltávolítani téged az utamból. De az a szemét Adam Haddon megtalálta a hajgumimat, amikor rád talált. Megzsarolt. Azt mondta, ha nem tűnök el, gyilkosságért börtönbe kerülök. Mert ő ellenem nem vall majd. Így nem tehettem mást. Azt hittem, meghaltál. De nem. Legalább az a hülye Luanne képes volt meghalni, nem úgy, mint te – mondta gyűlölettel a hangjában. – Hol van Adam?

– Nincs itt. E-egyedül vagyok.

Christina elképedve nézett az előtte álló férfira.

– Mi? – nevetett fel. – Te tényleg ilyen hülye vagy, hogy ide jöttél egyedül? Azt hiszed, hogy hagyom, hogy csak úgy kisétálj innen? Bob sem fogott ki rajtam, bár őt meg sem kellett ölnöm. A sors elintézte helyettem a piszkos munkát. Még könnyet is ejtettem érte a temetésén. Micsoda jelenet volt – mondta gúnyosan Christina –, mikor a gyógyszeres üvege után kutatott. – Lassan elindult a férfi felé, miközben kutatva nézte őt. – Te tényleg idejöttél egyedül? – kérdezte ismét kétkedve, majd átgondolta a helyzetet. – Bár mindig is hülye voltál – állt meg előtte. – Mi van? Még mindig szerelmes vagy belém? – vigyorgott. – Hogy ti férfiak milyen bolondok is vagytok! Mind a tenyeremből esztek. Hisztek a szép szavaknak, az ártatlan szemeknek. Mindegy, hány évesek vagytok. Húsz, harminc, negyven vagy ötven. Mind egyformák vagytok. Még Clive Brown is besétált a csapdába: azt hiszi, történt köztünk valami. Pedig még kábultan is csak arra az undorító feleségére tudott gondolni. Mindent megszerzek, amit akarok. De most mit is csináljak veled? Bevallom, nem számítottam rá, hogy előbukkansz az odúdból és ide mersz jönni.

– Szia! Ne haragudj, hogy késtem – lépett be a próbaterem ajtaján Clive. Christina idegesen fordult felé. – Jaj, ne haragudj! – mondta Clive Billy láttán. – Nem tudtam, hogy vendéged van.

– Nem az én vendégem, nem is ismerem. Amikor bejöttem, már itt volt.

– Helló! – lépett közelebb a férfihoz Clive és kezet nyújtott neki. – Clive Brown vagyok.

– Billy Carter.

– Billy? Ön írta azokat a szép szerelmes verseket, amiket a feleségem mutatott nekem? Gyönyörűek és szomorúak. Főleg azok, amik arról a lányról szólnak, aki miatt tolókocsiba kényszerült. Nagyon sajnálom.

– Versek? Miféle versek? – nézett jéghideg szemekkel Billyre Christina. – Te verseket írsz rólam?

– Az előbb azt mondtad, nem ismered őt – nézett a nőre Clive.

– Az igazság az, hogy csak úgy ismerem, hogy egy rajongóm, aki folyton zaklat és nem hagy nekem békén. Most is azért jött ide, hogy zaklasson. Nem bírja felfogni, hogy nekem férjem van és gyerekem.

– Aha. Igaz ez, Billy? – A férfi nemet intett, és Clive ismét Christina felé fordult. – Most kinek van igaza?

– Csak nem ennek az idegennek hiszel? Hogy jutott be ide egyáltalán?

– Nem tudom. De igazából most nem is érdekel. Billy, ha gondolja, nézze meg a próbát – fordult a férfi felé Clive. – Csak üljön le nyugodtan, ahova csak szeretne. Nekem Christinával van egy kis megbeszélnivalóm.

Christina a pillantásával ölni tudott volna, amikor nézte, amint a férfi nehézkesen beül az egyik székbe. Közben Clive arrébb húzta őt.

– Miért nem dobod ki? – kérdezte ingerülten Christina.

– Kit, Billyt? Engem nem zavar – közölte Clive. – De most térjünk a lényegre, amiért idehívtalak. Szeretnék szólni neked, hogy a rendőrség gyilkossági ügyként kezeli Luanne halálát.

– De miért?

– Mert állítólag megnevezte a gyilkosát és van egy szemtanú, aki állítja, hogy nem leesett, hanem lelökték őt a lépcsőről.

– Az lehetetlen. Ki az a tanú?

– Helga.

– Helga? – lepődött meg a név hallatán és rosszat sejtett.

– Azért mondom el ezt neked, mert fontos vagy számomra és szeretném, ha felkészülnél arra, hogy a rendőrség kérdezősködni fog. A második dolog, amiről beszélni szerettem volna veled, az a válásom. Szükségem van rád, a vallomásodra és Helgára, hogy bizonyíthassam, hogy Leona bántott téged, és hogy féltékenységi rohamai voltak.

– Hát persze! Számíthatsz rám. Segítek neked bármiben. De még mindig nem hiszem el azt, mit Helgáról mondtál. Nem láthatott semmit sem aznap. Lehetetlen.

– Ezt én nem tudom eldönteni, de nem is nekem kell. Helga azon a napon, amikor Luanne lezuhant, sokat segített Leonának és beszélgettek Jasonről, hogy mik a tervei és hogy hogyan lehetne azt a fiút támogatni. Leona pedig felajánlotta neki a segítségét, és engem is erre kért. Úgy látom, jól összebarátkoztak a feleségemmel. Azóta is tartják a kapcsolatot. Ezért sem vagyok benne biztos, hogy ha sor kerülne rá, Helga Leona ellen vallana. Ezért kérdeztem rá a dolgokra. Rengeteg pénz forog kockán a válásommal, és nem akarom elveszíteni azt. Szükségem van rád – simogatta meg a nő arcát. – Nagyon fontos lenne, hogy Helga is mellénk álljon.

– Helga nem fog cserbenhagyni – mondta Christina, és közben az agya vadul dolgozott. Mit merészel Helga? Hogy gondolja, hogy kijátszhatja őt? Összepajtizik Leona Brownnal, hogy bekerüljön a tutiba? Nem, ezt nem. Ezt nem fogja hagyni. Ezért az árulásért súlyosan megfizet Helga és a kicsi fiacskája is.

– Remélem, igazad lesz, mert nem lesz egyszerű válásom,
abban biztos vagyok. Minden támogatásodra szükségem van.
Azt tudtad, hogy Adam Haddont tegnap letartóztatta a ren-
dőrség?

Christina holtsápadt lett. – Nem. Miért?

– Nem tudom, fogalmam sincs. De Leona keze benne van, az
biztos. Jobb lenne, ha te sem húznál vele ujjat – figyelmeztette
a férfi a nőt. – Aggódom érted, hogy bajod esik.

– Nagyon jólesik nekem, hogy így törődsz velem.

– Mert fontos vagy nekem, és veled képzelem a jövőmet!
– suttogta Clive olyan érzékien, hogy Christina abba beléreme-
gett. – Most megyek, még ejtenem kell néhány szót Edwarddal
is. Lassan szállingóznak a többiek is, és próbálnunk kell.

– Jól van, én is átöltözöm és kezdhetjük – mondta Christi-
na, és bájosan mosolygott a férfira.

Mikor az ajtó becsapódott Clive mögött, Christina Billyhez
trappolt és annak a széknek a karfájára tette kezeit, amelyben
a férfi ült és egészen közel hajolt hozzá.

– Ne hidd, hogy hagyom, most, hogy olyan közel a cél, hogy
belepiszkíts a terveimbe, Billy! Élvezd az életed, amíg csak le-
het. Mert most még szerencséd van. Valakinek sikerült eléd ke-
rülni a listán. Te úgysem fogsz elszaladni – vigyorgott gúnyo-
san, miközben a férfi mankóit vizsgálta. – Nemsokára veled is
foglalkozom, édes – búgta és elsietett.

* * *

– Helga! – sietett a nő elé Leona széles mosoly kíséretében. –
Jason! Annyira örülök, hogy végre sikerült utolérnem titeket.

– Brown asszony! – mondta meglepetten Helga. Vajon mit
akarhat tőlük?

– Ha kérhetném, csak Leona, tegeződhetnénk.

– Köszönjük – válaszolta Helga negédesen.

– Nem szeretném rabolni a drága időtöket, csak azt szeret-
ném elmondani nektek, hogy a férjemmel megbeszéltem, hogy
ebben az évben Jasont fogja támogatni a Brown alapítvány. Biz-

tos hallottatok róla, hisz Christina ismeri az alapítvány működését, gondolom, szólt nektek erről a lehetőségről.

– Nem, egy szóval sem említette a dolgot – mondta Helga.

– Ez érdekes, mert évekkel ezelőtt ő is a jelöltek között volt. Most pedig Clive arra kérte, hogy adjon Jasonnek ajánlólevelet. Nagyon tehetségesnek tartjuk Jasont, és szeretném megköszönni a segítségedet is, Helga, amit nyújtottál nekem Luanne balesete napján.

– Ó, az igazán semmiség volt.

– Lehet, de én mindig honorálom az emberek velem szembeni tetteit. Tehát ez az ösztöndíj Jason esetében azt jelenti, hogy Clive irányításával elkészül egy lemez, videoklip, és bevezeti őt ebbe a körbe. Én a magam részéről vállalom, hogy felléptetem a rendezvényeimen, amiből elég sok van.

– Ez nagyszerű! – ámuldozott Helga. – Jason, hallod ezt? – fordult fia felé nagy örömmel. – Mondtam neked, hogy Leona és Clive észreveszi és értékeli a tehetségedet.

– Köszönöm a lehetőséget – felelte a fiú szűkszavúan. Egy cseppet sem volt olyan lelkes, mint az édesanyja. Fenntartással kezelt minden elhangzott szót.

– Ne köszönd, sok munka vár rád – mosolygott Leona a fiúra. – Jaj, tényleg! Szeretnék jelezni nektek, hogy a rendőrség Luanne ügyében már gyilkosság miatt nyomoz, és Christina az első számú gyanúsított. Kiderült még sok egyéb is róla, például már volt egy gyilkossági kísérlete és egy segítségnyújtás-megtagadás miatt is nyomoznak ellene, mert előre megfontoltan nem segített egy beteg embernek azért, hogy meghaljon. A rendőrség mindenkit ki fog hallgatni. Téged is, Helga, mert Christina téged jelölt meg alibinek, hogy te vele voltál. Azonkívül azt is mondta, hogy a te kalapod az a ronda nagykarimájú, amit a bálon Sylvia viselt. Ez a kalap is felmerült egy bűncselekményben.

– De hisz' az a Christina kalapja! – fakadt ki Helga. – Ő adta oda Sylviának, hogy viselje azt a bálon. Mi köze annak a kalapnak Luanne halálához és ehhez az egészhez?

– Én nem tudom, de egy másik ügyben azonosították ezt a kalapot és az, aki viselte, az a tettes. Rongálás, nagyfokú káro-

kozás a vád ellene. Ezeket nem szabadott volna elmondanom
nektek, de nem szeretném, ha Christina titeket is magával rántana, mert bizony ő a börtönben végzi, és aki mellette áll, az
tettestárs. Na jó, menjetek csak nyugodtan próbálni, nekem sietnem kell. Sziasztok – köszönt el Leona a szavaitól kővé dermedt Helgától és Jasontől.

Mikor már nem láthatták őt, elégedetten mosolygott és autójába ülve elhajtott. Meg sem állt Christina anyjának házáig.
Csak pár perce volt, hogy megtegye az oda-vissza vezető utat.

* * *

– Helga! – kiabált mérgesen Christina a nő után, mikor meglátta a próbaterem felé közeledni őt.

– Szia! Mi történt? – fordult felé ártatlan arccal a nő.

– Ezt nem játsszuk, ne is próbálkozz! – mondta Christina,
átlátva a nő tettetett ártatlanságán. – Felismerem, mikor akarod elhitetni velem, hogy fogalmad sincs semmiről.

– Nem tudom, miről beszélsz.

– Nem? Akkor segítek! – támadt neki, aztán durván karon
ragadta és becibálta a színpadhoz. – Na, idefigyelj! Azt hitted, nem tudom meg, hogy Leona Brownnal ügyködsz? Hogy
veszed a bátorságot, hogy szembeszállj velem és a hátam mögött áskálódj ellenem? Mindent nekem köszönhet a te drága
kicsi fiacskád. Ahogy felemeltem őt, úgy el is tiporhatom, és
meg is fogom tenni, abban biztos lehetsz. Élvezni fogom minden percét.

– Fenyegetsz?

– Csak ismertetem veled a játékszabályokat. Úgy látom, elfelejtetted, ki is itt a főnök.

– Hát nem te, az biztos. Jasonnek nincs rád szüksége.

– Nincs? – kérdezte gúnyosan Christina. – Akkor nem bánod, ha most kipenderítem innen. Vége a nagy karrierjének.

– Kis pont vagy te ehhez, Christina – sziszegte Helga összeszűkült szemekkel. – Clive nem engedi, mert támogatja őt
Leonával együtt.

298

Christina hisztérikusan felnevetett. – Még hogy támogatja? Leona? – Majd hirtelen hangnemet váltott, és mérgesen odasúgta Helgának. – Leona és Clive válnak. Én leszek Clive felesége!

– Azt te csak szeretnéd. Álmodj csak, Christina! Clive Brown soha nem lesz a tiéd, és köztünk szólva hülye lenne lecserélni a feleségét rád, mert te egy kis jelentéktelen senki vagy. Szánalmas, ahogy koslatsz Clive utána, ahogy manipulálod az eseményeket és az embereket, hogy megkaphasd őket és elérd, amit akarsz. Mi lesz, ha elmondom Leonának és Clive-nak, hogy te kábítottad el őt, hogy odacipelhesd a Holdfénybe? Aztán eljátszottad, hogy együtt voltatok, pedig ez nem igaz.

– Fogd be a szád! – förmedt rá Christina.

– Nem hiszem, hogy most már volna miért. Jason élete sínen van, nekem pedig csak ez számít. Mindig oda állok, ahol kedvezőbb a széljárás. Nem kell végre úgy ugrálnom, ahogy azt te elvárod tőlem. Mindezt pedig miért kellett megtennem? Azokért a szánalmas kis lehetőségekért és alamizsnáért, amit odadobtál neki és a többieknek. A nagy pénzt meg zsebre teszed te magad. Mikor tűnik már fel végre valakinek, hogy milyen nagy lábon élsz? Mikor teszi már fel valaki azt a kérdést, hogy ugyan miből?

– Igencsak megbátorodtál, Helga, drága.

– Már itt volt az ideje – vágott vissza a nő. – Mindenki meg fogja tudni, mit csináltál. Biztos vagyok benne, hogy te lökted le a lépcsőn Luanne-t, hogy átvehesd a helyét. Igyekszel eltávolítani Leonát is az útból, hogy Clive felesége lehess. Nem is bántott téged soha Leona, csak kitaláltad, hogy árthass neki, engem pedig megzsaroltál a fiammal.

– Tessék? – lépett hozzájuk Clive zsebre dugott kézzel, és kérdőn a két nőre nézett. A levegő megdermedt, a másodpercek ólomlábon vánszorogtak, ahogy ott álltak és egymásra bámultak. – Te hazudtál nekem? – kérdezte Clive Christinától.

– Én nem, Helga hazudik, felhasznált és kihasznált engem.

– Na persze – húzta el a száját Helga. – Vége, Christina. Vedd már észre! Én is hibáztam, hogy idáig hallgattam. De a gyilkosság, az más. Nem fogok börtönbe menni miattad.

– Fogd már be azt a nagy szádat! – rivallt rá az előtte álló
nőre. – Mi a fenéről beszélsz? Te lökted le Luanne-t a lépcsőről,
mert kihallgatott téged és Jasont, hogy mire készültök Leona
ellen. Engem pedig megzsaroltál, hogy ha elmondom, nekem is
bajom eshet – nyüszögte, és közben krokodilkönnyeket ejtett.
– Kérlek, Clive, higgy nekem! Helga mindent előre megterve-
zett, hogy hogyan fog engem tönkretenni. Azt a ronda kalapot
is nekem adta ajándékba, csak azért, hogy rám terelje a gyanút,
hogy én túrtam fel a L'amourt.

– Senki nem tudott a L'amourban történtekről – lépett be
a terembe Leona –, csak az, aki elkövette azt. Igaz, Christina?

– Ezt Helga mondta nekem. Tőle tudok mindent.

– Nem, Christina! Te voltál, aki kicsempésztette a kulcsot,
mert az egyik táncosod édesapja ott dolgozik. Megzsaroltad őt,
hogy kirúgod, ha nem teszi meg.

– Ez nem igaz.

– De igen. Tanúm van rá. Brain, jöjjön be, legyen szíves – hív-
ta fel Leona a táncosfiút a színpadra.

A fiú bátortalan léptekkel állt elébük, leszegett fejjel.

Christina zavartan pislogott a jelenlévőkre. – Ez... mind ha-
zugság! – kiabálta. – Összeesküdtek ellenem.

– Nem, Christina. Ez az igazság. De menjünk tovább. Te adtad
fel a hamis koncerthirdetést. Itt van az, akinek odaadtad a szó-
rólapokat – mondta Leona, és az említett fiú is a színpadra állt. –
Megkérdezzük tőle, hogy felismer-e téged? Látva az arckifejezé-
sedet, teljesen felesleges. Lebuktál. Azt már hallottuk, hogy egy
ujjal sem nyúltam hozzád az öltözőben, de az igaz, hogy a színpa-
don kicsavartam a karod. Azt sajnálom, de csak azért, mert nem
tört el. Az a fájdalom, amit akkor éreztél, semmi volt ahhoz képest,
mint amit te okoztál az embereknek. Luanne megnevezett téged
a halála előtt, Christina Beckman, vagy inkább Christina Wilson?

– Te! – indult meg Christina Leona felé, de Clive visszatar-
totta őt.

Két rendőr sietett be, és az egyik székbe nyomták őt. Evans
nyomozó is előlépett rejtekéből, ahonnan jól láthatta és hall-
hatta az eddig történteket.

– Még nincs vége – folytatta Leona. – Itt van Billy is, akit ugye nagyon jól ismersz, hisz' sok évvel ezelőtt megpróbáltad megölni őt, hogy tiéd legyen a Brown-ösztöndíj. De pechedre Adam Haddon rájött és megzsarolt téged. Így lett ő az ösztöndíjas, helyetted. Luanne-t azért ölted meg, mert kihallgatott téged és az édesanyádat az ellenem készülő tervedről.

– Ez nem igaz.

– De igaz, Christina! – lépett be az édesanyja a terembe. – Lányom, vége van! Te beteg vagy. Embereket teszel tönkre és öltél. Segítségre van szükséged – mondta kétségbeesetten.

– Te is? Te is ellenem vagy? – ugrott fel a székből, és dühödten vergődni kezdett a két rendőr kezei között.

– Ennek az egésznek véget kell vetni – mondta sírva az édesanyja.

– Te az ellenség mellé állsz, anya, aki miatt éveken át szenvedtél? – kiabálta Christina vérben forgó szemekkel.

– Ez nem igaz. Nem Leona miatt szenvedtem, hanem az apád miatt. Leona volt a felesége már akkor is, amikor megismertem Jamest. Az első pillanattól kezdve tudtam, hogy nem válik el tőle. Engem csak kihasznált. Mindent, amit kaptál, azt én vettem neked, nem az apád. Hazudtam neked, hogy azt hidd, szeret téged. Pedig soha nem is foglalkozott veled. Ha nem tudott pénzt szerezni Leonától, akkor elvette tőlem – zokogta a nő. – Egy kapzsi, önző ember volt. Önmagán kívül nem szeretett senkit. Nagyon fáj, hogy te pontosan olyanná lettél, mint amilyen ő volt. Pedig én nem ilyennek neveltelek.

– Rendben, te is az ellenségem lettél, anya! – üvöltötte gyűlölettel teli hangon. – Nem baj, úgyis én fogok nyerni. Ez az egész produkció nélkülem nem ér semmit. Senki sincs, aki a helyemre állhatna.

– Ebben nagyon tévedsz, Christina – jelentette ki Leona nyugodtan. – Én megtaláltam azt az embert, aki a helyedre léphet. Aki sokkal, de sokkal tehetségesebb nálad. Julia.

Mikor Christina meghallotta a nevet, ismét őrjöngeni kezdett. A két rendőrnek nagy erőfeszítésébe került megfékezni őt. A földre nyomták és megbilincselték.

– Mindenkit meg fogok ölni – visította. – Te leszel az első, Leona!

Leona lassan odaguggolt hozzá és nyugodtan, minden szót hangsúlyozva beszélt, hogy azt a nő felfoghassa.

– Azt hiszem, erre még jó néhány évet várnod kell, Christina. Addig is, amíg te kipihened a gonoszságod fáradalmait, mi éljük az életünket. Julia befejezi a koreográfiát és eltáncolja a szólót Clive mellett. Az iskoládat is Julia vezeti majd. Már felkértem egy ügyvédet a formai dolgok elintézésére.

– Nem! – kiabálta a nő.

– De igen, hisz' mindig is őt illette volna, ha te nem hamisítod meg a papírokat és nem vered át őt. Tehát mindenki megkapja azt, amit érdemel – mondta Leona.

– Most azt hiszed, te győztél? – nézett rá gyűlölettel teli tekintettel Christina.

– Igen, határozottan ez a meglátásom. Te megölted azokat az embereket, akik fontosak voltak nekem. El akartad venni tőlem a férjemet, tönkretenni a házasságomat, a családom életét. Azt hitted, hogy ezt hagyom majd? – kérdezte erélyesen Leona. – Most lesz időd elgondolkodni azon, miket is cselekedtél.

– Nem bánok meg semmit. Az a gyilkos Bob megérdemelte a halált, megölte az apám – üvöltötte.

– Az a „gyilkos" Bob megmentette Clive életét és a legnemesebb lelkű ember volt, akit valaha is ismertem. Te elvetted a gyógyszerét, magára hagytad anélkül, hogy segítettél volna neki. Tudtad, hogy ellátás nélkül meghal. Halálra ítélted őt is – kiabálta Leona.

– Gyűlöllek, Leona, gyűlöllek! – sziszegte. – Amíg élek, nem nyugszom – üvöltötte, miközben a nyomozó intett a két rendőrnek, hogy vigyék el a nőt. – Sehol nem vagy biztonságban. Tönkre foglak tenni!

A teremben néma csend volt, ahol csak Clive, Leona és a koncertben részt vevők maradtak.

– Ez döbbenet! – hasított bele a csendbe Helga hangja. – Soha nem gondoltam volna ezt róla – sipákolta színpadiasan.

Leona olyan hirtelen fordult a nő felé, hogy az hátrahőkölt ijedtében. – Azt hiszem, itt az ideje, Helga, hogy befogja a száját. Távozzon, és vigye a fiát is – mondta mérgesen. – Maga pontosan olyan, mint Christina. Megérdemelték egymást. Egyetlen mentséget tudok felhozni a tettei védelmében, az pedig az, hogy a fia érdekében cselekedett. De ha rajtam múlik, Jason soha nem fog fellépni sehol sem. Segítettek tönkretenni a házasságomat. Mint mondtam, mindenkinek megfizetem a járandóságát. Fogja a sátorfáját, és menjen a fiával együtt. Robert! – kiáltott oda a testőrnek Leona, és a férfi azonnal mellette termett. – Kísérje ki őket innen és nézze meg, mit visznek magukkal. Ezentúl sem a Holdfénybe, sem a Brown szállodalánc egyetlen szállodájába sem tehetik be a lábukat – mondta a férfinak, és ismét Helga felé fordult. – Abban pedig igaza volt, hogy a szakma meg fogja ismerni a fia nevét. Az már biztos, majd gondoskodunk róla.

Leona még egy ideig farkasszemet nézett az előtte álló nővel, majd Robert kikísérte őket.

– Szeretnék mindenkitől elnézést kérni, hogy részese volt ennek az eléggé csúnya történetnek, de nem volt más választásunk – kezdte Clive a beszédét. – Mint hallottátok, Christina olyan dolgokat követett el, amelyek büntetést érdemelnek. Szeretném leszögezni, hogy az, ami most itt elhangzott, annak titokban kell maradnia. Aki számára ez nehézséget okoz, vagy kivetnivalót talál benne, azt kérem, távozzon.

Néma csend honolt a színpadon. Senki sem mozdult. – Remek. Örülök, hogy így döntöttetek. Mielőtt elkezdenénk a mai próbát, szeretném azoknak, akik nem ismerik, bemutatni Juliát, aki mostantól átveszi Christina helyét. Most kaptok egy félóra szünetet, hogy elkészüljetek és megbeszéljétek egymás között a történteket – mondta Clive, és mindenki távozott.

Leona fáradtan rogyott le az egyik székre. Úgy érezte, minden ereje elhagyja és képtelen lábra állni.

Clive aggódva guggolt mellé. – Most már vége, kicsim.

– Tudom, de szükségem van még egy kis időre, mire feldolgozom a történteket. Nem is tudtam, hogy Jamesnek van egy lánya. A felesége voltam éveken át, és fogalmam sem volt róla.

– A jelek szerint nem érintette meg őt az apaság.

– Nem.

– Akkor most már hazamehetek, és végre a saját ágyamban alhatok? – kérdezte Clive vigyorogva.

– Ha jó leszel, talán megengedem – vigyorodott el Leona. – Azért az még mindig nagyon bánt, hogy hittél ennek a nőnek.

– Inkább azt mondanám, hogy attól féltem, hogy bármi nemű probléma veszélyezteti a koncertemet. Először Luanne halála, aztán szerencsére jött Christina. Ha ő nem lett volna, fogalmam sincs, mihez kezdtünk volna akkor hirtelen. Te meg harcban álltál vele, és akkor is tudtam, hogy igazad van, csak minden öszszejött. Most is aggódom a koncert miatt, de Julia kimagaslóan tehetséges. Egyáltalán hol találtad?

– Ő alapította ezt az iskolát, nem Christina. Ő csak kiforgatta mindenéből. Christina eredetileg csak egy táncos volt. A bizalmába férkőzött, barátságot színlelt, és mindenre rátette a kezét. Papírokat íratott vele alá, hogy mindenben ő dönthet, és szépen az iskolát is átvette. Luanne említette nekem Juliát, és hogy Sylvia segíthet nekem megtalálni őt. Ezért akartam vele beszélni. Elmondta a történteket és azt, hogy hol találom Juliát. Én pedig megkerestem. De most hazamegyek. Mára nekem elég volt mindenből. Még haza kell vinnem Billyt is. Szegénynek nagyon nehéz napja volt. Este találkozunk – búcsúzott Leona, és egy csókot adott férje szájára. – Remélem, töröd a fejed, hogy hova is viszel engem a koncert után. Már csak pár hét, és itt a koncert.

– Nem felejtem. Abban biztos lehetsz – vigyorgott Clive. Leona felállt, és ekkor hirtelen megszédült és visszaesett a székbe.

– Kicsim, ez egyáltalán nem tetszik nekem. Ez már nem az első alkalom.

– Nem ettem ma még semmit sem. Ideges is voltam, nem alszom rendesen napok óta – sorolta az indokokat a rosszullétére és magában hozzátette: „na meg terhes vagyok a te lányoddal". De még nem akarta elmondani férjének, amíg el nem végzik azokat a vizsgálatokat, amiket az orvos előírt neki, hogy biztos legyen benne, hogy a babánál minden rendben van. Ha meglesznek ezek az eredmények és nem lesz gond, akkor elmondja neki, hogy gyerekük lesz, és az eredmények szerint kislány. – Megyek. Le kell pihennem.

– Így akarsz vezetni? Arról szó sem lehet. Robert veled megy.

– Rendben – egyezett bele Leona. Semmi kedve nem volt vitatkozni, és tényleg nem volt jól. – Akkor este – köszönt el a férfitól, és megpróbált egyensúlyvesztés nélkül kimenni a teremből.

24. FEJEZET

A stadion megtelt emberekkel. Már hetekkel korábban egyetlen jegyet sem lehetett kapni a Clive Brown-koncertre. A sok váratlan esemény és nehézség ellenére összeállt a produkció. A tánckar vezetője Julia lett, aki kreativitásával és emberségével hamar elfogadtatta magát. Mintha a csapat kicserélődött volna. Nyoma sem volt a régi feszült légkörnek. Minden gördülékenyen haladt. Elisabeth is visszatért a próbákra és még elszántabban csinálta azokat végig, mint addig. Julia külön odafigyelt rá, és igyekezett a lelkét is ápolni. Ezért Leona és Clive is hálás volt neki. Mire eljött a várva várt nap, mindenki átlépett a történteken és nagy várakozással nézett az események elébe.

– Na, mi van? – bökte oldalba barátnőjét Sarah, miközben az a stadionba beözönlő embereket figyelte.

– Mire gondolsz?

– Jaj, Leona, ne csináld már – nyafogott. – Minden helyreállt?

– Ha arra gondolsz, hogy rendben van-e minden köztem és Clive között, akkor a válaszom igen, nagyon is – vigyorgott. – De a gyerekről még nem tud.

– Mikor akarod már elmondani neki? Minden rendben van a babával és veled is.

– Igen, de nem akartam most ezzel terhelni őt. Majd ma este, ha kettesben elutaztunk, akkor elmondom neki. Nyugodtan, mentesen minden feszültségtől, nyakunkban lógó koncerttől, szállodáktól. Az életben ez az utolsó alkalom, hogy ez történik velünk, ki akarom élvezni minden percét.

– Jól van. De azért nagyon szerettem volna látni az arcát Clive-nak, mikor közlöd vele, hogy ismét apa lesz. Na, nézd csak! – váltott hirtelen témát Sarah, mikor megpillantotta az ajtón belépő, egymás kezét szorongató párost. – Te tudtál róla?

Leona mosolyogva nézett a feléjük közeledő fiatalokat. – Ideje volt! – mondta nekik mosolyogva, mikor melléjük értek.

– Szia, anya, szia, Sarah! – köszöntötte őket Mark.

– Szia, Leona, Sarah – üdvözölte őket Gina kissé szégyenlősen.

– Jaj, istenem, ne légy már ennyire megijedve, Gina! – ölelte magához a lányt Leona. – Tudod, hogy úgy szeretlek, mintha csak a saját lányom lennél. Örülök, hogy végre felvállaltátok Markkal azt, amit egymás iránt éreztek.

– Ez olyan furcsa nekem. Meg...

– Azért nem akarta eddig nyíltan felvállalni ezt az egészet, mert kapott néhány nem éppen kellemes megjegyzést, hogy ügyesebb, mint az anyja, mert ő egy Brownt kaparintott meg magának, amíg Barbara csak egy Brown-barátot – magyarázta Mark.

Leona nagyon is megértette Gina érzéseit. Ő is átélte ezt, csak annyi különbséggel, hogy ő akkor már nem volt tizenhat, és több élettapasztalattal rendelkezett.

– Gina. Ezek az emberek, akik megszólnak és ítélkeznek feletted, sehol sem lesznek akkor, mikor majd fáj neked valami, vagy ha gondjaid lesznek. Most irigyek, mert szép vagy, okos vagy, és kedves. Irigylik tőled az érzést, amit Mark iránt érzel, és azt is, amit ő érez irántad. A helyedben szeretnének lenni. Soha ne foglalkozzatok ezekkel az emberekkel. Őrizzétek a szerelmet, ami a tiétek lett. Ez a fontos.

– Mi a fontos? – kíváncsiskodott Clive, miközben hátulról átölelte feleségét.

– A szerelem.

– Ha nem öl és pusztít – fűzte hozzá Clive. – De most, ha jól sejtem, itt nem erről van szó. Gina, Mark gratulálok nektek. Ránk fér már egy kis örömhír is. Most sietek. Pár perc és kezdünk – mondta Clive izgalommal teli hangon és elsietett.

– Úgy látom, apa már teljesen felpörgött – mondta Mark vigyorogva –, és ha jól sejtem, még nem is tudja, hogy ismét apa lesz.

Leona meglepetten nézett a fiára. – Honnan tudod?

– Anya, egy házban élünk. Te minden reggel berontottál a fürdőszobába és órákat bent voltál. Aztán mindig úgy járkáltál, mint aki azonnal elvágódik. Nem eszel, kivéve savanyú uborkát, és kerülöd a konyhát. Kamasz vagyok, nem hülye. Apának csak azért nem tűnt fel eddig, mert vagy fasírtban voltatok, vagy csak éjszaka járt haza. Szóval mit kapunk? Hugit vagy öcsikét?

– Húgotok lesz – válaszolta meg a kérdést Leona.

– Remek. Remélem, az élet most kijavítja a hibát, amit a nővéremen vétett. Az új leső kedves lesz és nem fog hisztizni. Remélhetőleg a pasik terén is jobban választ majd.

– Mark, ne légy gonosz – korholta Gina.

– Ez az igazság. Ha nem hozza a nyakunkra ezt az Adam Haddont, egy csomó dologtól megkímélhettük volna magunkat.

– Nem a nővéred hibája az, ami történt. Adam tényleg egy nagyon vonzó férfi, csak az erkölcsi értékeivel van némi probléma. Christinával úgyis meggyűlt volna a bajunk. Adammel vagy Adam nélkül, már oly mindegy. A sors játéka, hogy ők ketten ismerték egymást és újra összetalálkoztak. Aztán véletlenül közösek voltak az érdekeik.

– Sajnálni azért nem fogom őket – húzta el a száját Mark. – Megérdemlik, amit kapnak, jó néhány év börtönt, remélem. De én azért nem vagyok nyugodt, mert mi lesz, ha kiszabadulnak?

– Ezzel most ne foglalkozzunk, fiam. Mindig azt a problémát oldjuk meg, ami jelen van. Ez most pedig apád! – sandított a színpad felé Leona, mikor észrevette, hogy férje neki integet, hogy menjen oda. – Úgy látom, vészhelyzet van. Na, megyek, míg el nem jön a világvége-állapot – mondta és elsietett. – Mi történt? – kérdezte, mikor férjéhez ért. Clive magához húzta és rávigyorgott. – Nincs is semmi. Igaz?

– De van, kell egy kis biztatás, mielőtt kilépek oda – mondta a színpad felé sandítva a férfi.

– Milyen biztatásra gondolt a művész úr? – kérdezte Leona vigyorogva. – Odakint több ezer nő vár rád, az nem elég biztatás?

– Nekem egy bizonyos nő biztatása pontosan elég, csak legyen eléggé alapos.

– Alapos, mi? Na, figyelj! Olyan alapos biztatást kapsz, amit megemlegetsz, amíg csak élsz.

– Ne csigázz! – mondta kajánul Clive.

Leona a férfi füléhez hajolt és belesúgott. – Terhes vagyok.

– Clive, gyere már! Mindenki a színpadon van – sürgette a férfit Edward, és a színpad felé noszogatta. Clive hirtelen azt sem tudta, mi történik vele. Szó nem jött ki a torkán. Mintha megnémult volna. Jól hallotta? Tényleg jól hallotta? Leona mosolyogva nézte, ahogy a férfi csak sodródik és próbálja felfogni azt, amit megtudott. Leona nem ilyen módon tervezte közölni vele a hírt, de most olyan hatalmas késztetést érzett arra, hogy elmondja a férfinak a titkát, hogy nem tudott tovább várni vele.

A függöny felgördült, és hatalmas taps zúgott fel. Clive Leona felé nézett, és férje egy kérdést tátogott felé: – Fiú vagy lány?

– Lány! – mondta Leona boldogan. – Kislány.

A szerző

Angelika King Kazincbarcikán született, 1975.09. 22-én.
A felsőfokú végzettség – pszichológiai,kommunikációs
és zenei – megszerzése után évekig főállású
anyaként nevelte három gyermekét, majd
rendezvényszervezőként, később pedagógusként
tevékenykedett. Tizenöt éves kora óta ír. Számára az írás
kikapcsolódás, így születhetett húsz regénye, amelyek a
krimi és romantika műfajait ölelik fel.